U0071350

待漏軒
文集

文壇遺蹤
尋訪錄

吳心海 著

目　次

上

中

下

上

第一章

胡金人其人其事

——從胡蘭成和張愛玲筆下走出的畫家兼作家

胡蘭成和張愛玲筆下的胡金人

劉錚在2003年《萬象》第1期〈胡蘭成交遊考〉一文中「胡金人」部分指出：

> 〈新秋試筆〉的第四節是談畫家胡金人的。開頭說：「大前年的深秋，夜裏和金人立在三層樓的洋臺上，望著燈火輝煌的上海，我說：巴黎的主婦排隊買肥皂，這樣的事是很快會來到中國的。」這應該1941年的事情。文章說：「那年冬天，上海的租界也被戰爭掃蕩了。金人有一個時期失業，住在我家的二層樓忙著辦《上海藝術月刊》，走進走出很少說話，然而更溫和，也更勤勉了。」又說：「後來在南京我和金人又同住了一年。」胡蘭成在南京很少去同僚家裏，他自稱常走動的只有三家，其中就有胡金人家。在〈今生今世〉裏說：「我倒不因為他是畫家，而只因他家是戰時上海小戶人家，他與殷萱年青夫妻恩愛，底下兩個小女孩，每次留我吃便飯，雖只青菜豆腐湯，炒一碟雞蛋，也是待客情殷。」又說：「此時是胡金人的幾個朋友，有因戰時生活困難，要找職業的，我用他們在法制局。這皆單是

朋友之情，還比政治更真實，且亦與政治無關。」1944年初，胡蘭成剛出獄，不能與外人接觸，他說舊曆「新年我只帶同妻小及胡金人殷萱夫婦遊街逛夫子廟」。胡蘭成當初看到《天地》月刊第二期上的張愛玲小說〈封鎖〉，也急著要拿給胡金人看。可見兩人的關係非比尋常。

〈新秋試筆〉中提到了胡金人的一幅畫：「一次他從兆豐花園回來，我到他房裏，看見一幅剛畫好的風景欹在床腳。畫的是枯黃的草，受了驚嚇的樹木，兩個人急急忙忙的在一條路上走，因為無依無靠，互相偎傍得更緊了。簡直是日暮途窮。」與《新秋試筆》差不多同時，張愛玲發表了散文〈忘不了的畫〉，當中談到胡金人的八件作品，對一幅題為〈秋山〉的油畫是這樣講的：「〈秋山〉又是恐怖的，淡藍的天，低黃的夕照，兩棵細高的白樹，軟而長的枝條，鰻魚似地在空中游，互相絞搭，兩個女人縮著脖子挨得緊緊地急走，已經有冬意了。」比照起來看，張愛玲、胡蘭成說的應是同一幅畫。胡金人與二人的關係，從這裏也可以窺見一斑了。

〈新秋試筆〉與〈今生今世〉是胡蘭成的著述，〈忘不了的畫〉是張愛玲的手筆，兩者從不同的視角，幾乎同時記述了胡金人及其行跡。

劉錚的文章雖然提及胡蘭成、張愛玲和胡金人關係非同一般，但對如今依然默默無聞的胡金人的身世未加介紹，則不免給讀者留下遺憾。事實上，近年來諸多論者在談及胡蘭成、張愛玲和胡金人的交往或二人對胡金人繪畫的評價時，也不過說了一些「胡金人是胡蘭成在南京住家的鄰居」或者「胡蘭成的畫家朋友胡金人」等無關緊要的話，而讀者對胡金人其人其事，幾近一無所知。

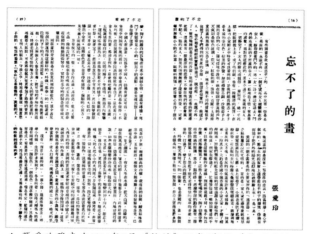

▲ 張愛玲發表在1944年9月《雜誌》13卷6期的〈忘不了的畫〉談及胡金人的畫作

　　張愛玲〈忘不了的畫〉一文，最初發表於1944年9月《雜誌》月刊第13卷第6期，該文近年來被收錄不下於60本文集、選集，但多數編者沒有對文中涉及的畫家（包括胡金人）加以介紹，即便有註釋的，如來鳳儀編《張愛玲散文全編》[1]等幾個版本，對「胡金人」僅僅標註「未詳」二字，雖然沒有什麼意義，但表現了編者實事求是的態度。只有陳子善圖文編纂的《流言》[2]，不但在〈忘不了的畫〉一文中添加了張愛玲所評說的胡金人8幅作品之中的《靜物》[3]，而且對胡金人作了兩則文字上的說明——

[1]　杭州：浙江文藝出版社，1992年6月。

[2]　杭州：浙江文藝出版社，2002年3月。

[3]　《靜物》發表於《雜誌》1944年第14卷第1期，張愛玲同期有炭筆畫《聽秋聲》發表於扉頁。張愛玲對《靜物》的評價如下：一張靜物，深紫褐的背景上零零落落佈置著乳白的瓶罐、刀、荸薺、茨菇、紫菜苔、籃、抹布。那樣的無章法的章法，油畫裏很少見，只有十七世紀中國的綢緞瓷器最初傳入西方的時候，英國的宮廷畫家曾經刻意模仿中國人畫「歲朝清供」的作風，白紙上一樣一樣物件分得開開地。這裏的中國氣卻是在有意無意之間。畫面上紫色的小濃塊，顯得豐富新鮮，使人幻想到「流著乳與蜜的國土」裏，晴天的早飯。

胡金人（1911～？），安徽涇縣人，畫家。油畫和國畫均具個人風格，曾主編上海《藝術月刊》[1]。
　　胡金人也長於寫作，圖為1944年10月《雜誌》第14卷第1期發表的胡金人評論〈書法與油畫筆觸〉書影。

　　儘管區區數十字而已，卻是迄今為止張愛玲文選中對胡金人所做的最詳盡的說明了。然而，細心的讀者對於張愛玲不惜以1000多字篇幅評說、褒揚其畫的胡金人，則難免會產生一定的好奇心。

生平欠詳的畫家兼作家

　　作為畫家，胡金人有一些談論繪畫的文章，雖然在《中國油畫文獻1542-2000》[2]、《二十世紀中國美術文選上》[3]等重要文獻中登堂入室，但其生平卻鮮見大陸畫家名錄或人名詞典。香港波文書局1978年10月出版的《中國現代藝術家像傳》收錄有胡金人的辭條，文字不長，且引如下：

　　西畫家
　　胡金人　男　安徽涇縣人　年卅七歲
　　民國紀元前一年生
　　西元一九一一年
　　擅長西畫，國畫

---

[1]　應為《上海藝術月刊》。
[2]　長沙：湖南美術出版社，2002年。
[3]　上海：上海書畫出版社，1999年11月。

治西畫垂二十年，兼研國畫。用筆設色，具有獨特作風。抗戰前，嘗於京滬一帶舉行畫展，為藝林所稱道。前德國駐華大使陶德曼曾選購其油畫多幅，攜往德國參加藝展。又長於文藝，著有小說多種，嘗主編上海藝術月刊。

▲ 香港波文書局《中國現代藝術家像傳》胡金人辭條書影

不過，此書雖稱「像傳」，卻缺胡金人肖像。原來，該書為《中華民國三十六年美術年鑑》[1]之「美術家傳略」部分的翻版[2]，當年不少傳主附有照片，因此翻印者把書名改頭換面為「像傳」。另有《中國美術家人名辭典》[3]收錄「胡金人」辭條，也不過是前述辭條的簡編而已。

---

[1] 上海市文化運動委員會出版，1948年10月10日初版。
[2] 《中國現代藝術家像傳》版權頁上即標明「據1947年《中國美術年鑑》編印」。
[3] 張根全著，杭州：西泠印社出版社，2009年9月。

坊間幾本研究文學史料、淪陷區文學活動的專著，倒是注意了胡金人繪畫之外的文學活動，如《上海淪陷時期文學期刊研究》[1]提到胡金人為《光化》月刊的主要作者之一，《國魂，在國難中掙扎：抗戰時期的中國文化》[2]注意到胡金人為《上海藝術月刊》及《風雨談》的作者，《中國淪陷區文學大系史料卷》[3]留意到胡金人在《人間》月刊上發表過散文和小說，並將其列入「華中淪陷區」的「主要作家名錄」，《蠹痕散輯》[4]則披露了《人間》月刊主編吳易生為辦刊物向在上海辦《上海藝術月刊》的胡金人借白報紙的史料。不過，對於胡金人的生平情況，均付之闕如。

筆者希望本文所發現並梳理的一些史料，能夠把胡金人從當前胡蘭成和張愛玲作品熱中一個重要的附屬品的狀態中釋放出來，復原其作為淪陷區有相當影響的畫家兼作家的歷史地位。

胡金人原來是紀弦妻舅

其實，胡金人的相關情況並非無跡可循，比如，散文家、畫家陳煙帆[5]1994年曾在〈談往事憶舊友〉[6]，以相當的篇幅談到胡金人，估計這份刊物讀者圈有限，10多年來似乎從未見論者提及或引用。不妨將涉及胡金人的部分引用如下：

---

[1] 李相銀著，上海：上海三聯書店，2009年4月。
[2] 馮崇義著，桂林：廣西師範大學出版社，1995年。
[3] 南寧：廣西教育出版社，2000年。
[4] 黃惲著，上海：上海遠東出版社，2008年。
[5] 陳煙帆（1922～1998），浙江鄞縣人，曾任上海文史研究館館員。前述《中國淪陷區文學大系史料卷》「重要作家小傳」收錄其生平。相形之下，並非次要的胡金人卻屈居於沒有生平記錄的「主要作家名錄」裏。看來非不收也，查無資料而已矣！
[6] 《連環畫藝術》季刊1994年第4期，總第32輯，北京：中國連環畫出版社。

1949年5月27日，上海解放了。大約過了一個多月，我正愁沒有工作，一天走過南京路日升樓附近，迎面遇見老友徐淦兄。他拉我到新雅裏去吃茶，告訴我有一件適合我的工作可做，就是畫連環畫。接著說，他想由他來編腳本，供應六個人作畫，這六個人是：樂小英、董天野、高孟煥、江棟良、胡金人和我，組成一個連環畫創作集體，就稱為「綠葉社」。……其中的胡金人和我最熟，他是我在蘇州美專的老同學，他的夫人殷萱是我老伴在揚州時的同學，殷萱家裏的姐妹和我老伴家姐妹一樣多，年齡相近，兩家姐妹間又多有同班同學。胡金人專搞油畫，在南京、鎮江、上海等地舉行過個人展覽。胡金人夫婦都在「文革」前先後病故，現在他的畫已經無人談起，只有去年台灣女作家張愛玲在她的散文裏以懷念的筆調談到胡金人的油畫[1]。當時的油畫家作品的內容大多的靜物、人體、風景，畫現實生活的極少，而胡金人過世時三個女兒還不到十歲，他很希望其中能有學畫的，果然，他的小女兒胡丹荌現也已是畫家，曾任上海美專副校長，現在正和外子顧公度同在巴黎深造。胡金人作連環畫恐怕只有綠葉社時的這一冊《鐵木耳和他的夥伴》。想不到「物以稀為貴」，去年我忽得台灣詩人紀弦從美國來信，說能否為他搜求到一本《鐵木耳和他的夥伴》以作紀念。原來，胡金人是紀弦的妻舅，他說從前他和胡金人好得比兄弟還親，久欲覓得這本書而不得。……

　　這一段文字包含的信息量頗多，但胡金人是詩人紀弦（即路易士）的妻舅，是至關重要的一點。筆者翻開手頭三卷本的《紀弦回憶錄》[2]，在第一卷《二分明月下》找到相關記載：

<hr>

[1]　應是《忘不了的畫》選入張愛玲新出版的集子，並非張氏新作。
[2]　台北：聯合文學出版社有限公司，2001年12月。

我和內兄胡傳鈺內弟胡傳鉉相識，大概就是在我放棄「縣中」考上「震旦」之前，1928年暑假期間的事情。……我常到他們家去玩，他們也常來看我，彼此友情之好，超過所有同學。……他們是安徽人。以前由於鹽務上的關係，所以就在揚州住下來了。我妻胡蕙珠（後改命為胡明）和我同年，大傳鉉兩歲，小傳鈺兩歲，作為胡家的三小姐，二八年華，在那時，凡是和她家有來往的三姑六婆，誰都想要替她做媒。
　　……

　　婚後[1]，我轉學「蘇州美專」[2]，讀繪畫系西畫組一年級下學期，和內兄傳鈺同班同學[3]。……於正式上課前，傳鈺帶著我去逛了玄妙觀和觀前街……（分別見第34到35頁，第40頁）

　　行文至此，我們所看到的和紀弦同讀「蘇州美專」是胡傳鈺，並非胡金人。不過，在《二分明月下》第7章〈文壇生涯的正式開始〉的結尾，紀弦終於「一語道破天機」：

　　8月中旬[4]，我和傳鈺又到南京去了一趟。可是「磨風藝社」二次畫展[5]，整個失敗了！各報雖有好評，但是觀眾寥寥無幾，我們連一張畫也沒賣掉，卻花了不少的宣傳費、交際費和運輸費，得不償失，很是令人洩氣。從此以

---

[1]　紀弦1930年1月23日和胡蕙珠成婚。
[2]　紀弦1929年考上武昌美專，胡傳鈺同年考上蘇州美專。
[3]　紀弦後因父親去世，休學一年，留了一級，推遲到1933年畢業。
[4]　1934年。
[5]　「磨風藝社」第一次畫展於1933年8月在南京秦淮河畔的民眾教育館舉行，參展人為紀弦、胡傳鈺和王家繩（見《台灣現當代作家研究資料彙編・紀弦》，國立台灣文學館出版，2011年3月，第55頁）。

後，王家繩就專門搞話劇，不再畫畫了。我雖然沒有氣得把畫筆扔掉，但也不再開展覽會了。而傳鈺卻使用別號胡金人，一次又一次地跑到各大都市去舉行個展，結果是名利雙收，他終於成為一位名畫家了。（見第67頁）

原來胡金人就是胡傳鈺！蘇州美專編輯的《藝浪》1932年第1卷第8期，刊載有「校友會狀況及校友調查錄」，其中「一九三二級」名單中有胡傳鈺的相關記錄：

　　　胡傳鈺　字：堅甫　籍貫：安徽涇縣　地址：揚州東圈門鬥雞廠十三號或震旦中學

這一記錄和前述紀弦的回憶正好吻合。遺憾的是，《紀弦回憶錄》中沒有透露胡金人去世的具體時間，只是在第三卷《半島春秋》談到1986年接待前來美國留學的胡家露的女兒時提及胡金人已經不在人世：

　　　8月18日，胡家露的女兒顧勤來美留學，暫住老二家。8月20日，我們請她吃飯。22日，她就去東部了。胡家露是我的內兄胡傳鈺的大女兒，傳鈺已經去世。他一共生了三個女兒。最小的一個名叫胡丹苓，是學畫的，傳他爸爸的代。（見第115頁）

其中胡丹苓學畫的敘述，和上述陳煙帆的文字，正好相吻合。至於胡金人的逝世時間，如果從陳煙帆所說的他「過世時三個女兒還不到十歲」這句話來推斷的話，由於胡的三個女兒歲數最大相差有7歲，只能是小女兒胡丹苓不到10歲，而胡丹

苓出生於1942年[1]，那麼胡在1952年前就過世了。事實上，陳煙帆的回憶是錯誤的。筆者後來從胡金人的小女婿、旅法畫家顧公度先生和大女婿顧訓源先生處獲悉，肺病一直沒有根除的胡金人身體雖然一向欠佳，卻一直活到「文革」爆發之初，直到1966年8月17日才在上海華山醫院去世。

《上海藝術月刊》的編輯者

胡蘭成所說胡金人「住在我家的二層樓忙著辦《上海藝術月刊》」，是1942年的事。《中國美術期刊過眼錄（1911～1949）》[2]是這樣介紹《上海藝術月刊》的：

▲《上海藝術月刊》2卷
2期（14號）封面書影

1941年11月1日日創刊，上海藝術學會編輯兼發行。
1943年2月出版了第2卷第2期後停刊，共出版14期。

---

[1]　胡丹苓出生於1942年12月15日。見胡金人《又是千金》，載《上海藝術月刊》1943年2月1期。
[2]　許志浩著，上海：上海書畫出版社，1992年6月。

本刊是上海孤島時期出版的一份頗有影響的藝術綜合期刊，美術占一半以上篇幅，該刊內容豐富，圖文並重。文字通俗易懂。主要執筆者和論文有：黃覺寺的〈什麼是現代中國畫〉、〈鄉土色彩與藝術〉；胡金人的〈略談上海洋畫界〉、〈藝術家的修養〉、〈模仿與寫實〉；張充仁的〈雕刻的必要因素〉、汪亞塵的〈藝術漫談〉、陳抱一的〈洋畫運動過程略記〉、〈洋畫界如何進展的討論〉、黃幻吾的〈現代中國畫之動向與展望〉、周碧初的〈近代法國畫派之源流〉、胡蘭成的〈藝術與時代〉、〈藝術的嚴肅性〉；張俊堃的〈建築藝術〉等。這些論文具有較高的參考價值。

《上海美術史札記》[1]則稱《上海藝術月刊》為「美術（為主）與文學相結合的綜合性刊物。……該刊是上海『孤島』時期甚有影響的一份刊物。出版了幾期頗有特色的專輯：『美術家的秋天專輯』、『生活速寫特輯』、『文藝創作專號』、『作家一日專輯』。刊出有不少重要的美術論文，作者有陳抱一、黃幻吾、黃覺寺、張充仁、汪亞塵等。」不知為什麼，他沒有提及該刊主要編者和重要作者胡金人的名字。

對於1941年成立的「上海藝術學會」及其所創辦的《上海藝術月刊》，陳抱一在〈洋畫運動過程略記〉[2]一文有如下敘述：

> 去年（民三十年）春間，已聽到有一個「上海藝術學會」成立了，這個學會是胡金人、黃覺寺等所組成（發起人除上述兩氏外，還有周碧初、蔣仁、張充仁、

---

[1] 黃可著，上海：上海人民美術出版社，2000年。

[2] 原載《上海藝術月刊》5～12期，轉引自《二十世紀中國美術文選　上》（上海：上海書畫出版社，1999年11月，第572頁）。

吳易生、唐蘊玉、丁光燮、黃宗默等）。後來由這個學會卻產生了一本《上海藝術月刊》（創刊號出於民三十年十一月一日），可說是歷年來所罕見的專門藝術雜誌之一。雖然目前它還未能做到藝術雜誌所應具備的多種條件，但我不能不希望它對於我國藝術界應當負起相當責任來。——胡金人，也是研究洋畫的，早年曾畢業於「蘇州美專」；在這《藝術月刊》上，他常有一些健實的論文發表。差不多與吳易生同時，都是在「八一三」以後，他們來到上海以後方始會面的。

這段敘述，證明了胡金人在上海藝術學會和《上海藝術月刊》中的核心地位。不過，由於《上海藝術月刊》版權頁上「編輯兼發行者」只署名「上海藝術學會」，為準確和慎重起見，我只稱胡金人為該刊的編輯者，而不把他稱作主編[1]。畢竟還有黃覺寺參與了編輯工作，而黃又是他的老師[2]！

《上海藝術月刊》雖說以美術為重點，但非常重視文藝評論、小說、散文和詩歌，該刊第6期刊登「啟事」昭告讀者，「自下期起決擴充文藝欄，刊載創作小說、詩歌、散文，及趣味雋永之文藝小品等」。果然，自第7、8合刊之後，文藝創作的分量大大增強，甚至於11期出版「文藝創作專號」，不亞於專門的文學雜誌。除了胡蘭成接連發表文藝評論〈藝術的嚴肅性〉、〈五四以來中國文藝思潮〉、〈藝術與政治〉、〈藝術與戰爭〉、〈藝術與時代〉外，胡金人本人也連續發表了小說〈星期日〉、〈秋〉、〈書記鮑桂生〉、〈陳緩〉、〈孫子

---

[1] 除了上述陳子善圖文編纂的《流言》、香港波文書局《中國現代藝術家像傳》稱胡金人主編《上海藝術月刊》外，劉心皇的《抗戰時期淪陷區文學史》（台灣：成文出版社，1980年5月）、張靜廬《中國出版史料補編》（北京：中華書局，1957年）也說胡金人主編《上海藝術月刊》。
[2] 黃覺寺1924年畢業於蘇州美專，即留校任教。

庭的煩惱〉，並寫有多篇散文。第10期的「編後」對他的小說〈秋〉如此推介說：「胡金人先生的創作慣以平常實際生活為題材，本期所發表的〈秋〉一稿，寫現在都市裡知識青年的矛盾心理極為深刻，讀之甚易引起青年人內心的共鳴。該文全篇流露著真實的感情，是目前文壇上一個珍貴的收穫。」雖然不免有「戲臺裏喝彩」的嫌疑，但基本還不算溢美之辭。

該刊的另一名編輯者黃覺寺，除了發表有〈甚麼是現代中國畫〉、〈論偏愛藝術〉、〈藝術家的困鬥〉、〈關於保古〉、〈羅馬教廷壁畫瞻禮〉、〈義大利名畫志略〉等藝術論文外，還寫作了〈萍蹤散記──烏非齊美術館前的姑娘〉、〈威尼斯之夜〉等散文作品，詩意盎然。除此之外，該刊所發表的趙景深的文藝評論，吳易生、陳煙帆的散文，楊樺的小說，以及路易士的詩歌，也都具備了相當的水準，同樣值得論者注意。

《上海藝術月刊》第2卷1期刊登過一則「本社出版叢書預告」，其中有胡蘭成的《藝術論文集》、胡金人的《短篇小說集》、黃覺寺等的《散文集》以及《名畫選輯》。但不知道這些叢書是否問世了？

胡金人筆下的妻子

胡蘭成在《今生今世》中提及和胡金人夫婦一起賞花的情景：

> 我南京的家就在行政院旁邊丹鳳街石婆婆巷，平時到法制局辦公通扯一天不過三四小時，所以總有閒暇。春日好天氣，我偕妻女及胡金人太太殷萱連同殷萱的小女孩，還有衛士的女人阿毛娘，去屋後雞鳴山採松花。松花日影裏，殷萱立在樹下向我含笑，顏面好嬌豔，像帶了面網。松花我們採回去做餅吃。我家院子裏紫藤花

開得滿架，亦採了做餅吃，還有香水花連窗沿牆一路開，五歲的小芸仰面問道：「香水花不可以吃的呀？」

胡蘭成這裏所說的雞鳴山原名雞籠山，就是南京北極閣氣象臺、雞鳴寺所在地的小土丘，現在通常被稱為北極閣了，距離石婆婆巷咫尺之遙，可以用「屋後」來表示。胡蘭成是文字高手，一句「松花日影裏，殷萱立在樹下向我含笑，顏面好嬌豔，像帶了面網」[1]，一幅美人出遊圖就活生生展現在讀者面前了。

▲ 胡金人與夫人婚後數日在老家揚州合影（顧訓源先生提供）

殷萱的美，在丈夫胡金人的筆下理應也有展現。遺憾的是，我沒有找到胡金人在殷萱生前描繪她的美麗的文字，不過，在很偶然的情況下翻到徐蔚南主編的《長春・青年文選之六》[2]，竟然發現胡金人以筆名「李棉」[3]寫作的3篇回憶亡妻殷萱的散文：〈憶妻〉、〈斷環〉和〈畫像閒談〉。

---

[1] 倘若沒有前面「松花日影裏」鋪墊，如何能有之後「像帶了面網」這種朦朧美的存在？
[2] 上海：日新出版社，1947年1月版。徐在序言中說，青年文選的作者不限於青年作家，《長春》是他1946年在上海編輯《東南日報》滬版文藝副刊「長春」中稿件的選編。
[3] 胡金人之所以在抗戰結束後不久發表文章使用筆名，應該和他在淪陷區的文藝活動有關。他的妹婿路易士就是在1945年抗戰勝利後改筆名為「紀弦」。

〈憶妻〉的開頭就是：「三十五年六月二日下午六點半鐘，我的妻殷萱終於丟下我和三個心愛的孩子而永逝了！在去年二月間妻得病之初，我就擔心這可怕的惡運之來臨。」這一事實，和署名「胡金人」的文章〈病癒致亡妻〉[1]可相互印證。

　　胡金人〈憶妻〉中描寫妻子的美，是從她的遺容開始的：

◀ 《長春・青年文選之六》
上胡金人以筆名「李棉」
發表的散文〈憶妻〉

　　三日午後，妻的遺體裝飾好了睡在殯儀館的靈堂上，依然面目如生，靜靜地如熟睡未醒，瞻吊遺容的人，同聲讚歎她還是那樣的美麗，是的，那依稀還是十年前同我結婚時那副美麗的容貌呀。記得我同她結婚的那天，許許多多的賀客，無不驚歎她的貌美如花，當時我真感到和她結婚是莫大的幸福；十年後的今天，吊客亦復稱讚她的美麗，天乎，這是誰在虐弄我！

　　此種寫法並不多見，由死聯想到生，由葬禮聯想到婚禮，非親身經歷，分寸很難把握，稍有不慎，就容易導致造作和矯情，但此處作者發自內心，出於真情，感人至深！

[1] 《藝浪》4卷2期，蘇州美專校刊社編輯，1947年1月20日出版。

〈斷環〉是作者回憶婚禮之夜的一件蹊蹺事：起坐室通往臥室門上的開關把手——一個「擦得非常光亮」、使用了好幾年的粗粗的黃銅圓環，作者沒有用力，只是隨手習慣性地一拉，「應手斷作兩個半圓形落在地板上」。十年之後妻子的病故，讓作者不由感歎：「人的生死原是一個謎，而我同她的緣只止於此，莫非有所謂定數嗎？現在我想起結婚那天斷環的事，也許真是一個不幸的預兆吧。」

〈畫像閒談〉一文，開篇先回憶自己喜歡畫人像，「遇到可畫的人以及自己願意畫的人都不會輕易放過」，因此衣袋裏經常放一本「sketch book」（速寫本）。直到敘述過為一個老和尚及曾任國民政府主席的林森等人畫像的經歷之後，才進入正題：

> 我結婚之後，給妻畫了一幅全身肖像畫。那時我上午去學校裏去教書，下午沒有事，每天午後兩點鐘，給妻換上結婚的禮服，動手給她描繪。每天大約畫兩個小時，一連畫了一個多月才完工。
>
> 那時妻是一個十七歲的少女，丰姿很美，我畫那幅的動機，是想把她的青春常留在我的筆下，同時也作為我同她結婚的一種紀念……
>
> 畫幅中的妻坐在富麗的背景當中，絲緞的禮服熠熠發光，她臉上紅紅地像剛飲了酒，身姿軟軟地斜倚在床上，顯著微醺的慵懶，情調表現得相當好。但一直想不出一個適當的畫題，有一天詩人韓北屏[1]在我家晚餐時，偶然談到這幅畫，他想了一晚，想出了「酒闌人散後」，後來便用了這個題名。

---

[1] 韓北屏（1914～1970），揚州人，曾與路易士組建「菜花」詩社，主編《菜花》和《詩誌》。

值得注意的是，胡金人為老和尚畫像花了4個小時、為林森畫像每天畫1個小時花費了3天[1]、為一名84歲的瞎眼貧苦老人畫像不足1個小時，對比之下，他為妻子畫像，每天畫2個小時，到完成竟然持續了一個多月之久，可見其傾注了無比的精心、耗費了滿腔的熱情！可惜這幅畫借給鎮江圖書館陳列時，毀於「八‧一三」後的劫難。

〈畫像閒談〉最後寫道：

> 去年春，在妻得病之前，我為她描了一幅半身像，因為刻意求工的結果，反而顯得失了畫趣，終於被我塗掉了。後來有一個時期，她的病似有好轉，我想等她精神較佳時再重行描寫，但我一直由於疏懶，興趣又欠好，遲遲沒有動筆。現在她已離開了人世，我不能再見到她一面，更無從與她對坐畫像了。她的死，我無法挽救她的生命，而歷年替她畫的像，又在兵荒馬亂中遭了劫而不能保存，現在想來，更讓我生無比的痛恨。

胡金人發表於《論語》142期[2]的〈病後吟〉，是殷萱病逝後次年所作，其中有這麼一段話，頗可體現集畫家和作家於一身的胡金人內心尚存的天真氣（我更願意稱為赤子心），當然，更反映出他們的伉儷情深：

> 我雖則不頂怕病，自然也不希望患病。不過在病時也還有病中的樂趣在，我結婚以後，偶爾有點小毛小病，妻總是加意的侍候我，她比平時變得更溫柔，而我在這個時候卻不免恣意的把感情放縱一下，有時還要同

---

[1] 胡金人曾專門寫過一篇〈我與林森〉（載《人間》第3期），記述為林森作畫的經歷。
[2] 1947年12月1日出版。

妻發點脾氣，她也不同我計較。我的病好了，妻又想著
弄各式美味的菜點給我吃，因此我想，有點小病也是一
種幸福的享受。

承胡金人先生女婿顧訓源先生提供了一張胡與夫人婚後數
日在老家揚州拍攝的照片，胡金人在夫人去世後在照片後題寫
了如下文字，至為感人：

廿四年十一月二日金人與殷萱結婚後數日攝於揚
州，時金人廿五歲萱十七歲。卅五年六月二日（古曆丙
戌年五月初三日）下午五時半，萱在上海病逝。偶檢出
此照，睹景生情，倍增悲痛。溯自與萱結婚以至萱之逝
世，計十年又七個月，十載相依，憂患與共！今竟半途
分手，死者已矣，生者情何以堪。此後金人之歲月有
限，而悲痛將無已時也。嗚呼！

卅五年六月九日清晨
金人誌

命運多舛三千金：露露、芸芸和苓苓

胡金人在〈病癒致亡妻〉中談到自己重病之後的思想活動：

倘使我能隨你而來，在我個人真是求之不得，但一
想到我們的三個孩子，我又感到還不能逃避這人世間的
苦惱。我睡在床上默默地告訴你，我自信不至於馬上便
會死，為了孩子，我請你放心。

這三個童年失去了母親的孩子分別是胡家露、胡家芸和胡丹苓。胡金人的朋友吳易生曾在1942年3月出版的《上海藝術月刊》1卷5期上發表過一篇散文〈露露和芸芸〉（由胡金人配了一幅芸芸的插圖），記述這兩個可愛的孩子：

▲ 吳易生在《上海藝術月刊》1卷5期上發表的散文〈露露和芸芸〉，插圖為胡金人所作《芸芸》

　　露露和芸芸，是胡金人兄的兩位千金，露露今年6歲，芸芸實際上出世只有三年，但照中國的習慣算，也居然是五歲了。

在他的描述下，露露平時比較沈默，而芸芸則活潑得多。吳易生和兩個孩子十分熟悉，也很喜歡，還曾在自己主編的《人間》第4期封面刊印出露露所寫的短文〈我的家庭〉的書影，雖然區區幾行字，但無論文筆還是字跡，都充滿了可愛的童稚氣！

◀《人間》1943年1卷4期封面刊印的胡露露〈我的家庭〉書影

胡金人發表在1943年2卷1期《上海藝術月刊》「作家一日」專欄的〈又是千金〉一文，講述了太太生三女兒（胡丹芩）的前後。在太太前往醫院生產前的晚飯上，兩個女兒顯示了不同的表現：

> 露露管自己埋頭吃飯；芸芸呆呆地用筷子撥著碗裏的粥，睜著兩個大眼睛向著站在餐桌旁邊的妻，時時有想哭的樣子。我放了一點菜在她碗裏說道：「芸芸乖，媽媽明天會帶一個小妹妹回來同你玩。」可是滿含在她眼裏的淚水已經不斷地滾到她的碗裏去了。妻勉強笑著對她說：「癡孩子，媽不是常常出去嗎。」我心裏在想，五歲的孩子也被這緊張的空氣所震動了。

　　看了這段文字，露露的沈默顯而易見，而芸芸活潑之餘，也是更加敏感的。

　　此外，胡金人曾在《人間》1943年1卷2期發表有散文〈桃花處處開〉，敘述他因為職務上的關係要離開×城，忽然對原來的寓所起了留戀之情，原因是「靠著圍牆的一棵碧桃花」。就在他徘徊於桃花之下，尋思著：「去年此時，這棵桃花正含笑迎人，今年卻含苞未放，我不知道是今年的時令較遲，還是桃花有知，不願意替我送別呢」，5歲的女兒芸芸突然活潑地跳到他的身旁問：「爸爸，我們不等桃花開了就走嗎？」聽到女兒的話，胡金人拉起她的小手，答道：「最好不要等她開花就走，免得……」下面的話，他沒有說出口，因為他不想讓小小的孩子知道「悲歡離合」的滋味。

　　令人唏噓的是，不過幾年之後，胡金人的愛妻撒手人世時，即便父親再度保持沈默，那三個失去了母親的小姑娘，還是會刻骨銘心地感受到「悲歡離合」的滋味的！我們現在無法

從文字上感知到胡家三姐妹當時的心情，但從胡金人的〈病癒致亡妻〉一文中，我們讀到了這樣的一段話：

> 苓苓每次看到我睡在沙發上哭，她連忙用她小小的拳頭替我捶腿——她似乎想設法撫慰我。一邊捶，一邊對我說：「唔媽有病的辰光，我也是格樣子給她捶的」。她的小小的心靈上恐怕在擔心我一病不起吧。

其實，胡丹苓的擔心不是沒有理由的。在她不足4歲的時候，她和未成年的兩個姐姐失去了最親愛的媽媽，但她不足10歲的時候，又再度失去世間唯一的依靠——父親！

童年相繼失恃、失怙的胡家三姐妹，在成長過程中遭遇了多少了不幸，即便現在無法探尋，也不難想見。本來看到上述陳煙帆的敘述「胡丹苓現也已是畫家，曾任上海美專副校長，現在正在外子顧公度同在巴黎深造」時，深為胡家小女兒繼承胡金人的衣缽並事業有成感到高興，並

▲ 胡金人發表於1944年《文友》第6期的〈斷乳〉講述了幼女胡丹苓斷奶的情景

由此推斷，經過了種種磨難的胡家其他兩個女兒也應該否極泰來，於今理應享受幸福的晚年，以彌補童年時代的不幸和缺失。孰料，筆者在查詢《上海美術誌》[1]，期望找到有關胡金人的相關介紹時，偏偏無意中看到胡丹苓的「人物小傳」：

---

[1] 徐昌酩主編，上海：上海書畫出版社，2004年10月。

胡丹苓（1942～1996）女。現代裝飾畫家。祖籍安徽涇縣，生於上海。1965年上海美術專科學校工藝美術系裝潢專業畢業，留校任教。先後任上海美術學校副校長、上海大學美術學院設計系主任。為中國美術家協會上海分會會員。1986年同丈夫、油畫家顧公度，以訪問學者身份赴法國巴黎定居，創辦「法中藝苑」畫廊，勤奮創作，積極開展中法藝術交流活動，在法國和歐洲畫壇產生影響，被接納為法國藝術家協會會員、聯合國國際造型藝術家協會會員。所作富有東方情味的裝飾畫，多次入選巴黎大皇宮秋季沙龍，法國雙年美術展覽，法國赴美、德等國的法國美展，還多次為聯合國世界兒童基金會選作賀年卡，大量印刷發行。1996年9月20日返國赴敦煌藝術寶庫考察時，因車禍不幸罹難。

▲《雜誌》1944年第1期刊出的胡金人繪畫兩幅

　　非但如此，《紀弦回憶錄》第三卷《半島春秋》還有更進一步令人傷痛不已的記錄：

八月[1]裏，從大陸傳來靈耗，胡家三姐妹旅遊敦煌時，發生車禍，先後死亡。家露、家芸和丹玲[2]，內兄胡傳鈺的三個女兒，從前在揚州和上海，我們看著她們長大，都很疼愛，萬想不到，三個人一同死於車禍，這使我和老伴傷心不已。

　　想不到一對不幸的夫妻，在戰亂中留下三個不幸的女兒，卻於和平的日子裏，竟然在同一場車禍中一道遭此大不幸……

2011年7月5日～8月13日初稿

2012年8月18日修訂

---

[1] 1996年。

[2] 應為丹苓。

第二章

張愛玲稱許的一對郎舅

──路易士和胡金人的青蔥歲月

一

1944年9月，張愛玲在《雜誌》月刊第13卷第6期發表〈忘不了的畫〉一文，她認為「中國人畫油畫，因為是中國人，彷彿有便宜可占，借著參用中國固有作風的藉口，就不尊重西洋畫的基本條件。不取巧呢，往往就被西方學院派的傳統拘束住了。」不過，她在看到胡金人的畫後，卻感到了「例外」，並一口氣評論了胡的八件作品，文字過千。

近年來，張愛玲被中國出版業重新發掘，持續走紅，這篇〈忘不了的畫〉更是被收錄不下於60本文集、選集，但多數編者沒有對文中涉及的畫家（包括胡金人）加以介紹，即便有註釋的，如來鳳儀編《張愛玲散文全編》[1]等幾個版本，對「胡金人」僅僅標註「未詳」二字，雖然沒有什麼意義，但表現了編者實事求是的態度。只有陳子善圖文編纂的《流言》[2]，不但在〈忘不了的畫〉一文中添加了張愛玲所評說的胡金人8幅作品之中的《靜物》，而且對胡金人作了文字上的說明──

　　　　胡金人（1911～？），安徽涇縣人，畫家。油畫和
　　　國畫均具個人風格，曾主編《上海藝術月刊》。

---

[1]　杭州：浙江文藝出版社，1992年6月。
[2]　杭州：浙江文藝出版社，2002年3月。

遺憾的是，這點介紹實在太過簡短。好在筆者從散文家、畫家陳煙帆1994年〈談往事憶舊友〉一文中發現胡金人是詩人路易士（紀弦）的大舅子這一線索，再經過一番梳爬整理以及多方聯絡，基本弄清楚了胡金人的一些生平情況——

　　胡金人本名胡傳鈺，字堅甫，出生於鹽商之家，祖籍雖然是安徽，但從小就定居於江蘇揚州，和路易士1928年暑假前後相識，按照路易士在《紀弦回憶錄》中的說法：「彼此友情之好，超過所有同學」。

　　1930年1月，路易士和胡金人的三妹胡蕙珠結婚後，又從武昌美專轉學到蘇州美專，和1929年考上蘇州美專的大舅子胡傳鈺成為同班同學。胡金人和路易士等同學曾組織「磨風藝社」，到南京開畫展，首次十分成功，但第2次卻遭遇滑鐵盧。路易士後來主攻新詩，但胡傳鈺「卻使用別號胡金人，一次又一次地跑到各大都市去舉行個展，結果是名利雙收，他終於成為一位名畫家了。」（見《紀弦回憶錄》1卷67頁）

　　上海淪陷期間，胡金人曾主編《上海藝術月刊》，出版14期，是孤島時期出版的一份頗有影響的藝術綜合期刊，撰稿者包括胡蘭成、黃覺寺、陳抱一、趙景深、路易士、楊樺、吳易生等，他本人也寫作了不少高品質的藝術論文及小說、散文作品。

　　胡金人身體不好，卒於文革爆發之初，幸尚未受到衝擊。胡金人小女婿、旅法畫家顧公度先生10月16日從巴黎電話打來電話，為我介紹目前居住在上海的胡金人的大女婿顧訓源先生，顧訓源先生告訴我：肺病一直沒有根除的胡金人1966年8月13日因發燒、尿瀦留急送華山醫院治療，17日近中午時分去世，18日在靜安區萬國殯儀館大殮。當時「破四舊」尚未蔓延，也算躲過一劫。胡育有3個女兒，其中小女兒胡丹苓繼承乃父衣缽成為畫家，曾擔任上海美專副校長，上個世紀80年代移

居法國巴黎。不幸的是，1996年9月胡丹苓探親回國時邀請2位姐姐同遊敦煌，卻因車禍全部罹難。

　　無獨有偶，作為胡金人妻弟的路易士，也曾入過張愛玲的「法眼」。張在1944年8月號的〈雜誌〉上發表有〈詩與胡說〉一文，用了很長的篇幅談論路易士的詩歌。不過，張並沒有像對評價胡的畫作那樣，對路的詩作一味叫好，倒是先說路的〈散步的魚〉「太做作了一點」，並且跟著小報嘲笑了路易士許多天。不過，等到她看到路的另一首〈傍晚的家〉後，感覺就完全不一樣了，「覺得不但〈散步的魚〉可原諒，就連這人一切幼稚惡劣的做作也應當被容忍了」，她認為「這首詩太完全」，並不惜筆墨，整段抄錄在文章裡。最終，她對路易士的詩歌評價很高：「路易士最好的句子全是一樣的潔淨、淒清，用色吝惜，有如墨竹。眼界小，然而沒有時間性、地方性，所以是世界的、永久的。」

　　在中國現代文學史上，郎舅一起遭遇張愛玲高度評價的，惟有胡金人和路易士。

二

　　筆者為撰寫〈胡金人其人其事──從胡蘭成和張愛玲筆下走出的畫家兼作家三二事〉的萬字長文[1]，和胡金人生前好友胡蘭成在加拿大的兒子胡紀元取得聯繫，承他提供路易士在美國的兒子路學恂先生的電話，通過一番跨洋電波交流，得到路學恂在揚州的表哥查克彥先生的女兒查振玲女士提供的一幅81年前的老照片，展現了胡金人和路易士這兩位在中國現代文學史上不可忽視的弄潮兒的青蔥歲月。

---

[1] 刊登於2011年第10期《萬象》。

▲ 胡金人（後排左一）、路易士（後排左二）、胡明（後排右一）等1930年春天在揚州何家花園合影。

　　在這張老照片上，後排從左到右是：胡傳鈺（後改名胡金人）、路易士（後改名紀弦）、查鳳池（律師，胡金人大姐夫、懷中為查克彥）、朱喜亭（胡金人二姐夫）、胡傳鉉（胡金人弟弟）、胡琦（胡金人大姐）、胡蕙珠（胡金人妹妹，後改名胡明，即紀弦夫人）；前排從左到右為：德子（胡金人大姐胡琦的大女兒）、胡金人的母親、胡金人的二姐胡玲（懷抱女兒）。

　　照片最左側的胡金人一襲長袍馬褂，手執禮帽，清秀俊朗，他和身邊高高瘦瘦、身穿長袍的路易士正在蘇州美專讀書，正是恰同學少年、風華正茂的歲月。據路易士先生的哲嗣路學恂在跨洋電話裡向筆者介紹，這幅照片大致拍攝於1930年春天。乃父路易士和乃母1930年1月23日結婚，如果在此之前，乃父不會和胡家一起拍攝全家福。當問及拍攝照片的時候還算新婚燕爾的路易士為何沒有和太太站在一起，路學恂先生表示：母親雖然和父親新婚，但畢竟只有17歲，可能比較害羞，當然，也許父親和舅舅（胡金人）關係很好，又是同學，站在一起也順理成章。

照片上站在最右側假山石頭上的二八少女胡蕙珠，就是路易士口中的「瘦西湖畔一美人」。路易士最初見到她時，她穿的是當時一般女生流行的服裝：藍衫黑裙。她「麗質天成，不施脂粉，梳著一條長長的辮子，劉海覆額，明眸皓齒，銀鈴般的聲音，不高不矮，不瘦不胖，既活潑，又端莊，儼然大家閨秀，恍若天女下凡」，讓未來的詩人「一見傾心，一見鍾情，發誓非她不娶」！胡蕙珠自1930年和詩人結婚後，育有4子1女，從大陸到台灣再到美國，度過銀婚、金婚、鑽石婚，乃至「月岩婚」[1]，每個紀念日都能夠收到先生的賀詩。作為詩人的妻子，她無疑屬於少數的幸福者之一。紀弦在2000年1月23日結婚70周年紀念日公開朗誦給夫人的〈月岩婚進行曲〉如此寫道：

　　　　結婚滿六十年，此之謂鑽石婚。／但是超過鑽石，還沒有新名稱。／已經滿七十年，我倆今天結婚。／我早就想到了，這叫月岩婚。／這是我的專利，發明了新名稱。／如果不能發明，還算什麼詩人？／日後滿八十年，就叫火星石婚。／如果滿九十年，土星的光環婚。／如果滿一百年，可以叫太陽婚。／回想當初年少，路胡兩家聯姻，轟動了揚州城。／如今白頭偕老，欣逢一二三日，成為灣區[2]新聞。／各位至親好友，非常感謝你們：／請為我倆舉杯，祝福一對新人！

　　可惜相濡以沫70多載的路夫人已於2011年1月去世，未能和詩人共同期待「火星石婚」、「土星的光環婚」和「太陽婚」的到來了。

---

[1]　結婚70周年，詩人紀弦自創的說法。
[2]　指美國加州灣區。

至於照片中的胡傳鈜，長相同樣俊朗飄逸，他比路易士小2歲，是詩人的小舅子，也是詩人「小時候最要好的朋友」。遺憾的是，他1935年1月下鄉掃墓途中被土匪殺害，年僅20歲。

至於合影的地方，乃是揚州有名的何家花園。何家花園簡稱何園，有晚清中國第一名園的美稱。

根據記載，何園又名「寄嘯山莊」，由清光緒年間任湖北漢黃道台、江漢關監督、曾任清政府駐法國公使的何芷舠所造，是清乾隆年間雙槐園的舊址。清同治年間，在雙槐園的舊址上改建成寄嘯山莊，占地14000餘平方米，園內有大槐樹兩株，傳為雙槐園故物，今仍有一株。園名取自陶淵明「歸去來兮……登東皋以舒嘯，臨清流而賦詩」之意，闢為何宅的後花園，故而又稱「何園」。光緒九年（西元1883年），園主歸隱揚州後，購得吳氏片石山房舊址，擴入園林。園主將西方建築特色帶回了文明古國，並吸收中國皇家園林和江南諸家私宅庭園之長，又廣泛使用新材料，使該園吸取眾家園林之經驗而有所出新。何園是清代後期揚州園林的代表作，為全國重點文物保護單位，是揚州的園林特色和風格的體現。

照片中的人物，目前只有98歲的詩人路易士和84歲的查克彥還健在，分別居住在美國加州和江蘇揚州，兒孫繞膝，享受天倫之樂。出生於陝西的路易士，從童年開始就生活在揚州，把揚州視為故鄉。他在2001年出版的《紀弦回憶錄》第一部中寫道：「我是揚州人。雖非土生土長，但我以揚州為我心目中之故鄉，誰還能否定呢？啊揚州，我多麼的懷念！」上個世紀80年代後，他雖然有過重回故鄉的打算，卻因種種原因未果。如今，98歲的老詩人住在大洋彼岸的美國，對於故鄉的種種，恐怕只能留在回憶裡，或者夢回故鄉了。

2011年10月

第三章

不應被遺忘的李春潮
——捲入「胡風事件」　生平鮮為人知

　　最近讀了賈植芳先生的幾本書。其中，《老人老事》[1]一書裡「賈植芳、胡守鈞談胡風」（1999年12月）一文談及詩人李春潮。賈在與胡的對話中如此敘述：

> 　　1954年春節，我到北京去探親。這一去，後來被安上了「洩露黨內機密」的罪名。情況是這樣的：我認識的朋友很多，有不少是延安那邊來的朋友。我那些留日同學在延安時已經做了幹部。五四年我到北京去的時候，碰到我的那些朋友，他們都翻身了，都當了國家大幹部，比過去有錢了。我有一個留日同學，名叫李春潮。他和習仲勳是陝西小同鄉、老戰友，解放後在廣西文教廳做廳長和黨組書記。當時，他到北京開會，去看習仲勳。習仲勳當時是政治局秘書長。毛澤東在給習仲勳的信裡說要繼續批判胡風。這是一份重要文件。後來，李春潮就提醒我，說你和胡風是朋友，你當心一點。後來我到胡風家裡去，胡風問我，你的朋友很多，聽到什麼風聲沒有？我說，把衣服穿厚點，天氣要冷了。……這事促成了他寫「三十萬言書」。後來，我才知道這件事。五五年把我抓起來了，審訊員一次提審時，問起我們1954年去北京的情況：「你到北京幹啥去

---

[1]　鄭州：大象出版社，2002年7月。

了？你碰到李春潮沒有？聽說毛主席要繼續批判胡風，你給胡風通風報信，是不是？這是黨內機密，很多中央委員都不知道，胡風怎麼知道的？」

……

審訊員說：「胡風給毛主席寫信質問此事。他們一查，查到李春潮，又查到你頭上，你就住到這兒了。」李春潮是老黨員。五五年因這事，受到了批判。他不服。「大鳴大放」有怨言，五七年被劃為「右派」。後來，他就投河自殺了。

▲ 李迪生與夫人張達合影（李平女士提供）

而在《我的人生檔案：賈植芳回憶錄》[1]中「京上陰雲」一節裡，也有涉及李春潮的部分：

> 李春潮也寫過不少詩，他後來編過一個詩集，由我介紹到泥土社出版的。他與胡風沒甚麼關係，一九五五年批判胡風在全國開展之初，他還給我寫過一封信，表示要參加這次鬥爭。但他的表白沒有能挽救他的處境，因為我的關係，他也在這場運動中受到牽連。八十年代初我讀《廣西文藝》，讀到他兒女們的一篇懷念文章，說李春潮一九五五年受到連累，一九五七年又被扣上右派帽子，終於步了屈原的後塵，含冤投河自殺了。

---

[1] 南京：江蘇文藝出版社，2009年1月。

此外，賈植芳先生1990年11月整理的在日本演講的文章《中國留日學生與中國現代文學》[1]，也提及李春潮：

> 李春潮，他來日本時間較早，作為政治亡命者，他未進過正式大學，也是當時東京文藝界活躍分子，他回國後到延安[2]。解放初，由老區到新解放區，即國統區，在各地做文教領導工作，當時我曾幫助他出了一本他在抗日戰爭和解放戰爭時期寫的詩集《自由的歌》，1957年反右鬥爭時他在廣西文教廳長任內投水自殺，步了屈原的後塵，現已平反昭雪。

根據賈先生的以上綜述，可以總結如下：一，李春潮1955年受到胡風事件牽連，1957年被打成右派，在廣西文教廳長的任內投河自殺；二，李春潮曾在泥土社出版過一本叫《自由的歌》的詩集，詩歌寫於抗日戰爭和解放戰爭時期。

不過，由於事隔幾十年，資料又不在手頭，記憶難免出現偏差，賈先生的這些說法不盡準確。

▲ 李春潮子女撰寫的悼念文章〈希望之歌〉書影

[1] 載《中日比較文學研究資料彙編》，杭州：中國美術學院出版社，2002年。
[2] 據《廣西古今教育人物》「李迪生」詞條介紹：李迪生（1913～1956），陝西省戶縣人。1931年考入北京大學。1933年～1937年留學日本，先後在早稻田大學和帝國大學攻讀文學和教育專業。

李春潮因「胡風事件」而死

看到賈植芳先生說，他自己因為給胡風「通風報信」而在1955年被抓，遭關押10餘年，而「洩密」給自己的李春潮，只是「受到了批判。他不服。『大鳴大放』有怨言，五七年被劃為『右派』」，令筆者將信將疑。在1955年那個時代，洩露「連很多中央委員」都不知道的「黨內機密」的人，居然只是「受到了批判」，而如此網開一面，他竟然還不服，到了1957年的「大鳴大放」中仍敢發表「怨言」！賈先生如此敘述，根據是他80年代初讀了李春潮子女發表在《廣西文藝》上的一篇懷念文章。

為了探明事實真相，筆者通過各種途徑查詢1980年代初期的《廣西文藝》（後改名《廣西文學》），卻沒有找到賈先生說的回憶李春潮的文章。正當一籌莫展之際，看到胡風先生1954年2月11日的日記，有「黎炎（李迪生、李春潮）來」的字樣[1]，再查西安地圖出版社1987年出版的《戶縣誌》，在「李春潮」的條目下有「李春潮（1913～1956），又名李春芳、李迪生（滌生）、黎炎」字樣。於是豁然開朗，原來李春潮還有李迪生等幾個別名，很快找到《廣西文學》1981年第4期署名「建・軍・平」的文章〈希望之歌──懷念我們的父親李迪生〉，只是其中並沒有賈先生所述的有關李春潮1957年被扣上右派帽子的說法，而是透露：

> 一九五六年，正當父親年盛力強，創作力無比興旺時，他希望寫一部長篇抒情敘事詩，表現一個知識份子

---

[1] 見《胡風全集 第10卷 日記》，武漢：湖北人民出版社，1999年1月。

參加革命所經歷的思想鬥爭和實踐鬥爭；希望把莫干山那個民間古老而又壯麗的傳說，寫成另一部長詩；他還希望對郭沫若同志的詩歌創作，從《女神》到《新華頌》九部詩集以及其他詩作進行深入研究，寫出一系列的探討文章……。然而就在這個時候，在一場政治運動中，父親受到他過去留學日本時一位同學的案子牽連，引起懷疑和審查，受到不實事求是的錯誤處分，他心情十分痛苦，竟不幸含冤逝去，那時他才四十三歲……

在這篇懷念文章發表半年之前，《廣西教育》雜誌1980年11月號曾刊發一則〈前廣西人委文教辦公室副主任、省教育廳副廳長李迪生同志恢復政治名譽、徹底平反〉的消息：

前广西省人委文教办公室副主任、省教育厅副厅长
李迪生同志恢复政治名誉，获得彻底平反

李迪生同志，陝西省戶县人，一九三八年参加革命，同年十二月入党，原系广西省人民委员会文教办公室副主任、省教育厅副厅长。一九五五年反"胡风集团"斗争中，被作为"胡风分子"进行了审查。在审查中，广西省委于一九五五年十二月二十日作了撤销李迪生的广西省人民委员会文教办公室副主任及省教育厅副厅长职务的决定。最近，广西区党委对李迪生同志的问题进行了复查，于今年七月一日作出结论："撤消广西省委一九五五年十二月二十日《关于撤销李迪生的广西省人委文教办公室副主任、省教育厅副厅长职务的决定》，恢复李迪生同志的政治名誉。"

▲ 《廣西教育》1980年11期刊出為李迪生平反消息

李迪生同志，陝西省戶縣人，一九三八年參加革命，同年十二月入黨，原係廣西省人民委員會文教辦公室副主任、省教育廳副廳長。一九五五年反「胡風集團」鬥爭中，被作為「胡風分子」進行了審查。在審查中，廣西省委於一九五五年十二月二十日作了撤銷李迪生的廣西省人民委員會文教辦公室副主任及省教育廳副

廳長職務的決定[1]。最近，廣西區黨委對李迪生同志的問題進行了複查，於今年七月一日作出結論：「撤銷廣西省委一九五五年十二月二十日《關於撤銷李迪生的廣西省人委文教辦公室副主任、省教育廳副廳長職務的決定》，恢復李迪生同志的政治名譽。」

通過以上兩文，能夠確認的事實是：李春潮1955年並非只是像賈植芳先生所說的那樣，受到胡風事件的牽連被批判那麼簡單，而是被當作「胡風分子」遭受了審查並被撤銷職務；此外，他根本沒有機會能夠等到1957年的「大鳴大放」期間發表「怨言」，就已經在1956年含冤去世了[2]！

因為當時胡風事件尚未徹底平反，李春潮的子女在〈希望之歌〉一文中，只是含糊地敘述：「在一場政治運動中，父親受到他過去留學日本時一位同學的案子牽連，引起懷疑和審查，受到不實事求是的錯誤處分。」顯然，「一場政治運動」是說批判胡風運動，而「留學日本的一位同學」是指賈植芳。此後6年出版的《戶縣誌》，因為胡風事件已有明確說法，「李春潮」的條目則直截了當地指出：「1955年，李春潮因受所謂胡風一案賈植芳問題牽連，受到審查，1956年3月3日含冤去世。」

對於李春潮之死，他的抗大同學袁駝曾寫有〈追思李迪生同志〉一文[3]，文中交代李是投水庫而死：

1 李迪生的「廣西省教育廳副廳長的職務」被國務院正式免除為1957年12月20日，見當天國務院全體會議第66次會議通過、周恩來簽發的「國務院命令」。此時距李迪生去世已經一年有餘。
2 李春潮的女兒李平女士2011年8月15日給筆者的來信中指出：「關於父親問題的性質，母親對我說過，當年她曾經找過廣西區黨委書記韋國清，韋國清同志說，組織上對李迪生進行審查，並沒有給他定性嘛。」
3 載《抗大精神永放光芒》，濟南：黃河出版社，2005年7月。

1955年全國開展反胡風運動，迪生同志在徐州工作時，和所謂胡風集團的骨幹分子賈植芳有些交往。迪生寫的詩在胡風泥土社的刊物上發表過，因而成了胡風嫌疑分子，停止了工作，被政治審查。在莫須有的罪名下，他悲憤地投水庫而死。

李春潮長期從事教育工作，1940年代中後期曾在山東從事中教管理工作，培養了大批人才。1948年12月，徐州市人民政府成立，他出任首任教育局局長；1952年，他在中共華南分局宣傳部理論教育處處長位置上，調任廣西省文教廳副廳長[1]；1953年6月，廣西師範學院成立籌備委員會，他擔任主任委員。作為一名1938年加入中國共產黨的知識份子幹部，李春潮的仕途在1955年前可以說是一帆風順的。1953年7月18日，《人民日報》曾發表題為〈李迪生同志怎樣堅持學習和領導學習〉的文章，讚揚擔任廣西教育廳副廳長李迪生「幾年來，儘管工作很忙，……從沒有間斷過理論學習」，還引用教育廳的同志的話說：「李副廳長勉勵大家『認真學習，看誰學得最好。』講得到做得到，真是我們的好榜樣。」這是十分引人矚目的。如果李春潮1954年赴京開會期間沒有「邂逅」留日的老同學賈植芳，如果他沒有把從習仲勳那裡聽到的毛澤東信件內容告訴賈植芳，歷史會不會重新改寫呢？

也許未必。陳業強先生在〈廣西教育事業發展的特點〉[2]一文敘述「肅反、反右派、反右傾、『文化大革命』對教育事業

---

[1] 《葉劍英年譜1897～1986下》（北京：中央文獻出版社，2007年）第788頁記載：1952年8月18日，葉劍英簽發華南分局致廣西省委並報中南局電報，提出幹部調動與配備的建議，其中擬調分局宣傳部理論教育處處長李迪生到廣西任省府文教廳副廳長。另據1954年調任廣西文教廳副廳長的劉毅生回憶，「從1952年12月起，實際上是由副廳長李迪生主管全廳工作」（見《足跡》，南寧：廣西人民出版社，2007年，第38頁）。

[2] 《歷史研究論文集》，天馬圖書有限公司。

的重大傷害」時，披露「肅反時說省教育廳副廳長李迪生是胡風分子，致使李迪生自殺；『文化大革命』時，說區教育廳黨組書記、副廳長李曉光執行劉少奇的修正主義教育路線，致使李曉光自殺。這四大運動對知識份子傷害極大。」再聯想到，經歷和李春潮有頗多相似之處、曾擔任江蘇省教育廳廳長的知識份子幹部吳天石「文革」中和妻子一起被紅衛兵鬥爭致死的慘劇，我們唏噓之餘，恐怕更值得的是去反思如何讓歷史的悲劇不再重演……

李春潮詩集應為《戰鬥之歌》

筆者查閱坊間多本詩人或作家辭典，均沒有發現收入李春潮或李迪生的辭條。欽鴻等先生編的《中國現代文學作者筆名錄》[1]，倒是收錄有李春潮的條目，不過出生地、生卒年均不詳，並稱李春潮以筆名「春潮」在1936年8月15日東京《文海》雜誌一卷一期上發表〈郭沫若先生「七請」理論再認識〉一文。事實上，該文是以「李春潮」署名的，目錄和正文皆是如此。

▲ 李春潮詩集《戰鬥之歌》封面

---

[1] 長沙：湖南文藝出版社，1988年12月。

對李春潮介紹最詳的，當數《戶縣誌》。其中的「李春潮」條目說他在工作之餘，「還積極從事詩歌創作和民歌的編輯工作。著有《黎炎詩集》、《戰地之歌》，編輯有《山歌聯唱》一、二、三集。早年還翻譯有日文版《歌德詩選》。」

《黎炎詩集》是李春潮在徐州工作時出版的詩集，也是他的第一本詩集，1948年由山東文化出版社出版，筆者尚無緣見到。3本《山歌聯唱》，根據《全國總書目1949～1954》（新華書店總店1955年編印、出版）記錄，應為《歌唱中國共產黨》（山歌聯唱集之一）、《歌唱人民把身翻》（山歌聯唱集之二）、《歌唱愛國大豐產》（山歌連唱集之三），均署名「李迪生編」，廣州華南人民出版社1952年12月出版。不過，上海書話作家韋泱先生2005年曾買一本編者為「李迪生」的《翻身山歌》（第一集），是華南人民出版社1951年12月出版的，和前述3本山歌聯唱集的關係，有待進一步確認。另外，根據山東人民出版社1990年9月出版的《戰爭年代的山東新華書店》一書，李迪生曾在1948年編輯出版過一本《反蔣民謠集》。從復旦大學圖書館、復旦大學古籍整理研究所1988年12月編輯的《趙景深先生贈書目錄》中，筆者還看到李迪生所編的《抗美援朝山歌集》，1951年8月由華南人民出版社出版。

至於《戰地之歌》，應該為《戰鬥之歌》之誤，其實也就是賈植芳先生回憶中為李春潮介紹到上海泥土社出版的《自由的歌》。

根據筆者掌握的材料，李春潮的《戰鬥之歌》1955年1月由泥土社出版，封面由齊白石老人題簽，所選詩歌不完全是賈先生所說的限於抗日戰爭和解放戰爭時期，還包括1950年到1954年之間的創作，總計67首。如加上卷首「獻辭」，則為68首。具體統計如下：1940年，1首；1941年，3首；1943年，3首；1944年，3首；1945年，9首；1946年，3首；1947年，10首；1949

年，7首；1950年，12首；1951年，2首；1953年，7首；1954年，7首。詩集中1942年和1952年的創作均為空白，頗為巧合，不知是工作繁忙疏於創作呢，還是覺得創作的詩歌不足入選呢，具體原因欠詳。

在這本詩集中，1940年創作的〈啊，綿山！〉，是一首朗誦詩，作者在詩後標註：

> 1938年冬抗日軍政大學（簡稱抗大）一分校在毛主席的指示下，從陝北甘泉出發，渡過黃河天險，到了山西，越過了最高的綿山，深入敵後晉東南，訓練著部隊的軍政幹部，這在建設敵後抗日根據地上有著偉大的歷史意義。這是我在抗大一分校二次東遷到山東、1940年春在女生隊幹部回憶晚會上的朗誦詩，也是我在敵後詩歌創作的開端。

李春潮1941年創作於山東的詩作〈我的詩〉，了無戰爭年代的硝煙氣息，也沒有後來詩歌創作中氾濫的空話、套話，是一首尊重創作規律、詩情迸發的佳作。試讀：

> 詩意兒又像泉水奔騰，／就是壓抑也是枉然，／生活是詩就有詩，／絕不是憑空的捏弄可成。
> 詩情兒時刻像潮水翻騰，／就是限制也是徒然，／波濤洶湧似的永也不能停留。／詩樣的生活構成了詩樣的篇幅。
> 詩緒兒紛亂如麻，／一點兒也無法把它整理，／就讓它水銀般的傾瀉吧！／它會結成豐碩的果實。
> 有誰能知曉我內心的詩情？／有誰能體會我的詩歌篇篇？／有誰能同情我熱烈的情感？／放射出，放射出共同的音籟。

在〈戰鬥之歌〉中，1945年創作的〈懷雪萊〉、〈懷歌德〉，1945年創作的〈我在聲聲將你呼喚——給G・君〉、〈海鷗〉、〈渤海頌〉，1947年創作的〈黎明之歌〉、〈石榴結得累累的時候〉等詩作，均不乏詩情、詩美，可圈可點之處頗多。此外，詩集中還有一些民謠體、民歌體創作，可能和作者曾經收集整理民歌民謠有關[1]。

1997年〈詩刊〉第1期發表方晴（即止庵）整理的〈郭沫若、陳毅同志關於詩的信〉，其中郭沫若1950年3月13日在寫給詩人沙鷗的信中專門介紹了他流亡日本期間就認識的李春潮[2]：

> 李迪生同志是徐州市教育局局長。抗戰前曾在日本，在解放區工作甚久。他很希望能和詩歌朋友聯繫。請你們直接和他通信吧。近來詩做不出來，等做出來的時候寄給你們。

從該信註釋中得知，李迪生後來在沙鷗和王亞平合編的《大眾詩歌》第1卷第3期發表了短詩〈俺的姐姐年18〉。看來，沙鷗等一些「詩歌朋友」是遵郭沫若囑和李迪生取得了聯繫。

李春潮1936年留學日本時曾和著名詩人覃子豪一起參加《詩歌》社的創作活動，後來又創辦《文海》雜誌。他雖因「胡風事件」落難，以至付出了生命的代價，但由於不屬於

---

[1] 他搜集的民歌〈全靠救星毛澤東〉，曾收入人民文學出版社1951年10月出版的1949年後第一本歌唱毛澤東的歌謠集《中國出了個毛澤東》，署名「李迪生收集」。

[2] 據前述〈希望之歌——懷念我們的父親李迪生〉一文披露，李迪生是在1936年魯迅逝世後留日進步學生召開的追悼魯迅集會時和郭沫若認識的，他不但邀請郭沫若赴會，還在會後護送郭回家。從此，兩人過往甚密。又據《郭沫若研究第七輯》（北京：文化藝術出版社，1989年）刊載的「文物徵集簡訊」，1988年6月，李迪生之子李建遵照母親的意見，把郭沫若1936年在日本書寫給李春潮的「〈莊子・逍遙遊〉節錄」條幅捐贈給四川郭沫若故居。

▲ 李滌生（左三）和詩人覃子豪（左四）、李華飛（右二）、雷石榆（右一）1936年11月在日本合影（李平女士提供）

「七月派」詩人，詩歌未選入新時期出版的集合20名「七月派」詩人的《白色花》或其他詩選，也從未被詩歌研究者論及，湮沒至今[1]。不過，像上述的〈我的詩〉等作品，在藝術上是不輸於任何一名同時代詩人的詩作的。他的包括詩歌和文論在內的著作，散失不少，值得研究者搜集、整理並給予恰如其分的評價。

2010年4月27日～5月13日初稿
2011年7月3日～8月16日修訂

---

[1] 當然，作為「胡風事件」的重要當事人，李春潮除了數次出現在賈植芳先生的回憶文章中外，同樣甚少為研究「胡風事件」的論者提及。

第四章

褒貶之間的清華英籍教授吳可讀

　　《季羨林隨想錄・6・我眼中的清華園》[1]，在「清華大學西洋文學系」一節中對教師陣容有過他自稱為「實事求是」的分析。季羨林筆下的美國教授溫德「沒見過他寫過任何學術文章」，美國教授畢蓮「在清華講授中世紀英語，也是一無著作，二無講義」。在談及英籍教授吳可讀時，則是如此寫道：

　　　　現在介紹吳可讀教授。他是英國人，講授中世紀文學。他既無著作，也不寫講義。上課時他順口講，我們順手記。究竟學到了些什麼東西，我早已忘到九霄雲外去了。他還講授當代長篇小說一課。他共選了五部書，其中包括當時才出版不太久但已赫赫有名的《尤利西斯》和《追憶逝水年華》。此外還有湯瑪斯・哈代的《還鄉》，吳爾芙和勞倫斯各一部。第一、二部誰也不敢說完全看懂。我只覺迷離模糊，不知所云。根據現在的研究水準來看，我們的吳老師恐怕也未必能夠全部透徹地瞭解。

　　或許是覺得自己對教師陣容的分析貶多於褒，季羨林在該節結尾強調指出：

---

[1]　北京：中國城市出版社，2010年1月。

我在上面介紹了清華西洋文學系的大概情況，絕沒有一句謊言。中國古話：為尊者諱，為賢者諱。這道理我不是不懂。但是為了真理，我不能用撒謊來諱，我只能據實直說。

▲ 季羨林青年時代
肖像

在《清華園日記》[1]「引言」中「我的老師們」部分，季羨林還有這樣一句話：「我的日記是寫給自己看的。雖然時間相距近70年，但我對老師的看法完全沒有改變。」

我承認季羨林的初衷是「絕沒有一句謊言」，也相信「時間相距近70年」之後他「對老師的看法完全沒有改變」。不過，需要指出的是，畢竟是大半個世紀之後的回憶，有些記憶既靠不住又有主觀因素。在此，不妨先看看季羨林上個世紀30年代的日記是如何記載的。

季羨林對吳可讀的課程最頭疼

季羨林《清華園日記》提及英籍教授吳可讀有數十處之多。第一處為1932年9月15日：

---

[1] 瀋陽：遼寧美術出版社，2002年8月。

今天是舊曆的八月十五。……上drama，王文顯只說
了兩句話，說他大忙，就走了。過午楊丙辰的Faust昨天
就說不上，我回到屋裡一睡，醒了後Pollard的Medieval
已上過了。

見《清華園日記》，第22頁

從日記中看，12日繳費選課，14日舉行開學典禮，15日應
該是正式上課第一天，然而季羨林所選讀的吳可讀（英文名A. L.
Pollard-Urquhart）的「Medieval（中世紀文學）」第一堂課就因
睡夢而耽誤了，顯然不是一個好的開始。儘管次日吳可讀的另
一門課程「Novel（西洋小說）」並沒有耽誤，但季在日記中已
經顯現了牢騷：「今年現代文學一科弄得簡直亂七八糟。好歹
Novel，Pollard上課了……」

四天之後，即21日，日記中第一次對吳可讀的課程表示出了
畏難情緒：「小說，吳可讀說得倍兒快，心稍縱即聽不清楚。」

季羨林在清華西洋文學系主修的是德文，英語閱讀和翻譯
有一定基礎。不過，從「心稍縱即聽不清楚」一句來看，其英
文聽力應該比較薄弱。

在10月4日的日記中，他的畏難情緒再次得到發洩：

早晨一早晨班，我最怕Quincy和Urquert，他倆是真
要命，今天一班drama一班Shakespeare就足夠我受的了。

這裡的Quincy是指系主任王文顯，所開課程為戲劇和莎士
比亞研究，Urquert是吳可讀英文名Pollard-Urquhart的誤寫。在前
述「清華大學西洋文學系」一文中，季羨林曾說王文顯「英文
極好，能用英文寫劇本，沒怎麼聽他說過中國話」。（再次印
證季羨林的英語聽力存在問題。）

10月13日的日記裡有「過午考中世紀，一塌糊塗」字樣，21日日記中則有「早晨三班，近代小說、西洋小說、文藝復興，簡直等於受禁」的記載。到了28日，他日記中的憤怒已近乎人身攻擊了：「早晨連上兩班吳可讀的課，真正要命已極，吳可讀怎麼能從Oxford畢業呢，真笑天下之大話。」

11月的日記涉及吳可讀的主要有三條，分別為：

二日　機械般地，早晨仍然上班，老葉胡謅八扯，吳可讀簡直要命，溫德也莫明其禮拜堂。

二十二日　今天同星期四是我最怕的一天，因為有王Quincy的課，上他的課，作抄寫機，真比上吳可讀的課都討厭。過午中世紀文學，說下星期又要考，真混蛋。

二十九日　早晨仍只上法文，別人一律大刷，看中世紀也。過午中世紀考得倍兒壞，然而也沒關係，總是過去了。

分別見《清華園日記》，第51頁、64頁和67頁

陳福田　郝期德　溫德　王文顯　鄧聲　吳可讀　畢蓮

▲《清華年刊1925-1926》中英文系教授合影

對於王文顯課程的不滿，源於「上他的課，作抄寫機」，這一點在《清華園日記》中不止一處；但對吳可讀課程的意見，除了第一次的「心稍縱即聽不清楚」外，其餘幾次的抱怨為「真要命」、「要命已極」和「簡直要命」，原因是否還是聽力的問題，雖不能妄自揣度，還是有跡可循的。

12月的日記裡則有16日「早晨四班，刷吳可讀一班」、28日「早晨吳可讀忘帶講義，不能lecture，小說又沒上」和30日「今天早晨又結果了一樣——現代小說。吳可讀先生好容易敷衍了一學期，我們也真受夠了」等記載。

日記中「吳可讀忘帶講義，不能lecture」的記載，和半個多世紀後季羨林稱「他既無著作，也不寫講義」的回憶明顯有了矛盾。究竟孰是孰非，後文將有論述，此處不贅。

1933年的《清華園日記》裡，直到4月12日才再次提起吳可讀，而且一提就是連續3天：

> 十二日　回到學校，剛吃過飯，聽說早晨吳可讀因為上課人太少，要禮拜五考Madame Bovary，大驚，因為我只看了二十頁，於是拼命看——頭也暈，眼也痛，但也得看，不然看不完。
>
> 十三日　今天主要工作就是看Madame Bovary，無論怎樣，總得今天看完—眼更痛，頭更暈，但我也更往下看，終於完了。不禁大快，但也罵吳可讀。
>
> 十四日　今天考，題容易。
>
> 見《清華園日記》，第109頁

十分有趣的是，14日的日記「今天考，題容易」之後，對吳可讀不再有抱怨。原因如何，不難想見。

此後，《清華園日記》中涉及吳可讀的地方就不多了，估計是選讀的課程結束了。最後一條應該是11月30日考過「古代文學」之後：

> 晚上把《心痛》抄完了，但是只能算是初稿，將來恐怕還要修改。幾天來，都有關於寫《心痛》的記載，看來不知道我take它多serious，費了多大勁，但其實卻不然。只是零零碎碎地心血來潮的時候寫一點，也就寫完了。這種「時候」大半都是在吳可讀堂上（在這裡，我證明Habit of thinking），並沒費多大勁。
>
> 見《清華園日記》，第178頁

1934年1月26日，季羨林有一則日記，記錄了他行將從清華畢業前的考試成績以及他的感受：

> 分數差不多全出來了，真使我生氣，有幾門我簡直想不到我能得那樣壞的分數。這些教授，真是混蛋，隨意亂來。
>
> 因為分數的關係，又想到將來能否入研究院，山東教（育）廳津貼能否得到——心裡極不痛快。
>
> 見《清華園日記》，第208頁

看來，他當年對教授們的不滿，還是由來有自的。

錢鍾書兩評吳可讀著作

季羨林筆下的吳可讀，可以說是乏善可陳。那麼，吳可讀的其他學生對他印象如何呢？1925年到1931年曾在清華大學讀書

的教育家徐士瑚[1]在《九十自述》[2]中有過如下敘述：

> 西洋小說由牛津大學出身的英人吳可讀先生講，可惜他的英文名字想不起來，他講得也很慢，所以我們筆記記得也很全。他講到英、法、德、意、西、俄等國的大小說家，《西洋文學概要》課上，霍先生已經談到，只不過未對他們的名作多加分析而已。吳先生將每個重要小說家及其作品都作了詳盡的闡述與分析，他還佈置我們課外細讀英國19世紀大小說家簡・奧斯丁的《傲慢與偏見》，在課堂上作了特別詳盡與獨到的分析，使我們獲益匪淺。他在清華講授此課有四五年之久，最後將他的講稿整理成《西歐小說概略》交商務印書館出版。我1936年8月任山大[3]英文系主任時曾採用此書作為三年級學生上「英國小說」課的教本。

這段文字提供了2條資訊：

一、吳可讀講課「很慢」，這和季羨林「吳可讀說得倍兒快，心稍縱即聽不清楚」的說法截然不同。吳可讀教徐士瑚雖然比教季羨林早了幾年，但教學方式似不會在幾年裡發生根本性的變化，由「很慢」變為「倍兒快」。其中原因不外乎前述的季羨林「英文聽力比較薄弱」。所謂「會者不難，難者不會」，聽力快慢同理，學過外語的人都有此種體會。

二、吳可讀上課是有講稿的，後來還整理出版了。這一點和季羨林1932年12月28日日記中「吳可讀忘帶講義，不能

---

[1] 徐士瑚（1907～2002），字仙州，號雲生，山西省五台縣人。文學家、教育家、教授。
[2] 《山西文史資料全編》第10卷第109輯～第120輯，2000年10月。
[3] 山西大學。

lecture」的記載相吻合，說明半個多世紀後季羨林稱「他既無著作，也不寫講義」的回憶是有誤的。

▲ 1926年6月商務印書館初版的《注釋狄更司聖誕述異》（Dickens's Christmas Carol）版權書影。

▲ 1928年4月商務印書館初版的《潘墅美人》（The Fair Maid of Perth）版權書影。

◀ 1928年6月商務印書館初版的《賓華德傳》（Quentin Durward）版權書影。

　　不過，徐士瑚說吳可讀「將他的講稿整理成《西歐小說概略》交商務印書館出版」並不確切。因為經過多方查詢和考證，吳可讀在華至少出過5本編著，多半有過再版。其一是1926年6月商務印書館初版的《註釋狄更司聖誕述異》（Dickens's A Christmas Carol）[1]，其二是1928年4月商務印書館初版的《潘墅

---

[1] 初版署中、英文名，中文名為「樸拉特」。1948年9月出版的第4版，僅署英文名。

美人》（The Fair Maid of Perth）[1]，其三是1928年6月商務印書館初版的《竇華德傳》（Quentin Durward）；其四是1930年11月商務印書館初版的《英國散文選》（1933年2月印行國難後第1版，1949年曾重印），其五是1933年3月由北平法文圖書館（The French Bookstore）的Henri Vetch（亨利‧魏智）出版發行的《西洋小說發達史略》。從徐士瑚所說「曾採用此書作為三年級學生上『英國小說』課的教本」，應該是

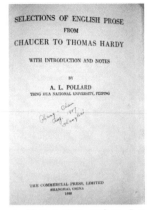

▲ 筆者收藏吳可讀著《西洋小說發達史略》封襯上的作者題贈簽名

《英國散文選（Selections of English Prose: From Chaucer to Thomas Hardy）》無疑。需要指出的是，這裡的「散文（prose）」不同於平常意義上狹義的散文，它包括詩歌以外的一切非韻文體裁，諸如小說、戲劇、文學批評、傳記、政論、演說、日記、書信、遊記等等，涵蓋面很廣。

　　許淵沖在《聯大人九歌》[2]也曾提及大三上課時教授使用的是吳可讀的講義：「上陳福田先生的《西洋小說》，他基本上是拿著Professor Pollard（吳可讀）的講義照本宣科，每句念兩三遍，連標點符號都照念不誤，要我們聽寫下來。」

　　陳福田當時是西南聯大英語系主任，他使用吳可讀的講義授課，至少可以說明對其講義內容的認可。

　　除此之外，對吳可讀著作認可的還有比季羨林高一級的清華學長錢鍾書和上個世紀30年代在國立編譯館任編譯的周駿

---

[1] 初版署中、英文名，中文名為「樸拉特」。筆者購得過1933年的版本。
[2] 昆明：雲南人民出版社，2009年。

▲ 錢鍾書青年時代肖像

▲ 錢鍾書發表於1931年
《清華週刊》第8-9
期的書評〈A BOOK
NOTE〉書影

章[1]。《錢鍾書英文文集》[2]中，收錄有他30年代為吳可讀2本著作撰寫的英文書評，其一是〈Book Note I〉，評介《英國散文選》，發表於1931年《清華週刊》第8～9期；其二是〈Great European Novels and Novelists〉，即《西洋小說發達史略》書評，發表於《中國評論家》1933年第6期。

書評〈Book Note I〉開頭的句子：「Professor Pollard-Urquhart's editions of some of the most best-known novels of Scott and Dickens have long been found helpful by Chinese students of English ,and this new anthology of his will be equally serviceable」，中文有兩層含義：一是吳可讀編輯的司格特和狄更斯名作選本早已被證實對學習英語的中國學生確有幫助，說明吳可讀出此書前確實編有講義；二是吳可讀的新選本（即《英國散文選》）同樣會對中國學生有裨益。

書評接著指出，由於書的題目有「From Chaucer to Thomas Hardy（從喬叟到湯瑪斯·哈代）」的字樣，所以該選本沒有當代作家（Contemporary authors）的位置，同時美國作家，甚至一些英

---

[1] 周駿章曾在1936年6月19日出版的《國聞週報》第13卷第41期發表「書評」《評吳可讀著西洋小說發達史略》，在提出一些意見的同時，認為該書「是一部好書，勝過普通中文所作小說論，小說研究，小說大綱和小說ABC。其中所有的訛誤，若在校對時慎重校閱，一定可以免去。我們希望此書再版時，一切欠妥之處都修正無誤，使本書成為完璧，而讀者就可以完全信用它了。」

[2] 北京：外語教學與研究出版社，2005年8月。

國大師級的作家如利・亨特（1784～1859）和史蒂文生（1850～1894）也不在其中，儘管如此，該書還是涵蓋了非韻文寫作的所有範圍，「比較全面和有代表性」。

錢鍾書在書評〈Great European Novels and Novelists〉的開端，則是指出吳宓教授為該書題寫的中文書名略有誤導之處，因為該書涉及面遠比中文書名所蘊含的範圍要窄（The Chinese title of this book《西洋小說史略》[1]（literally, "A Brief History of the Development of Western Novel"）which is written by Prof. Wu Mi in austere, four-square characters, is slightly misleading. The book covers a much narrower field than its Chinese title implies.）[2]。書評接著舉例說，美國小說就沒有被包括在內，雖然所選的亨利・詹姆斯生在美國，但死的時候卻在英國。錢鍾書認為，吳可讀重點放在了法國、英國和俄羅斯作家上，書的序言裡也表示「這些國家的小說似乎讀的人更多一些」。由此，錢鍾書覺得這本書的英文名《Great European Novels and Novelists（直譯應為「歐洲偉大的小說和小說家」）[3]》更能體現該書的傾向性。錢鍾書評價說：「作為一本主要是學生使用的教材，這本書是令人欽佩的；該書目前在中國幾乎是獨一無二的，在未來相當一段時間也可能同樣如此（This book is primarily a text for student's use, and as such, it is admirable. It is almost unique in China and will likely remain so for a long while yet.）」。

---

[1] 《錢鍾書英文文集》原文如此，和吳可讀著作《西洋小說發達史略》相比，少了「發達」二字。因未見發表於《中國評論家》1933年第6期的書評原文，無法判斷原因。

[2] 《為錢鍾書聲辯》（李洪岩，范旭侖著，天津：百花文藝出版社，2000年）第151頁註①云「吳宓有個講義，《西洋小說史略》，錢先生在評他老師吳可讀（A.L.POLLARD）的European Novels And Novelists時提到，說寫得笨樸而有微疵（austere，slightly misleading）」，此書不但把吳可讀的著作《西洋小說史略》錯當作吳宓的，也沒有讀懂錢鍾書這段英文的要義。

[3] 《清華國學研究院史話》（北京市：清華大學出版社，2002年，第207頁）記載：「外文系教師的學術著作，文學創作有王文顯的四個英文劇本：《兩者之間》、《設計誘陷》、《北京政變》、《委曲求全》；文學史研究有吳可讀的《歐洲小說和小說家》，瞿孟生的《歐洲文學簡史》和《比較文學》，這三種書都是根據講義改寫的。」

《Great European Novels and Novelists》一書附錄了中國當時已經翻譯成中文的「作家和作品中英文對照目錄」（「Names of Authors and Books in Chinese and English」）。對此，錢鍾書表示十分困惑，甚至認為「幾近無知」（The list is almost—well, illiterate）。因為目錄裡只有36本小說，又沒有說明選擇的標準，而每個人都能夠列舉出他所想到的版本。錢鍾書還批評這個目錄對於提及的36本小說的中譯本也未能搜集全面。比如《包法利夫人》至少有兩種譯本，但目錄只提到一本。此外，目錄中有徐志摩翻譯的《贛第德》，而錢鍾書認為《學衡》上連載的《贛第德》十分精彩，也完全應該在目錄上提及。

《Great European Novels and Novelists》一書的封面，並沒有英文字樣，只有「英國吳可讀著西洋小說發達史略吳宓題」的字樣。事實上，吳宓不僅題了中文書名，甚至連中文書名也是他取的，因為吳可讀在該書前言中感謝吳宓時就表示「for kindly giving and writing the Chinese title of the book」。

▲ 吳宓肖像　　　　▲ 吳可讀著《西洋小說發達史略》封面

在對吳宓表示感謝之前，吳可讀還感謝了另一名清華教授「Yeh Tsung-Tze」，即葉崇智。提到這個葉崇智，很多人會覺得陌生，其實，他就是大名鼎鼎的葉公超。溫梓川在《文人的另

一面》[1]中談到清華大學時表示：「那時西洋文學系主任是葉公超，他當時叫葉崇智，公超是寫文章用的筆名，現在曉得葉崇智這個名字的人恐怕不多了。」確實，在《清華年刊1925～1926年》的教師名錄中，就只有葉崇智而沒有葉公超。

吳可讀感謝葉崇智，是因為葉為《Great European Novels and Novelists》一書編寫了所附錄的「作家和作品中英文對照目錄」，而錢鍾書在書評中大為詬病的，正是這個目錄。不過，平心而論，葉公超編寫的「作家和作品中英文對照目錄」中的譯本多為出版社已經出版過的單行本，極少為雜誌連載的其他版本，錢鍾書關於《贛第德》的說法，如果不是吹毛求疵，就是另有原因。曾有很多文章提及葉公超錢鍾書師生關係不睦，比如說葉曾挖苦錢說「你不該來清華，應該去牛津[2]，而錢鍾書也在小說《圍城》中以「曹元朗」影指「葉公超」[3]，不過多是傳言，原因也語焉不詳。錢鍾書所寫的《Great European Novels and Novelists》書評中對葉公超的批評，應是兩人之間矛盾的最早文字記錄。這一資料，此前尚無人提起。

獻身中國教育事業16載

在談及清華的外籍教師時，季羨林1993年3月在〈我的心是一面鏡子〉中寫道：「外國教授幾乎全部不學無術，在他們本國恐怕連中學都教不上。因此，在本系所有的必修課中沒有哪一門課我感到滿意」[4]，1995年又說：「現在回想起來，說一句不客氣的話，我從這些課程中收穫不大」[5]。季羨林先生年輕的

---

[1]　桂林：廣西師範大學出版社，2009年。
[2]　引自《葉公超：最是文人不自由》，《讀者》2011年13期。
[3]　見蔣寅著《金陵生小言》，桂林：廣西師範大學出版社，2004年12月，第18頁。
[4]　《東方赤子‧大家叢書季羨林卷》，北京：華文出版社，1998年1月，第89頁。
[5]　出處同前註，第122頁。

時候恃才傲物，對老師頗有微詞，本無可厚非；但他到了耄耋之年，不但罔顧國人「師傅領進門，修行靠個人」的箴言，而且缺乏西人「如果說我比別人看得更遠些，那是因為我站在了巨人的肩上」（語出牛頓）的襟懷，武斷地幾乎一筆抹殺掉清華外文系外籍教授為當時中國外文教育做出的努力和貢獻，實在令人不解和遺憾。

當然，和季羨林觀點相左的先賢大有人在。據與錢鍾書同年考進去的清華大學外文系的甘毓津回憶說：「當時的教授陣容很強，我想，如果學生學得不好，只能怪自己」[1]。鄭朝宗在《海濱感舊集》[2]中評價季羨林口中沒有著作的美籍教授溫德時則指出：「在他的教導和影響下，清華外文系培養出不少有成就的作家和文學研究者，他的功勳是不可抹殺的。」

至於本文所關注的吳可讀（A. L. Pollard-Urquhart，1894～1940），這位英國牛津大學碩士[3]，自1923年8月到清華學堂擔任英語教授，一直到抗戰期間受聘昆明西南聯大教授任上去世，凡16年，把全身心投入到中國的外文教育事業上來，培養了大批人才。

作為吳可讀清華大學的多年同事，吳宓在日記中對其記載達數十條之多。1926年9月16日，上午和下午有學生分別求見吳宓，要求撤換陳福田和吳可讀，吳宓均未允許，教務長梅貽琦「亦主張不當因學生之要求而撤換教員」。在當天的日記裡，吳宓表達了對吳可讀的大力推崇和相當強硬的立場：

---

[1] 見《離校五十年》，新竹，《清華校友通訊》，新83期校慶專輯，1983年4月29日出版，第44頁。轉引自《一代才子錢鍾書》，上海：上海人民出版社，2005年5月。
[2] 廈門：廈門大學出版社，1988年6月。
[3] 吳可讀1928年前出版的3部著述，署名時標為「B.A」（學士），1933年出版《西洋小說發達史略》時始標「M.A.OXON」（牛津碩士）。

下午，舊制部「小說」班學生瞿楚等三人來，請撤換該班教員Pollard-Urquhart而以樓光來代之。宓不允，謂Pollard-Urquhart先生於小說研究甚深，所讀之書極多，故群推許之，而請其特授「小說」一課，何可更換？如君等必欲退課，三數人盡可自由行動云云[1]。

1923年考上清華學堂的英語教育家水天同在〈我與外語學習〉[2]中，回憶了受教於吳可讀及抗戰期間辦學受到吳可讀幫助的經歷：

> 文法課是由一位英國老牧師A. L. Pollard-Urquhart（漢名吳可讀）教，他自稱沒學過英語文法，但他懂得英語。我們的教科書是一位在我國多年的老牧師Graybill著的綜合教材，《英文津逮》第四冊。老師一上堂就發紙，教我們用大約十五分鐘的時間默寫。先是我們學生們合上書聽他念。頭一遍只聽他慢慢地讀課文，第二遍他念我們寫，第三遍他念，我們自行核對所寫的東西，自行改正，然後交卷。其餘的時間他講書中的某課課文，講解無多，最後我們師生都默讀課文（有時是一段小故事或一首短詩），然後下課。他非常準時，從不拖延課時，鈴一響，他就合上書說聲Good-bye就下課了。
> ……
> 在昆明，中國基本英語學會與雲南省教育廳合辦了一所雲南省立英語專科學校。辦學的目的是為雲南省培養中學英語師資。英專招收高中畢業生，學制三年，由

---

[1]　《吳宓日記第3冊1925〜1927》，北京：生活・讀書・新知三聯書店，1998年，第223頁。
[2]　載《外語教育往事談——教授們的回憶》，上海：上海外語教育出版社，1988年8月，第107頁。

我擔任校長。我的後臺是我的老師，先是吳可讀，後是溫德。我在這兩位老師的指導與幫助下，又得到了許多中外友人的幫助，如聞一多、凌達揚等。雖然在那些年月辦學確屬艱難，但終於把英專辦下來了……

翻譯家趙蘿蕤則在〈我的讀書生涯〉中回憶說，她在清華大學外國文學研究所讀研究生期間（1932～1935），「還跟吳可讀老師讀了英意對照的但丁《神曲》，唯一的同班生是田德望學長。與他同窗是在清華三年中的最大收穫之一」[1]。

北京大學教授李賦寧曾表示，吳可讀「培養了田德望先生成為了我國的但丁專家」：

> 清華還選拔了一些研究生出國深造。研究義大利文學的但丁專家田德望先生，就是當年被選送的研究生之一。田先生在清華跟英籍教授吳可讀（Pollard-Urquhart）讀研究生。吳可讀先生早年在Florence教一位義大利貴族英文，學會了義大利文，並研究但丁神曲。田德望先生研究生畢業後，被送往Florence留學。一年後，又轉學德國Heidelberg大學聽但丁講座，因此對但丁的名著《神曲》有深入的研究。他在德國又研究德國文學，也很有成就。……業餘開始譯註但丁《神曲》。經過十多年的努力，終於完成了全書，在商務印書館出版。義大利政府曾授予田先生榮譽獎章，感謝田先生對中意文化交流的貢獻[2]。

---

[1] 轉引自1998年6月17日《中華讀書報》。
[2] 《學習英語與從事英語工作的人生歷程》，北京：北京大學出版社，2005年4月，第20頁。

索天章則在〈憶許國璋學兄〉一文中談到許所受到的包括
吳可讀在內的老師的影響：

> 當時的清華大學非常重視道德品質的修養，外文系
> 教授吳宓、王文顯、吳可讀等人都講究儀表，說話寫文
> 章字斟句酌。許國璋耳濡目染，受其影響，上課時衣冠
> 楚楚，講課則力求簡潔通達，頗受學生的欣賞[1]。

吳可讀是1940年在昆明去世的。關於他的死因，《抗日戰
爭與中國知識份子——西南聯合大學的抗戰軌跡》一書有如下
記載：

> 在日軍狂轟濫炸中，西南聯大教師雖沒有被炸身
> 亡者，但外文系英籍教授吳可讀，卻在空襲中被汽車撞
> 倒，跌傷膝部，遂即發炎，後送至羅次休養，但治療無
> 效，不幸於1940年10月24日逝世。吳可讀戰前即在清華
> 大學任教，為中國教育事業辛勤服務了17年。他雖為英
> 國人，但始終支持中國抗戰，曾表示「偉大的中華民族
> 之神聖抗戰，一定能得到最後勝利，奠定世界之真正和
> 平，如中國不繼續抗戰，則世界永無和平之日」。吳可
> 讀教授的逝世，是日本侵華暴行的又一筆血債[2]。

吳可讀逝世後，當時的國民政府行政院1940年12月27日曾
發佈「陽字第26208號」院令予以褒獎：

---

[1]　《許國璋先生紀念文集》，北京：外語教學與研究出版社，1996年，第20頁。
[2]　北京：社會科學文獻出版社，2009年8月，第110～111頁。

查國立清華大學英籍教授吳可讀，在校任教16年，啟迪後進，勞瘁不辭，近年兼主中國正字學會英語教學研究及推進工作，亦多貢獻，茲聞溘逝，悼惜良深，特予褒揚，以昭懋績。此令。

（見《行政院公報》1941年第2期）

可謂對吳可讀的貢獻做了恰如其分的評價，也算作蓋棺論定。

行將結尾，讀到吳宓1959年1月2日日記裡的一段趣聞，和他為吳可讀題寫書名的《西洋小說發達史略》有關，特錄如下，固然可見吳宓愛書之深，更可見吳宓對吳可讀之書的珍惜之情：

楊溪來，留午飯，進桑酒。飯後將為溪講書而鄭思虞來，宓乃2：00～3：15陪虞入碚市遊一周，觀嘉陵江冬春之水第十度呈綠色矣。新華書店購《德國文學簡史》馮至等編，八角八分。一冊以歸。溪覆衾臥開桂室中，於是起，先呈還其上次所借之《西洋小說發達史略》，宓見該書中有溪以指甲刻劃之印記三處，甚怒，遂以指甲刻劃溪之手背，並命溪立誓不再污毀宓之書籍，然後以S. P. Sherman之《現代文學論》借與溪讀[1]。

---

[1] 《吳宓日記續編第4冊1959～1960》，北京：生活・讀書・新知三聯書店，2006年3月，第4頁。

第五章

周小舟早年文學活動管窺

▲ 《周小舟紀念文集》
封面書影

　　為紀念周小舟誕辰100周年（2012年11月11日），中央文獻出版社2010年1月推出皇皇一巨冊《周小舟紀念文集》，分為「文稿選編」、「回憶與緬懷」和「附錄」3個部分。其中「文稿選編」收入周小舟文稿24篇，除了寫於1944年6月的回憶文章〈我與一二九〉及1943年5月在冀中黨政軍民整風學習討論會上的發言節選〈關於整風學習的認識方法和組織〉外，其餘基本上都是1949年後的工作報告、會議講話。作為革命家、政治家的周小舟的風貌，在文集中表現得綽綽有餘，但作為在上個世紀三十年文壇嶄露頭角的文學家的周小舟的風采，卻了無痕跡。關於其文學活動，反映在文集附錄中的〈周小舟傳〉和〈周小舟生平年表〉部分，不過寥寥數語，並未予以符合歷史實際的記

載。本文試圖對周小舟早年（以大學時代為限）的文學活動，作如下管窺，以期周小舟留給國人的形象，更加豐滿一些。

周小舟贈給工作人員的照片，零邊題名為
周小舟在照片背面兼筆題寫

◀ 周小舟年輕時候的風采（摘自
《周小舟紀念文集》）

筆名「周筱舟」和「筱舟」的認定

周小舟早年文學活動情況，稱得上豐富多彩，但相關記載極其稀少，原因不外有二，一是當事人早逝，沒有相關文字記錄，二是知情人不多，也沒有留下具體的回憶。因此，若將周小舟當年使用的筆名，考辨清楚，則其文學業績，還是可以有跡可循，從而呈現於世人面前的。

《中國現代文學作者筆名錄》[1]、《中國現代文壇筆名錄》[2]、《中國共產黨名人詞典》[3]和《中國近現代人物別名詞典》[4]，在周小舟或周懷求的條目下，只是收有「周筱舟」、「筱舟」的筆名或別名，沒能明確指出筆名的使用時間、作品篇目等詳細情況。

在《中國現代文學作者筆名錄》中，周小舟的條目算是最為詳盡的：

[1] 徐乃翔、欽鴻編，長沙：湖南文藝出版社，1988年。
[2] 曾健戎、劉耀華編，重慶：重慶出版社，1986年，第268頁。
[3] 徐為民編，瀋陽：遼寧教育出版社，1988年第，585頁。
[4] 瀋陽：瀋陽出版社，1993年10月，第484頁。

原名：周懷求。

筆名：

周筱舟——見於譯作《野火》（蘇聯高爾基作），載1934年《文史》1卷4號。

筱舟——署用情況未詳。

條目中所提及的《文史》1卷4號，由吳承仕主編，出版於1934年12月1日，出版地在北平，其中確有署名「周筱舟」翻譯的高爾基的小說《野火》。至於1935年上海黎明書局伍蠡甫主編的《世界文學》1卷5期，則有署名「筱舟」翻譯的蘇俄作家S. Simenov（通譯「西蒙諾夫」——筆者註）的《一個奴隸的誕生》，《世界文學》1卷6期也發表有署名「蠡甫」和「筱舟」合譯的蘇俄作家Ilya Ehrenburg（通譯「愛倫堡」——筆者註）的《柏羅托里胡同》。那麼，是否可以判定上述的「周筱舟」或「筱舟」就是前文幾本工具書中所涉及的「周懷求」，也即周小舟呢？

事實確實如此。當然，結論的得出還基於以下幾點理由：

首先，「筱舟」和「周筱舟」翻譯作品發表的時間相同，主要集中在1934年和1935年。與此同時，周小舟也以原名「周懷求」在1934年南京《文藝月刊》5卷3～5期發表翻譯法國作家伏爾泰的《贛第德》、1935年北平《文學季刊》2卷3期發表翻譯俄國作家左琴克（通譯「左琴科」——筆者註）的《恐怖之夜》，可為旁證。周懷求1935年4月加入中共後，很快成為一位職業革命家，曾幾何時，中國文壇再無署名周筱舟、筱舟或周懷求的作品出現。

其次，「筱舟」和「周筱舟」的翻譯作品，以蘇聯作家的作品為主，當然也有其他國家的作家作品。不過，其翻譯所依

據的文本均為英文，這和同時期他以原名「周懷求」的翻譯作品來源一致。比如，除了上述的《野火》外，還有1934年連載於北平《文化與教育》旬刊第11期和第12期的蘇俄作家Alexander Yakovlev的《中國花瓶》，原文就來源於「London Ernest Benn Limited」1932年出版的《Bonfire: Stories out of Soviet Russia》中的 "The Chinese Vase"。

再次，周小舟1934年曾以原名「周懷求」在《文化與教育》旬刊第42期發表文藝綜述〈一年來的中國文壇〉，其中在「雜誌年的盛況」中談及12家新近出版的刊物《文學季刊》、《水星》、《文史》、《學文》、《當代文學》、《譯文》、《太白》、《世界文學》、《人間世》、《詩歌月刊》、《新語林》、《春光》時指出：

> 在這許多雜誌上出現的，有許多「新人」——新進的作家，他們都能夠用熟練的技巧，參加到文藝陣線裡來。記得數年前，小說月報和創造月刊對壘的時代，打開一本雜誌，總是那幾位宿將舊人，現在的情況，已大不同於那個時代了，大批新的生力軍，保證了文壇的健康與堅實。

筆者發現，此文中談及的《文學季刊》、《文史》和《世界文學》的作（譯）者裡，恰恰就有「周懷求」、「周筱舟」或「筱舟」。由此看來，「新人」之說，未必是無的放失。

最後，但是最重要的一點，先父吳奔星1933年至1937年在北師大國文系讀書期間，和周懷求既是湖南同鄉，又是比周晚兩屆的系友。他曾積極參加周懷求領導的北平高校黃河水災賑

濟活動[1]，後來由周介紹加入「民先」。父親健在時多次告訴筆者，他於1936年曾為《北平新報》編輯過一個名為「半月文藝」的副刊[2]，當時邀請過包括周懷求在內的多名北師大同學寫稿。遺憾的是，他生前雖數次委託學生和朋友去查找《北平新報》，但始終未果。直到前不久，筆者才通過首都圖書館文獻諮詢部門查到《北平新報〉》「半月文藝」副刊數期，原來《半月文藝》創刊於1935年5月4日，比先父回憶的時間足足早了一年，這應該是他生前托人從1936年的報紙中查找而一無所獲的主要原因！筆者發現，當年7月6日的《半月文藝》第5期（刊頭誤為第4期），以頭條位置發表了「筱舟」翻譯的「A. Vesyolg」原著的《俄羅斯浸在血泊裡》！此文文末顯示「未完」，而該期副刊「下期內容示要」中也明確標明有「筱舟：俄羅斯浸在血泊裡（續完）」字樣，表明下一期《半月文藝》還有連載，儘管筆者目前尚未看到該期副刊。

▲ 筱舟譯作《俄羅斯浸在血泊裏》，刊載於1935年7月6日吳奔星主編《北平新報》副刊《半月文藝》第5期

---

[1] 1935年10月21日北平《世界日報》刊發的〈師大捐衣〉新聞裡，有「國文系吳奔星君7件」字樣。對這次水災賑濟活動，周小舟1944年曾回憶說：「7月黃河水災，我們發動各校組織水災救濟會，以女一中、師大、清華、東北大學組織較好。這個組織團結了許多先進青年，為以後一二九運動做了組織上的準備。」（見《周小舟紀念文集》，北京：中央文獻出版社，2010年1月，第3頁。）

[2] 吳奔星也曾在〈在向邵西師請教的日子裡〉（見《黎錦熙先生誕生百年紀念文集》，北京：北京師範大學出版社，1990年4月，第156頁）一文中表示：「1936年6月我主編的北平《小雅》詩刊創刊，正逢方瑋德逝世一周年，來不及刊出吊念他的詩文，遂在我主編的《半月文藝》（《北平新報》副刊之一）上發刊『悼念詩人方瑋德專輯』。」同樣是誤記了時間和相關事實，《半月文藝》上並無「悼念詩人方瑋德專輯」，只在1935年6月15日刊發過《詩的創作專號》，其中有吳奔星的詩作〈紀念詩人方瑋德〉而已。

綜上所述，「周筱舟」和「筱舟」是周懷求當時的筆名，應該是無疑的。

關於作家的筆名問題，韓石山先生在一篇談李健吾先生答問[1]中表示：僅僅憑《中國現代文學作者筆名錄》一本書去判定作家的筆名是不行的，「必須找到文章，倒回去找到原始材料，而且要證據確鑿才行」。筆者以為，韓先生所持的原則十分嚴肅，也很科學。筆者在尋覓和論證周小舟的筆名過程中，雖然尚未讀到韓先生的上述文字，但所遵循的原則和韓先生別無二致。因此看了韓先生的文章後，於我心有戚戚然焉，不得不記。

翻譯過高爾基小說《野火》全文

在吳承仕主編的《文史》雙月刊1卷4期上，周筱舟翻譯的高爾基的《野火》有14頁，約1萬字。從文後「未完」字樣看，該刊下一期應該繼續刊載，但尋遍四方，未得該期雜誌，或許因為種種原因而「突然死亡」。事實上，在上個世紀三、四十年代的文壇，刊物因政治或經濟因素突然終刊的情況並不罕見。好在《野火》文前的有一段譯者按語，透露出不少資料，不妨一引：

▲ 刊載於《文史》1934年1卷4期周筱舟譯作《野火》書影

[1] 見《名作欣賞》2011年第5期，第108頁。

野火Other Fires是高爾基Gorky氏四部曲Tetralogy
四十年代——克林姆沙姆金之一生The Life of Clim
Samghin的第三部，接著Bystander（已有中譯本，名
四十年代，麥耶夫譯）與第二部Magnet的。每書都自成
段落，各各描寫沙姆金之生活中之一時期，所以四書合
起來看，便可見沙姆金之整個的一生，分開來讀，也可
見他在某一生活階段中的態度和特點。

　　譯文係據1933美國D. Appleton And Company出版巴
克雪氏Alexander Bakshy英譯重譯的，文中註釋有係英
記者[1]所加者，都已特別標明，以免掠美。

　　譯者也將本書全文譯竣，惟尚待整理修訂，出版需
時，故將業經整理之第一章，先行發表，以求指正。

譯者1934年9月25日

　　從按語中我們得到如下線索：一、周筱舟翻譯的《野火
Other Fires》是高爾基四部曲《The Life of Clim Samghin克林姆沙
姆金之一生》（現通譯為《克里姆・薩木金的一生》[2]）的第三
部分，寫於1930年；二、該書第一部分、創作於1927年的《The
Bystander》，當時已有中譯本，叫《四十年代》[3]，譯者是麥
耶夫；三、周筱舟翻譯《野火》並非依據俄文，而是源自英譯
本；四、周已經把《野火》翻譯完畢，準備待整理後出版，而
發表在《文史》雙月刊上的只是其第一章。

　　筆者查詢了1949年前出版的高爾基的相關譯著，這部未完
的「四部曲」，除了麥耶夫翻譯的《四十年代・上》外，羅稷

---

[1]　「記者」疑為「譯者」誤植。
[2]　《克里姆・薩木金的一生》是高爾基的長篇小說。1925年開始創作，1936年4卷全部出
　　版。這是一部俄羅斯社會生活的編年史，作品副標題叫「四十年」（可參見《名家名
　　作鑒賞從高爾基到艾特瑪托夫》，福州：福建教育出版社，1992年6月）。
[3]　《四十年代・上》（上海聯合書店，1931年1月10日初版）。

南翻譯了全部4本[1]，儘管他第三部譯本中文名為《燎原》和周筱舟的《野火》不同，但兩人翻譯所依據的英文版本完全一致。遺憾的是，周筱舟至少30萬字的《野火》譯稿未能如願「整理修訂」後出版，事隔大半個世紀，不知是否還存於這個世界？不知是否還有機會重見天日？

順便說一點題外話，據王蒙回憶[2]，胡喬木曾說過，「高爾基的《母親》是典型的，但高爾基最好的小說不是《母親》，而是《克里姆‧薩木金的一生》。」當胡喬木如數家珍地談這部長而且怪的小說，王蒙大吃一驚，因為他以為沒有幾個人能夠讀得下來。

提出「現代派」詩歌概念早於孫作雲5個月

如今論者談起中國「現代派詩歌」，一般都會提及孫作雲1935年5月15日在《清華週刊》第43卷第1期發表的〈論「現代派」詩〉一文，不但有人提出「最早提出現代派詩這一名詞的」是孫作雲[3]，甚至還有人認為「現代派得名於1935年孫作雲發表〈論『現代派』詩〉一文」[4]或「最早為現代派詩命名的是孫作雲」[5]。

其實，早在1935年元旦，周懷求就已經在《文化與教育》旬刊第41、42合刊（新年號）發表的綜述文字〈一年來的中國文壇〉中明確指出：

---

[1] 筆者見到的版本分別是第1部《旁觀者》（生活書店，1948年4月初版）、第2部《磁力》（生活書店，1938年9月初版）、第3部《燎原》（生活書店，1936年7月初版）、第4部《魔影‧上下》（大時代書局，1945年3月初版）。

[2] 見《不成樣子的懷念》，北京：人民文學出版社，2005年1月）。

[3] 《現代作家和文學流派》，秦元宗，蔣成瑀編，重慶：重慶出版社，1986年，第200頁；《中國現代新詩的流變與建構》，林煥標，桂林：廣西師範大學出版社，2000年，第261頁。

[4] 《中國文學之最》，謝昆、李蟲主編，北京：中國廣播電視出版社，2009年5月，第581頁。

[5] 見古遠清〈徐遲與現代派〉，《鹽城師範學院學報》2009年8月第29卷第4期，第21頁。

▶ 周懷求在《一年來的中國文壇》
一文中最早提出「現代派的詩」
概念，見1935年元旦出版《文化
與教育》旬刊第41、42合刊

　　新文學運動以來，成就最少的是詩，前些年新月派
的詩曾經風行一時，因為徐志摩的死，和新月詩刊的停
刊，它的影響也漸漸消沉下去。代替新月派的卻有現代
派的詩的起來。這一派以戴望舒作為代表（有望舒草詩
集），他們的作風是模仿法國象徵派，以不使讀懂為上
乘，打開現代月刊一看便可看到：

……呀，

……了，

……嗎，

……呢，

　　或用哪、罷、呵、吧、底、的，……作「韻腳」的
詩，他們的「詩式」，是儘量朦朧、朦朧，朦朧到讀了
之後莫知所云的境界，但他們說這是象徵。

　　以上文字僅200有餘，內涵卻十分豐富，至少包括六點內
容，頗為引人注目：一、「現代派的詩」是代替新月派而起來
的；二、戴望舒為「現代派的詩」的代表；三、代表作為《望

舒草》；四，作風是模仿法國象徵派；五、這類詩打開《現代》月刊便可看到；六、現代派的「詩式」是儘量朦朧，朦朧到莫知所云。其中前5點，在孫作雲在5個月之後發表的《論「現代派」詩》的專文中有詳細敘述，這一前一後的關係，可以如此表達：前者好比是一副骨架，而後者在骨架之上增添了血肉，變得更加豐滿。當然，一篇包含各個門類的文壇情況綜述和一篇針對詩歌特定流派的研究文字，是有本質的區別的，但周懷求的文章最早提出「現代派」這一詩歌概念，恐怕是不爭的事實，值得研究現代新詩的論者予以充分關注。

2011年4月20～6月9日於南京

第六章
翻譯家水天同的新詩及詩論

　　水天同（1909～1988）是老一輩翻譯家、英國文學研究專家，曾任蘭州大學、北京外國語學院教授，翻譯的《培根論說文集》由商務印書館出版，長印不衰，被稱為是「諸多譯本中影響最大的一本」。

◀ 水天同晚年讀書照

　　說起水天同，人們往往想到他的英語教學研究、莎士比亞研究以及在翻譯領域的成就，幾乎沒有人談及他在上個世紀20年代末及30年代初中期在新詩和文學評論領域的耕耘及貢獻。即便是水本人，也只是輕描淡寫地表示過：「從1933年到1939年，我也曾跟著瑞恰慈博士學了點語義學和文藝批評，寫了些零碎文章，發表在柳無忌、羅念生等合編的《人生與文學》雜誌上。」[1]甚至，馮繩武先生在〈水天同教授在甘肅二三事〉[2]一

---

[1]　〈自述〉，見《中國當代社會科學家 第6輯》，北京：書目文獻出版社，1984年，第27頁。
[2]　《蘭州古今》，1990年第1期。

文中，還作了如下結論：「天同，中外文的造詣均深，中文因家學有根柢，擅長古文與舊詩，而不多寫作……」，此說最後一句「而不多寫作」與事實相差甚遠，至少可以說不符合水天同青年時代的事實。

根據水天同的〈自述〉，他1923年「十四歲考上北京清華學堂（後改名清華大學留美預備部），在校六年，於1929年畢業，赴美留學四年，赴德、法深造一年，於1934年夏回國。」在清華讀書期間，水天同在清華大學學生自治會會刊《清華週刊》上發表了大批文藝作品，並在畢業前一年擔任過該刊總編輯一職。據筆者不完全統計，1927年到1930年之間，僅在《清華週刊》，水天同就以本名發表文章9篇，以筆名「斲冰」發表文章22篇，以筆名「水斲冰」發表文章1篇，內容包括時事述評、雜感、新詩、翻譯小說、寓言，甚至還有獨幕劇，可謂創作頗豐！其中，他以本名發表的文章多為時事述評，以「斲冰」發表的文章以雜感和新詩為主。此外，水天同還在天津《大公報》發表過不少譯介外國文學、外國學術的文章，其中1929年5月《學衡》雜誌第69期刊載的署名「水天同」的文章〈加斯蒂遼尼逝世400周年紀念〉，介紹義大利文藝復興時期著名思想家加斯蒂遼尼（現通譯卡斯蒂利奧內──筆者註）及其名著《廷臣》，篇幅長達數十頁，最初就發表於天津《大公報》文學副刊。

出類拔萃的象徵主義詩歌

從現有的材料看，水天同早期的新詩作品均見1929年《清華週刊》，計5首。其中4月6日第455期上的〈聞簫〉，應是最早的1首：

何人在湖上吹簫？ / 淒清哀婉的聲調， / 吹徹盛

夏之良宵，／正朦朧新月，窺人年少。／／夜是這般依依，／水是這般平靜，／心兒也有點恍惚依稀，／飄向溫柔平和的夢境。／／你可以於此時前來，／不必除下花冠，／臉兒臨風，如睡蓮正開，／任流連眷戀，遠水遙山。／／悄然相對，或者你自由好嬉之心地，／也能感受一星半點的生之哀戚。

還有5月25日第462期〈我從睡中起來〉：

我從睡中起來，／看眾星哭泣，／亂螢飛來飛去，／流光浮游天際。／夜穩如平湖，惟多事的蛾群，／紫色的翅兒，扇動了波紋，／引誘好奇之詩人，／去追尋時間的蹤跡。／／我從睡中起來，／聽風兒和長林私語，／說金秋將回，／仍吩咐涼月與幽泉做主，／又說殘春不該逼走了夜鶯，／卻換來哀哀促促的蟲吟，／如斷如續，似幻似真，／似水濱仙子，怨訴皓魄。／／我欲再見你的美麗，／奈夜百合已凋褪了；／雖飛去「永久」的宮內，／但記憶仍如舊日之瓷，全敲碎了。／啊！我願抱此殘餘的影像，／終朝蕩游於西風古道之上，／直至將它完全遺忘，／如輕舟留在水面的蹤跡。

6月1日第463期上的〈與友人書〉：

我們找著祖先掩埋之心了，／遂慟哭其側，／或跳踉大叫，不克喘息，／自以為熱烈美麗極了。／／讚美什麼自然？／無非「月到天心，風來水面」，／即大聲「在十字街頭挑戰」，／亦不過掄板斧的戰將一員。／／我倦怠之靈魂，／明白並憐憫這一切把戲，／所以

毫不責備，／遲來此渺無人跡之荒園。／／我在這陰鬱的天空之下，／暫伴著寒鴉沉睡，／無成就亦無羞愧，／等候鷗梟來歌詠這黑夜。（註：友人遠道來函，責餘不事創作，惟費時於「斷爛朝報」。嗚呼！余豈得已哉？余不得已也！為詩答之。）

以及6月15日第464～465期上的〈A la belle Inconnue〉和〈窮途之友——致某某忠實同志〉：

晚風來時，你在園門獨立，／我在你面前走過；／紅色之裙裾在黑綠中搖曳，不妥協之顏色將諧和擊破。／／那時我想告訴你，你是何等美麗，／即池塘中朦朧欲睡的芰荷，／亦當睜開眼兒，向你凝睇，／錯認金星臨水，仙子凌波。／／明澈之婦人！那時我滿懷情願，／供養你在我心頭，／奈黃昏送來黑暗，封鎖了我的歌喉！／／即令我們有再會的時辰，／我應當說些什麼話？——／讚歎光陰之深仁，／仍寬容你清朗的笑聲嗎？

記得有一日你和我，／在窮途上相見；／你說我們應該聯合，／站在一條戰線。／／但不久你就怨我驕傲，／不受你的訓練，／逼得我索性仰天大笑，／蔑視那條戰線。／／你更加埋怨我不忠實，／說我是「灰色態度」，／因你心中的漸漸懷疑，／我變成「十分可惡！」／／於是背起了冷笑的弓矢，／我飄然遠走——／非不堪一戰，但我們終是／窮途的朋友。

品讀之下，感覺詩歌著重於個人內心世界的體驗，神秘性、暗示性很強，具有象徵主義詩歌的鮮明特質。難能可貴的

是，詩歌雖然採取象徵和暗示手法，並不直抒胸臆，卻又有異於同時代的象徵派詩歌的晦澀艱深和佶屈聱牙，具有朦朧、含蓄之美。此外，他的詩多半還押了韻腳，誦讀之下，頗可體會音樂的節奏美感。這5首詩，即便置於中國20世紀二、三十年代象徵派詩歌經典之林，也是出類拔萃的，實在不應該湮沒至今，故一一列出，希望新詩研究專家慧眼識之。

就筆者掌握的材料來看，水天同發表的新詩數量不多，從1930年到1934年之間，更是有一個「空窗期」，或許和他去國留學、忙於學業有關。1935年，已經返國的水天同重現文壇，在天津柳無忌等主編的《人生與文學》雜誌亮相。不過，他在該刊創刊號上發表的3首詩的第一首〈與友人書之一〉，與1929年發表在《清華週刊》463期上的同題詩僅有個別字詞的區別，應是舊作新發。至於〈與友人書之二〉，明確標識寫於「1934青島」，算是新作：

> 東邊用文字造一堵牆，／西邊用文字造一堵牆，／兩下裏在牆頭上張望，／辨不清對方是何模樣。／／大官小官在高興著，／民族要復興了！憑藉／牆上標語，口頭的吶喊，／新耶路撒冷又戴上了王冠。／／張口待哺的少爺小姐，／說是有強烈的智識慾，／我餵飽了別人的肚腸，／自己的饑餓向誰商量？／／黑暗在何方？／還不是自己的眼底心上？／我亦想起造一堵文字牆，／恐寒夜襲來，仍無法抵抗。

第三首詩題目是〈冬晨霧濃〉，寫於「1935青島」：

> 生與死之間，／晝與夜之界，／呼吸變喘籲，／洋走為摸索。／／我知道這裏是舊日的藩籬，／多少明眸

的兒童爬抓過的，／冬青和扁柏，成叢的翠竹，／曾經幾番依惡，憐惜。／／他們溶解了，／往昔溶解了，／小徑直達夢命壓的，／魔影亦顯柔濕。／／大聲呼號？怕棉絮般的聲音，窒塞了自己的喉嚨；／哭喊罷？有點無聊。／／我等候著？我等候著，／清晰的腳步前來，／然後，霹靂一聲！／這老世界重新誕生。

1936年6月，水天同以筆名「斲冰」在吳奔星、李章伯主編的北平《小雅》詩刊創刊號上發表詩作〈憶──〉，是他留學美國期間在紐約州伊薩卡的創作：

　　我能供給／一切應流的眼淚／該灑的血液／黃昏來時／我能伴著它低唱／帶琴來，或簫來，／全聽你的吩咐，／全聽你的吩咐。／／此心所期望的，／不是平凡的幸福；／一切色聲香味觸，／我全可以解除；／即嘔斷詞腸，／人說是桃紅柳綠，／亦將頹然自返，／何況其他的歡娛。／／你眼瞳深處，／纖手指頭，有我／往昔幸福之源，／他們仍無恙麼？／我能流血，滴淚，／或在黃昏裏歌唱，／但不能瞭解／你拋棄我的原故。

　　　　　　　　　　　　　　　一九三○，Ithaca, N.Y.

伊薩卡是康奈爾大學所在地，水天同當時在此選修「中世紀拉丁」課程。這首詩依然是水天同固有的象徵派詩的風格，一段逝去的情感鑲嵌在節奏舒緩、韻腳自然、抑揚頓挫的文字裏，讀起來讓人油然感覺惆悵、神傷……

〈北洋軍閥（Ballade）〉是同年8月水天同在《小雅》第2期發表的一首諷刺詩：

▲水天同在《小雅》詩刊第2期
發表的詩作《北洋軍閥》

　　我問你袁大總統現在何方？／還有他留下的那些兵和將？／有幾位苟全性命租界裏藏？／有幾位十八層地獄裏流浪？／想當這些大爺們可真夠「棒」，／一個個殺氣騰騰各逞剛強；／卻不道長江後浪催前浪，／到而今誰記得那熱鬧一場？／／我問你馮大總統他在何方？／想必是在望鄉台玩著月亮。／有一位曹大總統也很風光，／最可憐李三郎為他把命喪。／何處是咱們的孚威上將？／想當初八面威風，坐鎮洛陽，／又誰知上了馬二爺一個大當，／到而今誰記得那熱鬧一場？／／張大帥，關外王，他怎樣的下場？／段執政他還能打幾圈麻將？／好一個狗肉將軍張宗昌，／誰料想在濟南車站還了命帳！／小扇子，賽諸葛，人才漂亮，／卻怎麼半夜三更，命喪無常？／孫聯帥在佛堂流血過了量，／到而今誰記得那熱鬧一場？／／上帝耶穌！這真是一篇糊塗帳！／不管他有多少弟兄，幾萬支槍，／不管他至大心高，兵強又馬壯，／到而今誰記得那熱鬧一場？

一九三六，青島

這首Ballade是源自英國喬叟首創的三節聯韻詩，三個詩節和結尾詩節都以「到而今誰記得那熱鬧一場」結尾。水天同使用舶來的詩歌形式，形象地勾勒出以袁世凱為首的北洋軍閥走馬燈般更迭的眾生相，辛辣地道出了那些總統、大帥、將軍們從熱鬧一場到或命喪無常或被人遺忘的悲慘下場。值得指出的是，本詩一韻到底，長達28行，卻了無勉強湊韻之感，加以文字自然流暢，音節鏗鏘有力，顯示了詩人駕馭文字和音韻的超凡能力。

1937年3月，水天同在《小雅》第5、6期合刊發表了〈Triolet〉一詩：

> 那一天我倆初次見面，/ 誰知道愛情是紅是綠？/ 誰想到這千錘又百煉──/ 那一天我倆初次見面？/ 早知道如今這些磨難，/ 誰不會想法少受苦處？/ 那一天我倆初次見面，誰知道愛情是紅是綠？
>
> 一九三六，北平

這是一首源自西洋的「八行兩韻詩」。試與擅長此種詩歌的英國詩人湯瑪斯・哈代的〈我的哀傷何其多（How Great My Grief）〉作一個對比：

> How great my grief, my joys how few, / Since first it was my fate to know thee! / - Have the slow years not brought to view / How great my grief, my joys how few, / Nor memory shaped old times anew, / Nor loving-kindness helped to show thee / How great my grief, my joys how few, / Since first it was my fate to know thee?

我的哀傷何其多，歡樂何其少，／自從當初命運讓我與你結識！／難道漫長的歲月不曾細展示／我的哀傷何其多，歡樂何其少，／記憶也不曾再現逝去的時日，／即便慈愛也沒有能讓你明瞭／我的哀傷何其多，歡樂何其少，／自從當初命運讓我與你結識！

很明顯，作者雖然在詩歌形式上做了積極嘗試和模仿，卻無法掩蓋住內容上的膚淺與平庸。創新的不足，是該詩沒有突破的主要原因。

參與「胡適之體」的詩歌論爭

潘頌德曾在《中國現代新詩理論批評史》[1]中提到過新詩史上的一樁公案——圍繞「胡適之體」的論爭：

> 1935年10月23日，陳子展在《立報》副刊《言林》發表〈「新詩」——「蘧廬詩話」之一〉一文，認為當時中國的新詩壇是頗為不振的，「許多先進的新詩人都丟下了筆，無疑的都是承認自己失敗了；後來的新詩人也不曾找出什麼新詩，還走老路，那是不智的」，因此，他勸新詩人索性再去走「從舊詩詞蛻化出來的『胡適之體』這一條路」，還特別舉出胡適游廣西時所作的「好像一首小詞」的《飛行小贊》來做所謂「胡適之體」的最新標本。陳子展的文章發表後，任鈞、曹伯韓、子模、梁實秋、邵洵美等人先後在《申報‧文藝週刊》、《自由評論》、《立報‧言林》等報刊上發表文章，圍繞陳子展的主張展開了論爭。

---

[1] 上海：學林出版社，2002年。

▶水天同參與「胡適之體」
詩歌論爭的文章〈胡梁論
詩〉發表於《新中華》半
月刊4卷7期頭條位置

事實上，參與這場論爭的重要文章起碼還應該包括水天同
1936年4月10日上海《新中華》半月刊4卷7期頭條位置發表的
〈胡梁論詩〉。針對「明白」和「晦澀」問題，水提出自己的
見解：

> 詩是一種經驗，是兩種心理間的一個作用，一種
> 過程，其中包括作者與讀者兩種心理，所以「明白」、
> 「晦澀」云云都非固定的標準，若不將作者的意向與讀
> 者的才能、經驗等一齊算在帳內，加以考慮，而僅僅架
> 起幾個空洞的術語，以號召天下，這是沒有用的。如
> 胡先生「意境要平實」之說，梁先生且知其「有未盡
> 然」，這就是很好的一個例子。胡先生自以為他的詩當
> 得起「明白清楚」四個字了，但第一，胡先生不過寫
> 了許多「胡適之體」的白話而他和他的朋友們認為那是
> 詩；第二，天下盡有一輩子不認得「太行山」的人，我
> 們還是埋怨「太行山」三字太難呢？還是說那些人活該
> 呢？連「明白清楚」的「胡適之體」我想仍有人認為過
> 於艱澀，那麼又將如之何呢？

對於胡適和梁實秋把一些模仿「象徵主義」的詩歌稱為「笨謎」，水天同則明確認為「不公」：

> 梁先生隨胡先生之後，給他們所不喜歡的詩加以「笨謎」的綽號而後攻擊之，這叫做「先給狗一個惡名然後縊殺之」（Give a dog a bad name and hang it），其法雖妙，可惜有點不公。

水天同接著舉出英國莎士比亞、義大利但丁及德國歌德等幾個作家都曾寫過「不很明白清楚」作品的例子，將了胡適和梁實秋一軍：

> 敢問這些人是否都是墮落文學家？這幾位是否是精神生活太貧乏了？順便問問胡先生這些人是否是技術太差的笨謎作者？我想胡梁兩先生的答案應該一一都是「是」字，否則胡先生的「言語要明白清楚」的主張就沒什麼意思，也不便推崇為「今後所應依照進行的一個方向」了。

水天同的文章發表後，似乎未見胡適或梁實秋的直接回應。不過，吳奔星主編的《小雅》詩刊第2期由宮草輯錄的「一得齋詩話」引用了水文的一段，以示聲援：

> 兩位先生（編者按：指胡適之梁實秋）的共同缺點是沒弄明白——他們似乎從未想過——什麼是詩，並且什麼是詩的語言，所以到了這個年頭還想把詩和白話運動並為一談，梁先生居然還在「白話詩」這個不值得一顧的術語上大做文章。（編者按：梁先生的文

章是這樣做的：「白話」的「白」，其一意義即是「明白」之「白」。所以「白話詩」亦可釋為「明白清楚地詩」。）不知白話之話與詩的語言是大有分別的。而且就是白話本身也不止一種。胡先生的白話不與梁先生的盡同，梁先生的白話不與x，y，z盡同。話猶如此，何況詩的語言了。

水天同：《胡梁詩論》

值得指出的是，吳奔星同年4月30日也曾在北平《文化與教育》旬刊發表詩論〈詩的「新路」與「胡適之體」〉，叫板胡適和梁實秋的觀點。在這個問題上，吳奔星和水天同頗有點聲氣相通的意味。其時，水天同剛好在吳奔星讀書的北平師範大學兼課，兩人又同是柳無忌主編的天津《人生與文學》雜誌的熱心作者，他們是否在現實中相識或在現實中討論過「胡適之體」的詩歌，也未可知。只不過，這不是本文所關注的範疇了。

1937年6月13日，胡適主編的《獨立評論》第238期以〈看不懂的新文藝〉為題，刊登一名聲稱「教了7年的書了」的保定中學國文教員「絮如」¹給胡適的來信，呼籲胡適「救一救中學生」，原因是他實在看不下去一些作家「走入了魔道，故意作出那種只有極少數人也許竟會沒有人能懂的詩與小品文」，從而導致一些本來「清清楚楚」的學生，因閱讀模仿刊物上流行的「這種糊塗文」而「作出任何人不懂的糊塗文字」並「不服從教員的改正」。讀到此文，水天同再次披掛上陣，在當年8月10日《新中華》5卷17期上發表長篇「文學論文」〈我亦一談「看不懂的新文藝」〉。針對「看不懂的文藝作品」，水天同從作者和讀者兩方面予以實事求是的理性分析，不乏真知灼見：

---

¹ 梁實秋的筆名。

「懂」可以從兩方面來說。在作者方面，「懂」等於認識自我，認識環境，並認識他的讀者，明瞭他自己所企求的反應，及得到這種反應的最適當的方法（如詞句的選擇，節奏的安排，態度的隱顯……等）。就讀者方面說，「懂」是與作者合作的一種行為。一個人買了一本詩集，並不和小孩買一個萬花筒一樣，只要眼睛湊上去，就可以看見五顏六色、悅目而無需費力思索的景象。要知「瞭解意義」並非是把白紙上的黑字一個個吸收進眼中便足。實際上寫出或印出的符號，只不過是意義之一部，最重要的一部仍須讀者填空白似地填進去。填得正確飽滿者，便是好讀者，錯誤不全或竟不得其門而入者，便是劣等或無能的讀者。

　　……

　　在作者方面，「晦澀」或「令人不懂」，也許是下列數項中之任何一項——

　　1.糊塗笨拙，「不知所云」。

　　2.「以艱深文其淺陋」。

　　3.「感情」浮偽。

　　4.看不起或過於看得起讀者。

　　5.為了充分表現極端個人的或特殊的經驗，不能不使用特殊的語言。

　　在讀者方面，「不懂」也許是——

　　1.經驗能力缺乏，不能瞭解作品的「思想」。

　　2.不能得到作者的「所感」。

　　3.不瞭解或不滿意作者的「語氣」。

　　4.不瞭解或不滿意作者的「目的」。

　　5.聯想或音節感受之遲鈍或完全不可能。

先入之見（如「不相干的回憶」、「宗教信條」、
「主義」……）作祟，根本對作品是「心不在焉」。

行文至此，突然想起引發「朦朧詩」大討論的〈令人氣悶
的「朦朧」〉[1]一文來，讀到該文中「少數作者大概是受了『矯
枉必須過正』和某些外國詩歌的影響，有意無意地把詩寫得十
分晦澀、怪僻，叫人讀了幾遍也得不到一個明確的印象，似懂
非懂，半懂不懂，甚至完全不懂，百思不得一解」這段話，不
由感覺歷史何其相像！遺憾的是，包括水天同先生上文在內的
「胡適之體」詩歌的諸多討論文章在「朦朧詩」討論之時或者
還處於「禁區」，或者還未被相關論者發現，否則，當代中國
詩壇少走不少彎路也未可知！

痛批茅盾的「錯誤和荒唐」

水天同青年時代的文藝評論，寫作時段集中於1935年至
1937年，主要發表於天津的《人生與文學》、上海的《新中
華》等。對此，他的學生何天祥先生曾在〈我的老師水天同教
授〉[2]一文中有如此記述：

> 我在天明家[3]看見了《人生與文學》的雜誌，裏面有
> 署名水天同的文章，好像是批評茅盾翻譯的《神曲》。
> 居然敢挑茅盾的刺！這是他給我的第一印象。還有一個
> 短篇小說，署名是「斫冰」[4]，天明說這是他大哥的筆
> 名。這個印象倒很深，「斫」字就是從這兒學得的（最

---

[1]　章明，1980年6月號《詩刊》。
[2]　《蘭州古今》，1989年第2期。
[3]　時為1940年代初。
[4]　斫同斷。

近天明告知，這本雜誌是羅暟嵐、柳無忌、羅念生和
王餘杞主編的。這四個人都是天同的同學。署名水天
同的文章是〈論茅盾先生所譯檀德的神曲〉、〈文學
的需要和需要的文學〉；署名「斫冰」的小說是《金絲
籠》。）

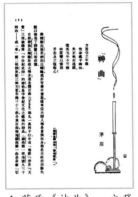

▲ 茅盾《神曲》一文發
　表於《中學生》1935
　年第5期

▲ 水天同發表於《人生與
　文學》一卷四期上的
　〈茅盾先生的《神曲》〉

　　的確，水天同在《人生與文學》發表過不少詩文，但和何
天祥先生所述有些出入。比如，茅盾並沒有翻譯過檀德[1]的《神
曲》，只是曾在《中學生》雜誌1935年5、6月號上發表過「一
篇關於神曲及其作者的基本常識的文章」（水天同語），水天
同有感於其中的「錯誤和荒唐」而寫成一篇批評文章，題目並
非何先生所說的〈論茅盾先生所譯檀德的神曲〉，而是〈茅盾
先生的《神曲》〉。在該文中旁徵博引之後，水天同最後把茅
盾在《神曲》中的「錯誤和荒唐」總結如下：

[1]　現通譯但丁。

1. 茅盾先生並不懂得《神曲》的作者是何等樣人，所以會大模大樣地給檀德下了許多鄙夷的批評，和污蔑的字眼。

2. 茅盾先生並沒讀過《神曲》（或讀而未懂），所以有笑話層出、不成體統的介紹。

3. 因為以上兩個原因，茅盾先生的《神曲》一文一方面有污蔑古人的罪過；一方面有貽誤青年的危險。

　　至於譯名之荒唐，行文之草率，那都是比較小的事，我們可以不必追究了。

　　毫無疑問，這種批評是十分嚴重的「指控」。但筆者孤陋寡聞，既沒有看到過茅盾先生的反駁，也沒有見到茅盾研究學者對此發表過看法。倒是幾本茅盾研究資料或茅盾年譜，如孫中田、查國華編《茅盾研究資料‧下》[1]、邱文治，韓銀庭編著《茅盾研究六十年》[2]、唐金海、劉長鼎主編的《茅盾年譜‧上》[3]，很「客觀」地收錄了水天同此文的目錄，並沒有做任何形式的說明或評判。至於鍾桂松的《二十世紀茅盾研究史》[4]，對此沒有任何涉及。

　　另外，遍查《人生與文學》雜誌各期，並無署名「斫冰」的小說〈金絲籠〉，而只在1935年的創刊號中找到署名羅皚嵐的小說〈金絲籠子〉，應該是何先生誤記。畢竟是半個世紀前所見，記憶難免發生偏差。

　　此外，何文所說署名「水天同」的文章〈文學的需要和需要的文學〉，題目也不夠準確，應為〈文章的需要和需要的文章〉。對此，水天同本人也有誤記，他曾在〈自述〉（同上，第28頁）中列出「水天同主要著譯目錄」，第一篇就是〈文

[1] 北京：中國社會科學出版社，1983年，第356頁。
[2] 天津：天津教育出版社，1990年，第390頁。
[3] 太原：山西高校聯合出版社，1996年，第429頁。
[4] 杭州：浙江人民出版社，2001年。

學的需要與需要的文學〉，註明「見柳無忌主編的《人生與文學》天津，1935」。其後出版的幾本人物傳記類的圖書、辭典，基本沿襲了此說，比如《中國中學英語教育百科全書》[1]、《榆中縣誌》[2]、《高擎黨徽的人們榆中縣當代人物選輯》[3]等，甚至《中國社會科學家辭典現代卷》[4]還把〈文學的需要與需要的文學〉的發表時間推後至1936年，並稱是水氏「發表的第一篇論文」。

水天明在〈我的大哥水天同〉一文中糾正了上述錯誤——

> 　　大哥在清華學堂時與同班的「兩羅」（鎧嵐、念生）和高班的「一柳」（柳無忌，柳亞子先生的長子，現在美國定居）關係最親密，相識頗深。後來他們在天津《人生與文學》雜誌上又一次合作，大哥寫的有份量的大文章就是〈文章的需要與需要的文章〉，他在以後寫的一篇〈自述〉中，對此文題目記憶有誤，其中就有他的恩師瑞恰慈博士的文藝批評觀點，也有他和清華同學柳無忌、羅念生當時的文學觀點，其中是非功過，只好留待後人評說[5]。

2010年8月～11月

---

[1] 瀋陽：東北大學出版社，1995年，第197頁。
[2] 蘭州：甘肅人民出版社，2001年，第802頁。
[3] 蘭州：甘肅文化出版社，2007年6月，第115頁。
[4] 蘭州：甘肅人民出版社，1986年，第49頁。
[5] 見《蘭州文史資料選輯》，1992年第1輯，蘭州大學出版社。

第七章

關於詩人李白鳳的幾個史實訂正
——為程光煒先生指謬

　　研究中國現當代詩歌的程光煒教授，1998年在《讀書》雜誌第3期發表一篇題為〈詩人李白鳳先生〉的文章，〈散文選刊〉1998年第6期做了轉載。同年，蘇州讀者秦兆基在《讀書》雜誌第6期「說《讀書》」欄目發表〈文章如何做〉一文，對「程文」中一些不符合事實的說法（如把李白鳳去世日期提前2年、無中生有地說李白鳳是西南聯大教授云云）提出批評。2000年，程光煒在湖北教育出版社出版〈雨中聽楓文壇回憶與批評〉一書，〈詩人李白鳳先生〉一文改以〈弔詩人李白鳳先生〉為題收入。本來以為程教授會對讀者的意見從善如流，核實材料，把文章修改一番再行收錄，孰料程教授罔顧讀者正確意見，依然將錯就錯，把舊作收入新書之中，繼續對讀者採取不負責任的態度，實在令人遺憾。為免謬種流傳（有的不幸已經流傳），特發此文，以就教於程教授及廣大讀者。

李白鳳先生的卒年

　　程光煒在〈弔詩人李白鳳先生〉一文（以下簡稱「程文」）開篇和末尾分別指出：

我與30年代的現代派詩人李白鳳先生素昧平生，1976年秋，他以被趕出校門的前河南大學中文系教授、當時開封街頭拉板車老頭的低賤身份歿於逆境之中時，我還是一個毫無前途的知青；一年多後，當我考入這所大學的中文系時，李先生的名字似乎早已在那裡銷聲匿跡，像一片冬天的殘葉，不復存在了。

　　……

　　就在「四人幫」即將倒臺之際，他在一個只有家人知道的寂寞的傍晚悄然而去，甚至沒有留下一句話。是的，在一個即將到來的不同的時代面前，一個微不足道的尚未恢復身份的老人的去世，大概是不會驚動什麼人的。

　很顯然，在程教授的筆下，詩人李白鳳是1976年秋以「開封街頭拉板車老頭的低賤身份」死去的。一個名詩人、一個老教授，在彼時彼地如此死法，著實讓人扼腕痛惜！然而，事實並非如此，「程文」把李白鳳去世的時間整整提前了2年！

　李白鳳夫人劉朱櫻在〈憶李白鳳〉[1]中明確寫道：

　　1978年4月的一天，接到姚雪垠同志從北京來信，告訴白鳳鄭州大學領導已同意讓他前去擔任歷史系古文字學教授。他高興得不知所措。他暫時放下正在寫和整理的書稿，趕寫授課用的講義「論說文解字」。

　　……

　　6月下旬的一天，老友吳奔星到河大講學，特地來看望白鳳。久別重逢，激動的心情無法形容。他們親切地談著，談著白鳳康復後的工作，白鳳悲痛地說：「你再不來，我

---

[1]　載《新文學史料》1992年第1期，下同。

就要進火葬場了……」奔星安慰他好好治病，早日康復，再來看他。奔星臨走時，白鳳拄杖送出大門口，依依難捨。

由於白鳳心情太激動，竟忘了自己還在病中，又夜以繼日地寫起講稿來。字體是歪的。一次朋友給他照像時，發現他的雙腿已不當家了。不多日，病情轉危，大口嘔血處於昏迷狀態，他的心血確實熬盡了。在朋友佟培基、學生王寶貴、楊英侯的相助下，用小轎車急送155醫院，經過三天三夜的搶救，終於醫治無效，於8月18日與世長辭。100多友人參加了追悼會。

從詩人夫人的第一手材料來看，詩人李白鳳逝世於1978年8月18日，生前已經開始為赴鄭州大學講授古文字學進行備課工作。

李白鳳和魯迅過從甚密嗎？

「程文」還有如此敘述：

> 1983年夏，我偶遇李先生的公子，在駐馬店師專任教的李老師，聽到了一些李先生的事。據李老師回憶，李白鳳先生三十年代與魯迅先生曾過從甚密……

然而，遍查《魯迅日記》、《魯迅書信集》等書，和魯迅交往密切的人的回憶文章，李白鳳自己的著作，以及介紹李白鳳生平的文字[1]，都沒有發現李白鳳和魯迅交往的端倪，更不用說過從甚密了。在劉朱櫻〈憶李白鳳〉一文中，涉及魯迅的，僅如下一段：

---

[1] 如2002年河南大學出版社出版的《河南大學作家群》中的「李白鳳：銀色的鳳凰」專節等。

白鳳在青島高中求學時，就刻苦讀書，熱愛新詩，閱讀了很多中外名詩人的詩集和古詩詞，對書法、篆刻是精益求精。創作的詩歌和散文常發表在《青島日報》。他在課餘時間，經常到一傳播進步文化的「荒島書店」去流覽，書店經理杜宇先生介紹他閱讀《資本論》、《鐵流》、《毀滅》等進步書籍，還有魯迅先生的作品。這對他的思想有很大的影響。

只不過說明李白鳳高中期間閱讀過魯迅作品而已。

如果要說李白鳳曾和哪個現代文化名人過從甚密的話，那只有柳亞子了。那是20世紀40年代的事。因為李白鳳抗戰時期在桂林教書的時候，和柳亞子的女兒柳無垢同事，又經人介紹，因此和柳亞子認識，並多次共同參加桂林的文化人活動。李白鳳曾在1965年6月把他和柳亞子的交往過程寫成〈柳亞子在桂林〉一文。

李白鳳經常在《現代》上發表詩歌嗎？

「程文」在敘述了李白鳳和魯迅過從甚密之後，接著又說：

> 與《現代》的戴望舒、施蟄存等的來往也是比較頻繁的。因藝術旨趣接近，又屬同齡人，他經常在《現代》雜誌上發表詩作，並頗得詩名。

我們知道，戴望舒、施蟄存都是1905年出生的，而1914年出生的李白鳳1934年考入北平民國學院國文系學習時，1910年出生的林庚是他的老師。在這裡，李白鳳和年長他9歲的戴望舒、

施蟄存是否可以算做同齡人的問題，我們姑且不論，問題是李白鳳究竟是否「經常在《現代》雜誌上發表詩作」？

劉朱櫻在〈憶李白鳳〉中指出：

> 1934年白鳳考入北平民國學院國文系學習，授課教授是林庚先生。他們在新詩創作方面談得很融洽。白鳳除了把課程學好外，就致力於新文學創作，寫的新詩常在上海《新詩》、《詩至》[1]、《現代》等刊物上發表。主編《現代》的施蟄存先生對白鳳的詩是賞識的，後書信往來成了朋友，他得到施先生的教誨受益不淺。

按照以上說法，李白鳳是有詩在《現代》上發表的，且施蟄存先生對他的詩「賞識」。

至於施蟄存本人，他在〈懷念李白鳳〉（《新文學史料》1992年第1期，下同）中這樣說：

> 一九三三年，我在上海主編文學雜誌《現代》，每期都發表一些有新傾向的詩歌創作，造成了新詩壇的所謂「現代派」。文藝界的輿論，對它毀譽不一。李白鳳是當時寫詩很起勁的一個。他最初從北京寄稿來，不久，來到上海，我們便成了朋友了。

很有意思的是，施蟄存只是說李白鳳「當時寫詩很起勁」及「他最初從北京寄稿來」，並沒有明確說他是否有詩在《現代》發表。

要確定李白鳳究竟有沒有詩在《現代》上發表，最好的方法是找到《現代》雜誌查詢。但《現代》自1935年停刊至今接近75

---

[1] 原文有誤，應該為《詩誌》。

年，要找到成套的《現代》雜誌並不容易。不過，研究《現代》及「《現代》派詩歌」的論者不少，「曲線」求之，未嘗不可。比如，現代文學史家、詩人吳奔星曾撰寫有〈中國的《現代》派非西方的「現代派」——兼論戴望舒其人其詩〉[1]一文，其中對《現代》上發表詩歌的作者做了詳細統計：

> 《現代》雜誌從1932年5月創刊，到1934年10月第5卷6期終刊，共兩年零五個月，計29本。據施蟄存同志在1984年10月30日晚間於病榻告訴我說，《現代》雜誌在他離開之後，又有人接編了兩期，一共33本，上海書店已經準備影印。但他說的別人編的兩本，我還沒有見過。施蟄存編的《現代》除譯詩外，共發詩176首，作者71人。且按出現先後開列於後（人名後括弧內的數字表示發詩首數）：戴望舒（14）、施蟄存（9）、朱湘（2）、嚴敦易（2）、莪伽（艾青）（10）、史衛斯（3）、何其芳（2）、曦晨（1）、郭沫若（2）、李金髮（6）、臧克家（3）、陳琴（1）、侯汝華（3）、龔樹揆（1）、伊湄（2）、洛依（2）、宋清如（清如）（6）、吳惠風（2）、鍾敬文（1）、金克木（11）、孫默岑（1）、林庚（5）、陳江帆（5）、水弟（1）、李心若（20）、吳汶（3）、歐外歐（1）、爽喟（1）、南星（3）、少斐（1）、放明（1）、舍人（1）、林加（1）、李同愈（1）、王一心（2）、次郎（1）、吳天穎（1）、王振軍（1）、楊志粹（1）、林英強（1）、辛予（1）、楊世驤（6）、玲君（1）、王華（1）、路易士（2）、汀石（1）、金傘（1），劉際昜（1）、李微（1）、沈聖時（1）、嚴翔（1）、黑妮

---

[1] 見《中國現代詩人論》，西安：陝西人民出版社，1988年4月第1版。

（1）、郁琪（1）、錢君匋（3）、禾金（1）、王承曾
（1）、吳奔星（1）、周麟（1）、許幸之（1）、老舍
（1）、宋植（1）、老任（1）、葉企範（1）。

其中，並沒有李白鳳或李白鳳的筆名。

由於吳奔星的統計還差了施蟄存去職後的兩本《現代》
雜誌，因此我們還是無法就此判斷李白鳳無詩歌在《現代》
上發表。好在江西人民出版社1988年11月曾出版過《〈現代〉
詩綜》，收錄了上個世紀30年代《無軌列車》、《新文藝》、
《現代》雜誌上所有的詩歌作品及譯詩。然而，當我們找到此
書，查詢《現代》雜誌所發表的詩歌目錄時，也沒有李白鳳的
名字或他的筆名。

其實，林煥標在《中國現代新詩的流變與建構》[1]一書中已
經發現這個問題。他說：

> 李白鳳從未在30年代初出版的《現代》雜誌上發
> 表過詩作。……經查對《現代》雜誌所發表的全部詩稿
> 目錄，均無李白鳳作品。但從李詩的藝術手法和風格來
> 看，應屬現代派。

河南大學中文系畢業的馮團彬曾在訪問了李白鳳夫人劉朱
櫻和他的生前友好蘇金傘、桑凡、周啟祥、吳奔星及他的學生
王寶貴、佟培基後，根據他們提供的材料撰寫出《李白鳳生平
述聞》[2]。在談到李白鳳早期詩歌創作經歷時，有如此敘述：

---

[1] 桂林：廣西師範大學出版社，2000年。
[2] 《河南文史資料》第25輯，1988年2月。

這一時期，李白鳳寫出了許多清新豔麗的詩篇。馮至、卞之琳主編的《新詩》、吳奔星主編的《小雅》及上海出版的《詩誌》[1]、《中國文藝》等刊物常有他的詩作發表。1936年，他到了湘西的芷江，又到了上海。在芷江，和編輯《小雅》的吳奔星有了聯繫。在上海，見到了施蟄存。

　　施蟄存是《現代》雜誌的主編，李白鳳早在上學時就多次寫信給他。在上海，他與施蟄存朝夕相處，受益非淺。這一時期，《新詩》、《小雅》、《詩誌》、《中國文藝》等刊物發表了他的新作。1937年2月，李白鳳將自己的作品彙集成冊，取名《鳳之歌》，由上海新詩社出版。

　　這是符合事實的記述。雖然說李白鳳在上海見到了施蟄存，但此時已是1936年，《現代》雜誌早停刊1年有餘；在《現代》出版的時期，李白鳳還在北平讀書，他所做的只是「多次寫信」給施蟄存。至於有沒有投稿，我們現在不得而知，但能夠確認的是，李白鳳根本沒有在《現代》上發表過詩歌，「經常」完全是子虛烏有。當然，沒有在《現代》上發表詩歌，並不妨礙李白鳳享有「現代派詩人」之名。

李白鳳是被補打成「右派」的嗎？

　　關於李白鳳被打成「右派」的問題，「程文」是如此敘述的：

---

[1]　應為蘇州出版的《詩誌》。

既然是暗地「背著黑鍋」到河南大學來的，人們自然會用另一種眼光打量這位新到的教授了。好在吃一塹長一智，李先生也懂得了收斂，只教他的外國文學，並不理會其它是非。這樣平安地過了幾年。1957年春，疾風暴雨般的反右運動席捲到河南大學校園。一時間，很多教授、學生被打成了右派，中文系著名的現代文學史家任訪秋先生還被發配到了豫東某地的勞改農場。組織上沒有忘記李先生這個漏網之魚，正好右派的計畫尚未完成，就不分青紅皂白地替他補了「極右」，處理結果是開除公職。正在中文系讀書的大兒子受其株連，被同時勒令退學。完全沒有思想準備的李白鳳先生，頓時遭到了滅頂之災！

按照這個說法，李白鳳在河南大學期間是「收斂」的，「並不理會其它是非」，只是因為「右派」計畫沒有完成，才被補打為「右派」的。無辜被打成「右派」，表面上看起來是一場悲劇，可惜並非事實，而正是因為不是事實，從而降低了事件的真正悲劇意味。

且讓我們還原歷史事實。楊四平在《中國新詩理論批評史論》[1]「政治權利的惡性運作」一節，提到了1957年對李白鳳的批判。文章指出：

> 起因是《人民文學》1957年第7期，也是力舉「革新」的一期，發表了李白鳳〈寫給詩人們底公開信〉，對詩壇現狀進行了猛烈地批判：「詩歌的創作被限制在如此狹窄的領域裡，詩人們替自己劃定了寫作範圍，就

---

[1] 合肥：安徽教育出版社，2008年3月第1版，下同。

在這樣的小天地裡迴旋著。你們……選定不那麼太多的詩歌的寫作方法，把它看成衡量一切詩歌的尺度……像希臘神話故事裡的柏魯克拉士那樣，把一切詩歌都放到自己的床上，加以『拉長』或『截短』。」李白鳳呼籲詩歌創作的多樣性，但很快遭遇到了來自各方面的猛烈回擊，他的聲音被當作為一股逆流給制止了。

身為詩人的李白鳳1949年後雖然創作不多，但他對詩壇的情況是一直關心的，正如他在〈寫給詩人們底公開信〉中所說的那樣：

> 雖然我離開你們的隊伍已經太久，然而由於我一直不斷地關心著你們的一切，所以我對於這7年間詩歌界的情況，自覺還不算太陌生的。
>
> ……
>
> 關於詩歌方面的意見，我還多得很，但是由於種種原因，純理論性的意見我暫時還不想寫；我昨天和陳××同志這樣說：「我認為當前首要的問題不在於多寫或少寫，主要地是應該突破當前詩歌界的某些『凍結』現象。」
>
> 敬愛的同志們：請原諒我不善於「深文周納」，也許說了一些使人不很愉快的話；但在希望詩歌界的「百花齊放、百家爭鳴」之一點上，請你們看取「言者無罪」罷！

可悲的是，李白鳳希望詩歌界突破「凍結」、健康發展的良好願望遭遇迎頭痛擊。「言者無罪」，在那個年代，只能是奢望！

後來也被錯打為「右派」的詩人公木，在《人民文學》1957年第8期發表〈「寫給詩人們底公開信」讀後感──致詩人李白鳳〉一文，對李白鳳進行了批判，言辭雖然激烈，但還算保持在「爭鳴」範疇之內。但詩人陳敬容1957年8月15日在《人民日報》發表〈斥李白鳳〉一文時，已經直斥李白鳳的文章「這是一株毒草，很惡毒的毒草」。至於詩人鄒荻帆在1957年《詩刊》第8期〈李白鳳的公開信〉一文裡，則公開把李白鳳稱為「右派分子」：

　　　　應該還要指出，在李白鳳的文章中，還流露出了他對新社會、對黨不滿的情緒。事實證明，他正是一個右派分子，難怪他用了「春寒」、「乍暖還寒時節，最難將息……」等來表達他的心情。在結尾時，他還說：「我認為當前首要的問題不在於多寫或少寫，主要是應該突破當前詩歌界的某些『凍結』現象。」

　　　　事情很清楚，正是由於他自己思想的「凍結」，對社會主義建設採取了冷眼旁觀，甚至若干程度的敵視，對於詩歌的成就也就一筆抹殺，並提出一些謬論，這就並不算什麼奇怪的事了。詩的創造是需要辛勤的勞動的，我們的社會也是熱烈歡迎詩人們的創造性勞動的，為什麼他認為多寫少寫都不是問題呢？對李白鳳來說，的確，不是多寫少寫的問題，而首先是徹底地批判自己的右派言行，進行思想改造的問題，否則，將只會給我們一些野草毒花。

　　此外，李寶靖在1957年《文藝報》第23期發表〈李白鳳要歌頌的是些什麼？──評李白鳳的詩和「給詩人們底公開信」〉一文，公開指責李白鳳〈寫給詩人們底公開信〉「是

一篇污蔑黨的文藝領導，充滿著反黨的右派思想的文章」。包亞東、毛冰在1957年《草地》第11期發表〈李白鳳默想些什麼〉，對「右派分子李白鳳」當年7月發表在《星星》詩刊上的詩作〈默想集〉進行批判，作者稱經過他的簡單分析，「我們已經清楚地看出李白鳳默想些什麼了，那就是他在絞盡腦汁、挖空心思地想反對黨的領導，反對社會主義制度，夢想恢復國民黨的黑暗統治」。

在李白鳳工作的河南，河南省文聯編輯出版過一本《捍衛社會主義文藝路線》[1]，收入在這個集子裡的，「是河南文藝界為了保衛社會主義文藝路線，對右派分子蘇金傘、欒星、王大海、錢繼揚、李白鳳、馬長風、李晴等七人」批判的21篇文章，分別發表在《河南日報》和《奔流》雜誌上，其中直接涉及李白鳳的有3篇，分別是〈所謂「詩人」李白鳳原是右派分子〉、〈且看這只「狼」〉、〈略論李白鳳的詩和詩論以及其它〉。這些批判文章除了針對李白鳳的〈寫給詩人們底公開信〉加以批判外，還對他發表在《奔流》、《星星》上的詩歌大加撻伐。其中，林召的〈且看這隻「狼」〉如此寫道：

> 俗話說：「餵不熟的虎」。可是，難道說有餵得熟的狼嗎？對於李白鳳這隻狼，解放後人民不咎既往，給他工作做，讓他享受著人民時代的高等學校的教授的榮譽，每月拿著國家163元的薪金，還說要餓死了——把自己比之於什麼餓死在首陽山下的伯夷！而且很早以來，就時時刻刻俟機向黨、向人民進攻。李白鳳在大鳴大放中的表現，不過是「蓄謀已久、一旦暴露」而已。

---

[1] 鄭州：河南人民出版社，1958年。

和北京批判李白鳳的文章都發表在1957年8月份一樣，這篇文章的寫作時間同樣在1957年8月。眾所周知，反右派鬥爭中補劃右派工作基本在1957年年底和1958年上半年，而李白鳳早在1957年8月11日就被權威的《人民日報》公開點名，稱為「右派分子」[1]，且此後的批判文章連篇累牘，「程文」稱李白鳳是因為名額不夠而被補劃為「極右」的說法顯然難以成立。

　　事實上，「補打」為「右派」或「正打」為「右派」，都屬冤案，本無須於此加以辨正的必要。但對於評價詩人則非同小可，兩者判然有別。「補打」說，雖出於好意，以突出其冤，但在客觀上，卻無意間遮蔽了詩人當年對詩歌創作表達的意見，原是正當而有益的真知灼見，以及他所顯示的可貴的風骨與勇氣。雖然，因詩人的率真而上當受騙，但這與「程文」中因「吃一塹長一智」而噤若寒蟬，三緘其口的詩人形象，是大相徑庭的。

並非「忠實地錄下這段故事」

　　「作為未曾與李白鳳先生謀面的一位後輩，我是沒有資格來寫祭文的。權且忠實地錄下這段故事，留予今天人們的面前，已經足矣。」程光煒的〈詩人李白鳳先生〉以此為結語，看到「忠實地錄下這段故事」，不由得讓我聯想到班固說《史記》的話：「其文直，其事核，不虛美，不隱惡，故謂之實錄。」

　　「程文」雖然不是嚴格意義上的「實錄」，但既然標榜「忠實」，那麼，起碼該做到「其事核」。遺憾的是，即便是作為「故事」，也相當離譜。除了上述的漏洞外，「程文」談到李白鳳上個世紀50年代初期在哈爾濱得罪領導，作為懲罰，

---

[1] 見〈胡風文藝觀點的批發商蘇金傘生意倒臺醜態畢露〉一文。

被「調到當時貧窮落後的中原、西北，讓他在河南大學和山西大學之間做一選擇。組織的威嚴終於打掉了李白鳳先生身上的『傲氣』，出於無奈，南方人的他放棄了吃粗糧的太原，而選擇了前者」。短短一段話，竟然有多處值得推敲。

其一，李白鳳雖然因父親在南方做官而出生在四川成都，但他四歲喪母後沒多久，就跟隨父親回到北方生活，居所漂泊不定，但不外乎是北京、天津、河北和青島，均是北方，不但多本收有李白鳳辭條的工具書以及詩歌選本（如1998年中州古籍出版社出版的《中國近現代文學藝術辭典》、1999年解放軍文藝出版社出版的《中國文學通典・詩歌通典》、2004年浙江古籍出版社出版的《中國近現代人物名號大辭典全編增訂本》等）稱他是「北京人」，就連施蟄存在《懷念李白鳳》中也稱「白鳳是個坦率、耿直的北方青年」。「程文」把李白鳳稱為「南方人」，不知道有什麼根據。

其二，「程文」描述李白鳳在山西和河南之間做選擇時放棄太原，是因為太原吃粗糧，更是讓人丈二和尚摸不著頭腦。20世紀50年代初中期（甚至到六七十年代），中國無論南北，粗糧都十分普遍，吃不吃粗糧，決定因素是經濟條件，如果手頭寬裕，無論在太原還是在開封，都可以吃細糧。太原和開封，同屬於北方城市，在大的生活習慣方面，並無本質的差別。如果拿成都和太原做比，倒可以說太原吃麵食，成都吃大米。

其三，事實上，李白鳳當年並沒有遭遇過在太原或開封之間選擇的兩難。根據劉朱櫻〈憶李白鳳〉一文的描述，「1952年，白鳳經友人陳邇冬教授的推薦，被高教部分派到太原山西師範學院[1]中文系任教授。1954年離開，到河南開封師範學院中文系任教授，講授『蘇聯文學』課。」李白鳳1954年1月在上海

---

[1] 1953年院系調整後，山西大學取消建制，文理兩院合併，改稱山西師範學院。

星火出版社出版的《蘇聯文學研究》一書，原本就是他在山西大學教書編寫的「『講稿』的『下編』」，在書的〈後記〉裡也有「李白鳳寫成於山西大學」字樣。

至於「程文」中有關李白鳳和魯迅交往的經歷、李白鳳在《現代》發表詩歌的記載等問題，雖說都是出自「李先生的公子」之口，但程先生作為研究中國現代文學的專家，特別是作為一名主攻方向為現當代詩歌研究的專家，在這類問題上為文，理應查一查資料，即便做不到去粗存菁，也務必要做到去偽存真，而不該「有聞必錄」，讓信口開河或記憶不清的錯誤變成儼然白紙黑字的事實。而素以嚴謹著稱的《讀書》雜誌編輯以及其後的數名編輯，面對多處明顯錯訛的「程文」，竟然絲毫不施以編輯的基本「斧削」之功，而大開發表放行之綠燈，造成以訛傳訛。如北京大學出版社2005年4月出版的《中國當代新詩史（修訂版）》以註釋形式出現的「李白鳳30年代開始在《現代》等刊物發表詩作，曾在西南聯大任教」等文字[1]。大象出版社2008年2月出版的《河南大學的青青子衿》中〈命運多舛的人生——記李白鳳先生〉一文，就有「20世紀30年代，白鳳先生熱衷於新詩創作。……他時常在上海施蟄存主編的《現代》、北京吳奔星主編的《小雅》雜誌上發表新詩」字樣，以及河南文藝出版社2008年3月出版的何頻的《看草》中「李白鳳……這位和李太白一樣擁有浪漫情懷的世家弟子，想當年亦是個翩翩佳公子。他是在20世紀30年代《現代》雜誌上寫詩而揚名文壇的，抗日戰爭中為民族救亡而奔走疾呼，巴金和聞一多編過他的詩文」的敘述，很難說不是受到了「程文」誤導的影響，恐怕很難只以「文責自負」四字來搪塞吧。

---

[1] 此處受「程文」影響最明顯，因為1998年發表的「程文」是李白鳳在西南聯大任教的始作俑者，而該書1993年的初版並無此內容。

第八章

令人費解的一錯再錯

——詩人李章伯其人其詩

李章伯非李伯章

沈用大先生的《中國新詩史1918～1949》[1]，在談及「『海派』：『現代派』」的時候，有這麼一段話：

> 伴隨《現代》——《新詩》前後還有不少較小群體，他們大致信奉其觀點、接受其影響，遂形成眾星拱月之勢。
>
> ……
>
> ……有吳奔星、李伯章於1936年6月創辦的《小雅》雙月刊。
>
> （見該書第489頁）

文中的「李伯章」，其實是「李章伯」之誤。不過，由於一是因為沈用大先生並非專業的詩歌研究論者，二是可能是電腦錄入或校對出現的「魚魯亥豕」之誤，筆者拜讀沈

▲ 李章伯和吳奔星主編的《小雅》詩刊創刊號封面書影

---

[1] 福州：福建人民出版社，2006年1月。

先生大著時對此沒有特別在意。直到不久前，看到知名詩歌評論家孫玉石先生撰寫的〈我思想，故我是蝴蝶──30年代卷導言〉[1]，同樣寫著「吳奔星、李伯章主編的《小雅》詩刊」字樣時，終於意識到問題並非那麼簡單。結果，把手頭的資料翻了一翻，更是令人大吃一驚，把「李章伯」誤為「李伯章」的，竟然比比皆是，比較重要的有：

　　1986年　陳紹偉編《詩歌辭典》（花城出版社）第371至372頁：《小雅》1936年6月創刊於北京。雙月刊。……主編吳奔星、李伯章。

　　1988年　周錦編著《中國現代文學史料術語大辭典》（台灣智燕出版社）第1冊第259至260頁：《小雅》吳奔星、李伯章主編的詩歌雙月刊。1936年6月創刊於北平，雖然是北師大的學生辦起來，外稿卻很多，頗有水準。到1937年6月5、6兩期合刊出了之後停刊。

　　1999年　孫玉石著《中國現代主義詩潮史論》（北京大學出版社）第130頁：北京的《小雅》（1936年6月──1937年6月，共出6期）這個由吳奔星、李伯章主編的詩雙月刊，堅持「任何一派的作品，都一律看待的原則」……

　　2004年　劉靜著《新詩藝術論》（中國文史出版社）第174頁：吳奔星、李伯章主編的《小雅》1936年6月到1937年6月在北平出版6期。

　　2006年　王文彬著《雨巷中走出的詩人：戴望舒傳論》（商務印書館）第185頁：註3，《小雅》詩刊由吳奔星、李伯章擔任主編。

---

[1]　見《百年中國新詩史略〈中國新詩總系〉導言集》，北京：北京大學出版社，2010年3月，第70頁）。

2006年　金理著《從蘭社到〈現代〉以施蟄存、戴望舒、杜衡及劉吶鷗為核心的社團研究》（上海東方出版中心）第122頁：北京吳奔星、李伯章主編的雙月刊《小雅》……

2007年　張林傑著《都市環境中的20世紀30年代詩歌》（中國社會科學出版社）第43頁：註3，吳奔星、李伯章：《社中人語》，《小雅》第3期，1936年10月。

由此看來，「李章伯」誤為「李伯章」的情況如此之多，應該不是孤立的文字誤植問題了，而是由來有自。但限於所見，始作俑者，尚不得而知。但有一點可以肯定，就是這些談及《小雅》的論者，未必真正看過或者認真看過《小雅》原刊，多半是人云亦云，才會出現類似錯誤。其中，孫玉石先生是我十分尊敬的詩論家，但這麼一個簡單的錯誤卻在他的重要論著中延續超過十年之久，不能不說是一件遺憾的事，也十分令人費解。

▲ 1937年12月27日吳奔星（左）和詩人李章伯（右）攝於長沙

其實，關於李章伯的情況，正確的介紹也有不少。比如，
吳奔星先生曾在〈《小雅》詩刊漫憶〉[1]中「《小雅》詩刊的創
刊經過」一段裡指出：

> 我的朋友李章伯是學西洋文學的，英語挺好。為
> 了搞幾個錢，有人介紹他去當私人家庭教師。……其中
> 的一個小姐，竟然愛上了窮老師李章伯。她喜歡讀我和
> 章伯寫的詩，聽說我們要辦詩刊，問我們每一期的印刷
> 費最低限度需要多少？我們說，每一期印一千份，估計
> 紙張和印刷費，大約要三十個左右的袁大頭。那位小姐
> 引而不發，沉吟了一下，終於微微一笑，說：我從四川
> 到北平的往返路費就可以辦兩期的了。今年暑假要考大
> 學，我不回家去，就把路費給你們辦詩刊吧。

《中國新文學大系1927～1937・史料・索引一》[2]在「新文
學運動紀事」及介紹「小雅詩社」時分別如此敘述：

> （一九三六年）六月小雅詩社在北平成立，由吳奔
> 星、李章伯主持。同年下半年創辦《小雅》詩刊，共出
> 六期。（見793頁）

> 一九三六年六月成立於北平，主要成員有吳奔星、
> 李章伯等。曾創辦《小雅》詩刊，共出六期。約於次年
> 六月停止活動。（見824頁）

此外，陳鳴樹主編的《二十世紀中國文學大典（1930年～

---

[1] 《新文學史料》，1983年第1期。
[2] 上海：上海文藝出版社，1989年5月。

1965年）》[1]、朱光燦著《中國現代詩歌史》[2]、張潔宇著《荒原上的丁香：20世紀30年代北平「前線詩人」詩歌研究》[3]等，在談及《小雅》詩刊時，均沒有把李章伯的名字搞錯。

李章伯的新詩

李章伯的新詩，以發表在他和吳奔星共同主編的《小雅》詩刊上為最多，其中創刊號為〈寄──〉、〈蒲公英〉、〈望兒歸〉、〈死床〉、〈遠思〉（以上兩首署名「月華」）；第二期為〈三月〉、〈原上之歌〉、〈百合花〉、〈月〉；第三期為〈歸歟歸歟〉、〈無題〉；第四期為〈無題〉、〈秋夜之華〉；第五、六期為〈旅邸之夜〉、〈無題〉、〈冬天的屋子〉、〈春之郊〉，

▲ 李章伯1937年3月在《小雅》詩刊第5、6期發表的〈詩四篇〉書影

計17首。此外，他還在路易士主編的《菜花》、《詩誌》[4]、葉懸之編的《詩林》以及香港《紅豆》等很多刊物上發表過作品，抗戰期間也在桂林的《詩》雜誌上發表過翻譯的詩歌，是二十世紀三、四十年代活躍於現代詩壇的重要詩人之一。

---

[1] 上海：上海教育出版社，1994年。
[2] 濟南：山東大學出版社，2000年。
[3] 北京：中國人民大學出版社，2003年。
[4] 可參見《博覽群書》2009年第10期拙文「《小雅》創刊地及《詩誌》刊名題名者」）。

儘管不少新詩史著作談及現代派詩歌時都會提及《小雅》詩刊及李章伯，但迄今為止，尚無專人研究過他的詩歌，其詩也鮮見各類新詩選本。就筆者所知，孫望選編的《戰前中國新詩選》[1]，所錄李章伯詩作〈無題〉[2]，是他見諸選本的第一首新詩——

　　　　在午夜，我的南窗下／有你的芳蹤／／竹林的風聲／碎落在月照的莓苔／／來了，酒湖上的行檣／曳著輕搖的醉波／／啊，我的年少的相思

　　此詩雖然寫得清新怡人，但在佳作雲集的20世紀30年代的詩歌中，並不突出，不能代表詩人的水準。

　　台灣學者周伯乃在《早期新詩的批評》[3]一書中，評論過李章伯1936年11月發表在路易士、韓北屏主編的《詩誌》創刊號上的詩作〈夏之午〉：

　　　　夏之午／是岑寂的：豆棚底葉蔭裡，／蜥蜴守著靜靜的窗／／小毛是睡熟了；／當我負米歸來，／妻已作成了／他底周歲的鞋。

　　周伯乃認為，「這首詩，前一段比後一段寫得好。前一段具有詩的韻味，而後一段就僅僅是一種說白。作者把沒有經過沉思，完全以直覺的瞬間感覺投影在詩上。所以整首詩就顯得空洞而貧乏，沒有深度。」

---

[1] 綠洲出版社，1944年初版，南昌：江西人民出版社1983年重印。
[2] 最初發表於《小雅》五六期合刊。
[3] 台北：成文出版社，1980年5月。

《中華藝術話語寶典》¹的編者，在「情境視角」範文部分選取了〈夏之午〉的前一段（第707頁），似乎是認同了周的「前一段具有詩的韻味」的說法。

不過，詩論家吳奔星並不同意〈夏之午〉後一段是「一種說白」、「空洞而貧乏」的論斷，他分析說：

> 第二節寫人。寫了三個人。兒子「小毛是睡熟了，」表現了「夏之午」所以「岑寂」的主要原因，要是小毛不睡，他是會笑、會哭、會鬧的。特別令人稱道的是，正當小毛睡熟的時候，丈夫利用這個空隙從外面扛了米回來了，妻子利用這個機會作成了小毛周歲的鞋。這對「夏之午／是岑寂的」原因深化了一層，要不是小毛睡熟了，這些家務事都是不能幹得這麼快、這麼好的。

> 詩分兩節，一寫景，一寫人，合而觀之，顯示出一個小家庭在「夏之午」這段時間的生活風貌。看來，這個小家庭的生活，是並不富裕的，然而卻是善於安排的，精神生活是充實而又幸福的²。

李章伯曾在香港《紅豆》雜誌上發表過兩首詩歌，即四卷五期的〈夜之序幕〉和四卷六期的〈十二行小唱〉。其中〈十二行小唱〉形式和內容都比較新穎，第一節和末尾的一節文字迴環重複，別具匠心，立意昇華。不妨試讀如下：

> 有何惋惜於褪色的春衫的／春已歸去／春衫的色澤徒然／／著五月的榴紅／飲陳年的醇酒／視桃紅柳綠何

---

¹ 延吉：延邊大學出版社，1992年12月。
² 見《台灣新詩鑒賞辭典》，太原：北嶽文藝出版社，1991年12月，第7頁。

如／／莫追悔更莫遲疑／一年都是可享的季節／而光陰是沒有季節之循環的／／有何惋惜於褪色的春衫的／春已歸去／春衫的色澤徒然

春天雖好，總要離去，與其無謂的追悔、感傷，不如珍惜每一季的光陰，享受每時每刻的生活。

谷風之輕語，／似催人安息。／／垂頭的錦葵，／已擎不起凝聚之露珠。／／而喜暗窺的田鼠，／眼簾亦如山嵐之沉重了。／／夜航的雲呢，你還駛向何方，／揚起銀色之孤帆？

這是李章伯發表於《詩誌》第2期（1937年1月）上的〈夜〉——一首象徵意味濃郁的詩歌，各種意象著力烘托夜之寧靜，一種動中之靜。尤其是結尾，更令人回味深長。紀弦曾在回憶錄中表示，「我記得，當年吳奔星和李章伯的作品，也都是在水準以上，不輸給那些同時代人的」[1]。這首〈夜〉，可為例證。

同在寶島卻錯過紀弦

《中國當代藝術界名人錄》[2]，收錄了「李章伯」辭條：

（1906～）原名月華。湖南湘鄉人。30年代初就職於上海中華書局《小朋友》雜誌社。1933年考入北平

---

[1] 《紀弦回憶錄》第一部《二分明月下》，台北：聯合文學出版社有限公司，2001年，第111頁。
[2] 北京：社會科學文獻出版社，1993年5月。

師範大學。1936年後曾與吳奔星創辦並主編《小雅》詩刊，並在《菜花》、《詩誌》等刊物上發表作品。抗戰時期在廣西、四川等地任教。1949年去台灣，曾任台北農業學校校長。（第530頁）

這裡需要指出的是，李章伯並非1949年去的台灣，而是「台灣光復」後於1946年即赴台灣，同年11月11日獲台灣省行政長官公署任命，執掌省立桃園農業職業學校，為百廢待興的台灣培養了大量農業方面的人才。李章伯先生夫人李戴秀麗曾在《口述歷史》第6期[1]〈戴秀麗、秀美姊妹訪問記錄〉一文第三節「結識先夫李章伯先生」中敘述：

> 先夫早年畢業於北京師大外文系，因此對文學及新詩創作方面都有其不同的見地，曾發表多篇詩作，在三十年代的詩壇，享有一席之地。民國25年先夫曾與吳奔星於北平創辦《小雅》詩刊，與路易士（紀弦）的《詩誌》，戴望舒的《新詩》為當時詩壇的三大刊物……

按照紀弦在《紀弦回憶錄第二部‧在頂點與高潮》[2]裡的敘述，他於1948年11月29日乘船抵達台灣基隆後，就暫住在老友穆中南任教的桃園農校的宿舍裡，李章伯恰恰此時正擔任農校校長，兩人卻擦肩而過，無緣相見！後來李章伯奉調台灣省教育廳工作，擔任視察、督察，遠離詩壇，不知道老友路易士改筆名為紀弦並成為台灣現代派詩歌的旗手，但紀弦在台北成功中學教書多年，同在台灣從事教育工作達數十年之久的兩人竟

---

[1] 台灣「中央研究院近代史研究所」，1995年。
[2] 台北：聯合文學出版社有限公司，2001年，第22頁。

然再未謀面，頗有造化弄人的意味。等到終於互知下落之時，紀弦已經移居到大洋彼岸的美國，儘管隔海表示「想念你和章伯」[1]，但直到李章伯於1993年4月1日去世，雙方再無機會把手言歡，實乃一大遺憾！

李章伯去世後，吳奔星1993年7月30日在台灣《聯合報》副刊發表悼念文章〈離弦之箭〉，題目就出自李章伯發表在《小雅》詩刊第1期〈寄——〉中的詩句：

離弦之箭是無法挽回的，／我能挽得住你嗎？今朝你是決定走了，／走了，永不回來！／／我只好／在月光清冷的墳頭，／為你開一朵向陽花。

後來，吳奔星又為李章伯編輯了《月華軒詩稿》由香港出版，並寄贈遠在美國的紀弦。紀弦回信說，「最近這些日子，我專心拜讀你的新舊詩選和章伯兄的詩稿，等我讀完之後，一定會寫點東西，寄給你過目」，遺憾的是吳奔星已於2004年去世，生前沒有看到紀弦所寫的文字。至於紀弦在2005年中風前是否動筆、有無完成，就不得而知了……

2010年11月2日～2011年2月10日

---

[1] 見《現代作家書信集珍》，上海：漢語大詞典出版社，1999年6月，第969至971頁致吳奔星函。

第九章

林丁：現代詩壇一顆閃亮的流星

從文壇小青年到革命老幹部

他的新詩，刊載在1930年代知名的新詩刊物上，如吳奔星主編的《小雅》、戴望舒主編的《新詩》、路易士主編的《詩誌》、葉懸之主編的《詩林》；至於當時的一些綜合性文藝報刊，如卞之琳主編的《水星》、香港的《紅豆》、南京的《文藝月刊》、《中央日報》等，也不時有他的文藝作品發表。

然而，當下坊間的現代新詩選本、現代文學史上，卻不見他的名字；即便是研究中國現代文學史料的專家，也對他所知甚少。

▲ 1935年10月10日林丁留影（王可力女士提供）

他，就是1930年代中國現代詩壇一顆閃亮的流星：林丁。

關於林丁，1949年後提到他的詩人只有卞之琳和吳奔星。其中卞之琳寫於1983年5月10日的文章〈星水微茫憶〈水星〉〉回憶說：

> 刊物登載過兩三篇以上的不知名投稿者的文章，其中有靳以和我寄予最大期望的張天（用靈活口語的短篇小說作者，好像是河南南陽一帶人）、靳以先挑出的李威深、我先看中的李溶華。發表過一首詩的林丁，當時是一

個小青年，從濟南和我通過信。解放後不久，我在北京接過他從安徽寄來的信和照片，好像還在北京見過他，名字記得是叫了「王化東」，已算是革命老幹部了[1]。

有意思的是，吳奔星談及林丁和卞在同一年，只不過吳奔星在1983年《新文學史料》第3期發表的〈《小雅》詩刊漫憶〉中第4節，只是提及林丁為《小雅》的作者而已，並沒有深入。雖說如此，但林丁在《小雅》上所刊登的詩作，卻大大多於他在《水星》上發表的詩作。具體而言，林丁總共在《小雅》詩刊發表詩歌6首，分別為第1期2首（〈春歸〉和〈你是睡著了〉）、第2期2首（〈感謝辭〉和〈私情〉），第3期1首（〈酒〉）、第4期1首（〈戀的季候〉）。能夠在6期（其中5、6期雜誌為合刊）雜誌、50多個作者中發表詩歌5首，可謂《小雅》詩刊比較豐產且重要的作者了。

為了弄清林丁的下落，筆者根據詩人卞之琳回憶文章中提供的「王化東」，「安徽」、「革命老幹部」等幾個線索，通過友人及網路等多種管道開始搜尋。幾經周折，找到王化東曾在80年代初任中共合肥市委副書記、後任合肥老年大學校長的線索，於是打電話給合肥市委老幹部局、合肥老年大學，前者對王化東一無所知，後者知道王化東為老年大學首任校長，但因為過了20多年，對其生平、子女情況也不瞭解，甚至連其生卒年之類的基本資料都搞不清楚。

就在線索中斷，山重水複疑無路之際，2012年1月23日，筆者意外收到了署名「王化東後人」王可俠發來的郵件，說「我今天與北京的弟弟通話得知您找王化東後人，我很驚訝，畢竟家父已逝去16年了！我是王化東的女兒，現仍從事經濟研究工

---

[1] 《讀書》雜誌1983年第10期。

作。雖然工作較忙，但出於對家父深厚的愛，我願為您提供您
需要的資料」。原來，王女士看到了筆者在有「安徽第一人氣
社區」之稱的「合肥論壇」上所發的「尋找王化東後人」的帖
子！不過，王可俠女士對其父王化東青年時代的文學創作情況
並不清楚，後來請小妹王可力女士為筆者介紹情況，稱她和父
親生活時間最長，情況瞭解的多。

　　2012年2月29日，王可力女士給筆者發來郵件，介紹了王化
東的一些情況：王化東1915年2月出生於山東省濟南市一個城市
貧民家庭，師範學校畢業，1937年9月參加革命，後來上過抗大
和中央黨校。1996年3月去世。

◀ 晚年林丁肖像（王可力女士提供）

王可力女士在郵件中說：

　　　　我父親是1939年入黨，歷任聊城政治部宣傳股長，
　　　洪澤縣委書記，淮北地委宣傳部長，中央宣傳部西宣
　　　部[1]辦公室主任，國營248廠、782廠廠長、黨委書記，
　　　陝西省煤管局副局長，安徽省煤炭廳副廳長，安徽省總
　　　工會副主席，安紡總廠黨委書記，合肥市委副書記、副
　　　市長，離休後任合肥市老年大學校長等職。我父親喜歡

---

[1]　合肥市人大常委會1996年3月20日發佈的「訃告」原文如此。

寫一些詩歌和雜文，參加革命後有一些發表在報刊雜誌
上，印象較深的是我小時候曾在一本上世紀五十年代出
版的雜誌（好像是「保衛和平」？主編是茅盾）上看到
父親的一篇關於介紹北京勞動人民文化宮的文章。另外
還有一些沒發表的詩歌等。他離休後根據當年皖蘇新四
軍在洪澤湖親身經歷寫了一個六集電視劇本，張愛萍親
自為劇本題名：血沃洪澤。可惜在籌備拍攝時他就因心
臟病去世了，所以至今也沒有拍成，我們這些做兒女的
一直為此感到內疚和遺憾。除了寫作，他最大的興趣和
愛好就是練書法。所以在創建了合肥市老年大學後，他
又創辦了一所北京書法函授大學合肥分校。經常從北京
邀請一些名家來安徽巡講，如歐陽中石、劉海粟等。他
用毛筆書寫的一些古詩詞，我還一直保留著。

林丁既是筆名也是曾用名

關於「林丁」這個名字，王可力女士表示：

　　林丁的確是我父親的筆名，我還在上高中時就聽父
親說過他參加革命前常用這個筆名寫詩投稿。他還有別
的筆名，可是我印象不深記不清了。我在他的資料中還
看到一小塊發黃的一九三四年二月六日的剪報，是一首
林丁作的題名為〈荒寺〉的小詩。
　　……
　　王化東是我父親參加革命後自己改的名字，他以前的
曾用名應該是王今然，這是我從他的幹部履歷表上看到的。

以上文字，讓我們基本瞭解了王化東的生平情況：王今然為原名，林丁是筆名，參加革命後改名王化東。

劉定一在回憶「魯西北抗戰劇團的成長」時，提到：「我們的副團長、詩人王今然（現名王化東，在合肥人大常委會），他是範縣政訓處來的」[1]。山東大學出版社1992年12月出版的《中共冀魯豫邊區黨史資料選編·第4輯》裡，則有「《戰線旬刊》是32開鉛印通俗刊物。每期印3000冊，是冀魯青年記者團機關報之一。由王今然、許法等主編，1938年9月創刊，共出三期」的記載。以上兩文可為王可力郵件的佐證和補充。

單斐所寫〈彭雪楓在智鬥日偽的戰場上〉[2]，透露了「王化東」這個名字的來歷：

> 林欣告訴我一個令人讚賞的信息：現在洪澤湖縣委宣傳部長王化東就是在新興集小王莊時代「拂曉」報人訓練班學習的林丁。他為了響應黨中央整風號召，體驗工農兵思想感情，而改名王化東，悄悄地來湖上落戶了，他搜集的工農語彙已成千上萬了。我羨慕他不愧是戰友中學習毛主席「講話」的先行者。

又據新華出版社1987年出版的《拂曉報史話》，淮北地區「報人訓練班」舉辦於1940年，「單斐、林丁（王化東）任班主任、班長」（第25頁），林丁改名王化東無疑在此之後。

林丁這個名字，不但是王今然的筆名，也是他參加革命後的曾用名。1963年，時任安徽省總工會副主席的王化東在一份幹部履歷表中，「林丁」是作為「曾用名」填寫的。時過境遷這麼多年，王化東還不忘「林丁」這個名字，倒未必是他對

[1] 見《一二·九～七·七在北京》附錄，河南大學出版社，1988年2月，第113頁。
[2] 載《楷模》，《江蘇文史資料》編輯部，1997年9月，第83頁。

30年代的文學創作難以忘懷，而是他在參加革命後還曾用「林丁」這個名字發表過作品，如刊載於1946年8月31日《新華日報》華中版上的詩歌〈「領袖」的素描〉、1946年10月7日《新華日報》華中版上的小說〈洪湖漁父〉等，其時他正在中共洪澤縣委書記的任上。

不過，王化東1949年後似乎就沒有用過「林丁」這個名字。他在中宣部工作期間，曾用王化東的名字發表過一些文章，其中有1951年3月11日《人民日報》上的〈不要製造我們語言的混亂〉、1951年5月27日《人民日報》上的〈應該認真對待《武訓傳》的思想論爭——讀端木蕻良同志兩篇文章的意見〉、《文藝報》1953年第9期的〈向通俗化、地方化的大道前進——介紹三卷一期《山東文藝》〉等。其中王可力女士還向筆者提供了〈不要製造我們語言的混亂〉一文的草稿。

讓「睡著了」的林丁醒過來

王可力女士提供的林丁題為〈荒寺〉詩歌剪報，文末署有「一九三四，二，六日」字樣，出處難以核查，為筆者目前掌握到的林丁最早的作品[1]。詩不長，且引如下：

---

[1] 1932年《銀畫》第4期所發表署名「林丁」的〈死水般的沈寂：嚴月嫻在幼年的時代〉，文中有「時候是在六年之前的一個冬天裡，地點是在福州，很簡單的我在一班歌舞團裡」字樣，和本文所談的「林丁」不在一個地點；1933年《濤聲》2卷31期發表有署名「林丁」的致曹聚仁的信〈論上海文壇〉，從文章中「愚理頭從事文學，自十五歲始，至今已十有一年」的描述，和本文所涉及的「林丁」年齡不符。

▶ 林丁詩作〈荒寺〉書影

　　草木撐破了古靜的寺院，／塵灰染皺了塑像的金臉；／什麼時候和尚已經跑掉，／什麼時候鐘樓已經塌倒；／只剩了昔日的殘陽，／依然撫摸著褪色的紅牆。／頹簷下，突出一群蝙蝠，／耐不住淒涼在黃昏前飛舞。

　　一連串的意象，在精當的動詞指引下，錯落有致地插入在詩句裡，構成一座落寞荒寺的橫幅全景圖。和半個世紀後人民文學出版社出版的《現代派詩選》中的各家詩作相比，〈荒寺〉完全可以稱得上「不相伯仲」四字！

　　卞之琳所說的林丁在《水星》所發表的一首詩，見1934年12月10日出版的《水星》1卷3期，題目是〈別夜〉。詩云：

　　牆上的燈光，／像褪金的紙。／伴著清寒的夜，／秋葵無聲地開了。／主人是寂寞吧？／飄蕩著失眠意。／／望著窗，／有人輕輕地歎息，／腳步遲鈍，／找不出要說的話，／一滴淚灑在蒼苔；／樹影的線條，／在身上連續地變了。／／夜這樣深。／曳著金線的星光，／流往甚麼地方呢？／茵夢湖裡的燈光，／在遠處消隱。

　　　　　　　　　　　　　　　　　　　　（十月於濟南）

寫作時間和上述〈荒寺〉為同一年，風格也沒有差別。奇怪的是，《水星》後來（至少後來又出版過6期）沒有再發表他的作品，不知道什麼原因。

在路易士主編的3期《詩誌》上，林丁發表有4首詩作，其中創刊號發表詩作〈比擬〉和〈簡〉2首，第2期發表〈遲暮〉和〈塞上〉2首。此外，他還在梁之盤主編的香港《紅豆》雜誌上發表過詩作，篇目為〈屈原——詠史之一〉（第4卷第6期，1936年8月15日）、〈默契外三章〉（第4卷第5期，1936年7月15日）。

從1936年11月26日到1937年8月3日之間，林丁在《中央日報》副刊發表作品多達23篇，以散文、小說為主，沒有詩歌作品，但唯一的一篇評論卻和詩歌有關，就是連載於1937年3月20日、22日和24日《中央日報》副刊《貢獻》上的〈《自己的寫照》與《運河》〉。在這篇文章裡，林丁對臧克家的兩部詩集評價不高，他指出：

> 從作者第一部詩集《烙印》到《運河》，是逐步的糟。我常向人說：《烙印》給我們以驚喜，《罪惡的黑手》給我們以失望，《自己的寫照》是一篇拉雜流水帳，《運河》的泥沙太多。

這樣的批評，是很嚴厲的，也是有理有據的。比如，他對《自己的寫照》的批評：

> 並不如一般人所說非小說家不能寫故事，詩是可以寫故事的，可是《自己的寫照》是失敗了，原因是他用了小說家寫故事的手法寫他的故事。他的故事，成了一篇分行有韻的小說。對於這樣偉大的材料，他以寫小詩的樣子寫，以致瑣碎雜亂，不能給人一個一貫的印象。

筆者認為這一觀點至今仍有借鑒作用，值得寫詩（尤其喜歡寫敘事詩和長詩）的朋友深思。

　　至於林丁在《小雅》上發表的詩作篇目，前面已經提及，不再贅述。不過，值得提及的是，筆者對林丁的第一印象，是兒時在家中翻看先父吳奔星1936年到1937年在北平主編的《小雅》詩刊合訂本，看到話劇演員石揮在《小雅》創刊號封面上，在林丁詩作〈春歸〉目錄旁加上「外一首　你是睡著了　林丁」字樣。希望拙文對相關史料的挖掘，能夠讓「沉睡了」半個多世紀的現代詩人林丁，在現代文學研究者、在世人面前重新「蘇醒」過來。

2012年3月1日～4月23日

第十章

吳興華的新詩處女作及其他

處女詩作發表於吳奔星主編的《小雅》

詩人吳興華是近年來被發掘出的一位「被冷落的繆斯」。關於他最早發表的詩歌作品（或稱詩歌處女作），眾說紛紜，近10年來見諸文字的有以下幾種：

2001年，吳曉東著《記憶的神話》（北京：新世界出版社）第227頁：吳興華，是抗戰時期淪陷區北京的一位出類拔萃的校園詩人。1937年他在《新詩》上發表處女詩作〈森林的沉默〉的時候年僅16歲。

2005年5月，張泉著《抗戰時期的華北文學》（貴陽：貴州教育出版社），第402頁：早在抗戰前夕，吳興華就開始新詩創作，在吳奔星主編的《小雅》（1936年第2期）上發表〈歌〉，可能是處女作。

2006年1月，沈用大著《中國新詩史1918～1949》（福州：福建人民出版社）：吳興華，浙江杭州人，1921年出生。1933年由天津南開中學轉學至北平崇德中學，1937年他16歲在7月10日《新詩》月刊發表處女作約70行的〈森林的沉默〉。

2008年5月，謝冕著《紅樓鐘聲燕園柳》（北京：北京大學出版社）第175頁：50年代在中國新詩的故鄉，新詩一方面是在受難和流血，一方面卻在智慧而頑強地活著。這裡要提到在詩歌界具有傳奇色彩的燕京大學詩人吳興華。他最早發表作品是1937年3月10日的《小雅》第5～6期的〈花香之街〉。

2009年1月，劉福春編著《尋詩散錄》（桂林：廣西師範大學出版社）第145頁：吳興華上世紀30年代開始寫詩。據筆者所見，吳興華最早發表的新詩是1937年3月10日《小雅》第5～6期上的〈花香之街〉。

2009年4月，解志熙著《考文敘事錄》（北京：中華書局）第196頁：現在大家都知道，吳興華一鳴驚人的新詩處女作〈森林的沉默〉以及最早的詩論〈談田園詩〉就是在《新詩》雜誌上發表的。

2009年11月，張松建編著《現代詩的再出發　中國四十年代現代主義詩潮新探》（北京：北京大學出版社）第298-299頁：吳氏不僅是學貫中西的學者，也是才華橫溢的詩人：15歲在吳奔星主編的北平《小雅》發表處女作〈歌〉；16歲在戴望舒主編的上海《新詩》上刊載〈森林的沉默〉。

2010年1月，吳福輝著《中國現代文學發展史·插圖本》（北京：北京大學出版社）第424頁：不過吳興華的少年成名可能更顯著（16歲即發表處女作〈森林的沉默〉），現代詩作的創新更為全面。

上述書籍的作者，均為現代文學或現代新詩研究專家，他們在吳興華處女詩作問題上各說各話，其混亂延續至少10年，至今尚未達成共識，似乎也未見加以研究。

其主要觀點可歸納為3點：

1. 《新詩》雜誌「〈森林的沉默〉說」，以吳曉東、沈用大、解志熙、吳福輝為代表。

2. 《小雅》詩刊第5～6期「〈花香之街〉說」，以謝冕、劉福春為代表。

3. 《小雅》詩刊第2期「〈歌〉說」，以張泉、張松建為代表。

查閱手頭戴望舒主編的《新詩》月刊和吳奔星主編的《小雅》詩刊，發現：發表〈森林的沉默〉的是《新詩》第2卷3、

4期合刊（總第9、10期合刊），出版於1937年7月10日；而發表〈花香之街〉的《小雅》詩刊第5-6期，出版於1937年3月10日，需要特別指出的是，與〈花香之街〉同時發表的還有另一首詩〈室〉；至於刊登詩作〈歌〉的《小雅》詩刊第2期，則出版於1936年8月1日。從時間順序看，吳興華發表在《小雅》詩刊上的詩作〈花香之街〉、〈室〉和〈歌〉，均早於《新詩》月刊上發表的〈森林的沉默〉，〈歌〉更是早了將近1年時間。

　　從目前掌握的資料來說，吳興華最早發表的詩歌作品，或者說他的詩歌處女作[1]，1936年8月1日發表於《小雅》詩刊第2期上的「〈歌〉說」，應屬妥貼之論。

　　年方15、尚為中學生的吳興華，短短8個月時間，在僅出版6期（其中5、6期為合刊），名家如林（如戴望舒、李金髮、施蟄存、李長之、林庚、柳無忌、路易士、水天同、侯汝華等等）的《小雅》詩刊上發表詩作3首，自然表明其詩歌達到一定水準，而主編吳奔星對當時名不見經傳（甚至從未發表過詩作）的吳興華的熱心扶持，也是不爭的事實。在《小雅》詩刊的60餘名作者裡（除去筆名及譯詩作者，詩歌作者不過50人），吳興華年齡最小，是唯一的一名中學生。

　　吳奔星曾在〈《小雅》詩刊漫憶〉[2]一文中回憶起作者的情況時表示：「有三十年代開始活躍詩壇的詩人、學者、教授，如林庚、陳殘雲、錫金、蘆荻、李長之、李白鳳、吳興華、陳雨門、韓北屏、吳士星等……」這是「文革」結束後，中國大陸的文學回憶錄中首次提到吳興華的名字，並大大早於《中國現代文學研究叢刊》1986年第2期推出的「吳興華

---

[1] 在此之前的1936年2月，吳興華在《青年界》9卷2期發表過隨筆〈從動物的生存談起〉，如果找不到此前他還有其他作品發表的證據，這應該是吳興華除了詩歌之外的處女作品。
[2] 《新文學史料》1983年第1期。

專輯」。此外，吳奔星主編的《中國新詩鑒賞大辭典》[1]，收入了郭蕊賞析的吳興華詩作〈西迦〉，書末並附有吳興華的小傳。

吳奔星在〈《小雅》詩刊漫憶〉中還談及當年選詩的標準：「不論知與不知，識與不識，也不論什麼社團、什麼流派，都一視同仁，只要富有詩意，篇幅短小，都優先發表。」吳興華發表在《小雅》上的3首詩，無疑都符合這種標準。不過，代表吳興華早期新詩成就的〈歌〉、〈花香之街〉及〈室〉，均未選入《吳興華詩文集‧詩卷》[2]，甚至〈室〉一詩更是從未有論者提及。好在篇幅不長，為方便研究者，茲首次披露如下：

◀ 吳興華發表於《小雅》
第2期的詩作〈歌〉書影

愛惜那池沼的紫影，
愛惜那落日的西方，
愛惜那森林的沉靜。
而念到兩岸的悠長。

愛惜那清幽的苔屋，
漣波洗濯著的蘆葦，

---

[1] 南京：江蘇文藝出版社，1988年12月。
[2] 上海：上海人民出版社，2005年2月。

愛惜那深秋的星宿，
掩映著天河的露水。

愛惜那風裡的簷鈴，
愛惜那迢遙的指點；
啊愛惜那遠行的人，
記憶裡的模糊的臉。
——〈歌〉

花香停在一家風吹的棚上
暗藍的小窗前留住吹笛漢
晚風中行路人欲行時又止
笛聲中起落著少年的希望
直等到夜深時處處碧紗慢
林園裡沒有了禽鳥的呼喚
風起時花如雪搖落長街畔
——〈花香之街〉

玻璃窗外看見江南的雨天
傘下的邂逅是含情的眼色
偶然望見一個相識的面容
半藏在翠傘底從街邊走過
鄰院的花香中蝴蝶兒飛落
小室裡靜靜的看新開芍藥
迷蒙花氣捲起低垂的簷幕
——〈室〉

花香之街‧室

吳興華

花香之街

花香停在一家風吹的棚上
暗藍的小窗前留住吹笛漢
晚風中行路人欲行時又止
笛聲中起落著少年的希望
直等到夜深時處處碧紗慢
林園裡沒有了禽鳥的呼喚
風起時花如雪搖落長街畔

室

玻璃窗外看見江南的雨天
傘下的邂逅是含情的眼色
偶然望見一個相識的面容
半藏在翠傘底從街邊走過
鄰院的花香中蝴蝶兒飛落
小室裡靜靜的看新開芍藥
迷蒙花氣捲起低垂的簷幕

——126——

▲ 吳興華1937年3月發
表在《小雅》詩刊上
的二首詩歌書影

筆者對新詩缺乏專門研究，但仍然能夠看得出，吳興華的詩作從〈歌〉到〈花香之街〉及〈室〉，不過半年多的時間，藝術性上有了迅速的提高。〈歌〉的意象繁複，如同散落的珍珠，每一顆都很美，但畢竟15歲的詩人還在學步階段，珍珠與珍珠之間是鬆散的，或者說是只有單獨的意象，而沒有意象貫穿之後形成的意境。而到了〈花香之街〉和〈室〉，就有所不同，意象更加靈動之外，也有了環環相扣的力量，朦朧優美的意境也油然而生。

〈森林的沉默〉引起當時詩壇轟動了嗎？

　　對於吳興華1937年在《新詩》雜誌發表〈森林的沉默〉一詩，除了上述解志熙所說的「一鳴驚人」外，陳子善也有類似的看法：「他十七歲時在戴望舒等主編的《新詩》上發表長詩〈森林的沉默〉就一鳴驚人，引起新詩壇的廣泛關注。」[1] 至於羅銀勝，則更是在〈早夭的詩人吳興華〉[2]一文中，稱〈森林的沉默〉在《新詩》雜誌上發表後「轟動詩壇」、「一鳴驚人」。

　　吳興華確實是一位優秀的詩人，但他在發表〈森林的沉默〉之時，既未「轟動詩壇」，也無「一鳴驚人」。上述論者的臆斷，其實是把日後的高度評價提前加諸藉藉無名的往昔，不符合歷史的事實，更有違史論者的嚴謹。

　　或許，上述專家學者的失誤，肇端於吳興華遺孀謝蔚英的回憶文章〈憶興華〉[3]。該文指出：

---

[1]　見《探幽途中》，長沙：湖南教育出版社，2007年4月。
[2]　見《書屋》，2006年第11期。
[3]　《中國現代文學研究叢刊》1986年第2期。

最早刊登他的詩是1937年的《新詩》月刊，一首八十行的無韻體詩，題為〈森林的沉默〉，此詩最近曾選在香港出版的《中國現代詩選1919～1949》裡。當時的編者周煦良介紹說：「就意象之豐富，文字的清新節奏的熟諳而言，令人絕想不到作者只是一個十六歲的青年。」

看來，是此文中「當時的編者」的說法誤導了讀者，令人產生〈森林的沉默〉在發表之初即產生影響的錯覺。事實上，周煦良並非《新詩》月刊的編者，這段話的出處是在此詩發表8年之後的1945年，當時周煦良在他編輯的《新語》雜誌第5期，以「編輯」的名義寫下題為「介紹吳興華的詩」的一段文字，其開篇如此說道：

我最初讀到吳興華先生的詩，是在八年前的《新詩》月刊上：一首八十行的無韻體，〈森林的沉默〉，就意象的豐富，文字的清新，節奏的熟諳而言，令人絕想不到作者只是十六歲的青年。

《新詩》自「八・一三」事變起停刊。等到三年後我兜個大圈子回滬，會見燕大的張芝聯宋悌芬二君，從他們那裡再度讀到吳興華的詩時，才知道中國詩壇已出現一顆新星。

且不論周煦良對吳興華的評價是否符合事實，但中國詩壇的「一顆新星」，不是出現在1937年「八・一三」事變的前夕，而是在此三年之後，則可以定論。

對於吳興華的詩歌，卞之琳在〈吳興華的詩與譯詩〉[1]一文的說法十分中肯：

[1] 《中國現代文學研究叢刊》1986年第2期。

吳興華（1921～1966）是難得的人才。他16歲在全國性詩刊上發表了技巧成熟的新詩，36歲在國家出版社出版了所譯莎士比亞《亨利四世》上下篇，不幸就以這部卓越的詩劇譯本（及其有獨到見解的序言）基本上結束了他畢生的文學成就，他沒有經受住時代發展的風風雨雨，橫受摧折，未能充分施展他的才華與功力。

　　我和他相識已晚，是在50年代中葉在北京大學共事的時候（他在西語系，我已轉至成立不久的文學研究所）。早先戴望舒辦《新詩》，約我掛名作編委，卻沒有注意那上面在1937年全面抗戰爆發前夕發表了吳興華的少作。

　　作為上個世紀30年代中國新詩當事人的卞之琳，在1937年全面抗戰爆發前夕，並沒有注意到自己掛名編委、且發表詩作的《新詩》月刊第2卷3、4期合刊[1]曾刊登過〈森林的沉默〉，告訴我們這樣一個歷史事實：即便〈森林的沉默〉是一首「技巧成熟」的新詩，但在中華民族面臨生死存亡的歷史關頭，詩壇不會也不可能廣泛關注並為之轟動；因而吳興華在當時就「一鳴驚人」不過是海市蜃樓而已。雖然如今說起令人遺憾，但事實如此，不容改變。

〈記亡妹〉：一篇感人至深的散文作品

　　郭蕊在〈從詩人到翻譯家的道路——為亡友吳興華畫像〉[2]一文中談及吳興華的一次心情變化情況：

---

[1]　卞在該期《新詩》發表詩作2首。
[2]　見《吳興華詩文集・文卷》，上海：上海人民出版社，2005年2月。

不知何故，我發覺他有點變了，在架上翻書的時間多，不太愛說笑，牌癮也似乎消失。有一天他忽然來借用一張軟榻，我有點驚訝。這時，他才說出他最喜歡的三妹害肺結核死了。興華把三妹的床連他自己的床都賣掉，才草草料理了後事。第二天，興華把他家兄弟姐妹的合影拿來給我們看。我特別注意剛剛亡故的三妹，多麼嬌嫩美麗的一個姑娘！興華說他母親生前最愛這個女兒，全家都寵著她，在吃混合麵的日子，有一星半點好吃的，都留給她。「可是他還是病死了，死得可憐，我真對不起媽媽！」

　　關於這個夭折的妹妹，吳興華曾在1946年《大中》第3期發表過〈記亡妹〉一文，這是一篇感人至深的散文，價值不在他的新詩之下，可惜《吳興華詩文集》失收，解志熙在《考文敘事錄》中「吳興華佚文輯校」和「吳興華佚文校讀札記」部分也未談及。而吳興華遺孀謝蔚英在回憶文章〈憶興華〉中談及他的兩個妹妹時，主要說的卻是最小的妹妹：

　　　　那是個中國老百姓受苦受難的時代，……也是在這個時期，死神奪去了他兩個聰明、可愛的妹妹，興儀和興永。興永是他最小的妹妹，自幼能詩善舞，不幸於1945年初染上肺結核，當時盤尼西林初問世，但他們無錢購買，眼睜睜地看著她死去。興華在世時，每當想起因貧病被奪去生命的小妹妹，心裡就十分難過。

　　這也難怪，畢竟謝蔚英和吳興華1949年才相識，對於吳興華夭折的兩個妹妹並不瞭解，甚至還有張冠李戴的可能。
　　〈記亡妹〉作於1944年，1800字。頗可讓人聯想到清代文

學家袁枚的〈祭妹文〉，因為同樣表現了兄妹之間深摯的情感以及對自己未盡職責的追悔。

◀ 吳興華1946年發表在《大中》第3期散文〈記亡妹〉書影

　　從文章推算，吳興華和「大妹」（即郭蕊所說的「三妹」）興儀相差不過二、三歲的樣子，與袁枚和小他4歲的妹妹從小親密無間不同，吳興華他們兄妹的關係起初是不睦的，原因是這個大妹「善解人意」，受到母親的「特別鍾愛」，甚至在又有了兩個妹妹和一個弟弟後仍是集母親萬千寵愛於一身，而「生性又極剛強，大小諸事全不肯讓步」，造成其他兄弟姐妹「由妒忌而憤怒，常常尋故和她爭吵」。舊時的大家庭裡，父母偏心，是常有的事情，在有9個兄弟姐妹的吳興華的家裡，也概莫能外。

　　吳興華在〈記亡妹〉的開頭，先描述包括自己在內的兄弟姐妹和「大妹」的關係不睦，堪稱「險筆」，收不住或轉不了，就很難自圓其說，更遑論打動讀者。好在寫詩高手的吳興華也是作文的妙手，他接著敘述「民國二十年」（1931年）他離家去天津南開中學讀書，在他偶爾回家時，「大妹」就喜歡到他屋子裡閒談天津的風土人情，兩人的關係由不睦發生了轉

變：「慢慢我覺出她的穎慧可愛，她也愈益與我親近」。這種過渡及改變，自然順遂，合乎情理。

不過，他們關係的根本變化，在於吳興華學作文章後，弟妹們也隨他塗抹。在這種塗抹過程中，「大妹設想最新奇而深入，運詞吐屬又極自然」，雖然她「惟獨過於喜好作愁苦的描寫，使人閱後，終日不歡」。這表達出了兩層意思，一是「大妹」在作文方面有天賦，讓吳興華惺惺相惜，二是「大妹」喜好愁苦描寫，為她後來的不幸夭亡埋下了伏筆。確實，從「對於詩大妹尤其神解獨多。她並不精於英文，然而有時聽我隨便解釋外國詩歌，每能領會其中悠然的遠韻」以及「在給我的信裡常常附抄幾首詩作，有些我的朋友看了，都欣賞不已」等句子來看，「大妹」扮演的豈止是一個妹妹的角色，即便說她是吳興華詩歌欣賞和創作的知音也毫不過分！

有妹如此，夫復何求！遺憾的是，吳興華父母相繼去世後，在日寇統治下的北平，富有愛國情操的詩人又不願意找一個和敵偽沾邊的工作，家庭處境艱難。而家庭出現變故之後，性本剛烈的「大妹」變得柔順起來，被別人言語欺負之後，不再爭吵，而是「閉門飲泣」，這自然有失去怙恃的原因，但更有懂事、隱忍的成分。尤其是與此同時，她的身體也開始出了狀況，「多走路就要喘氣，飯量也非常小」，後來看了醫生，說是腸胃方面的病，需要靜養。病中的她，本來是最希望得到關心和陪伴的，但因為兄弟姐妹或工作，或上學，她只得孤零零「鎮日躺在家裡」，「心中自是抑鬱，日甚一日」。令人唏噓不已的是，懂事的「大妹」為了不影響或拖累兄弟姐妹，除了強顏歡笑外，還說自己病就快好了，要求他們不要破費給她買點心、水果和藥品。

在此之後，吳興華敘述了平時就愛看書的「大妹」病中為了不勞神而看一些流行劣等的小說，原因是「文字雖然庸俗，

故事的悲歡離合多少總可以找出一點動人的地方」。在那個時代裡，「每人想愛護自己都來不及」，「大妹」的多情（同情心），無疑十分難能可貴，令人動容。

「大妹」病篤之際，怕家裡經濟能力不夠，固執不肯入院治療，拖了十多天後，終告香消玉隕，彌留時還喊著兄弟姐妹的名字。吳興華後悔沒有早日把她送醫治療，「不能仰副雙親顧托」，「如今捶心追悔也來不及了」。

文章最後，吳興華談及收集整理的「大妹」的詩文日記，「細讀之後益加使我相信她絕人的天賦」。讀到「貧窮、愁苦、長年的疾病與最後短促的生命，這些聯合起來都還不能打消她這點靈妙的火焰；如果運命肯再對她慈善一點，她更會有甚麼新的進展呢」的句子，不禁讓人想到郭蕊在〈從詩人到翻譯家的道路——為亡友吳興華畫像〉中對詩人的惋惜：「興華短促的一生，多災多病，若非慘遭浩劫，如今落實知識份子政策，必能在詩壇上獨樹一幟」。詩人吳興華和「大妹」吳興儀，其實具有驚人的相似之處，都是具備了「絕人的天賦」，可惜天不假年，均未能贏得命運女神的青睞。

吳興華在〈記亡妹〉一文收尾的一段話，不妨看作為他的自況或讖語，或許讀者諸君能夠從中有所領會——

> 元遺山有詩道：天生神物似有意，驗以乖逢知未必，若論美好是不祥，正使不逢何足惜？按這樣看來，也許這是上天特意成全她，使她能以珍重的把自己所秉受的帶回到當初給她的人手裡，不浪費在此世人的心目中罷？也許她不遇，不受人知，是比我們已遇，已受人知的。還要值得慶幸罷？這就不是我所能推知的了。

2011年3月30日～4月8日

第十一章
英年早逝的現代作家沈聖時

生平罕見文字記錄

說起現代文學史上英年早逝的詩人，人們想到的往往是新月派後起之秀方瑋德（1908～1935）。對於同樣早逝的詩人沈聖時，如今的論者和讀者，卻不免有些隔膜和陌生了。

◀ 沈聖時遺影，攝於1940
年代初（沈華女士提供）

筆者所見多本坊間的現代文學辭典或作家辭典，都沒有收入沈聖時的辭條。至於收錄其作品的幾個選本，如《上海「孤島」文學作品選·中·散文卷》[1]、《〈現代〉詩綜》[2]、《中國新文藝大系1937～1949詩集》[3]，均沒有對作者的生平做出介紹。

報人馮英子曾在〈蘇州憶舊〉[4]中提及上個世紀30年代中期他在蘇州新聞界任職時對沈聖時的印象：

---

[1] 上海：上海社會科學院出版社，1987年。
[2] 南昌：江西人民出版社，1988年11月。
[3] 北京：中國文聯出版公司，1996年。
[4] 《長短集》，太原：山西教育出版社，1998年。

那時蘇州三家大報的副刊是：《蘇州明報》的副刊叫《明晶》，由范煙橋先生編輯，范先生是禮拜六派的名人，他編的副刊，也有點禮拜六派的樣子；《吳縣日報》的副刊叫《吳語》，由薛白雪先生編輯，薛先生是當年蘇州文藝青年的崇拜者之一，我每次看見他時，周圍總隨著一些青年；《早報》的副刊叫《平旦》，由沈聖時先生編輯，沈先生是甪直人，當時常在《申報》的《自由談》上寫文章，很有名氣，可惜他身體不好，常在病中，有時回甪直去養病，就由我代他編《平旦》，《平旦》也是一個文藝副刊，當時作者有馬子華、周宗路等。後來，聖時先生不來了，《平旦》就由我編輯……

不過，文中除了透露沈聖時在《申報・自由談》上常寫文章、身體不好外，對於他的生平，卻惜墨如金。

誤傳1945年去世

從1989年9月出版的《吳縣文史資料第6輯》[1]上，筆者看到嚴修楨上個世紀80年代中期寫作的〈進步青年作家沈聖時〉一文中的相關介紹：

沈聖時名儲，又名蔚，聖時是他的號，1915年農曆6月22日出生在吳縣甪直鎮一個貧困的知識份子家庭裏。（第88頁）
……

---

[1]　中國人民政治協商會議江蘇省吳縣委員會文史資料委員會編。

到1945年5月聖時已臥床不起，奄奄一息，定鈞先生知已無法挽救，就將祖孫三人遷回甪直。6月30日，聖時離開了人間，時年僅30歲。

　　聖時的逝世對全家是一個極大的打擊，定鈞先生寫了一副挽聯：「你竟長逝，要此滿屋圖書何用？倒不如論斤售完，省卻心驚目怵；我逾大衍，還需一家事畜獨任，只落得鞠躬盡瘁，變成力竭神疲。」道出了他的喪子之痛。親屬亦無不為之惋惜。育英、振華兩校師生特來甪弔唁，寧、蘇、滬的許多文友，如郭夢鷗、杜涵之、車野平、王矛、陸雲、高秋霜、王代昌等分別在《京報》、《江蘇日報》、《太平洋週報》、《創作月刊》等報刊上撰寫哀悼文章。1984年香港歸客、當年的文友高旅（邵慎之）一到蘇州，就四處尋找聖時，後來知道他不在了，便在返回香港之後作了〈懷沈聖時〉一文，開頭就說：「想起戰前的蘇州，就要想起聖時。」可見聖時對抗戰前的蘇州文壇影響之深。（第95頁）

　　上述材料，應該是對沈聖時最為詳盡的介紹。此後17年出版的《書韻長流人才輩出》[1]一書，收錄有〈飽學的中學名師與早逝的青年作家——沈定鈞、沈聖時父子〉一文，涉及沈聖時的部分基本依據上文，比如說沈聖時1945年5月「撒手人寰，年僅30歲」，「蘇州《早報》同仁，育英、振華兩校師生都前來弔唁。寧、蘇、滬的許多文友，如郭夢鷗、杜涵之、車野平、王矛、陸雲、高秋霜、王代昌等分別在甯、蘇、滬報刊上作文悼念。」甚至，連引文中原本錯誤的人名「杜涵之」（應為林涵之）、車野平（應為東野平）和「王矛」（應為王予）也同樣照錄不誤。

---

[1]　劉文刀編著，蘇州：古吳軒出版社，2006年4月。

事實上，除了人名的錯誤外，上述兩文中所透露的沈聖時的出生與逝世時間，也和作家實際出生和去世時間大相徑庭。

早逝於1943年

沈聖時1941年曾在報紙上發表過一篇題為〈生日感想〉[1]的文章，明確表示：「1914年舊曆6月22日，是我投生到人世的第一天」。由於1914年有閏5月，舊曆6月22日為陽曆8月13日。

1943年7月8日出版的《太平洋週報》1卷72期發表的林涵之〈哀沈聖時〉一文，轉引了南京《中報》當年6月26日的一則新聞，新聞如此寫道：

> 用剛克、草間、聚文、秋山、紅葉等筆名為本報及京報副刊版寫稿之蘇州青年作家沈潛（字聖時）氏，因罹肺病不治，於本月廿一日病逝於昆山南甪直鎮原籍。沈氏為文，體裁頗廣，對小說、散文、新詩、雜感等，均有素養，且舊文學根底極優。沈氏雜文受魯迅影響甚深，文多刊於本報及京報。對於現社會之深刻認識，以諷刺潑辣之手筆，給予正確批判，足以表現文人愛憎之真情實感，實非生存於蒙昧現環境中之其他作家可比。不幸體質素弱，加以連年受生活逼迫，勞累過度，舊疾復發，終至不起，實為今日文藝界之損失也。

此外，這篇文章還透露1940年夏沈聖時曾用過「沈激」這個名字。

---

[1] 文章為沈聖時胞妹沈華女士提供，報紙名稱及刊發具體時間待核實。

據蘇州黃惲先生向筆者提供的1943年6月26日《江蘇日報》郭夢鷗所作〈悼青年作家沈聖時〉一文披露，沈聖時是當年6月21日戌時在故鄉甪直病故的，距離他回鄉養病僅一個月的時間。同年7月6日，《江蘇日報》還發表有王予長達85行的詩作〈慟沈聖時〉。

除了《江蘇日報》上的悼念文字外，1943年8月15日出版的《新學生》月刊第3卷第2期還刊登有「紀念沈聖時先生特輯」，計有〈沈聖時先生遺影〉（沈定鈞先生寄）、〈悼沈聖時〉（潘菊人）、〈聖時之死〉（陸默）、〈雨窗記沈聖時〉（吳其康）、〈永恆的生〉（嚴文涓）、〈紀念沈聖時詩文索引〉（曹恩年）6篇文章。同一期還刊登有沈聖時的遺作〈記諧鐸〉，短文末標記作於「1943年5月19日」，即便不是他的絕筆，也是他文字生涯最後的篇章之一。至於《新學生》月刊第3卷第3期，則刊登有沈儉的〈哭大哥聖時〉，透露沈聖時原名「儲」，後更名「潛」，「筆名為剛克、紅樹、草間、聚文等，都是自取的」。

由上述文字可見，沈聖時逝世於1943年6月21日，年僅29歲，而不是1945年，也不是30歲。沈聖時除了沈潛、沈激兩個名字外，還有剛克、草間、聚文、秋山、紅樹、紅葉等筆名。

曾出版著作二本

1933年11月，沈聖時曾由光明書局出版專著《中國詩人》，該書由蔡元培題簽，共有58章，前57章介紹古代詩人，從屈原開始到「清末十大詩人」結束；最後一章為「最近十幾年來的新詩人」，介紹了胡適、周作人、徐志摩、冰心、劉半農、俞平伯等多名新詩先驅。在上個世紀30年代，該書能夠衝破新舊詩的樊籬，把新舊詩人放在一起介紹，並將「新詩」抬

進文學的正宗殿堂，算是頗有特色的，因此受到歡迎，到了1935年還再版了一次。直到1964年湖北省哲學社會科學聯合會語文學會編《李清照研究資料彙編》，還收錄有沈聖時《中國詩人》一書中涉及李清照的部分。

1936年春，沈聖時以同名散文出版散文集《落花生船》，收有散文39篇，「作品內容均取材於現實生活，是國家多難、民生凋敝時一個進步青年知識份子追求真理和憂國憂民思想發展的真實記錄」[1]。

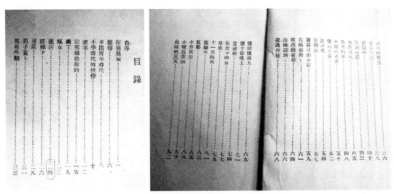

▲ 沈聖時1936年出版的散文集《落花生船》目錄書影（沈華女士提供）

從1934年6月4日《甫里通訊》到1935年10月28日《圍牆外》，沈聖時在《申報‧自由談》發表作品36篇（不包括以未知筆名發表的作品），大部分為散文（其中有發表於1935年1月7日的〈落花生船〉），新詩作品有6篇。

不過，作為至少從1933年就開始新詩創作的詩人沈聖時，儘管曾活躍於上個世紀三十年代知名的現代派刊物上，如施蟄存等主編的《現代》（發表詩作2首，1934年4卷5期〈夜〉、1934年5卷2期〈春天〉）、吳奔星主編的《小雅》（發表詩

---

[1] 見上述《進步青年作家沈聖時》。

作1首，1936年12月第4期〈李白〉）和路易士主編的《詩誌》
（發表詩作2首，1卷2期〈送別〉、1卷3期〈四月〉）等，在上
海《文藝大路》、《詩歌月報》、南京《文藝月刊》以及《創
作》等雜誌上也發表有大量詩作，卻沒有詩歌結集，甚至也沒
有詩作入選上個世紀80年代人民文學出版社出版、被一致認為
比較權威的《現代派詩選》，頗令人遺憾。

　　沈聖時發表在《小雅》上的詩作〈李白〉如此寫道：

◀ 《小雅》第4期沈聖時詩作
〈李白〉書影

　　　　放浪一生是首癡狂的詩，／天才馱著人世的悲哀，
　　／寂寞，詩人自己唱歌，／痛飲是無可奈何的消愁。／
　　不遂意的生涯走向頹廢，／酒精美人救不起一顆詩人的
　　心，／享樂比仿一種酸意笑勁，／一疊詩稿黏著詩人／
　　哭笑的淚痕丟在破爛人間，／終古明月下，青松／伴著
　　醉魄長眠。

　　表面上說的是李白，實際上反映了上個世紀30年代青年詩
人生活不如意而導致的寂寞與哀愁。

　　〈憔悴〉和〈哭詩友〉[1]，是筆者目前能夠找到的沈聖時
最早詩作：

---

[1]　見《時代青年》1933年第5期。

憔悴──命運磨爛了我底心，／風雨打傷了我底熱情；／憔悴一筆筆描上生命，／青春再也奏不起幽韻。／／孤零凍壞了我底靈魂，／罪惡吞掉了我底聰明；／憔悴一筆筆描上生命，／青春再也奏不起幽韻。

一九三二，十二，二〇於蘇州滄浪亭畔。

哭詩友──幽閒的歌聲，／從此跑開，／人間留著勞苦和平凡；／art的燈，／熄滅了一盞，／青空的雲彩，／為你織造悲哀！／喊吃麵包的我們窮的青年，／笑笑送你登天。

這兩首詩算不上傑作名篇，但反應了那個時代文藝青年的悲劇命運，似乎就是後來貧病交加而去世的沈聖時的自況。

浩瀚遺作不知所終

關於沈聖時的遺作，王予曾在1943年9月15日出版的《太平洋週報》1卷81期發表〈關於沈聖時遺作〉一文，文中如此表示：

◀ 《太平洋週報》1卷8期
〈關於沈聖時遺作〉

沈聖時死後，他生前的相識者和未相識者，為文不少，我在《學藝》上說了要給聖時編遺作，寫信來詢究竟的也有幾起，這使我高興地感受到：聖時不死，人心不死！

　　……

　　現在可以報告關心者的是：痛定病餘的沈老先生已把聖時的遺作大小三十二卷在月終交給我了。三十二卷並非剪貼，都是駁筆原稿，所以比刊登在報章什志上改頭削尾的更可貴。有幾卷已有作者自題的書名，如蝸牛集、梟鳴集、有所期待集、樓下筆記、中年的影子等，有的則僅在書面註明某某年什文一集二集，或辛巳文稿之類。分量浩大，什文隨筆居多，專著有文史技談、古代教育史講話等，要出全集是一時做不到的。個人的意思是先出一厚本，約二三十萬字，以後將銷售所得續印新書，到印完以後，才將版權上的利得全部交給作者的父母。

　　這第一本的預算暫定一萬元，已由聖時知友中較有力的達君負責設法，這一門，我是無濟於事的。將來屬於經濟部份的事，當全由達君費心出力。

　　選編和抄寫工作，即可開始，有文學青年人將給我助力。他們，還可以在我萬一離開這的時候負責竣其事。同學同事嚴文涓，當是第一個繼續這件工作的人。

　　筆者不憚其煩引用上述文字，是要說明沈聖時的遺作數量相當驚人，達到32卷之多！遺憾的是，筆者查了諸多現代出版史料、書目以及圖書館館藏，並沒有找到沈聖時遺作出版的「蛛絲馬跡」。至於32卷手稿，是否還保存在人世，時間過了

大半個世紀，當事人凋零殆盡，恐怕永遠無法知曉了[1]。不過，筆者想到王予在上文中所說過的另一段話：

> 我要為他編集子，也決不如黛玉葬花，與「他年葬儂知是誰」之感，或是存著希望，將來我死之後，也有朋友給我做這樣的事。說句自己也不願出口的話：因為就文論文，我所寫的，絕少必須傳之後世，絕少可以傳之後世。——我到現在為止還是為己第一，為人第二，為文第三，而他，卻是為人第一，為人第二，為己第三。

　　王予，就是1949年後以連環畫腳本作家馳名的作家徐淦。1995年3月，徐淦為友人編選的《魚貝短篇小說集》由台灣新大陸詩刊作為叢書出版。魚貝（路曼士）的哥哥、詩人紀弦在序言中寫到，魚貝在住院期間，曾吩咐老四為他處理三件事情，其中第三件是：

> 如果死了，他的著作，特別是短篇小說，已經弄好了一大包，必須為他出版。但這要請大哥和老友徐淦商量著辦，因為，老四是不懂的。
>
> ……
>
> 而其遺作，則已專程送到北京徐淦手中了。現在剩下來最後一件事，就是《魚貝短篇小說集》的編選和出版了。當然，這在老友徐淦，是義不容辭的。不過，他也是上了一大把年紀的人，教他費心費時，我實在很是抱歉，而又萬分的感激。在這裏，讓我向他鞠三個躬致謝。

---

[1] 沈聖時有一個同父異母的弟弟沈達人，曾在上個世紀90年代任中共江蘇省委書記、省人大主任，但兩人年齡相差13歲，沈聖時去世的時候，達人不過17歲，對其哥哥的事情，或許所知不多。

其中「這在老友徐淦，是義不容辭的」之句，頗能說明徐淦一如既往的為朋友著想，願意為朋友「費心費時」。令人唏噓的是，徐淦去世後，他參與腳本創作的連環畫《水簾洞》等，人民美術出版社未經授權許可，連續再版印刷，不但沒有報酬，甚至不予署名，導致其7名子女怒上法院，於2009年10月狀告父親的老東主人民美術出版社[1]。如果起古道熱腸的徐淦於九泉，面對如此炎涼世態，不知道他會是什麼感受！

2011年11月20日～12月20日

---

[1] 見2009年10月26日《出版商務週報》。

第十二章

生平鮮為人知的現代派詩人常白

筆者在寫作〈《小雅》創刊地及《詩誌》刊名題寫者〉[1] 一文時，專門闢了一節題為「題寫《詩誌》刊名的詩人是常白」，介紹了鮮為人知的現代派詩人常白的一些生平情況。但因為當時掌握材料有限，對於鎮江籍詩人常白的「歸宿」不甚了了，只好在該節結尾學著路易士的口吻「哦，常白，你是在何方」，呼喚了一句：「哦，常白，你究竟魂歸何處？」

嵇鈞生、范用筆下的常白

拙文發表後，和編註《鎮江淪陷記》[2]的嵇鈞生先生取得聯繫。這位1949年畢業於鎮江穆源小學的航天專家告訴筆者，他當年有一個叫完常白的老師，很像我所說的詩人常白，因為「都是鎮江人，回民，都在鎮江的回民小學教過書，文學造詣高，善書法，會篆刻」。2009年11月4日，嵇先生從北京發來電子郵件表示：「我也請教了向錦江教授[3]，他和完常白是小學同學，他說完常白上世紀三十年代確曾經常給他主持的報紙副刊投稿，是文學愛好者。但他抗戰時期去了重慶，所以對完常白後來成為詩人一事不清楚。但由此可以推論詩人常白即為我的老師完常白。」

---

[1] 載《博覽群書》2009年第10期，下簡稱「博覽群書文」。
[2] 北京：人民出版社，1999年。
[3] 向錦江（1914～2010），江蘇鎮江人。1935年曾任《江蘇日報》副刊編輯。生前為首都師範大學教授。

▲ 穆源嵇鈞生

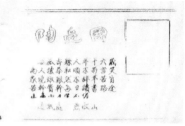

▲ 穆源陶受國

　　嵇鈞生先生至今仍保留著1949年《穆源小學同學錄》。據他表示：

> 　　這本同學錄是完常白老師親自刻印的，都是完老師手筆，雖然簡單，卻很漂亮，完整，包含有校徽、校歌、教職員一覽和同學錄，每個學生的評價很精闢。小冊子印好後，用白緞帶打孔裝訂，顯示了完老師多才多藝一個方面，給我留下了深刻印象。
> 　　……
> 　　嵇鈞生一頁，其中「強」改為「高」，是完老師手筆（見上圖左）；陶受國一頁，其中漏刻的一行由完老師手書補充（見上圖右）。
> 　　五年級獎狀，當時校長因事不在，沒有印章。於是完老師便臨時刻了一個。請注意「陳」字邊旁是右置的，「懷」字沒有邊旁。

◀ 穆源嵇鈞生五年級第一名獎狀上校長的印章由常白篆刻

出版家范用在著作《我愛穆源》[1]和《泥土·腳印》[2]中，也分別提到過詩人完常白：

> 我小時候，就常到五三圖書館借書看。……圖書館有一位完常白先生，給我這個小讀者借書的方便。如果他還在，也快八十歲了。
>
> 見《我愛穆源》，第12頁

> 在《忘不了愈之先生》中，1937年初春，我在鎮江五三圖書館借到一本創刊號《月報》。圖書館有位詩人完常白先生，對我很照顧，允許我把這本新到的雜誌借回家看三天。
>
> 見《泥土·腳印》，第215頁

不過，范用先生和嵇鈞生先生一樣，對完常白後來的情況也不瞭解。

匆忙破解的史料失實

2009年國慶期間，筆者曾去鎮江，在西津渡一家古玩商店邂逅一名姓完的老闆，攀談之後，他聲稱完常白是其叔叔，並告訴我完常白沒有子女，甚至沒有結過婚，上個世紀40年代末就去世了。不過，這個說法和嵇鈞生先生「完常白50年代還健在」、「曾見過病榻上的師母」的回憶有明顯衝突。因此，我把有關情況告訴鎮江一位對研究當地文史資料有興趣的中學老師，希望他通過這一線索進一步求證。孰料，這位老師急於求成，在

---

[1] 北京：三聯書店，1995年。
[2] 南京：鳳凰出版社，2003年。

聯繫了完老闆，聽了他隻言片語後，未加進一步核實，就和當地媒體合作，匆忙發佈了一條題為「鎮江籍詩人常白史料近日破解——填補現代詩史研究一項空白」的新聞[1]，其中指出：

> 近日，記者通過新華日報記者吳心海瞭解到，常白的親姪子完定平住在鎮江市區，他在西津渡開了一家古玩店，通過完定平，弄清了常白生平史料，填補了國內現代詩史研究中的一項空白。
>
> 昨天，記者特地拜訪了完定平。65歲的完定平告訴記者，常白是他的親叔叔，生於1913年，卒於1947年。常白本姓完，譜名恩霖，字常白，排行老三，家中小名呼作完三，回族。完定平說，他的叔叔終身未娶，因此沒有直系親屬，目前只有完定平和姐姐完定玉是他的近親，姐姐今年76歲了，回憶不起當年情景，因此熟悉情況的只有完定平。
>
> 完定平說，叔叔去世時，他只有兩歲，完定平的父親經常提起叔叔。在完定平的記憶中，叔叔容顏清臞瘦高，膚澤白皙，戴眼鏡，以前家裡有照片，現在找不到了。完定平說，叔叔一生為人正直清高，剛正不阿，為世俗所不容，平生不得志。叔叔的國文功底好，長於詩歌、金石和書法。

遺憾的是，新聞中關於完常白的婚姻狀態及去世時間，雖然「言之鑿鑿」，卻根本不符合事實根據。因此，有關常白的史料，非但談不上「破解」，反倒給常白先生確實存在的直系親屬造成困擾。

---

[1] 載2009年10月13日《京江晚報》A3版。

坎坷遭遇水落石出

2011年2月17日，筆者得到鎮江薛龍和先生的電子郵件，他在郵件中說：

> 冒昧地打擾您了，我是鎮江山巷清真寺的教職人員，兼任市伊斯蘭教協會秘書長。教務之餘，從事伊斯蘭教歷史文化研究，近期在為省政協《江蘇宗教名人錄》和鎮江市歷史文化名城研究會的《鎮江史料薈萃》（民族宗教部分）收集整理相關資料。去年由媒體上獲知我市已故回族詩人常白先生的點滴史料（儘管有些地方與史實不符），深感欣慰。常白先生的後人託我向您及嵇鈞生和所有關心常白先生的友人表示誠摯的謝意，十分感謝您提供的一些資料，正是基於此，人們才開始真正關心這位過早英逝的才俊，由於歷史的因由，常白先生的遺留物相當之少，目前僅見紫砂壺一把，金石幾枚，其他就是少有的文字記載，主要見於紀弦先生的回憶文章之中，而他的一生究竟寫了多少文章、詩歌等，幾乎無人能知。我想，令尊與常白有過交往，是否有留存的書信及其他文字資料，以及先生對常白先生的研究和資料收集是否有喜人的進展，能否傳來看看？本人準備寫一篇紀念常白先生的文章，十分希望得到先生的資料說明，謝謝您！！！

薛先生一行人通過長達一年多的努力，終於查實了詩人完常白的一些生平情況：完常白生於1908年，卒於1982年，娶妻穆氏（1948年因骨癆去世），育有兩子一女（女後夭折），長子

完定衛（1936年生），次子完定申（1943年生），現均退休，生活在鎮江。據薛先生說，2010年5月5日，他「接到常白次子完定申的電話，他自我介紹後，直言《京江晚報》上的報導失實，沒有尊重他父親的歷史」。至於報導中出現的完定平，也僅是完常白的堂侄而已！

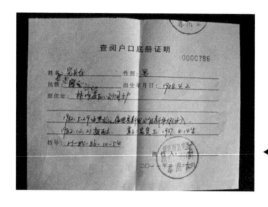

◀ 鎮江公安局2011年2月23日簽發的「查閱戶口底冊證明」

　　根據鎮江公安局2011年2月23日簽發的「查閱戶口底冊證明」，「完常白（證明上寫成完長白）」出生於1908年4月2日，1982年5月29日由黑龍江依安縣新發公社新華大隊遷入鎮江林場茶區八公洞5戶，1982年12月21日報死亡。」原來，完常白1950年代初因歷史[1]和現行問題[2]，1953年到1961年間在鎮江服刑，後又被送往黑龍江勞改，70年代勞改釋放後因鎮江沒有住處，又留場工作了一段時間，待最後回到故鄉時，身體狀況已經很差，不久便去世了。

---

[1] 據《江蘇省志‧報業志》（南京：江蘇古籍出版社，1999年）記載，完常白1939年曾在原東北軍51軍於學忠部新聞處主辦的《戰報》擔任副社長，該報後於1941年9月興化（江蘇）淪陷後停刊（第96頁）。
[2] 因為時過境遷，已經超過50年，當事人凋零，檔案調閱困難，具體原因還有待進一步搜證。

據薛先生表示，本來完常白家藏多幅名家字畫，均在落難後被「小人」以各種方式竊走。常白後人如今所保留的，不過他當年使用過的紫砂壺和篆刻的幾枚圖章。

常白詩歌創作情況

　　筆者曾在「博覽群書文」中提到常白的詩作〈偶率二章〉二首[1]，其寫作日期標明是「1944年7月，鎮江」，當時推測它是「筆者所掌握到的詩人常白最後的詩篇」。文章發表後，經過進一步探詢，一些新的史料浮出水面，可以證明常白的詩歌創作至少持續到1948年。在路易士1948年10月10日創辦的《異端》「出發號」上，有署名「石夫」的詩作〈青天〉，而「石夫」為常白的筆名[2]。

　　「石夫」這個筆名，常白1944年就曾用過，當年3月出版的《詩領土》第1期上發表過總題為「石夫詩鈔」的詩歌兩首，即〈致被盜者〉和〈致明神者〉。在次月出版的《詩領土》第2期上的「社中記事」中，有「現在我們的同人，已經有三十個左右了。……石夫在鎮江」的記載。在這一期上，繼續有總題「石夫詩鈔」的詩歌兩首，分別為〈多難的生命〉和〈別古屋〉。《詩領土》第3期則發表有「石夫詩鈔」4首，即〈青天〉、〈避居〉、〈重見〉和〈風〉。第4期和第5期則分別發表詩作〈小溪〉和〈初雪〉。

　　台灣詩論家周伯乃在《早期新詩的批評》中如此評價常白：「他的詩作不多，卻寫得很扎實，帶有一點浪漫主義的

---

[1] 　載1944年《文藝世紀》雜誌第1期。
[2] 　《紀弦回憶錄》第一部第129頁上有「石夫就是老友常白的另一筆名」的記載。

色彩，但是現代的，並非浪漫主義的。」他舉例說，〈九月記事〉「的表現技巧，和語言結構都是現代的」（第192頁）。

確實，常白發表的詩作數量不多，質量卻頗有可觀。筆者掌握的常白所發表的詩歌，除了上述者，還有如下：

吳奔星主編的《小雅》發表1首，為〈記夜巷〉（第4期）。

◀《菜花詩刊》創刊號封面書影（刊名由常白題寫）

路易士主編的《菜花》發表3首，總題為〈常白詩抄〉，分別為〈北固山〉、〈憶〉和〈一朝〉。需要指出的是，《菜花》詩刊的題名和《詩誌》一樣，都出自常白的手筆。

路易士主編的《詩誌》發表6首，為〈答客〉、〈無題〉（第1期），〈偶寄〉、〈九月記事〉（第2期），〈偶率二章〉（第3期）。

戴望舒主編《新詩》發表6首，分別為〈思〉、〈夢後〉（第6期），〈看燈〉、〈無題〉（第7期），〈冬寒夜〉（第8期）、〈多難的生命〉（第9、10合刊）。

《新東方雜誌》1944年9卷4、5期發表詩作〈歲暮〉，署名「石夫」。

當然，常白的詩歌創作肯定不止這些，還有待進一步發掘。此外，據《鎮江文史資料第12輯》於弼庭所寫〈江聲日

報《鐵犁》副刊事件追憶〉透露，常白在江聲日報《鐵犁》副刊參與過編輯工作並發表作品。另據《鎮江文藝紀事1911〜1992》[1]記載，1949年1月24日《江蘇省報》有報導稱，當年1月26日至2月1日薛家巷崇真學校曾舉行《戊子畫展》，有國畫、水彩畫、書法、金石等，參加的省會[2]名藝術家有趙八雁、完常白等。

　　路易士曾在〈記常白和沈洛〉[3]一文中如此談及常白：

　　　　現在我手邊沒有你的作品在，但「白木窗」、「白板門」等這一類的字彙，卻常留在我的記憶裡。記得你在有一首題目好像是〈別古屋〉的詩中，曾用到它們。那朽壞了的白木窗，你稱它是多年的老伴，而當你遷入新屋後，你又愁恐著將再無一白板門為你遮斷路人的眼目了。你淒涼地表現了一種人苦悶，一種生命的坎坷，在你的詩裡。

　　常白1944年4月在《詩領土》第2期以筆名「石夫」發表的「石夫詩鈔」組詩，其中一首題為〈別古屋〉，應該就是上述路易士所說的〈別古屋〉，估計是舊作新發，因為詩的最後2句「亦再無老舊的白板門，／為我遮斷路人的輕蔑」，正好符合路易士文中的「記憶」。至於組詩中的另一首〈多難的生命〉，則以「白木窗」的意象展開詩句，彷彿讖語，預示了詩人多難的一生和坎坷的遭遇：

---

[1] 鎮江市文學藝術界聯合會編，1993年6月。
[2] 當時鎮江為江蘇省會。
[3] 見《文壇史料》，上海中華日報，1944年1月。

▲ 常白墓碑

　　伴著朽舊的白木窗櫺，／守不到一個春天，／別人
的笑容也不敢瞥視，／年青而老邁了的身軀。

　　即使行於悄然的石板路上，／腳下只有沉悶的聲響
拖遝，／愛對牆壁默然凝視，／無意中時吁沉重的太息。

　　夢裡喜見屋頂繚繞炊煙，／醒來時撫妻子的淚臉而
傷情，／白木窗櫺上透進午夜月光，／乃長歎自己多難
的生命。

2011年8月～9月

第十三章

胡子霖：中國《老子》英譯第一人

　　胡子霖，是中國英譯老子第一人。對於他，世人所知甚少，即使是研究人員也難述其詳。

　　早在2001年，費小平先生曾在〈《老子》六譯本選評與中國傳統文化名著重譯探討〉[1]一文中指出：

> 　　四川人胡子霖（Hu Tse Ling）的《老子道德經》譯本（Lao Tsu Tao Teh Ching）1936由成都加拿大教會出版社出版。它是中國人自己的第一個《老子》英譯本。顯然，譯者胡子霖在西方譯本出現多年後的1936年做了一件為國人爭臉的開創性工作，功不可沒，特別是譯本出現在民族危亡的艱難時刻和世界格局動盪不安的第二次世界大戰前夜，更加可貴，表現了譯者崇高的愛國主義精神和國際主義精神。譯者在「前言」裡談及自己的翻譯動機時如是說：1.之前的很多譯本均係歐洲人所為，沒有咱中國人的份；2.老子強烈地反戰，學習他的教誨，能給世界人民帶來和平的希望。遺憾的是，對於這樣一位具有高度責任感和使命感的譯者，三十年代至今，國內有關書刊似乎很少提到，即使偶爾提到，也常把其名字錯寫為「胡澤齡」。

---

[1]　貴州教育學院學報社會科學版，2001年第1期。

多年之後，康明君先生在《譯林書評》2009年第5期發表〈老子《道德經》英譯本〉一文時，仍沒有提出有關胡子霖的更多資訊和資料，只是提及：

▲ 胡子霖譯《老子道德經》
書影

我在網上查詢後才知道原來此書的譯者中文名字為胡子霖，曾任教於成都市某中學，他翻譯的《道德經》為中國人翻譯的第一個英文譯本，其他的資料語焉不詳。我於是又查閱了幾種介紹成都乃至四川的有關文化名人的書，沒有發現；又翻看《成都市誌》有關圖書出版、報刊、文學等有關書籍，也未找到「胡子霖」的資訊，看來他是籍籍無名啊，但我不這樣認為……

的確，如果說胡子霖「籍籍無名」，筆者也不能同意。根據現在掌握的材料，可以說胡子霖是集「名翻譯家」、「名師」、「名健身學家」於一身的名人。

《大竹縣誌》[1]記載，胡子霖，字霈隆，1892年出生於四川省大竹縣竹陽鎮，民國7年（1918年）被教育部派送香港大學深造，民國12年畢業回川，先後在成都高師、成都第一師範等校任教。民國20年（1931年）成都高師併入四川大學時，被評為講師，8年後，晉升為教授，直到1970年因中風去世。

關於胡子霖留學香港大學的經歷，除了他本人在翻譯《老子道德經》「前言」中提及外，民國7年（1918年）11月的《教

---

[1] 重慶：重慶出版社，1992年。

育公報》第5年第14期〈教育部錄取留學香港大學畢業生〉一文中也有記載，但胡子霖（霈隆）並不在包括朱光潛在內的15名正取學生名單裡，甚至不在2名備取學生之列，只是被列入「補考及格學生5名」[1]。

胡子霖的翻譯作品，除了上述的《老子道德經》英譯外，還有薛福德（Y. Schaftel）原著的《地價稅論》[2]。《大竹縣誌》稱，胡子霖還有「英文《莊子釋註》及英文《大學、國庸釋註》等，雖已成稿，尚未出版」。《四川大學史稿》[3]第5章〈波瀾壯闊1943～1949〉第1節「從峨眉遷回成都後的國立四川大學」之「教學科研情況」中也指出：「由於招聘名流，群賢畢至，教師的著作頗多。如外文系胡子霖英譯漢著《道德經》、《易經》、《大學》，……」，可為印證。

胡子霖小時侯曾跟隨舅父陳步武攻讀經史，後又師從國學大師朱青長教授，從事教育工作40餘年，國學造詣頗深，著述豐富，出版有《周易之新研究》（成都大江出版社）、《大學中庸精義》（路明書店）、《莊子天下篇自述其學說九句之解釋》。《大竹縣誌》稱《周易之新研究》「雖已成稿，尚未出版」，並不確切。

編創「復興體操」旨在臥薪嚐膽、復興民族

胡子霖在教學著述之餘，還「喜玩木棒及網球，並著有木棒專著」[4]。文中所述「木棒專著」，恐為訛傳，應該就是胡子霖1937年5月由上海康健書局[5]所出版的《復興體操》一書，但其

---

[1] 見黃山書社1992年8月出版的《中國考試制度資料選編》第623頁。
[2] 商務印書館，1939年8月初版，鮑德徵校。
[3] 成都：四川大學出版社，1985年。
[4] 《大竹縣誌》，第803頁。
[5] 武漢出版社1990年4月出版的《中國體操運動史》將出版社誤為「上海健康書局」，見694頁。

為徒手健身運動，和木棒無關。事實上，早在此前一年，胡子霖就在1936年上海《康健》雜誌第9期和第10期上連載了他編創的共有11個動作的《復興體操》，並在序言中寫道：

◀ 胡子霖編創的《復興體操》
發表於《康健雜誌》

　　霖少時體弱多病，後從數師學習拳術及順氣功，身體乃逐漸強壯，體力肺力食量，亦大有進步，及習之既久，則壯健逾常人矣。……目前國難方殷，危在旦夕，吾人正宜臥薪嚐膽，埋頭苦幹，惟在事實上，吾人須有強壯之身體，方能臥得薪、嚐得膽，埋得下頭，忍得了苦，語云：精神為事業之母，而身體又為精神之母也。順氣功，對於強健身體確有非常迅速之功效，將來富強國家，復興民族，實利賴之，故更其名為復興體操，……

　　由此看來，胡子霖翻譯《老子道德經》動機是因為「老子強烈地反戰，學習他的教誨，能給世界人民帶來和平的希望」；那麼，他編創《復興體操》的目的，顯然就是希望「國難方殷、危在旦夕」之時，國人能夠擁有強壯之身體，既可以

在當下「臥薪嚐膽、埋頭苦幹」，又能夠於未來「富強國家、復興民族」。愛國精神，彰顯無疑。

台灣著名道學理論家蕭天石先生在其重要著作《道海玄微》[1]中敘述，上個世紀40年代，他曾跟隨「四川大學名教授胡子霖」學習一種「順氣神功」（第521頁）。這至少說明胡子霖從少年到中年，是一直堅持強體健身活動的，並不吝把自己的功夫傳授給他人。

「最大的共諜」郭汝瑰受其影響終身

被退踞台灣的國民政府稱為「最大的共諜」的原國民黨國防部中將作戰廳長郭汝瑰，在其回憶錄中也透露上個世紀20年代初期上小學時曾向胡子霖學習過拳術。不過，其回憶的重點，卻是胡子霖使他對社會主義產生朦朧的好感：

> 當時，高師附小來了一個名叫胡子霖的人，香港大學畢業，並不教書，喜歡打拳，我常常請他教拳術，我進聯合中學後，還常常去請教他，因而關係很好。在一次打拳之餘，我問他：
>
> 「胡先生，你參加了青年黨嗎？青年黨是怎樣一個組織？」
>
> 胡老師搖搖頭說：「青年黨的主張我不同意。」
>
> 「那你相信什麼呢？」
>
> 胡老師沉思了一下，慢慢地說：「社會上不是流傳有社會主義嗎？我相信社會主義！國家主義那樣狹隘，對中國能有什麼用呢？不過要說清楚，也很不容易。你

年紀還小，要多動腦筋，好好想想！」

　　胡老師的談話，雖然閃爍其詞，使人不明究竟，但由於師生友誼的關係，我十分相信他的話，竟始終未加入青年黨而對社會主義有著朦朧的好感。

　　在我剛剛開始探索人生道路的時候，胡子霖老師對我的影響，是我終身難忘的。後來，我離開聯合中學，就再沒見到胡老師了。可是1927年我在黃埔軍校畢業回到四川涪陵後，在涪陵省立第四中學和涪陵女子師範學校講演和發表文章都強調「維護孫中山三大政策」「打倒蔣介石」。受到當時國民黨左派重慶蓮花池省黨部的推薦和宣傳，並被四川進步報刊所刊載了。不知怎的，我隨即收到了象牙圖章一枚，上面刻著「汝瑰仁弟惠存，胡子霖贈」，既無書信，也無通信地址。這時我才察覺到胡子霖早先反對國家主義而推崇社會主義，在發現我有所進步時，又贈圖章以資鼓勵。看來，他很可能早就是一個很進步的人。為了紀念他，我對這枚圖章是十分珍愛的，即或在戎馬倥傯的艱苦時刻，我也不曾遺失，使人遺憾的是，這枚圖章卻在解放後肅反運動中丟失了。

《郭汝瑰回憶錄》，四川人民出版社，
1987年9月，第8～9頁

　　更為遺憾的是，郭汝瑰1950年3月後從四川奉調南京軍事學院工作，直到1970年，南京軍事學院撤銷建制，年過花甲的郭汝瑰才回到四川巴縣和重慶北碚定居，其時他的老師胡子霖已經病逝，師生再無相逢一日！

　　胡子霖1938年曾參與川大的「拒程運動」，和朱光潛等56名川大教授聯名致電教育部，反對國民政府行政院會議任命國

民黨「黨棍」程天放為四川大學校長，應該屬於郭汝瑰所認為的「進步」行動。起碼，也符合黃文華在〈1938年川大「拒程運動」〉一文提出的觀點：

> 「拒程運動」，就川大部分教授學生來看，實際上就是大學的自由主義傳統及部分自由主義知識份子與奴化教育及黨化獨裁的鬥爭，從致電反對到《罷教宣言》再到《文化宣言》，體現了那個時代一批信仰學術自由的知識份子的價值取向和人格精神。（《書屋》2005年第9期）

▲ 胡子霖晚年肖像（王家葵教授提供）

最後順便提及，康明君先生在〈老子《道德經》英譯本〉一文最後說，胡子霖在《老子道德經》「後記」中留下地址「成都市陝西街255號」，並稱「民國時期著名的開明書店成都編譯所就坐落在陝西街106號，集成書店、友誼書店也坐落於此街。據《成都報刊史料專輯》記載，成都市中華基督教改進會

就在陝西街……」，因此他推測「陝西街255號當為加拿大教會所在地，如果是這樣，那麼胡子霖與教會有啥關係」云云。在此，《少成文史資料》第15輯[1]中何蘊若的〈錦裡少城街巷瑣記（竹枝詞）〉一文可解答康先生的部分疑惑：

> 陝西街西鄰半邊橋南街口約十餘步，有王伯宜補習學校，創辦人即王伯宜先生。先生早年留學日本，畢業於東京成城學校。歸國後即致力教學，在成都各有名中學擔任算術教師，頗受歡迎。先生授課，語言幽默，時以演算法編為韻語與學生在課堂問答，啟發童智良多。所辦補習學校，自任算術課，並聘有鄧我材先生授國文，胡子霖先生授英文，二人皆當時中學有名教師。……

2010年6月30日～2011年10月18日

---

[1] 政協成都市青羊區委員會文史資料研究委員會編，2002年9月。

中

第十四章

「徐何創作之爭」中胡適的失察
——從胡適致吳奔星的一封信說起

胡適一面之詞：何家槐「不是偷人家的東西的人」

1934年3月13日，胡適給吳奔星寫了一封回信。全信如下：

> 吳先生：
>
> 此種問題，你若沒有新證據，最好不要參加。何家槐君是我認得的，他不是偷人家的東西的人。韓君所說，文理都不通，其中所舉事實也不近情理[1]。如說：
>
> 「我（轉蓬）有一篇文章先拿給從文修改，改了很多，而發表出來則變了何家槐的名字。」
>
> 誰「拿給從文」呢，誰「發表」呢？難道從文幫家槐「偷」嗎？又如：「也有先投給《現代》和《新月》的文章，寫著是我的名字，而既經拿回來，在另外雜誌上發表，又變了名。」這又是誰「拿回來」，誰「在另外雜誌上發表」呢？
>
> 你若要「燭照奸邪」，最好先去做一番「訪案」的工夫。若隨口亂說，誣衊阮元、張之洞、丁福保諸人，你自己就犯了「道聽途說」的毛病，那配「燭照奸邪」？
>
> 胡適，廿三，三，十三

---

[1] 應指侍桁1934年3月7日發表在《申報·自由談》的文章〈徐家槐的創作問題〉。此文是侍桁從徐轉蓬處瞭解到事情的原委後撰寫並發表的。從胡適信的內容和時間推斷，吳奔星把此文寄給了胡適。

此信應該是對吳奔星還可能存在的一封來信的回覆[1]，它所涉及的，是1934年中國文壇圍繞何家槐和徐轉蓬著作歸屬權問題展開的一場紛爭，史稱「徐何創作之爭」。1949年後相當長的一段時期裡，該事件被上綱上線為「第三種人」配合國民黨反革命文化圍剿，對左聯作家進行打擊的反動行徑；牽涉在內的作家，有的未能得到善終[2]，有的即便苟活過「文革」結束，可是仍被一些喜歡戴著有色眼鏡看問題的研究者，歸類為「叛徒」、「攻擊左聯」、「第三種人」，長期得不到公正的對待和評價。近年來，隨著思想解放的深入，一些歷史事件的真實面目逐漸水落石出，相關論者在談及「徐何創作之爭」事件時，也能夠直面歷史和更加客觀地評論事件本身。就我所看到的材料，如潘頌德先生撰寫的〈何家槐〉[3]，劉小清先生的〈徐、何創作之爭〉[4]，雖然有些關鍵問題還在模棱兩可之中，但沒有迴避何家槐的錯誤，不再完全根據政治需要來詮釋一件主旨還是文學範疇上的紛爭。

　　不過，也有出人意料的。姚辛編著的《左聯畫史》[5]及《左聯史》[6]，在對「徐、何事件」的描述時，仍然老調重彈，還在使用「群魔圍攻何家槐」、「別有用心、惟恐天下不亂的人」、「肆無忌憚地四處鼓噪起來」、「掀起攻擊左翼文壇的陣陣惡浪」、「一場有組織的『陰謀』」、「鬼魅們的真面目也更加暴露於光天化日之下」之類的文字，不禁讓人倒抽一口

---

[1]　朱洪在2001年安徽人民出版社出版的《胡適大傳》中指出，胡適覺得沈從文應該給何家槐說說話，於是把吳奔星的信轉寄給了沈從文。此說應該有據，這也是胡適因吳信已轉沈而沒有保存吳奔星這封信的原因。

[2]　如楊邨人1955年跳樓自盡，徐轉蓬1966年跳水自殺。

[3]　見《三十年代在上海的「左聯」作家‧下卷》，上海市：上海社會科學院出版社，1988年。

[4]　見《紅色狂飆──左聯實錄》，北京市：人民文學出版社，2004年。

[5]　北京：光明日報出版社，1999年。

[6]　北京：光明日報出版社，2006年。

冷氣。當然，本文關心的並不在這裡，而是姚辛在對「徐何創作之爭」描述中，對並非革命營壘中的胡適先生的態度深表「感動」與「崇敬」──

> 正當何家槐遭受「圍剿」之時，著名學者、中國公學校長（何家槐曾是該校國文系高材生）胡適力排眾議、仗義執言，3月13日，他致函作家沈從文，信中說：「你是認得何家槐的。現在有人說他偷別人的作品……如果你認為家槐是受了冤枉，我很盼望你為他說一句公道的話。這個世界太沒有人仗義說話了。」
>
> 《左聯畫史》，第336頁

> 這時，大約胡適又聽到吳奔星要介入此事，也是3月13日，胡適又給吳奔星去信，信中勸說道：「此種問題，你若沒有新證據，最好不要參加。何家槐君是我認得的，他不是偷人家的東西的人。」這封信以肯定的結論駁斥了侍桁之流對何家槐的誣衊，勸阻吳奔星。雖然我們不知道沈從文究竟說了「公道話」沒有，也不瞭解他對吳奔星的勸阻結果如何[1]，但這兩封信卻讓我們深受感動，也使我們認識了這位著名學者令人崇敬的另一面。
>
> 《左聯史》，第273頁

事實上，胡適這裡所言，並非「肯定的結論」，而是憑一面之詞而斷言的失察。

---

[1] 吳奔星當時為《申報‧自由談》讀者兼作者，從中瞭解到「徐何創作之爭」的筆端十分正常。由於胡適覆信後不久，何家槐就在《申報‧自由談》發表〈我的自白〉，承認改寫、擴寫徐轉蓬小說一事，一場持續2個月的風波很快就偃旗息鼓，吳奔星就沒有再介入。上個世紀80年代初，吳奔星讀到中華書局出版的《胡適來往書信選》中胡適就此事給沈從文和他的信件，曾恍然大悟：難怪胡適先生當時那麼說，原來他和何家槐關係非同一般啊。

何家槐和胡適師生之誼濃厚

◀ 何家槐1932年5月2日
向胡適求字信

　　根據上述文字，可以看到一個事實，那就是胡適確實是「認得」何家槐的，因為前者擔任過中國公學校長，而後者曾是中國公學學生[1]。但是，如果僅僅只是「認得」的人，以胡適之身份，以胡適「有一分證據說一分話」的主張，他如何能夠肯定何家槐「不是偷人家的東西的人」，甚至認為「這個世界太沒有人仗義說話了」呢？甚至，為什麼在胡適「力排眾議、仗義執言」之後，最接近事實真相的沈從文[2]卻沒有如胡適之願跟進呢？我們試圖從過去已有及最新發現的各類相關材料中去尋找線索及答案時，我們卻沒有看到沈從文在「徐何創作之爭」問題上說過「公道話」，甚至我們連他是如何回答胡適先生請求

---

[1] 姚辛《左聯史》中稱，「徐、何事件」發生時，胡適「任中國公學校長，何家槐是該校文學系高材生」，實為大謬。因為胡適1930年即辭去中國公學校長一職，而何家槐則於1931年轉入上海暨南大學。

[2] 何家槐在上海中國公學讀書時，曾發起組織文藝社團，請徐志摩、沈從文等人為顧問。沈曾為何家槐修改文章，其中包括何家槐所拿的徐轉蓬的文章。

的，也不得而知，《沈從文全集》中沒有，《胡適日記全編》中沒有，《胡適遺稿及秘藏書信》中也沒有，著實令人遺憾。

好在，我們並非一無所獲。事實表明，胡適和何家槐不只是「認得」那麼簡單，而是具有相當的師生之誼。《胡適遺稿及秘藏書信》[1]中有何家槐寫給胡適的信、片5通。

第一通，何家槐當時還是中國公學社會科學院一年級學生，以「家境貧寒」為由，向身為中國公學的校長胡適申請「工讀」機會，並希望免除「學宿費」或「半費」，信的抬頭稱「胡校長」；信的署名後沒有年月，只有「15日」，從何家槐1929年秋考入中國公學及信中最後對胡適「敬祝冬安」的字樣推斷，此信應當寫於1929年至1930年之交的冬季。值得一提的是，此前一些材料或稱何家槐1930年秋考入中國公學[2]，或語焉不詳，只說他高中畢業後考入中國公學。根據何家槐家鄉所編撰的《義烏縣誌》[3]和中國人民政治協商會議浙江省義烏縣委員會文史資料工作委員會所編《義烏文史資料第2輯》的相關介紹，何家槐應為1929年6月從金華省立7中師範科畢業後考入上海中國公學。

第二通，何家槐已經在上海「辣斐坊」和胡適見過面，胡適並為他題寫過《小說集》封面，抬頭不再是「胡校長」，而改稱「適之先生」，第三通和第四通的抬頭也是如此；因為信中談到要抄寫徐志摩寫給他的信，聯

▲ 《現代出版界》雜誌1933年第13期出版「關於何家槐和徐轉蓬的創作之爭」專輯

---

[1] 合肥：黃山書社，1995年。
[2] 如姚辛編著的《左聯詞典》，第122頁。
[3] 杭州：浙江人民出版社，1987年。

繫後文徐志摩的信件在1932年「一二八淞滬抗日戰爭」期間被毀，寫於2月16日的此信應當在1930年或1931年。

第三通，彙報中國公學在1932年「一二八淞滬抗日戰爭」期間遭到日本炮火時自己的損失——「可惜53封志摩哥寫把我的信，已付之一炬」；寄宣紙給胡適，請他為自己「寫幾個字，給我不時看看，過過我敬慕你的癮。不消說，存這心已是幾年了」，「先生念我真誠，看我可憐，竟許一有空閒，就替我動筆」；時間是1932年5月2日，當時何家槐因中國公學被炸離開上海到了浙江，通信處也是浙江。

第四通，值得特別注意的是寫信的時間——1932年6月21日，他繼續向胡適索字，並請胡適替「我友徐轉蓬」（兩人是同鄉加中學同學，一度為密友）也寫兩張字，「叫他快活」，證明那個時候徐、何之間的關係還是十分和睦的。這一材料，此前論者無一提及。

第五通，何家槐準備去胡適家去談談關於「校史」以及其他的事，抬頭是「我敬愛的校長先生」。寫信時間為5月4日，如果按照書中排列順序，當是1933年；不過，何家槐1932年就已經轉入上海暨南大學讀書，並在1933年初春加入左聯，而胡適此時也辭去中國公學校長多年，因此此信寫於1933年的可能性不大。聯繫到信中何家槐以「親愛的校長」稱呼胡適，又自稱「學生家槐謹上」，以及要談的事情有關《校史》，而這個《校史》應指胡適1929年3月17日所撰寫的《中國公學校史》一文，那麼此信最有可能是1930年所寫。當然，這還需要其他證據來落實。

這幾封表明師生深厚情誼的信，均發生於「徐何創作之爭」之前。

至於胡適，在1934年2月14日的日記中曾提到何家槐，而其時正在「徐何創作之爭」前夕——

偶檢北歸路上所記紙片，有中公學生丘良任談的中公學生近年常作文藝的人，有甘祠森（署名永柏，或雨紋），有何家槐、何德明、李輝英、何嘉、鍾靈（番草）、孫佳汛、劉宇等。此風氣皆是陸侃如、馮沅君、沈從文、白薇諸人所開。[1]

即便只是從何家槐前前後後給胡適的5封信、片中，已經能夠看出，他們之間的師生情誼頗為濃厚。胡適對何家槐的愛護，顯然源自何家槐在胡適面前表現出來的謙恭和乖巧，不過，愛屋及烏之心也應該有之，畢竟，一直提攜何家槐的「志摩哥」和胡適交情匪淺！

恪守「有一分證據說一分話」不易

陳漱渝先生曾在〈「但見奔星勁有聲」——胡適和吳奔星二三事〉[2]一文中指出——

> 1934年2月，上海文壇發生了「徐何創作問題之爭」。……當時，吳奔星先生也想參加討論，「燭照奸邪」，特去函徵詢胡適的意見[3]，胡適在同年3月13日覆信中明確告訴他：「此種問題，你若沒有新證據，最好不要參加……你若要『燭照奸邪』，最好先去做一番『訪案工作』。若隨口亂說……你自己就犯了『道聽途說』的毛病，哪配『燭照奸邪』？」胡適的這種態度，跟他「有一分證據說一分話」的一貫主張是完全一致的。……吳奔星

---

[1] 《胡適日記全編6》，合肥：安徽教育出版社，2001年。
[2] 《人民政協報》，2004年9月23日。
[3] 吳奔星就此事致胡適原信不存，只能推斷如此。

先生當時血氣方剛，嫉惡如仇，又富詩人氣質，但在處世上畢竟不如文壇前輩沉穩[1]。人，總是要由不成熟走向成熟的。如能得到前輩適時的指引，實為人生一大幸事。

「有一分證據說一分話」是胡適一貫的主張，不過，正式行諸文字，應該出自1936年胡適致羅爾綱的一封信，信中說——

> 我近年教人，只有一句話：「有幾分證據，說幾分話」。有一分證據只可說一分話。有三分證據，然後可說三分活。治史者可以作大膽的假設，然而決不可作無證據的概論也。

可惜，在「徐何創作之爭」事件中，胡適並沒有能夠恪守「有一分證據說一分話」的原則。雖然他提醒吳奔星對「此種問題，你若沒有新證據，最好不要參加」，不無道理；但他接下來的表示「何家槐君是我認得的，他不是偷人家的東西的人」，卻失之武斷，胡在這裡沒有拿出他的「新證據」，或者說他的證據便是何家槐的一面之詞，甚或想從沈從文處找尋「新證據」而不可得。那麼，胡在回吳之上信所言，豈不正是他所反對的「無證據的概論」?!

胡適的失察，或者說他「有一分證據說一分話」原則的失守，一是因為他和何家槐師生情誼頗厚，二是何家槐在「剽竊」事件曝露之後，矢口否認把徐轉蓬的小說署自己的名字發表的事實，稱：「我寫作一向老實，苟且偷巧的事，從來不願

---

[1] 這裡似乎不存在「沉穩」與「成熟」之類的泛泛而談，而應是胡與吳對待事實真相，究竟誰「失察」得錯了，誰「燭照」得對了。

嘗試」[1]，「鄙人雖缺乏學識修養，但對創作素取慎重態度，既不敢草率從事，亦從未倩人代作。此有具體事實，可以證明，非信口雌黃之輩所能誣謗中傷」[2]。胡適認同了何家槐的一面之詞的辯白，輕信了他的清白，在嚴詞阻止吳奔星去參與對何的「揭露」的同時，還鄭重其事地籲請「認得何家槐」的沈從文站出來「仗義說話」。顯然，胡適是出自愛護學生的善良願望，但客觀上卻成為失去原則的「護短」行為。

何家槐的辯白很快遭遇到來自「受害者」及其友人們更猛烈的抨擊；在大量無可辯駁的證據面前，何家槐終於抵擋不住，敗下陣來，這時偏袒者胡適所不希望見到的事情終於發生了——何家槐於同年3月22日和23日（即胡適3月13日致吳奔星信後的十天）連續在《申報‧自由談》發表〈我的自白〉，承認曾改寫、擴寫徐轉蓬小說並發表的情況。儘管他說「很誠實地自己審判了自己」，其實仍有不少自我辯護之辭，甚至倒打一耙，希望徐轉蓬「能很誠懇的改正跟我差不多的行為」，結果再次遭到徐轉蓬的反擊[3]，導致昔日的同窗好友徹底反目。

何家槐的〈我的自白〉，想必胡適先生是看過或聽說過的。從此以後，高度認同「為人辨冤白謗是第一天理」的胡適[4]，再也沒有對「徐何創作之爭」發表過意見。對於自己的失察，他後來是否再說過什麼或做過什麼，囿於材料，我們也無從知曉。不過，他後來對同樣也是學生的吳奔星的態度，倒是十分和藹，之後有過多次見面機會，都再也沒有提及在信中嚴厲苛責他「道聽途說」的事情。1934年12月，胡適到北師大作題為〈中國禪宗的發展〉的演講，他欣然同意北師大文學院院長黎錦熙提出由吳奔星及同學何貽焜為他的演講做記錄。吳奔

---

[1] 見〈關於我的創作〉，《申報‧自由談》，1934年2月26日。
[2] 見《文化列車》第10期，1934年3月1日。
[3] 見徐轉蓬3月31日在《申報‧自由談》發表的〈答何家槐誣害的自白〉。
[4] 見《胡適的聲音》，桂林：廣西師範大學出版社，2005年，第142頁。

星何貽焜記錄的演講稿經胡適潤色，於1935年4月30日發表於《師大月刊》第18期。1954年，剛剛恢復禪學史研究工作的胡適，專門請人影印了這篇演講；後來出版時，胡適還專門注明「吳奔星何貽焜記錄」字樣。而該文在大陸出版時，記錄者的名字長期被抹掉。

倒是魯迅，雖然曾經說過：「徐何創作問題之爭，其中似尚有曲折，不如表面上之簡單」[1]，但對於「剽竊」這樣有失人格的問題，還是表示出了自己的嚴正立場：「何家槐竊文，其人可恥」[2]。

奇怪的是，這來自「革命營壘」中的聲音，卻沒有得到姚辛先生的「感動」或「崇敬」，甚至，他對此隻字不提，和他在《左聯史》中描寫「徐何創作之爭」時以「胡適仗義執言」為題專列一小節，形成鮮明對比！

究竟如何看待徐何創作之爭

徐何創作之爭，迄今已經整整75年了。在雙方當事人均歸隱道山的如今，如果能夠撇開政治上的考量，且摒除文學上的派性之爭、意氣之爭，只是就事論事，那麼，孰是孰非和是非曲直的辨識，自然會容易得多。

何家槐和徐轉蓬作為愛好文學的同窗好友，相互交流作品，如果只是為了發表起來容易一點，或者因為經濟拮据而需要稿費救急，把修改過的好友作品拿出去以自己的名字刊佈，偶一為之，只要彼此同意，倒也無可厚非；但如果如此這般養成習慣，一而再，再而三，毫不顧及他人的感受，就無論如何也不妥當了。

很顯然，何家槐事先是根本沒有意識到這一點。1933年4月，何家槐的小說集《竹布衫》出版，一共收有小說5篇，其中

---

[1] 1934年4月12日致姚克信。
[2] 1934年5月1日致妻如暎信。

中 | 179

就包括徐轉蓬的小說《一個兵士的妻子》[1]。發人深思的是，何家槐在〈後記〉中表示：「3月前，轉蓬答應替我寫序，現在竟不見踐約，實在是件憾事。」他不曾想，徐轉蓬如果為收有自己小說卻署著別人名字的集子寫序，又是件怎樣的憾事呢！此前論者談到「徐何創作之爭」時，都沒有提及這個事實，不知道是沒有看到過原書，還是疏忽之故。何家槐在暨南大學的同學溫梓川在「徐何創作之爭」發生20多年寫作的〈「徐何事件」的內幕〉[2]中仍然表示，「在這場風波發生之前，家槐曾先後出版了兩本小說集，一本是《曖昧》，一本是《竹布衫》，可是這兩本小說集都沒有收進徐轉蓬的作品。」把想當然當作事實，並稱為「內幕」，如不糾正，以訛傳訛，難免誤為「定論」。

至於「偷稿」一事曝光後，何家槐不去反省自己的錯誤，反而心存僥倖，相當一段時間裡無視事實，且文過飾非，堅稱「文章私相授受的勾當，卻是絕對沒有的」，導致一件本來簡單的文字糾紛複雜化，甚至超越「海派」、「京派」的分歧，演變成一場泛政治化的攻訐，難免遭遇借題發揮之人在其中火上澆油。試想，如果何家槐事發之後不做鴕鳥之態，立即坦陳錯誤，不授人以柄，又會是如何一個局面？

作者註：本文在寫作過程中，得到現代文學研究學者周正章先
　　　　生的指點，特此鳴謝。

---

[1] 何家槐後來在〈我的自白〉中表示，這篇小說「原長4000多字，我把它增加到9000多字」。
[2] 見《文人的另一面》，桂林：廣西師範大學出版社，2004年。

第十五章

重慶柳青延安柳青各有其人

——讀〈柳青在延安整風時爲什麼受到懷疑？〉

署名「柳青」的大有人在

讀了王鵬程的〈柳青在延安整風時爲什麼受到懷疑〉[1]一文，頗有「主題先行」的感覺。作者爲了證明柳青在延安整風時受到懷疑是和有個署名「柳青」的作者在梁實秋主編的《中央日報》「平明」副刊上發表過8篇作品有關，幾乎沒有進行過扎實的考證，通篇以揣測及斷章取義爲主[2]，只是憑所看過的幾本作家筆名錄、人物別名詞典之類的書籍，就斷言「只有柳青一個人用此筆名」（王文在註1中稱：「筆者查閱了《中國作家筆名探源》（丁國成、于從楊、于勝編，時代文藝出版社，1986年）、《中國現代作家筆名索引》（苗士心編，山東大學出版社，1986年）、《五四以來近現代人物別名詞典》（徐爲民編，瀋陽出版社，1993年）、《中國近現代人物名號大辭

---

[1] 《新文學史料》2010年第4期，第181到185頁。

[2] 王文對柳青後來不被懷疑的原因也完全出於主觀臆斷，註④稱主要原因有二：「一是其大哥是大革命後期的黨員，他自己13歲即參加共產主義青年團，21歲時由李一邙、馮文彬等介紹（1936年）入黨；二是他1937年隨博古和羅瑞卿同去延安，並和羅瑞卿同車。雖然其生活經歷複雜，在《中央日報》副刊發過文章，但上級組織認爲他在政治上應該是可靠的。」如果柳青確實在《中央日報》副刊發表過文章，在「延安整風」無比緊張和肅殺的氣氛中，怎麼會在思想彙報中對此隻字不提？至於柳青在延安整風時爲什麼受到懷疑以及爲什麼後來解除懷疑，不是本文所探討的範疇。

典》（陳玉堂編，浙江古籍出版社，2005）等工具書，只有柳青一個人用此筆名。」），實在是不科學的態度和不可取的學風。

事實上，上個世紀40年代署名「柳青」的作者頗有人在。比如，《文友》1943年第3期有署名「柳青」的作品〈略談「杜詩」〉、《人間世》1943年第6期有署名「柳青」的作品〈一天的夥伴〉、《紫羅蘭》1944年第16期有署名「柳青」的作品〈菲島作家——約瑟夫·曼〉、《半月文萃》1946年第1期有署名「柳青」的作品〈談歸來畫展〉、《半月文萃》1946年第2期有署名「柳青」的作品〈言論自由（默劇）〉，甚至還有個「柳青女士」，在《中國公論》1939年第1卷第4期發表過散文〈棗華〉，1943年天行社總社還出版有柳青編著的《應用文新編》。如此這般的篇目筆者還可以繼續列舉出不少，難道他們都是為《中央日報》「平明」副刊撰稿、寫作《創業史》的同一個「柳青」不成？

重慶的柳青非延安的柳青

梁實秋在重慶主編的《中央日報》「平明」副刊從1938年12月1日起，到1939年4月1日結束。署名「柳青」在「平明」副刊上發表文章，則是從1938年12月29日起，到1939年3月28日終。

從《柳青寫作生涯》[1]一書中，我們分別從柳青自述的兩篇文章中找到他在這段時期的動態：

其一

1938年五月初，我到陝甘寧邊區文協工作。任「海燕」詩歌社的秘書，民眾娛樂改進會的秘書，做機關黨

---

[1] 天津：百花文藝出版社，1985年。

的工作。翻譯了辛克萊的關於西班牙戰爭的小說《此路不通》十萬字，未出版。與劉祖春、嚴文井去了一回晉西前線，寫了幾萬字的散文和特寫，發表了幾篇。與劉白羽一塊編了幾期《文藝突擊》。

1939年上半年，隨民眾劇團，走了陝甘寧的九個縣的農村。一邊任《新中華報》的特約記者，一邊給劇團青年教語文課（文學課）。六月回到延安，寫了兩篇小說，八月上了前線。

見「自傳」，第4到5頁

其二

一九三八年（民廿七）二十三歲。四月，敵機轟炸西安城區，臨大南遷。起初省委要我隨校去，專心學俄文，學到能翻譯時再說，後經我說明我個人趣味在創作，要求到延安，省委介紹我到延安入黨校。五月到延安，組織介紹信不知何故遲遲未到，文協剛剛成立，要人，邊區黨委介紹我去工作，至九月，組織關係才到文協。六月至九月，譯出辛克萊著《馬德里之戰》。……九月，大哥仍回西安高中當教員，十一月敵機空襲被難，十二月我去西安料理他身後事，並將遺骸運回原籍出殯。

一九三九年（民廿八）二十四歲。一月由家返延，一周後文委決定我隨民眾劇團下鄉，一以做《新中華報》特派記者，二要給劇團的大團員上文學課。二月出發，走過延安，延長、延川、安定（現改子長）、靖邊、定邊、鹽池，志丹八縣的城鎮和鄉村。

見「我的思想和回顧」，第14到15頁

之所以不憚其煩地引用柳青自述的這些資料，是希望在時間上可以和上述「柳青」在《中央日報》「平明」副刊發表文章的時間契合，證明王鵬程所說的兩個柳青是同一個人。然而，僅從一篇文章，就足以證明重慶和延安各有一個柳青，互不相干，即1939年1月23日發表在《平明》副刊、署名「柳青」的〈關於《上海屋簷下》及其改編〉一文。謂予不信，請看該文最後一段：

　　　　從前讀過這個劇本時所生的感想，這次看這個劇本上演時，還有這個感想。此次改編的結果，只使這個劇本上演比較「合時」而已，而於其中缺陷並未加補救。

　　《上海屋簷下》是夏衍創作於1937年春天的一部劇作，因抗戰爆發等原因，推遲到1939年1月才經宋之的改編後在重慶上演。關於這次上演，《中央日報》1939年1月曾連續發表新聞予以報導，即8日第4版的〈劇人將上演《上海屋簷下》，為七七圖書館籌基金〉、10日第4版的〈《上海屋簷下》明日起在國泰公演〉、12日第4版的〈《上海屋簷下》觀後雜記〉。〈關於《上海屋簷下》及其改編〉一文，自然是讀過《上海屋簷下》原劇本及看過改編後的演出所發表的感想。毫無疑問，其作者「柳青」只有當時身處重慶才可以親臨觀摩此劇。而與此同時，身在陝甘寧邊區的柳青則忙於赴西安運送兄長靈柩回老家安葬（1938年12月），然後從家鄉返回延安（1939年1月），且不說組織紀律是否允許，難道說其擁有孫悟空的分身法，能夠跑到重慶看戲？當年可是「蜀道難難於上青天」的，根本沒有如今夕發朝至的高速列車！

　　行文至此，很難想像王鵬程文中為什麼對〈關於《上海屋簷下》及其改編〉一文中關鍵的最後一段隻字不提，似乎不能

以疏忽作藉口吧。因為此段文字一出，王文中的所有立論就如同大廈傾圮，根基頓失了。

與梁實秋「編者的話」的呼應

即便確實此處有所疏忽，那麼，文中提到的柳青1939年2月1日發表的〈後方文人在苦悶及其出路〉一文，卻絕不是王鵬程所聲稱的是柳青「對於後方文人的苦悶進行了精到的分析，並且提出了中肯的建議」那麼簡單。這篇2500字的文章8處提及「抗戰建國」的概念，並有「我們政府正在積極地開發和與建設後方，我們文人亦可積極的參加這項工作」的句子。我們知道，「抗戰建國」的綱領是1938年3月在武漢召開的國民黨臨時全國代表大會上通過的，雖然時處國共再次合作、共同建立抗日民族統一戰線時期，但很難想像身為中共黨員和陝甘寧邊區文協成員的柳青，會言必稱國民政府提出的「抗戰建國」綱領，並呼籲文人積極參與此項工作！

更有甚者，該文還表示：

> 同時我於一般言論界對於後方文人的要求與態度，亦不敢苟同。他們也許由於愛國情熱而存偏激之心，將「抗戰」看得過於狹小。他們要求文人都寫抗戰作品，（這是不錯的），而又將抗戰作品規定必須描寫前線生活（這卻叫人為難）。換句話說，他們所謂抗戰作品，其中必須有士兵、漢奸、鬼子、飛機、大炮，甚至還有「八加野鹿」。
>
> ……
>
> 說老實話是做人的基本條件，寫自己所知道的是創作的基本條件。後方文人表現後方生活，即使技巧拙劣

的作品，亦較表面上說的天花亂墜而骨子裡都是空想出來的前線抗戰作品，來得真實而較動人。

其實，早在1939年8月的《時論分析》雜誌，就刊登有原屬孫科派、對三民主義頗有研究的陳知行[1]的〈後方文人在苦悶及其出路〉一文。雖然名字和署名「柳青」發表在《中央日報》上的文章同名，但只是對該文的論點摘要。文章不長，照錄如下：

> 二月一日，《中央日報》柳青氏提出了後方文人的苦悶及其出路問題，他說：
> 「文學貴乎真實，別說騙人，實在說連騙自己也是騙不來的。所以許多作家或是想做作家的人迫不得已到了後方，雖然身體較少受危險，但精神上卻極端感到苦悶。說公平話，他們並非不愛國，並非不想到創作偉大的作品，但是心長力短，奈何奈何！」
> 怎樣的苦悶呢？他所指出的是：
> 「處在後方的文人感到這種苦悶雖都一樣，而應付的態度稍有不同。總括的說，態度可分為兩種：一派是痛苦地沉默著，一派是痛苦地掙扎著。」
> 然而怎樣尋求解除苦悶的方法呢？他所提供的是：
> 「真正所謂抗戰，應包括抗戰建國的整個過程：關於這一點，以及前方後方並重，這種看法，政府當局早已說得明明白白，而且也是一般人所熟知的。我想，唯有站在這個正確的觀念上，處在後方的文人才能無需痛苦地沉默著或掙扎著，而勝任愉快地有所貢獻於國

---

[1] 陳知行（1907～？），廣東臺山人，曾任廣西省政府諮議、廣西建設研究會文化部研究員、《時論分析》雜誌文藝欄目編輯。著有《三民主義之全面的體系（啟蒙出版社，1939年7月）》（參見萬仲文著《桂系見聞談》，廣西師範大學歷史系，1983年）。

家。像前線官兵勇敢打仗與後方人民努力生產那樣分工合作，因環境關係而分處前後方的文人亦可各就能力所及分工合作。前方的文人描寫前方生活，後方的文人表現後方的生活，而兩者都以抗戰建國為其指導原則。要是後方的文人為了要使自己的作品更接近現實而上前方去，那當然更好，不過我的意思是說，文人在後方，並不是沒有他同樣有意義的工作可做。」

很明顯，這是對梁實秋1938年12月1日「平明」副刊「編者的話」中所批評的「對誰都沒有益處的」的「空洞的『抗戰八股』」的呼應。而在當時，梁實秋的「編者的話」，被左翼文人看成「與抗戰無關」論的代表。如此明顯的「與抗戰無關」的政治態度與身為中共黨員的「柳青」的理念是背道而馳的，而王文卻視而不見、隻字不提，實在令人費解。

歐化色彩可從人物名字看出？

此外，特別值得提出的是，王文提到署名「柳青」在「平明」副刊發表的小說〈泡沫〉時指出：「〈泡沫〉和柳青早期的其他小說一樣，歐化的色彩很濃，從小說人物的名字，我們就可以看到這點。」恕筆者閱讀面不廣，不知道王文所提柳青哪幾篇早期小說歐化色彩很濃，不過，筆者所瞭解的是，小說是否歐化色彩很濃，最主要的要看行文等語言風格，怎麼能輕易地從人物的名字去斷定呢？王文曾在註1中提到林默涵所寫的回憶文章〈潤水塵不染山花意自嬌——憶柳青同志〉[1]，提到柳青短篇小說〈地雷〉在重慶出版的《文藝陣地》發表時，被編

---

[1] 見《柳青寫作生涯》，天津：百花文藝出版社，1985年，第114頁。

輯誤署為當時已經成名的詩人柳倩[1]。不過，他並沒有引用林文的一段話，尤其是最後兩句，筆者覺得很有必要照錄如下：

> 有一天，我們一起去逛光華書店，看到新來的重慶出版的刊物《文藝陣地》，翻開第一篇是小說〈地雷〉。柳青興奮地說，這是他的作品。可是署的作者名字卻是「柳倩」。我認識柳倩，我們曾經在第八集團軍戰地服務隊一起工作過，他是一位詩人。我說：不對吧，為什麼署「柳倩」的名字呢？柳青很不高興，深怪刊物編輯不該把名字弄錯。也許因為柳倩已經知名，而柳青卻還無人知曉，因而編者或校者想當然地把「柳青」改成了「柳倩」吧。但是，只要認真想想柳倩一直在大後方工作，從未到過華北敵後根據地，怎麼可能寫出反映敵後戰鬥的〈地雷〉來呢？就該不至於發生這樣的差錯了。

通讀小說〈泡沫〉，所反映的是日寇入侵時的中國南方城市男女的故事，涉及的地點有蕪湖（「被炸」）、安慶（「被占」）、九江（「失守」）、首都南京（「陷落」）、漢口（「垂危」）等諸多南方市，甚至還提到贛北最東面的彭澤縣江防要塞馬當失守。雖然小說可以虛構，但看了林默涵的話後，我們同樣只要認真想一想，就不難得出這麼一個結論：對於一直在北方生活和工作的柳青來說，尤其是到了延安，去過晉西根據地採訪（1938年6月到9月之間）之後，思想和文風都有了根本改變之後，怎麼可能寫出自己完全陌生的、從未涉足

---

[1] 筆者手頭的1942年4月10日出版的《文藝陣地》第6卷第4期上，無論目錄還是正文〈地雷〉的作者都分明署著「柳青」的名字而不是「柳倩」。是林默涵先生記憶有誤，還是該期《文藝陣地》後來再版時發現錯誤作了糾正，已不得而知。不過，這不是問題關鍵，不必糾纏。

過的南方城市的小說來呢？事實上，我們從柳青諸多的散文、報告文學及小說裡，幾乎看不到他寫作過他不熟悉的生活。

延安柳青決不會投稿《中央日報》

其實，在重慶柳青於《中央日報》「平明」副刊發表文章的同時，延安柳青也有數篇作品在延安《文藝突擊》雜誌上發表，即1938年11月1日出版的1卷2期上發表的翻譯蘇聯愛倫堡的〈義大利的悲劇〉，1938年11月16日出版的1卷3期的戰地報告〈烽火邊的人民〉和1939年2月1日出版的1卷4期的報告〈空襲延安的二日〉[1]。兩相對比，除了翻譯作品外，二者的題材和文風迥然不同，顯然不是出自同一人之手[2]。有興趣的讀者不妨找來一讀，此處不贅。

需要指出的是，1939年2月1日出版的《文藝突擊》1卷4期頭條位置發表有署名「復」的短論〈所謂與「抗戰無關」〉，矛頭直指梁實秋：

> ……戰後的說法比較新穎，叫做與「抗戰無關」。那是梁實秋，即自命為中國狄根斯的前國立北京大學英文系主任，現任參政員兼重慶中央日報副刊編輯，在《編者的話》中說的。他以為文藝作家如果「一下筆就忘不了抗戰」，以致「勉強把抗戰截搭上去」的文章是「對誰都沒有益處的『抗戰八股』。」
>
> ……

---

[1] 此文已經成為柳青名作，入選過《中國新文藝大系1937～1949報告文學集》（北京：中國文聯出版公司，1996年）。

[2] 「平明」副刊由梁實秋主編的4個月期間，不會有兩個作者同時署名「柳青」的情況出現。

要想真的寫點「與抗戰無關」的文章，其實也並不十分困難，誠如羅蓀先生所說，北平的晨報，天津的庸報，上海的新申報，都有的是。但這說法也不妥帖。在這時候，為什麼要寫出那種粉飾現實的「太平文章」呢？想來也是「與抗戰有關」的，因為他要起「漢奸作用」。

「高論」於是乎跌倒污泥裡去了！

當時在陝甘寧邊區文協工作的柳青，不但「做機關黨的工作」，還曾「與劉白羽一塊編了幾期《文藝突擊》」[1]，應該有著起碼的組織紀律性和完全不同于國統區的政治觀、文藝觀，投稿國民黨黨營報紙《中央日報》都不可能，遑論寫作和梁實秋「抗戰無關論」相呼應的〈後方文人的苦悶以及出路〉!?

關於作家的筆名問題，韓石山先生在一篇談李健吾先生答問中表示：僅僅憑《中國現代文學作者筆名錄》一本書去判定作家的筆名是不行的，「必須找到文章，倒回去找到原始材料，而且要證據確鑿才行」。

筆者以為，僅憑幾本工具書上沒有其他人使用「柳青」這個筆名，就斷言後來寫《創業史》的作家柳青就是在《中央日報》上發表作品的「柳青」，對文章中出現的時間、觀點等細節的明顯差異，視而不見或有意回避，是很輕率、荒唐的，而且也站不住腳。延安柳青及其研究者從來沒有提及《中央日報》「平明」副刊上署名「柳青」的8篇文章，既不是遺忘，更不是有意迴避，原因只有很簡單的一條：「平明」副刊上發表作品的柳青根本另有其人！

2011年6月1日～7日

---

[1] 見〈自傳〉，載《柳青寫作生涯》，第4頁。

第十六章

偽造歷史　厚誣名人

——「唐圭璋拒批《沁園春・雪》遭中央大學解聘」證偽

　　最近在新浪網「讀書論壇」上讀到《同舟共進》雜誌2011年第6期安立志先生所寫的〈觀察《沁園春・雪》筆戰的一個視角〉，該文重溫了半個多世紀以前圍繞毛澤東《沁園春・雪》在重慶發表時，中國左右兩翼知識份子因此而產生的分歧以及他們的歷史命運，獲益匪淺。接著，筆者在搜索「相關新聞」時發現〈毛澤東《沁園春・雪》的發表與唐圭璋遭「中央大學」解聘〉（以下簡稱「曹文」）這個標題，連忙饒有興趣地找來南京師範大學中文系教授曹濟平發表於《華中科技大學學報（社科版）》2005年第1期的這篇文章。

◀〈毛澤東《沁園春・雪》的發表與唐圭璋遭「中央大學」解聘〉書影

曹濟平在文章中說，年邁體衰的唐圭璋先生1988年準備寫遺囑，指定他為執行人之一，為此唐先生多次和他「談論了一些鮮為人知的生平往事」，其中就有被「中央大學」解聘的內情。原來，唐圭璋之所以被中央大學解聘，是出於他拒絕了易君左「命題作文」的要求，易要他以「反對帝王思想」為主題寫詞來討伐毛澤東的《沁園春‧雪》。

破綻百出的唐陳問計

「曹文」如此寫道：

◀ 易君左先生像

　　有一天，易君左突然到校造訪，唐先生感到十分意外，寒暄幾句後，他即提出約寫一首詞，並特別提醒要以「反對帝王思想」為主題，唐先生知道易君左是有政治背景的，不敢怠慢，只得答應回家考慮考慮。送走易君左之後，唐先生覺得這個問題非常棘手，感到進退兩難。這時他想起了恩師陳中凡教授。……抗戰爆發後，唐先生隻身隨中央軍校入川。1939年調入重慶中央大學與陳老在同校任教。陳老知道唐圭璋孤身在外，逢年過節都要把他叫到自己家中相聚，情同親人。如今遇到

了難題，只能求助於恩師了。於是他匆匆忙忙地趕到陳老家中，把易君左前來約稿之事，一股腦兒地向陳老傾訴。陳老一聽，雙眉緊鎖，沉默不語。過了一會兒，陳老非常嚴肅地說：「此事關係重大，易君左是中央宣傳部長張道藩手下的御用文人，他專門向你約稿，肯定是奉命而來，你不能得罪他。但是，毛澤東是中共領導人，你決不能反對他。」說到這裡，陳老稍停了一下，繼續說：「依我看，毛澤東返回延安後，他們對『和詞』的興趣不會維持太久，只要拖延一段時間，此事就會逐漸淡忘。你可以給易君左寫信，說明目前教學研究任務繁重，懇請稍待時日就可以了。」於是唐先生遵照陳老的意思寫信回復易君左。然而事情並非如此簡單。當時重慶《中央日報》等報刊上連篇累牘地發表一些御用文人的「和詞」攻擊毛詞，但都是平庸之作，當局很不滿意，並要求擴大征詞範圍，再找高手填詞或寫評論文章。時光流轉到1946年6月，唐先生在校接到易君左的來信，約他寫一篇「中國之詞」的文章，要求從詞學發展的角度評議毛詞的「帝王思想」，實質上是討伐毛澤東。唐先生拿著信趕到陳老家中。陳老看完信後，很平靜地說：「現在情況不同了，我校正忙於準備遷返南京的事宜，你在臨行前覆信推託一下就行了。」

「曹文」緊接著敘述：唐圭璋8月4日給易君左寫信表示推託，幾天後回到南京，8月下旬看望陳中凡時，陳中凡說「回到南京後就接到了中央大學的聘請」，要唐圭璋去詢問中央大學中文系系主任伍叔儻，結果一問，才得知自己因「人員精簡」而被解聘了，「知道這是一個遮人耳目的藉口」，是一種「非常明顯的卑劣的打擊報復行徑」。

曹文最後指出：

> 唐先生為什麼被「中大」解聘，一直是我心中的「謎」，如今這個「謎」底由唐先生自己解開了。
>
> 現在唐先生離開我們已經十多年了，每念及此談話的情景，恍然隔世。重提這件往事是對先生高風亮節的敬仰，也是對先生的一種紀念。

◀ 年輕時的唐圭璋先生

乍看上去，確實像是揭開了一個塵封了半個世紀之久的「謎」，因為唐圭璋先生生前所寫的傳記材料，對於1946年被中央大學解雇的經歷，僅寥寥數語，或「回寧之後，不久即遭失業」[1]，或「1946年秋，我隨中大復員遷回南京，不久即失業」[2]，對其中原因，未做任何解釋。

然而，看官倘若仔細品讀「曹文」，是否會感覺唐圭璋向陳中凡問計一段表情過於生動，對話過於完整，不像是追憶40多年前的往事，頗似播放了當時的錄音錄影資料一般，但可信度則大打折扣。

---

[1] 見〈唐圭璋自傳〉（《文獻》叢刊，1981年第8輯，第171頁）
[2] 見〈唐圭璋自傳〉（《中國現代社會科學家傳略第4輯》，太原：山西人民出版社，1983年，第320頁）

事實上，這一段唐圭璋先生「晚年才吐露出內情」的「埋藏內心的隱秘」，並非可信度有多少的問題，而是破綻百出的偽史！

　　從《陳中凡年譜》[1]裡，可以清楚地看到如下記載，即從1936年起，48歲的陳中凡就開始在南京金陵女子文理學院任教，1938年時，50歲的他「隨金陵女院師生從武昌繼續西遷。……先由武漢登輪溯江入蜀，次由重慶乘機車赴蓉，寄居於成都華西壩廣益學舍」，一直到1945年他57歲，「仍在成都金陵女子文理學院任教」。其中的1941年和1942年，他曾在四川大學教育學院和四川大學師範學院兼課，而這兩所學院均在成都。1946年以及以後的情況，年譜則這樣指出：

> 1946年58歲仍執教於成都金陵女子文理學院。春，在蓉；夏，返寧。
>
> 4月16日，學院開始東遷。分「陸海空」三路：十餘人乘機飛寧；少部分師生及圖書物資留待秋季水運；大部分師生員工乘學院包定之汽車，沿川陝公路返寧。陳中凡攜眷屬路行，從蓉城出發，經西安、徐州，返回南京。
>
> 1947年59歲仍在金陵女子文理學院主持中文系。

　　看到這裡，讀者對筆者不憚其煩地引用這些資料的用意，應該十分明白了。起碼從1939年後[2]到1946年，陳中凡在成都金陵女子文理學院，唐圭璋在重慶中央大學，兩人並非「曹文」所說的「在同校任教」。他們之間相隔300多公里的距離，即便現在有了高速公路，也需要4個小時的車程！抗戰期間蜀道之難，可想而知，陳中凡如何「逢年過節」把唐圭璋叫到家中相

---

[1]　姚柯夫編著，北京：書目文獻出版社，1989年9月。
[2]　《唐圭璋自傳》自述「1939年到1946年，我在重慶中央大學任講師、副教授、教授」。

聚[1]？唐圭璋如何在易君左拜訪或來信之後能夠「匆匆忙忙」趕到老師家問計？唐圭璋不是孫悟空，一個筋斗雲就能夠穿梭往返於成渝之間！至於抗戰勝利後，陳中凡返回南京，仍然執掌金陵女子文理學院中文系，何來收到中央大學的聘請？

　　至於易君左對唐圭璋的造訪，「曹文」中「有一天」的說法過於模糊，根據易君左在回憶錄《勝利與還都》[2]一文中的敘述，抗戰結束後因為「入川難，出川更難」，「所有交通工具，必先盡接收的大小官員一批批的利用，或是那些有權勢的大官和有錢的富商巨賈，等他們一批批的出川之後，才能輪到其餘公教人員」，因此身為「其餘公教人員」之一的他直到1946年4月4日才從重慶乘船出川，並於22日下午抵達南京，24日回到鎮江，其後於當年5月赴上海任《和平日報》副社長[3]。「曹文」中易君左對唐圭璋的日期不詳的造訪是否存在，頗值得懷疑。

　　如此多的漏洞，自圓其說尚不可能，卻引起不少人的附和及演繹[4]，實在令人費解。比如「曹文」正式發表之前，就有署名「曹辛華、鄭偉麗」的〈唐圭璋與《沁園春・雪》〉發表於《書屋》2002年第4期，其依據為2001年11月在南京舉辦的「唐圭璋先生誕辰一百周年紀念會」上，「詞學家曹濟平教授作為唐老生前的助手，披露了唐老1945年被中央大學解聘的內幕」。該文說，「逼唐老為『佞詞』[5]者為易君左」，「唐老

<hr />

1　據陳中凡學生吳新雷在〈記唐圭璋先生的嘉言懿行〉（載《詞學的輝煌——文學文獻學家唐圭璋》，鍾振振編，南京：南京大學出版社，2001年3月）一文透露，抗戰爆發後，唐圭璋在中央軍校任教期間，住成都遠郊，「為了慰藉陳師客居異鄉的寂寥，每逢節假日必帶蕭笛，進城為陳師伴唱。1938年秋，唐先生因患偏頭疼不能吹笛，特為陳師另約人選。」

2　見易君左《勝利與還都》（台北：三民書局，1993年1月第4版）。

3　見〈易君左與蘭州《和平日報》〉，《甘肅文史資料選輯第58輯》，2004年2月。

4　除本文提及的文字外，尚有〈唐圭璋與易君左的周旋〉（見《《沁園春・雪》傳奇》（杜忠明著，北京：中央文獻出版社，2007年，第237到239頁），《唐圭璋「拒寫佞詞」》（劉法綬，黃石日報2009年12月3日）等，鸚鵡學舌，不值一覷。

5　「佞」除了表示自謙，多半指巧言諂媚，如果當時是逼唐圭璋做詞歌頌當局，用佞詞尚差強人意，用在此處，殊難理解。

不願意，遂找中文系主任陳中凡問計。陳中凡也主張他堅持不寫，甚至連拖延之辭都不能有[1]。於是，唐老回絕此事」。

〈唐圭璋與《沁園春·雪》〉一文說：

> 儘管唐老措辭委婉，但結果還是得罪了當局，旋被解聘。在此之後四五年中，唐老處於失業狀態，生活拮据。然亦正是是非分明，堅持氣節，遂使唐老在後來的「文革」中免遭迫害。筆者聞此「內幕」更對唐先生肅然起敬，感慨萬端。

鳳凰網在轉載〈唐圭璋與《沁園春·雪》〉時，把標題改為「學者拒批《沁園春·雪》被國民黨開除文革免迫害」，可以說是得了上段文字的「精髓」。不過，這種邏輯卻相當無知和可怕。大批曾經投身革命、歌頌過革命領袖的知識份子，在文革中並未因此而免受迫害者，卻大有人在，上文作者又該如何自圓其說呢？

唐圭璋致易君左信的剖析

雖然說「皮之不存，毛將焉附」，「曹文」中的硬傷已經決定了他的「解謎」毫無可信度，畢竟還有唐圭璋致易君左的一封信存在，不可回避，仍然值得一議。

唐圭璋致易君左的信，最早是張增泰寫於1999年10月的〈三生有幸識唐老〉[2]（以下簡稱「張文」）一文中透露的。他說有「一本《名家書簡》真跡影印本，是萬象圖書出版社民國38年2

---

[1] 此處曹濟平透露的「連拖延之辭都不能有」和4年後「曹文」上的說法大相徑庭，同樣無法自圓其說。
[2] 見《詞學的輝煌——文學文獻學家唐圭璋》，第137到139頁。

月出版的，收唐老1946年8月4日致易君左函一通」。這封信全文如下：

> 君左仁兄先生：前在校時曾奉六月六日手書，囑為〈中國之詞〉[1]一文，本擬勉應尊命，奈系務（師範學院國文系歸併中文系）及新生考試先後縈心，遂致不獲稍安握管，有負雅望，慨歉奚如，今小休此間，如可寬假時日，當及此補過也。匆複，並頌著安。
>
> 弟唐圭璋頓首　八月四日
> 土橋清華中學周光午先生轉，月底則返中大。

◀ 唐圭璋1946年8月4日致易君左
信件書影

「張文」表示：

> 這是一份重要的史料，涉及毛澤東詠雪詞發表後報刊上展開的一場鬥爭。易君左作為國民黨圖書雜誌審查委員會審查專員，時任《時事與政治》雜誌社社長，相繼寫了《沁園春》和《再譜沁園春》，充當「圍剿」毛澤東詠雪詞的急先鋒。唐老作為詞學家，當然不會同

---

[1] 信的手跡原稿中「中國之詞」並無書名號，應該不是特指。

流合污，參與鴉鳴蟬噪，這就得罪了當局。不久還都復校，回到南京，他竟被解聘失業。

「張文」聲稱此信「涉及毛澤東詠雪詞發表後報刊上展開的一場鬥爭」，唐圭璋婉言拒絕易君左的約稿，是不願意「同流合污，參與鴉鳴蟬噪」，但「張文」卻沒有提出任何事實根據。張增泰於2004年在《世紀》雜誌第4期再發〈中央大學為何解聘名教授唐圭璋〉一文，繼續老調重彈，不過，仍然沒有提出令人信服的依據。然而，他後文中「這樣一位大師級的學者，為什麼抗戰勝利後卻丟了飯碗」的詰問，卻反映出他對歷史的無知和概念的混亂。因為，無論是「名教授」還是「大師」，都不是天生的，都要有一個自身努力和社會認可的過程。唐圭璋先生1980年代之後，由於他的成就而被尊稱為「名教授」或「大師」，並不代表他上個世紀40年代中期就已經赫赫有名，不過是當時的教育界和學術界的新秀而已，而當年唐的老師輩的名教授、老教授比比皆在。唐圭璋上個世紀三十年代以個人之力編成《全宋詞》，於1940年出版，但「印數極少，流傳不廣」[1]，至1943年才升任教授，稱彼時的唐圭璋為「大師級的學者」，似有「預支」之嫌。對此有興趣的讀者，不妨去自查相關資料，此處不再贅言。

「張文」中所說唐圭璋寫給易君左的信，和上述「曹文」中所說的推託信，是同一來源。「曹文」為了證明此信確實「涉及毛澤東詠雪詞發表後報刊上展開的一場鬥爭」，不遺餘力編造出動人的「唐陳問計」的相關情節來，然由於唐陳分屬兩地兩校鐵證如山，鬧出天大的笑話。

認真品讀之下，這封唐圭璋寫給易君左的信，就是回答對方的約稿，表示因故「不獲稍安握管」，不但沒有推託，還

---

[1] 見《詞學的輝煌——文學文獻學家唐圭璋》，第171頁。

表示「如可寬假時日，當及此補過也」，何來「曹文」和「張文」所說的微言大義呢？如果，退而言之，確實其中有所謂的「貓膩」，易君左當年如何會把這麼重要的信提供（或間接轉交）給《名家書簡》的編者[1]，留下證據，讓人半個世紀之後前來考古?!更何況圍繞《沁園春・雪》發生的爭論（起碼針對《沁園春・雪》的批評），主要集中在1945年12月1日到1946年1月25日[2]，到1946年6月易君左給唐圭璋寫信的時候，政治形勢和1945年底相比，已經時過境遷，易君左沒有任何理由去炒這種剩飯。而易君左1946年6月6日致信唐圭璋，正值他在上海《和平日報》擔任副社長兼副刊主編[3]，約研究詞學有成的唐寫一篇相關文章，卻是順理成章的事情。

唐圭璋在信中說得十分明白：他「先後縈心」的是「系務（師範學院國文系歸併中文系）及新生考試」，而導致「不獲稍安握管」。「新生考試」，只會忙一段時間，試卷出畢、學生考完、批卷結束，即告終了；而「系務」則是「師範學院國文系歸併中文系」，而這種「歸併」必然涉及人事調整，需要一個過程。唐圭璋先生1946年在重慶中央大學中文系擔任教授，並無行政職務，無疑他是不用去操心別人的去留的，而所「縈心」[4]的只能是「歸併」後自己的出路。從唐圭璋1946年8月返回南京後被解聘看，這種「縈心」確實比較漫長，導致「不獲稍安握管」完全可以理解。而唐圭璋把這種相當私人化的「縈心」之事告訴易君左，非但看不出來推託之意，反而顯示出兩人關係之密切！

---

[1] 該書編者為萬象書店老闆平襟亞，和作家交往密切。除唐圭璋信札外，該書還收有還有盧前（盧冀野）、鄧散木致易君左的信件，顯然係收信人提供。

[2] 可參閱周永林《毛澤東詞《沁園春・雪》研究》（《為了和平與民主：毛澤東同志誕辰110周年紀念集》，重慶：重慶出版社，2006年1月，第444頁到445頁）。

[3] 見易君左《勝利與還都》（台北：三民書局，1993年1月第4版，第46、47節。）

[4] 此處使用「縈心」，分量頗重。夏承燾《〈天風閣學詞日記〉前言》（杭州：浙江古籍出版社，1984年）：「迨抗戰爆發，時局動盪。陸沉之懼，旦夕縈心！」可為參照。

唐圭璋和易君左之間的交往，或許是因為他們有共同的好友盧前（冀野），唐圭璋和盧前同出於東南大學吳梅門下，和任中敏合稱「吳門三傑」[1]。盧前和易君左則是密友，易君左曾作〈盧前傳〉，發表於1936年2月1日《半月》雜誌第21期。1951年4月盧前病逝於南京，易君左在香港撰一輓聯，被梁羽生收入《名聯觀止》[2]一書。

　　有意思的是，唐圭璋被中央大學解聘的同時，盧前也未獲得中央大學的續聘[3]。好在盧前1946年11月當上了新成立的南京通志館館長，就聘請唐當了編纂[4]。

　　按照「曹文」的說法，既然易君左當時有能力去影響政府教育當局或中央大學去解聘一名教授，那他同時也應該有力量促使中央大學續聘自己的好友盧前才是！真可謂矛與盾的現代翻版！

兩系合併裁員大有人在

　　唐圭璋先生的女兒唐棣棣和女婿陸德宏，曾在〈詞學大師唐圭璋——記爸爸的一生〉[5]一文中談到唐圭璋被解聘的事：

　　　　曾幾何時，另一種厄運，卻又悄悄地襲來。中央大學遷回南京後，將文學院的中文系與師範學院的國文系合併，當時國文系的系主任伍叔儻，是國民黨政府教育

---

[1] 見《東南大學文科百年紀行》（南京：東南大學出版社，2003年，第92頁）。

[2] 見《名聯觀止增訂版・上》（桂林：廣西師範大學出版社，2008年4月，第427到428頁）。其聯曰：「烽火亂離天，一別倉皇，與我只數語匆匆。／看苦臉愁眉，小立黃浦江邊，帶女攜兒尋友去；／／才人坎坷命，半生落拓，從此更前塵寂寂。／倘歸魂入夢，永憶採蘋橋畔，攜風抱雨挾詩來。」

[3] 見〈中大「解聘」教授別記〉（載1946年10月5日儲安平主編《觀察》第6期）。

[4] 《民國南京學術人物傳》（南京市：南京大學出版社，2005年，第101頁）。

[5] 見《詞學的輝煌——文學文獻學家唐圭璋》，第22頁

部長朱家驊的連襟，他藉口人多，在兩系合併時，將爸爸解聘，這樣爸爸就失業了。

筆者覺得，這種說法應該比較符合事實。但不可否認的是，兩系合併，「僧多粥少」，是不爭的事實。由此看來，唐圭璋1946年遭中央大學解聘原因，除「僧多粥少」外，也有「兩系合併，矛盾很大」或其他人事矛盾存在的可能，和易君左並無關係，無須以杜撰的方式，尋求其中莫須有的政治因素。

事實上，中央大學1946年復員南京後，師範學院國文系和中文系合併一事，影響到的不止唐圭璋一人。比如，語言學家蔣禮鴻[1]就曾在〈談談我的讀書體會和治學途徑〉[2]一文中敘述道：

> 抗戰勝利後，學校回到南京，我突然被解聘，據說，因為盛靜霞[3]是汪辟疆先生的得意門生，新上任的系主任和汪教授是對立的派系，所以叫我捲舖蓋了。那時我的《商君書錐指》已獲前教育部三等獎，顧頡剛教授並不認識我，卻說：「此人將來必成大器！」我已有些小名氣，但中大中文系卻棄我如敝屣。此事在別人，一定要氣壞了，在我倒也覺得沒有什麼了不起。

蔣禮鴻丟掉飯碗，是因為夫人的派系。而1952年到1966年擔任北京大學中文系系主任的楊晦教授，同樣在1946年返回南京後，被中央大學中文系解聘，後來不得不到上海幼稚師範專科學校任教[4]。

---

[1] 蔣禮鴻（1916～1995）。生前為杭州大學教授。
[2] 《蔣禮鴻集第6卷》（杭州：浙江教育出版社，2001年8月，第151頁。
[3] 蔣禮鴻夫人。
[4] 見《楊晦選集》（上海：上海文藝出版社，1987年，第533頁）。

生前曾任山東大學教授的王仲犖，也有被中央大學解聘的經歷，他在〈談談我的生平和治學經過〉[1]中直截了當地表示：「兩系合併，矛盾很大」。據他回憶，這種矛盾一直延續到1947年夏原系主任伍叔儻去職、胡光煒接任，先後被解聘的教授還包括朱東潤、吳組湘[2]等當時就頗有名氣的人物。

◀ 1946年10月5日《觀察》第6期
〈中大「解聘」教授別記〉書影

　　1946年10月5日儲安平主編《觀察》第6期曾發表引題為「學府權勢‧炙手可熱」的〈中大「解聘」教授別記〉一文，談到「解聘的原因各有不同」，指出「楊晦、陳白塵、吳組湘三人之被解聘，據說與他們平時同情『民主運動』有關。……其他教授之被解聘，校方之理由為『緊縮名額』。」不過，該文重點引用了當年9月10日重慶《世界日報》對解聘教授的一段評論：

　　　　……修復京校和包辦復員都成了利益集團的活動中心，利益集團既然把握了利益，於是權勢炙手可熱，在

---

[1] 見《中國當代社會科學家傳略第11輯》（北京：書目文獻出版社，1990年7月，第13頁）。

[2] 據《陳中凡年譜》第59頁記載，1947年「暑期，進步教授吳組湘受中大排擠，陳中凡真誠關愛，特地走訪並禮聘吳組湘至金女院任教」。陳中凡在唐圭璋被解聘後為何沒有聘請他到金陵女院教書，其中款曲，不得而知。

南京展開大規模的伐異工作，凡是非本校畢業的客人，就算是有20年的在校歷史，就算吃了8年抗戰的艱苦，都在被刷之列，而且就算是本校畢業，也要看那一年那一段那一系和與「客人」之是否有好感，如果有觸這些「學府大爺」之忌的，也是一樣刷光了事。

稱，「這段文字可為中大解聘教授事下一註腳」。該文還進一步指出：「吳氏[1]今日雖為中大校長，所處地位則頗為困難。校內一切行政，悉由五人會議決定（此五人即包括總務長、教務長、訓導長、秘書長，及某教授），吳氏無力過問。吳氏所決定者，苟五人會議不表贊同，吳氏亦莫可如何⋯⋯」

朱東潤本屬於伍叔儻任系主任的師範學院國文系，他在《朱東潤自傳》[2]中對於中央大學中文系和師範學院國文系合併前後的矛盾有十分詳盡的敘述[3]。針對自己被解聘的原因，《朱東潤自傳》中有如下文字記錄：

> 對於伍叔儻的下臺，並不感到意外，但是相處五年究竟不能沒有一些惜別的感情，因此，大家置酒話別，在舊社會這原是人之常情。伍叔儻的那幾位得意門生，在樹倒猢猻散的時候，看到這是最後一次機會，連忙走到胡教授那裡告密，不但參加話別的人有了記錄，而且每個人說話的神態都被作了縝密的彙報。沒有作過大學教師的人，對這項工作可能有各式各樣的幻想。我是在這一群人當中經歷過一番的，他們雖然形形色色，其實不是一個特殊的階級，他們正反映著他們所處的社會。他們不可能特別壞，也不可能特別好。總之這個社

---

[1] 吳有訊（1897〜1977），字正之，漢族，江西高安人。1945年10月任中央大學校長。
[2] 北京：人民文學出版社，2009年1月。
[3] 可參閱《朱東潤自傳》第11章〈中央大學前四年〉和第12章〈六年流轉〉。

會各式各樣的人物，從最好的以至最壞的，形形色色，應有盡有。我們有了這樣的思想準備，那就什麼也不覺得意外了。

胡教授得到這個報告以後，立即對於參加話別的教師，除了告密者以外，全部解聘。這一年中大解聘的教師一共一十二名，在南京和上海的報紙上都有驚人的記載。（第325頁）

由此可見，教育界「一朝天子一朝臣」之類的「潛規則」說不清，道不明，過去存在，現在存在，未來也難以避免。「曹文」和「張文」為了證明唐圭璋的堅持氣節，不惜「拔高」，其實是適得其反；而往一個無辜者身上潑髒水，顯失厚道。而「為人厚道誠樸」的「忠厚長者」[1]唐圭璋，若在天有靈，絕對不會因自己被抬高而他人被無辜中傷而感到高興。這種偽造歷史、厚誣名人的做法，是極為不妥的。尤其是謬種流傳，以訛傳訛，若干年後謠言成為歷史，就更可怕了；故非常有必要及時撥亂反正。

2011年7月9日～13日

---

[1] 見吳奔星〈緬懷詞學專家唐圭璋教授〉（載1995年7月12日《光明日報》）。

第十七章

「確因」並不「確」　疑點復更「疑」
——曹濟平〈唐圭璋確因批《沁園春‧雪》遭解聘〉質疑

　　拜讀了曹濟平〈唐圭璋確因批《沁園春‧雪》遭解聘〉[1]（以下簡稱「曹後文」，曹先生2005年發表於學報上的文章〈毛澤東《沁園春‧雪》的發表與唐圭璋遭「中央大學」解聘〉簡稱「曹前文」），本來以為曹先生讀了拙文[2]（以下簡稱「拙文」）後能夠提供新的證據，來證實唐先生確實是因為拒批毛詞被中央大學解聘的。遺憾的是，「曹後文」，因未提供任何「新的證據」，而讓筆者，同時也讓讀者「乘興而來，敗興而歸」了。

　　「曹後文」雖然承認了唐圭璋、陳中凡抗戰期間在重慶「同校任教」這麼一個大錯誤（經「拙文」指出），此點應該值得肯定，但卻「文過飾非」，把唐在重慶中央大學兩次向陳問計的訛誤，改口說成前一次是唐「專程赴成都金陵女子文理學院陳中凡老師家求教」，令人深感遺憾。

　　平心而論，對於抗戰勝利前後重慶和成都之間行路的問題，余生也晚，瞭解不多，因此，「拙文」談到重慶到成都的距離時，只能以「蜀道難」云云表示。這次讀到「曹後文」，便專門請教了朋友並查找到一些資料，日後和唐圭璋先生同在南京師範學院教書的地理學家李旭旦先生1942年曾在《地理學報》發表〈西北科學考察記略〉，其中談到他從重慶到成都的

---

[1] 載《博覽群書》2012第1期。
[2] 見《博覽群書》2011年第9期〈唐圭璋未因拒批《沁園春‧雪》遭解聘〉。

經歷：「十六日始開車，……十七日午後專車抵蓉」。直達專車尚且需要隔日到達，普通汽車沿途需要上客下客、走走停停，耗時肯定更長。

◀ 地理學家李旭旦1942年
在《地理學報》發表
〈西北科學考察記略〉
書影

　　「曹後文」所聲稱的唐陳問計的時間，是在1945年11月之後，當時日軍已經投降，大批在川的「下江人」爭先恐後還都，海陸空交通狀況達到前所未有的極度緊張的程度。當然，筆者在沒有確鑿證據的時候，無法臆斷唐先生那個時候去還是沒有去過成都。不過，倒是可以對其中的可能性稍作分析。彼時，唐先生已經擔任中央大學教授2年（1943年晉升正教授），作為一名年逾不惑的中年人，碰到此類敏感性的約稿的事情，即便有所猶豫，也理應有獨立判斷能力。如果陳中凡先生就住在隔壁，向來師生關係和睦的話，拿不定主意，去徵求個意見，不是沒有可能。但當時兩人相隔數百里，不但是難行的蜀道，而且還處在亂世（日本剛投降，世象紛亂）。即便是一個沒有主見的阿斗，沒有師長點撥就無法行動的人，也未必會因為一件三五十字的唱和詞作的稿約之事，專程從重慶跑到成都去問老師！除非當時唐先生不但有時間又有閒錢，而且還有先見之明，知道毛澤東領導的中國共產黨4年後將奪取政權並建立

新的中國，謝絕約稿會成為一件大事，必須為此不辭勞苦於兵荒馬亂之際親自赴蓉向老師請教對策！

緘默無緣由　披露費思量

假如唐先生拒批毛澤東的《沁園春・雪》確有其事，在1949年後非但不屬禁忌，而是堅持了正確立場、拒絕了拉攏引誘的「義舉」，本屬聊以自慰的「先見之明」；如何會成為曹先生筆下「長年埋藏先生內心守口如瓶的隱秘」呢？曹先生始終沒有說個明白。至於唐先生臨終時又把隱忍了一輩子的秘密和盤托出的原因，曹先生前後兩文也未做任何說明。筆者完全相信曹先生所辯稱的「唐先生所立遺囑，並非我的杜撰，更不是偽造，而是當著公證員嚴xx的面，在遺囑上簽名、蓋章」，不過，筆者和讀者好奇的是，唐先生拒批毛詞而遭解聘一事與唐先生的遺囑公證有何關聯？難道遺囑的內容提及到解聘一事的來龍去脈？唐棣棣女士是唐先生暮年唯一健在的小女兒，並一直和老人同住，想必她應該見證遺囑的訂立過程。然而，唐棣棣女士和夫婿盧德宏在唐先生去世1年後所寫的長文〈詞學大師唐圭璋——記爸爸一生〉[1]，談到唐圭璋被中央大學解聘時，也只是說伍叔儻「藉口兩系人多，在兩系合併時，將爸爸解聘了」，隻字未提曹先生所謂的拒批毛詞被中大解聘這等「大事」的內幕！對此，不知道曹先生做何解釋？

蜀道與書信　子虛原烏有

那麼，唐先生、唐先生女兒都沒有對外提及的關於拒批毛詞內幕，另一個當事人陳中凡先生有沒有說法呢？同樣沒有！

---

[1] 初載1992年8月出版的南京《鼓樓文史》第4輯，後刊於2001年南京大學出版社出版的《詞學的輝煌——文學文獻學家唐圭璋》。

姚柯夫先生編撰的《陳中凡年譜》[1]事無巨細，多有記錄，連每年收到師生友朋的信件都不遺漏。在年譜中，筆者找到唐圭璋1939年給陳呈詩、寫信的記錄（42～44頁），至於《清暉山館友聲集・陳中凡友朋書札》[2]也收錄了唐圭璋1938年致陳中凡的一封信。頗有意思的是，寫這封信的時候，唐在成都北郊的寶光寺，而陳在成都的華西壩，兩地距離不足30公里。唐在信中說「下周星期三，生擬來蓉盤桓，約四時左右，當偕東大同學鄭家俊兄同趨前一談，惟不知屆時彼有課與否耳？……」相隔20多公里前去拜訪老師都會提前書信聯繫，那麼如果特意從重慶去成都商討重要的事情，更應該提前書信通知老師，否則舟車勞頓到達成都，怎麼知道會不會撲個空呢？

此外，抗戰期間重慶和成都之間聯繫方式有很多，電話或快信等方式都比親自跑一趟成都的成本要小很多。既然曹前後兩文中所聲稱的唐推掉易約稿一事也是用書信的方式，而且從1946年6月收到易君左的約稿信到8月回覆，中間隔了1個多月，可見事情並非緊急到非要跑到成都才能說清楚的地步，為何不能向老師寫信尋求建議，而非要不辭辛苦來一趟莫名的蜀道之旅？

事實上，由於「曹前文」唐、陳同校的訛誤「穿幫」，唐向陳兩次當面問計的可能性不復成立，因此「曹後文」為了自圓其說，只好把第一次問計改口為「專程赴成都金陵女子文理學院陳中凡老師家求教」，而第二次問計則含糊其辭為「為此，唐先生經陳先生指點寫第二封信回覆」，因為當時陳中凡已經不在成都、隨學校還都南京去了！即便確實存在第二次問計，曹先生也無法讓讀者相信唐先生會跑回南京問計的，因此只能含糊而過了。那麼，既然不能當面問計，這裡的「指點」顯然只能通過書信形式進行。令人遺憾並費解的是，陳中凡先

[1] 北京：書目文獻出版社，1989年9月。
[2] 南京：江蘇古籍出版社，2001年。

生一向珍視親朋友好信札，600多封信札分卷保存，封面由書法家題簽並以白宣裱背[1]，唐圭璋30年代末在蜀地呈上的普通問安信件及唱和之作都能夠攜帶還都並保存至今，而蹊蹺的是唐圭璋40年代中寄往南京的重要問計信函卻不見蹤跡。

〈詞學大師唐圭璋──記爸爸一生〉一文透露，年過半百的唐先生1951年2月自蘇州華東革命大學政治研究院學習結束後離開江蘇，被分配到東北長春會計專科學校工作。「離鄉背井，拋下親人，到遙遠的東北，這種淒苦的滋味，也夠他承受的了。」個中之謎，雖不得而知，但瞭解1949年後知識份子狀況的話，也不難揣度。

一向追求進步的陳中凡，1949年後著文批過胡風、批過右派，寫過自己參加「五四運動」進步經歷。他曾在〈駁斥「探求者」的所謂「人情味」〉[2]一文中說：

> 就我個人的經歷和體驗來說：解放之初，在1949～1951年，黨為了消滅三大敵人實行鎮反政策，當然要用無情的鬥爭；至於人民內部，在1952年進行思想改造，檔特派專職幹部，整整用五個月的工夫，幫助我們徹底檢查過去的言行和思想，我才深刻地認識到自己的本來面目，真像春秋時代蘧伯玉所說：「行年五十，知四九年之非」，從此我才遇事運用自我檢查，自我教育，克服了重大的錯誤。這是共產黨給我最大的一次教導，使我沒齒不能忘記的事。

試想，如果一樁拒批毛詞的問計確實在歷史上發生過，即便唐圭璋出於種種他人未知的原因對拒稿一事而守口如瓶，經

---

[1] 見《清暉山館友聲集・陳中凡友朋書札》前言）。
[2] 見1957年《雨花》第11期。

歷了50年代初的知識份子思想改造運動、思想上有了重大改變的陳中凡焉有緘默的道理？

批毛、拒批毛　一同遭解聘

　　曹先生前後兩文都說唐圭璋是因為拒批毛詞得罪了國民黨當局而為中央大學解聘，卻始終沒有提出令人信服的證據來。並且唐先生回信中提到的「中國之詞」實在不能說明此次約稿與批毛有關，當然易君左的約稿信原件下落不明，否則問題可迎刃而解。就我們從朱東潤先生的回憶中所知，中央大學還都複校後的人事風波，雖然不能完全排除政治因素，但主要還是派系之爭。如曹前後兩文所言成立，那麼試問，伍叔儻是秉承誰的旨意解聘唐圭璋呢？當時一直追隨張治中將軍的易君左只不過短暫出任上海《和平日報》社副社長（不久即赴蘭州《和平日報》任職），他何來的大權可以對國民政府教育部長朱家驊的連襟伍叔儻發號施令？再者，伍、易兩人也向來沒有什麼交集，即便是易君左對唐有不滿要落井下石，伍會不會去賣他的人情也是未知數！令人驚詫的是，「曹後文」竟然又憑空冒出伍叔儻說唐先生被中大解聘且「永不錄用」！試問民國之高校，不要說是系主任，即便是貴為校長，有誰可以對教授說「永不錄用」這種昏話！如此荒誕不經的說法，分明是戲臺裡的文字，豈是搞學問的做法？

　　「拙文」曾引用1946年10月5日儲安平主編《觀察》第6期發表的〈中大「解聘」教授別記〉一文，該文透露中央大

▲ 易君左《勝利與還都》封面書影

學還都復校後中國文學系解聘的教授除了陳白塵、吳組緗、唐圭璋等人外，還有盧冀野。易君左在《勝利與還都》[1]一書中談及毛澤東《沁園春・雪》在重慶發表後的影響時記載，「左翼文人如柳亞子、郭沫若等就大量製造『捧毛』的沁園春和韻詞，右翼文人如盧冀野、王平陵等就大量產生『反毛』的沁園春和韻詞，針鋒相對，旗鼓相當，……」。走筆至此，如果按照曹先生的邏輯就讓人難以理解了：怎麼批毛的、拒批毛的，都遭遇被中大解聘的命運呢？讀者也完全有理由質疑說：如果易君左有能力左右中大解聘不聽命於自己的唐圭璋，那麼他也完全有能力讓中大續聘自己的好友盧冀野！

　　再退後一步，如果唐圭璋確實因為聽了陳中凡的建議不批毛詞而被中大解聘，陳中凡理應在事後為唐在金陵女大謀個教職才對啊！知名學者吳組緗與唐圭璋同一個時期遭中大解聘之後，就是被陳中凡聘請到金陵女大任教的[2]！面對這一事實，曹先生如何自圓其說？

訛傳已遠播　更正遙無期

　　「曹前文」雖然發表在2005年，不過，曹先生的學生曹辛華、鄭偉麗早在2002年就在《書屋》雜誌發表〈唐圭璋與「沁園春・雪」〉，透露了曹先生在紀念唐圭璋先生誕辰100周年活動上披露唐老被中大解聘的所謂內幕。此文既出，儘管諸多細節經不起推敲，但在學風浮躁的大環境下，唐圭璋因拒批毛詞被中央大學解聘的說法因為是「唐老生前助手」所披露，迅速甚囂塵上，不但為多人多文所引用，還被收入多本書中，儼然

---

[1]　台灣三民書局，1970年5月初版，第52頁。
[2]　見《陳中凡年譜》第56頁。

成為「信史」。幾年之後，曹濟平先生再親自捉刀為文，依然重複唐、陳二人抗戰期間同在重慶中央大學任教的不實之詞，所謂糾正已在2009年和2011年了[1]，而且訛傳早已遠播，更正無期……

「曹後文」再次拿出1946年8月唐圭璋寫給易君左的信作為唐拒寫批毛詞的證據，關於此信，「拙文」已有具體分析，本應不贅。但曹先生既然稱此信為推託之詞，那麼筆者就要再認真一下，多嘮叨幾句。如果說唐圭璋給易的回信目的在於敷衍，不妨直說「還都復校，路程迢遙，待安定之後再聯繫兒」云云，何必留下「土橋清華中學周光午先生轉，月底則返中大」的字樣？本來是為了跳出約稿的圈套，如何還要留下地址再投羅網呢？曹先生費盡心思解讀此信，可惜讀者不是阿斗，想糊弄搞暈讀者恐非易事。

順便說一句，「曹後文」提到2011年4月26日《金陵晚報》所刊〈回絕國民黨當局，被中央大學解聘〉一文，聲稱戶籍卡「透露唐先生1946年8月底回寧『即遭失業』的背後有著很大的隱情」。筆者找到這份報紙，發現其中並未提及戶籍卡是唐先生親筆，但曹文中卻說是唐先生「親筆所書」，不知道什麼根據，是否又是信口開河？此外，筆者眼拙，只看到戶籍卡上唐先生的服務處所為金陵大學而非中央大學，與唐先生自傳中「回寧之後，不久即遭失業」的描述相吻合，卻未能看出這張戶籍卡能解釋當年遭解聘的隱情。而《金陵晚報》所刊的內容和曹前後兩文所依據的來源，不都是曹先生當年散佈的不確之辭嗎？

筆者依據歷史事實，兩次為文，否定曹先生所謂唐圭璋因拒批《沁園春·雪》而被中央大學解聘的不實說法，絲毫無損

---

[1] 「曹後文」中所謂《生活》2009年5月號「改正後的表述」，不過是「無心染指政治，更不願做『御用文人』的唐圭璋遂到成都找中文系主任陳中凡商量」罷了。

於唐先生的形象。唐圭璋先生以詞學研究的輝煌成就足以彪炳史冊，在政治上為其塗脂抹粉之舉，無論出於何種目的，純屬畫蛇添足。和「曹後文」同一期的《博覽群書》刊有黃團元先生的〈引文須認真辨析〉一文，對幾種容易產生訛傳的情況加以具體分析，有理有據，其中「言之鑿鑿的『出處』也可能以訛傳訛」及「當事人的回憶也會記錯」兩段特別令人警醒，非常值得包括筆者在內的為文者引以為戒。

2012年1月31日～2月20日

第十八章

《小雅》的創刊地及《詩誌》刊名的題寫者

《小雅》並非創刊於南京

上海陳子善教授最近寫了一篇文章〈韓北屏：《詩誌》〉，發表於2009年8月7日《文匯讀書週報》「書人茶話」欄目裡。陳教授掌握材料很豐富，釐清了一些事實真相，比如，糾正了現代文學研究史家范泉先生所編《中國現代文學社團流派辭典》[1]中有關《詩誌》創刊時間的記載錯誤，避免今後以訛傳訛下去，實屬功德無量。

不過，陳先生的文章最後，也有一處硬傷——

　　紀弦在回憶錄中強調1936年10月戴望舒等主編的上海《新詩》月刊創刊是「中國新詩史上自五四以來的一件大事，具有劃時代的意義」，同時提出《新詩》、《詩誌》和《小雅》（1936年6月創刊於南京，吳奔星等主編）「三大詩刊」一起成為「三十年代詩壇」代表的觀點。

其實，《小雅》並非創刊於南京，而是當年的北平。

起初以為陳先生文中「《小雅》創刊於南京」為誤植，後來發現，陳先生此文還以〈《詩誌》種種〉為題發表於2009年7

---

[1] 上海：上海書店出版社，1993年。

月號台北《聯合文學》上，同樣有「《小雅》創刊於南京」字樣。聯想到陳先生發表在《聯合文學》上的文末有「《詩誌》作者中，筆者與錫金、吳奔星有過不少交往，拜訪過金克木，又與徐遲、南星、陳時和編者紀弦通過信，現在又收藏了完整的《詩誌》，其中兩期還是另一位編者韓北屏的簽名本，雪泥鴻爪，不能不倍增滄桑之感也」之言，不難推斷，陳先生的訛誤估計是和他「有過不少交往」的吳奔星先生後來長期在南京任教和生活有關。

當然，訛誤應該也和創刊於抗戰前夕北平的《小雅》雜誌，在歷經70餘年歲月的風風雨雨之後，愈來愈稀缺有關。其實，早在上個世紀40年代中期，聞一多先生在大後方編輯《現代詩鈔》時，就便尋不得《小雅》以及《詩誌》詩刊的蹤跡，將其列入「待訪錄」[1]。就連當年曾每期都給《小雅》寫稿並薦稿的紀弦[2]，在60年後創作回憶錄時仍不免感歎：「《小雅》詩刊已經找不到了。但我記得，當年吳奔星和李章伯的作品，也都是在水準以上，不輸給那些同時代人的」[3]。

雖然眼下《小雅》一刊難求，但不少辭書辭典都收有《小雅》的辭條。如《民國史大辭典》[4]第337頁「小雅詩社」辭條就如此介紹：

> 詩歌社團。1936年創立於北平。主辦人吳奔星、李章伯等。該社創辦《小雅》詩刊，共出6期，發表了大量有影響的詩作。「七七」事變後，吳奔星等人被迫離開北平，《小雅》停刊。該社活動也隨之結束。

---

[1] 見《聞一多全集》第一冊第346頁，武漢：湖北人民出版社，1993年。
[2] 見《紀弦回憶錄》第一部《二分明月下》第101頁。
[3] 見《紀弦回憶錄》第一部《二分明月下》第111頁。
[4] 北京：中國廣播電視出版社，1991年。

1992年書海出版社出版的《中國報刊辭典（1815～1949）》[1]，收有「小雅」辭條——

> 小型詩歌刊物。1936年6月創刊於北平。吳奔星、
> 李章伯主編。北平小雅詩社出版。雙月刊。主要發表新
> 詩創作，以促進新詩的繁榮和發展。第4期起設「短論」
> 欄目，刊載探討詩歌創作的理論文章。1937年3月停刊。
> 藏北京師範大學圖書館等處。

工具書《北京傳統文化便覽》[2]對《小雅》也有過介紹——

> 《小雅》1936年6月1日創刊於北平。由吳奔星、
> 李章伯主編，北平小雅詩社發行。為當時華北地區唯一
> 的專門性詩歌雙月刊。在編輯上努力做到對各流派的作
> 品一視同仁，具有較強的進步性。注重發表篇幅短小的
> 詩篇。主要作者有吳奔星、林庚、李白鳳、陳殘雲、錫
> 金、柳無忌、吳興華、路易士等。戴望舒、李金髮等一
> 些詩壇名家也在此刊發表作品。胡適、吳宓等也曾支持
> 過該刊。至次年6月出版5、6期合刊後被查封。

姜德明先生在〈吳奔星與小雅〉[3]一文中，這樣寫道——

> 1936年6月，他在北平與李章伯主編了詩歌雙月刊
> 《小雅》。那時新文學的出版中心已在上海，北方的詩
> 壇比較沉寂，詩刊更少見，《小雅》卻應時而生，團結

---

[1] 上海：書海出版社。
[2] 北京：北京燕山出版社，1992年。
[3] 見《歲月迴響》第82頁，青島：青島出版社，2007年。

了如施蟄存、柳無忌、羅念生、李金髮、林庚、李長
之、路易士（紀弦）、錫金、韓北屏、李白鳳、吳興華
等南北作家。

曾在網路上拍得3冊《小雅》詩刊的藏書家謝其章，在《終
刊號叢話》[1]專門介紹《小雅》的一節「從爬牆草的葉上跌下」
中指出——

> 《小雅》社址為北平宣外爛熳胡同41號，那是一條
> 聚集詩人的古巷，也是結束新詩的地方，1937年之後，
> 這麼樣的新詩不再有了。

讀之，讓人感慨不已，不免讓人想到吳奔星在《小雅》創
刊後半個世紀所寫的〈爛熳胡同之戀〉[2]裡的文字——

> 最最遺憾的是，當我們於「七·七」事變後倉皇撤
> 退時，連同《小雅》詩刊的合訂本、詩友們的原稿、信
> 件以及他們贈送的詩集、詩刊，還有我的詩集《暮靄》
> 與《春焰》的手稿，都捆紮於兩個木箱內，寄存在湖南
> 會館長班李子仲處，諄諄叮囑他妥善保存。誰知世事滄
> 桑，人心叵測，我於1949年9月回到北京，首先跑到爛熳
> 胡同湖南會館，李子仲還在。他說所有寄存的書物，北
> 平淪陷時都被日本鬼子搶光、燒光了……

---

[1] 鄭州：河南人民出版社，2006年。
[2] 見《永久的悔》，北京：人民文學出版社，2009年。

話扯得稍微遠了點。其實，在陳先生文中所引用的《紀弦回憶錄》[1]第一部《二分明月下》第101頁、105頁，就有「而在北方，由吳奔星、李章伯合編的《小雅詩刊》，也是個雙月刊，創刊於同年6月」及「而在北京，創刊於1936年6月，由吳奔星、李章伯合編的《小雅》詩雙月刊，究竟停刊於何時，我已不記得了」的明確記載。

常白：題寫《詩誌》刊名的詩人

　　陳子善先生在〈韓北屏：《詩誌》〉一文中還表示，《詩誌》雙月刊「行書刊名不知出自誰人手筆」。

　　其實，「詩誌」二字的書寫者，就是陳先生在文中提及的和紀弦（路易士）共組菜花詩社的常白。路易士在詩集《三十前集》[2]中的「三十自述」中清清楚楚地寫著：「《詩誌》和《菜花詩刊》的志名制字皆係出諸常白手筆，其書法挺拔而且優美。」

　　身為詩人的常白是鎮江人，為《紀弦回憶錄》中提到的「鎮揚四賢」之一，另三名分別是韓北屏（揚州人）、沈洛（鎮江人）和在河北出生、在揚州生長和求學、視揚州為故鄉的紀弦本人。儘管常白的詩作入選過《戰前中國新詩選》[3]、《新詩賞析》[4]、《現代派詩選》[5]、《二十世紀中國新詩選》[6]等，但是關於他的生平，幾乎找不到什麼文字記載。

　　不過，《紀弦回憶錄》在談到1935年「星火文藝社」成立的情況時，對「常白」有如下敘述──

---

[1]　台北：聯合文學出版社有限公司，2001年。
[2]　上海詩領土社，1945年4月。
[3]　綠洲出版社，1944年；南昌：江西人民出版社，1983年。
[4]　台北：文史哲出版社，1981年。
[5]　北京：人民文學出版社，1986年。
[6]　北京：大眾文藝出版社，1998年。

我則聯合揚州、鎮江一帶較優秀的文藝青年，組成「星火文藝社江蘇分社」，借用《蘇報》副刊地位，出《星火》週刊，除我之外，主要作者有詩人常白、沈洛、韓北屏及散文作家向京江等。韓北屏家住揚州，很早就和我相識了。常白、沈洛、向京江等皆為鎮江人。在這些人之中，尤以常白和我的友誼最為深厚。而他的詩，也是這些人之中寫得最好的。我每次從揚州去上海，或是從上海回揚州，倘若有在鎮江留宿一夜之必要，我總是樂於住在他家裡，而不住旅館的。在他家晚餐是一大享受：大餅、牛肉、花生米和高粱酒。鎮江肴肉，天下第一。但他不可能用當地名產來招待我這個貴賓，因為他是一個虔誠的回教徒。他姓完，行三，故又名完三。完三長於金石、書法，曾給我刻過圖章，寫過字，可惜都弄丟了。

　　從中可以得知，常白是鎮江人，本姓完，回族，除了寫詩，還工金石、書法。當年路易士請他書寫《菜花》和《詩誌》的刊名，自然順理成章。不過，人們想知道的是，這樣一個多才多藝的文學青年，是什麼時候從人們的視線中消失的呢？

◀《文壇史料》中路易士〈記常白和沈洛〉書影

恰好，筆者最近看到一冊1944年1月出版的《文壇史料》[1]，其中收錄有路易士的〈記常白和沈洛〉一文，對他和常白的交往及交情有所交代──

　　　　常白和沈洛二詩人，皆鎮江籍，和我相識已有數年，我們的友誼始自何年何月，確實的日期記不起了，大約總在1935年光景。彼時，我住揚州。鎮揚一江之隔，交通便利，以是我們時有謀面晤談的機會。《詩誌》（我主編的）和《新詩》（戴望舒主編的）兩詩刊上，曾發表了有他們的作品不少。他們的作風各有其可愛處。他們二人的交誼亦甚深厚。常白有「訪沈洛」一詩，寫得很好。

　　　　事變後，沈洛曾來上海一次，宿於我家，盤桓數日，又回鎮江去了，現在他在廣州，前幾天有信來。至於常白的消息，則至今依然杳不可知。我很懷念他。

　　　　下面的信，……是寫給常白的無法投遞的信。不知他能看到否？

致常白

　　　　每當我曳著兩條沉重的腿，疲憊地回到我的樓所時，我首先凝視一下的，便是那懸在壁上的，幾年前你為我書了的橫幅，「雖有大難不廢吟哦」八個字，還有你為我刻的印章，我也時常從書桌的抽屜拿出來仔細玩味的。

　　　　現在我手邊沒有你的作品在，但「白木窗」、「白板門」等這一類的字彙，卻常留在我的記憶裡。記得你在有一首題目好像是〈別古屋〉的詩中，曾用到它們。那朽壞了的白木窗，你稱它是多年的老伴，而當你遷入

[1]　上海中華日報出版。

新屋後，你又愁恐著將再無一白板門為你遮斷路人的眼目了。你淒涼地表現了一種人苦悶，一種生命的坎坷，在你的詩裡。

　　我對你的作品及你的為人的第一印象是有老杜風。這個印象，至今尤深。哦，常白，你是在何方？

　　路易士上文寫作和發表時間雖然不詳，但由於《文壇史料》一書在1943年5月編定，其所選文章來自1942年1月之後的上海《中華日報》的兩個副刊，可以推斷該文寫於1942年1月到1943年5月之間。那麼，我們是否可以據此認為常白是在這段時間內銷聲匿跡的呢？

　　答案是否定的。因為筆者的手頭，擺放著1944年《文藝世紀》雜誌第1期，其中登載著常白的詩作〈偶率二章〉二首，詩後標明的寫作時間是「1944年7月，鎮江」。這是筆者所掌握到的詩人常白的最後的詩篇。

其一〈毀滅〉——

浴於二十世紀的腥風中，
善良者亦難安貧了！

（愛拿自己的生命當酒喝）

按不住心懷狂怨，
欲伸出巨長的膀臂，
引紅日貼在胸前，
我願即此毀滅！

▲ 常白詩作〈偶率二章〉書影

其二〈過客〉——

漠然的人群如沙漠，
我是久苦跋涉的過客，
將伴晨星於海涯，
獨以我的詩篇唱給天聽。

《文藝世紀》1944年9月創刊於上海，1945年2月出版了第2期，即為終刊，由楊樺、南星、路易士編輯（其實以路易士為主。路在第2期的「編輯後記」中說，「下一期春季號該輪到遠在北平的南星主編了」，只是並沒有成為事實）。撰稿者有周作人、張資平、唐槐秋、伍雋丁、蕭雯、田尾、許衡、沈寶基等。一度「杳不可知」的常白在《文藝世紀》上現身發表詩作，想必是對路易士的「哦，常白，你是在何方」的呼喚的回應。只可惜好景不長，抗戰結束，淪陷時期在上海辦雜誌、寫文章的多數人作鳥獸散，常白這個詩壇的匆匆過客，再次從人們的視線中淡出，不知所終。倒是今日的現代詩歌研究者，對常白的歸宿好奇不已，要忍不住學著路易士喊上一嗓子：「哦，常白，你究竟魂歸何處？」

韓北屏產量不亞於紀弦嗎？

陳先生在〈韓北屏：《詩誌》〉一文中還如此說道：

> 與紀弦早已名滿海峽兩岸詩壇不同，韓北屏現在已很少被提及，差不多要被人遺忘了。……但合編《菜花詩刊》和《詩誌》是他早期新詩創作的高峰期。《詩誌》三期，他每期都有新作，產量之多不亞於路易士。

因為看到陳先生文章前的一個多月，筆者正好通讀過《詩誌》一遍，並沒有留下韓北屏在《詩誌》上「產量之多不亞於路易士」的印象。於是把《詩誌》拿了出來，做了一番清點，發現韓北屏雖然每期都有詩作在《詩誌》上發表，但在產量上卻絕對不能和路易士相比。請看以下在《詩誌》上發表詩作（不含譯詩）較多的詩人和篇目數的統計——

　　路易士：第1期5首、第2期5首，第3期3首，合計13首。
　　吳奔星：第1期2首、第2期4首，第3期2首，合計8首。
　　韓北屏：第1期3首、第2期2首，第3期2首，合計7首。
　　沈洛：第2期4首，第3期3首，合計7首。
　　鷗外鷗：第1期2首、第2期2首，第3期2首，合計6首。
　　常白：第1期2首、第2期2首，第3期2首，合計6首。
　　李白鳳：第2期3首，第3期2首，合計5首。
　　番草：第3期5首，合計5首。
　　侯汝華：第1期1首、第2期2首，第3期1首，合計4首。
　　李章伯：第1期1首、第2期1首，第3期2首，合計4首。
　　林丁：第1期2首、第2期2首，合計4首。
　　禾金：第2期1首，第3期3首，合計4首。

　　可以看出，在詩作的產量上，路易士無可爭議地坐上了第一把交椅。值得注意的是，在《詩誌》發表詩作最多的除了紀弦所稱的「鎮揚四賢」外，還有共發表詩作8首的吳奔星，僅次於路易士，占第二位。
　　吳奔星在《詩誌》上產量高居第二，無疑和他當時剛剛在北平創辦《小雅》詩刊、創作激情高漲有關。當然，吳奔星和路易士詩觀相近、性格投契也是原因之一。1936年7月，路易士

到北平接母親和妹妹南返，雖然只有兩三天的停留，「但和詩人吳奔星、李章伯初次見面，談詩談文學，他們陪我玩，還請我喝酒，算是此行最愉快的一件事情」[1]。如果以詩壇團結的高度來論，那麼，紀弦在《紀弦回憶錄》第一部《二分明月下》第12章「中國新詩的收穫季」中也有明確表述──

　　　象徵南北詩壇友好合作，在編輯方針上做明確表示的，應以《新詩》、《詩誌》、《小雅》這三大詩刊為代表。……大多數《新詩》的作者，同時也就是《菜花詩刊》和《詩誌》的作者；而給《詩誌》寫稿的，同時也經常給《小雅》寫稿。所謂「三十年代詩壇」，我想，即以此三大詩刊為代表亦無不可。

2009年8月11日晚草成
9月2日修訂

---

[1] 《紀弦回憶錄》第一部《二分明月下》，第99頁。

第十九章

「巨人之死」與「巨星隕了」

——路易士兩首詩作的辨析及史料新發現

「巨人之死」：紀念被暗殺的托洛斯基

關於詩人路易士（紀弦）抗戰期間的歷史問題，古遠清先生從2002年起迄今，反覆說過不少次。最近的一次，是在《幾度飄零——大陸赴台文人沉浮錄》[1]一書。且引其中一段：

> 目前，人們獲得路易士參與漢奸文化活動的最重要依據是：沈子復在二十世紀四十年代發表的《八年來上海的文藝界》披露的紀弦寫過適應日偽「大東亞文學」要求的漢奸作品。中國大陸出版的如陳青生所著《抗戰時期的上海文學》（上海人民出版社，1995年）、徐乃翔和黃萬華合著的《中國抗戰時期淪陷區文學史》（福建教育出版社，1995年）是這樣敘述的：路易士〈巨人之死〉詩，係為悼念一名被抗日敵工用斧砍死的漢奸而作。特別是1944年秋冬，支援中國抗戰的美軍轟炸上海日軍，路易士寫了「政治抒情朗誦詩」〈炸吧，炸吧〉，譴責美軍的正義行為，嘲諷中國政府「長期抗戰，最後勝利」的虛妄，奚落「蔣介石」「永遠」不能收復失地，只能「陪著宋美齡，老死在重慶了」（按：

---

[1] 桂林：廣西師範大學出版社，2010年2月，225到226頁。

這些作品發表的出處，還需進一步查實）。紀弦對這些事實一律不認帳，他在前後寫的兩種回憶錄中辯解道：「抗戰期間，我沒有從過軍，當過兵，開過槍，放過炮，也沒有殺死過一個敵人。但是我也沒有做過任何一件對不起國家民族的事情。1942年，我從香港回到淪陷區的上海，直到1945年抗戰勝利，在這幾年之內，我從未寫過一首『讚美日本空軍轟炸重慶』的詩，我也從未寫過對於我們先總統蔣公有所大不敬的一字一句。」他認為1944年自己倒是寫過一首抗議「陳納德飛虎隊誤炸上海市中心區，毀屋傷人」的詩，但說原詩遺失，另又說不出發表刊物的名稱和時間，因而這種辯解是無力的。

耐人尋味的是，古遠清先生一方面說紀弦的辯解是無力的，另一方面又表示：「這些作品發表的出處，還需要進一步查實」，竟以道聽塗說、自己還沒有查實的東西作為證據給一個人貼上「政治標籤」，似乎不是史家（詩史、文學史皆然）應有的嚴肅態度，其實倒和「莫須有」沒有什麼兩樣。更何況是古先生質疑紀弦歷史問題的文字，從第一次出現在2001年第12期《武漢文史資料》[1]後，同樣的內容和觀點9年來陸續又在《書屋》[2]、《文藝理論批評》[3]等雜誌及《當今台灣文學風貌》[4]、《台灣當代新詩史》[5]等專著中，不斷重複出現，延續至今呢？此種「鍥而不捨」精神固然令人敬佩，遺憾的是只止於人云亦云。為什麼不能花點工夫，把自己8、9年前就說過的那些「還需要進一步查實」出處的紀弦作品，查個一清二楚呢？

---

[1] 題為〈台灣詩人紀弦的詩路歷程〉。
[2] 2002年第7期，題為〈紀弦在抗戰時期的歷史問題──兼評《紀弦回憶錄》〉。
[3] 2002年第4期，題為〈紀弦抗戰前後的「歷史問題」〉。
[4] 南昌：江西高校出版社，2004年10月。
[5] 台北文津出版社，2008年。

在這點上，台灣清華大學中文系助理教授劉正忠先生的〈藝術自由與民族大義：「紀弦為文化漢奸說」新探〉[1]一文，並未人云亦云，而是「對於相關文獻資料的搜尋、爬梳及引用皆有新的發現」（該文審查人語），以「白紙黑字」的事實，把路易士兩首被籠統指為「漢奸作品」的詩作〈巨人之死〉和〈炸吧！炸吧！〉加以釐清，還歷史本來面目。

下面重點說說〈巨人之死〉。

◀ 路易士《三十前集》
中〈巨人之死〉一詩
書影

劉正忠先生不但從路易士詩集《三十前集》中找到〈巨人之死〉（1942年），還把它與同一詩集中的另一首〈失眠的世紀〉（1941年）加以比較，認為此詩中受害的「巨人」並非人云亦云的被「抗日特工」處死的「漢奸」，而是遭遇蘇聯特工暗殺的「托洛斯基」。

1940年托洛斯基的遇害，在當時中國知識界引起了很大震撼。僅以筆者所見雜誌為例，從1940年到1942年就先後有《中央導報》、《藝風》、《雜誌》（半月刊）、《天下事》、《青年知識畫報》、《國際間》、《國際兩週報》等發表有〈托洛斯基之生平〉、〈托洛斯基之死〉、〈托洛斯基之死與第四國際〉、〈托洛斯基論史太林（特稿）〉、〈托洛斯基與史太林〉、〈斯氏與托洛斯基的鬥爭〉、〈托洛斯基與史達林的鬥

<hr>

[1] 台灣《政大中文學報》第11期，2009年6月，下稱《新探》。

爭〉等多篇揭露秘辛的文章。其中〈托洛斯基與史太林〉稱：
「史太林與托洛斯基之爭是一場巨人的大戰」。而〈托洛斯基
之死與第四國際〉一文中則有「他的一黨和兒子遭殺害不算
外，他自己還不得不在外而過著迫害流亡的生活」的內容。

◀ 紀弦《紀弦回憶錄第
一部‧二分明月下》
封面書影

　　且不論托洛斯基和史達林的觀點有什麼分歧，但托氏及其
支持者遭遇殘酷清洗，流亡海外之後種種打擊迫害仍然接踵而
至，直至自由和生命最終被一起剝奪，這是不爭的事實。對於
自稱從「一個左傾幼稚病患者」成為「『第三種人集團』之一
英勇的鬥士」的路易士來說，聞此種種，拍案而起的可能性是
相當之大的。請看他在《紀弦回憶錄第一部‧二分明月下》[1]中
的宣言：「為了保衛『文藝自由』，我的筆也武裝起來。⋯⋯
魯迅、胡風、周揚等迫害『文藝自由』，杜衡、路易士等則堅
決地反抗之、批判之。」

　　1940年第7期《藝風》[2]上刊載的〈托洛斯基之死〉一文，
最後有「列寧撒手西歸之時，托洛斯基曾匆促口傳十三字云：
『列寧死矣。消息之來如巨石墜海。』托洛斯基臨終之時，無
人為志一首，未免可惜」的字樣。或許就是這樣一段話，引發
了路易士1941年的〈失眠的世紀〉也未可知呢！

---

[1] 聯合文學出版社有限公司，2001年12月，下稱《回憶錄第一部》。
[2] 該刊1940年5月創刊於上海，香港設立總經售處，其時路易士正蟄居香港。

通過路易士〈巨人之死〉中的詩句「你是至善的光」、「你是全人類的太陽」、「繼你的英勇的兒子後」、「你竟死於那鑿冰斧的一擊下」及「二十世紀的沙皇恐怖地獰笑著」和〈失眠的世紀〉中的詩句「我聽見一個自稱來自加拿大的遊客」、「用鑿冰斧／鑿一個人的腦袋」、「然後是克列姆林的／二十九個字的／尖銳的獰笑」，的確不難找出如下線索：巨人是思想的巨人，否則談何「至善的光」、「全人類的太陽」，從這一點上，當時中國淪陷區「沐猴而冠」的「大人物」裡似乎找不到可與其比擬之人！死於「英勇的兒子」之後，死因是遭遇冰斧的襲擊，行兇者「自稱來自加拿大」，又正符合前托洛斯基遇害的史實：他留在蘇聯的長子謝爾蓋1937年被槍決、出走巴黎的次子列夫1938年在接受蘭尾手術時神秘死亡，他本人於1940年8月20日遭遇一名持加拿大護照的西班牙男子以冰斧襲擊致死！至於「二十世紀的沙皇」和「克列姆林」所指引的方向，則更為明確，與蘇聯絲絲相扣，而和當時淪陷的中國則風馬牛不相及。

因而，以「路易士〈巨人之死〉詩」，古先生以及一些論者認定「係為悼念一名被抗日敵工用斧砍死的漢奸而作」，顯然屬無稽之談。

至於路詩中為什麼沒有直接點出托洛斯基的名字，應該和當時的政治環境有關。中國的「托派」，儘管在相當長的一段時間裡被冠以叛徒、漢奸、國民黨內奸等罪名，此為後話。實際上當時的「托派」，正遭遇了共產黨的「肅托」、國民黨和汪偽政府的「反共」的三重圍剿。因此，路即便是以詩歌的形式抒發自己對以暗殺手段迫害自由的行徑的憤懣，也不會貿然指名道姓，而去趟政治的渾水，引火上身的。其實，在〈失眠的世紀〉中也寫的很明白，「巨人」被暗殺後，除了「克列姆林」獰笑，還有「色盲們，／投機分子們，／沒有文化的豬玀們的／一致的喝彩」，這一指向，也是不言而喻的。

「巨星隕了」：即席悼念汪精衛

對於抗戰期間的歷史問題，紀弦在《回憶錄第一部》
（152～153頁）中曾如此表示：

> 是的，抗戰期間，我沒有從過軍、當過兵、開過
> 槍、放過炮，也沒有殺死過一個敵人。但我也不是什麼
> 「文化漢奸」，我沒有做過任何一件對不起國家民族的
> 事情，我沒有「認賊作父」，我沒有「賣國求榮」，我
> 手上沒有血，我心裡也沒有陰影。我是一朵蓮花，出污
> 泥而不染。……我是詩人，而且又是名家，當然不能不
> 發表作品。我的詩和散文以及詩論、藝術論、散見各報
> 刊的，大受讀者歡迎。但我從未寫過「讚美敵機轟炸重
> 慶」的詩。我也從未寫過對於蔣公有所大不敬的一字一
> 句。那些文醜文渣，如果他們所造假的「詩句」，真的
> 曾在淪陷區的報刊上發表過，那就請他們拿出白紙上印
> 的黑字做證據吧！可是他們有嗎？屁都沒有。既然無憑
> 無據，怎可隨意給我戴上一頂大帽子呢？

文中所提「讚美敵機轟炸重慶」的詩，其實就是上文所
涉及到的〈炸吧！炸吧！〉一詩，和「敵機轟炸重慶」確無關
係。劉正忠先生找到了原始出處（1945年1月1日出版《文友》4
卷4期），並在《新探》一文中進行了精當的分析，還原了歷史
真相，本文不贅。

在一個偶然的機會，筆者在《申報月刊》1944年第11期
上，看到一則論者從來沒有提及過的史料〈記第三屆大東亞文
學者大會〉一文，涉及路易士的詩歌創作。該文在敘述了第三

屆大東亞文學者大會與會代表11月12日下午以大會全體代表名義用中文和日文為剛剛死去（11月10日）的偽政府頭領汪精衛致弔詞後，接著寫到：

> 繼之，上海詩人路易士亦自告奮勇，謂即席成詩一首，題為〈巨星隕了〉，請求登臺朗誦。經議長轉達後，聞者鼓掌。於是路詩人昂然登臺，高聲朗誦，其詞如後：
>
> 揚子江在嗚咽。
> 紫金山在歎息。
> 十一月的靈耗傳來，
> 亞細亞的巨星隕了。
> …………
> 聽那太平洋的海水
> 鼎沸，狂嘯；
> …………
> 滴滴是
> 先生的辛酸淚。
> …………
> 啊啊，誰來收拾
> 這山河的破碎！
>
> 《申報月刊》1944年第11月號，36到37頁

　　從文中的省略號看，詩應該沒有全引，也不知道此詩後來是否正式發表過。不過，據周越然追記第三屆大東亞文學者大會的文字〈自大會歸來〉[1]記載，汪精衛死亡的消息「正式在會

---

[1]　1944年12月15日出版《文友》第4卷第3期，第20頁。

場上公告，是十三日的下午。我們聽到之後，即全體起立，並且靜默三分鐘。半小時後，人人都臂纏黑紗，帶了孝了。」因此，路易士登臺朗誦〈巨星隕了〉一詩的確切時間，還有待進一步核實。

論及〈巨星隕了〉之殘篇，有必要一提路易士1938年9月6日在香港《星島日報》副刊「星座」發表的〈詩人們，到前線去！〉。在這篇幾乎無人注意過的散文中，他充滿詩人的激情和愛國之心吶喊道：

> 詩人們隨便什麼時候都可以擱下他們的筆，荷起槍來，走上前線去。
>
> 他們應該覺得能以參加這個為著抵抗日本帝國主義的侵略和爭取自己民族的自由，獨立，與生存的神聖、莊嚴的戰爭何等的光榮！
>
> 一種新的，有力的，有生氣的，充滿了正義感的詩篇，將要蓬勃地，茁壯地生長起來了。
>
> ⋯⋯
>
> 這種新的，有力的，有生氣的，充滿了正義感的詩篇，將是那曾參戰的詩人們之對於戰爭的最深刻的體驗之表現。

◀ 路易士1938年9月6日在《星島日報》副刊「星座」發表的〈詩人們，到前線去！〉一文書影

只是不知道，此後6年，路易士在即席朗誦〈巨星隕了〉時，有無想到它和自己所說過的「一種新的，有力的，有生氣的，充滿了正義感的詩篇」，是風馬牛不相及的呢？

　　高齡98歲的路易士是先父、詩人吳奔星上個世紀30年代的老朋友，自前幾年在美國家中中風後，一直不良於行，由女兒照顧。按照中國的傳統文化，似應「為尊者諱」；但本著「吾愛吾師，吾更愛真理」的精神，筆者還是把掌握的材料寫成此文，儘量還原歷史的本來面目。所謂「不以一眚掩大德」，不論路易士抗戰期間如何，他20世紀後半葉對台灣詩壇乃至中國詩壇的巨大貢獻，足以彪炳史冊。

2010年11月5日～2011年1月23日

第二十章

關於路易士創辦《火山》的幾點史實

　　《火山》是詩人路易士（即詩人紀弦1945年前的筆名）於1934年12月在上海獨資創辦的一份詩刊。關於這份詩刊，坊間幾本現代詩歌辭典或現代文學辭典，均沒有收錄專門條目。一些文學史家或詩歌論者，論及路易士時，對《火山》詩刊多半也只是一筆帶過，對其創刊具體情況及內容，語焉不詳者居多，甚至有誤，如沈用大的《中國新詩史1918～1949》[1]，把《火山》說成1936年6月在蘇州由路易士和韓北屏創立。

◀ 虎闈《舊書鬼閒話》中〈詩《火山》〉一文書影

---

[1] 福州：福建人民出版社，2006年。

前一陣讀到虎闈先生的書話體著作《舊書鬼閒話》[1]，其中專門以〈詩《火山》〉為題，第一次詳細談及《火山》詩刊，十分難能可貴。可惜美中不足，一些地方與事實出入較大。

　　其實該文涉及《火山》詩刊的部分，僅在前三段而已。

　　且先看第一段，此段簡單介紹了《火山》詩刊的創刊時間、地點及社址，內容基本照搬《火山》版權頁，令人不解的是文中把《火山》停刊歸為「經濟緣故」，卻又沒有提供依據，不免使人覺得作者是在自說自話。從《紀弦回憶錄第一部‧二分明月下》[2]看，路易士上個世紀30年代初無論是自己創辦詩刊、出版詩集，還是和徐遲一起在1936年資助戴望舒創辦《新詩》月刊，經濟上都比較寬裕。他在回憶《火山》創辦前後經歷時，也隻字未提因經濟拮据而停刊。

　　至於第二段，則是敘述了《火山》詩刊的封面設計情況，如「創刊號封面取本白底色，刊名『火山』二字為幾何型的美術體，如七巧板拼成一般，著暗草綠色。」簡明概要，傳遞了事實。

　　第三段是〈詩《火山》〉一文中信息量最多的一節文字。首先，交代《火山》雜誌上有兩幅「油畫《花瓶》」，是路易士1933年在蘇州美專上學時的創作，同年在南京的畫展上被同盟會元老林森購藏；其次，《火山》還刊登有署名王綠堡的木刻版畫《發掩半面》一幅；第三，《火山》是新詩園地，「有沈邁士、丁嘉樹、王大楨等朋友賦詩捧場」。

「瓶花」非「花瓶」

　　先看文中說到的路易士的兩幅「油畫《花瓶》」，《火山》詩刊上卻標明為《瓶花二幀》，另有說明文字：「上二幅

---

[1]　石家庄：河北教育出版社，2005年5月。
[2]　聯合文學出版社有限公司，2001年12月，下稱《回憶錄第一部》。

係磨風藝社於1933年7月，在南京舉行首次畫展時之出品，原作為國民政府主席林森氏購去現珍藏在其邸宅中」。對於「瓶花」和「花瓶」之間的區別，不言自明，此處不贅。至於「瓶花兩幀」，《火山》上並未標明畫種，卻被〈詩《火山》〉一文統歸為「油畫」，也未見根據。好在《回憶錄第一部》插頁裏就有這兩幅「瓶花」，其中第一幅標為「油畫瓶花」，第二幅標為「水彩瓶花」，畫家的自我分類，應該無疑。紀弦在事後60多年還清楚地記得林森購買前者的金額是30元，後者是10元，並說：「別瞧不起這區區的二三十元之

水彩瓶花

▲ 被虎闈誤稱「油畫花瓶」的「水彩」瓶花收入了《紀弦回憶錄第一部·二分明月下》

數，在當年，一般小公務員或是初出茅廬的年輕教師，這就是一個月的薪水。省吃儉用，也足夠養家活口的了。當然，那是銀元，放在口袋裏，走起路來，會叮噹叮噹的。」

王綠堡王家繩是一人？

至於第二點，即《火山》詩刊上《發掩半面》的木刻版畫原署名「綠堡」。〈詩《火山》〉一文給畫的作者加了姓氏，成為「王綠堡」，但「王綠堡」是誰，文中沒有來龍去脈，讀者看了依然是丈二和尚摸不著頭腦，不得其詳。我大膽揣測一下，應該是虎闈先生曾讀過路易士1934年3月自費印行的《易士詩集》，其中有署名為「王綠堡」作於南京的「綠堡的序」，因而判斷「綠堡」和「王綠堡」為同一人。這個判斷順理成章，應該沒有問題，只可惜未能繼續深入，去探詢一下王綠堡

究竟為何許人也，以餉讀者。其實，通過《易士詩集》中的〈自序〉，即可略見王綠堡此人端倪。路易士的〈自序〉有兩處涉及王綠堡，其一說「〈電桿木之春〉這首是和友人王綠堡合作的。只算半料。那時我們還同在一個美專裏廝混，現在，他已經跳上舞臺幹戲劇去了」，其二說「還有應該感謝的，是綠堡在詩集臨出版的第二天替我寫了那麼一段有意義的序。」由此可見兩點，一，王綠堡是路易士在美專的同學，關係頗佳，這就不難解釋《易士詩集》有「綠堡之序」而《火山》詩刊有綠堡之畫了；二，王綠堡後來轉向戲劇領域。

然而，就是這麼一位可以稱為路易士青年時代密友的王綠堡，在《回憶錄第一部》中卻不見任何記載，頗令人費解。當然，按照紀弦本人的說法，他在寫作回憶錄時《易士詩集》「手頭連一本都沒有了」。60多年前的過往，記憶模糊在所難免，他非但沒有提到《綠堡之序》，甚至連〈自序〉也未著一字。不過，紀弦在《回憶錄第一部》第5章「失怙・留級・搬家」中，卻多次提及「同屬西洋畫組」的同學「南京人王家繩」，稱其「酷愛話劇，不但能演，而且長於編導」，「他是我們的戲劇家」，並透露「愈來愈左傾了」的王家繩「後來改名王一，成為有名的導演，在京滬一帶，大出風頭」。

據《東北人物大辭典第二卷[1]上冊》記載，有一名「曾用名王家繩」的戲劇家「王逸」是江蘇南京人，「1930年入蘇州美術專科學校學習西畫。……1933年8月，參加左聯南京劇社，從事話劇工作[2]。1935年3月，在磨風劇社因演出《娜拉》而被逮捕，……」從現有的材料雖然難以斷定，究竟是王逸還曾用過「王一」這個名字，還是路易士把發音類似的「一」和「逸」弄混，但顯而易見，此王逸就是路易士所說的那個「愈來愈左傾了」的同學王家繩！

---

[1] 瀋陽：遼寧古籍出版社1996年12月。
[2] 重點號為筆者所加。

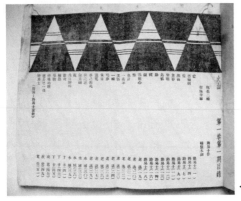

▲《火山》創刊號目錄

　　行文至此，不禁聯想到前文路易士所說的「已經跳上舞臺幹戲劇去了」的王綠堡——莫非此「二王」有什麼瓜葛，抑或是王綠堡和王家繩原本就是一個人？把「王」、「美專」、「同學」、「戲劇」、「南京」幾個關鍵字詞串聯在一起，王綠堡和王家繩的共通點實在太多，「二王」是同一個人的可能性要遠遠高於各有其人的可能性。如此，我們甚至可以大膽推斷，《回憶錄第一部》沒有提及王綠堡的原因再簡單不過：王綠堡是王家繩為《易士詩集》作序及為《火山》作畫才偶一用之的別名，而且此序是「在詩集臨出版的第二天」才寫好，大半個世紀的風雨飄搖和遠離故土，加上手頭沒有實物參照提醒，紀弦對「綠堡」一詞的記憶已經雲消霧散，正如他在上海「辦《火山》詩刊時，住在何處已不記得」[1]，道理是相同的……當然，必須強調的是，這只是推斷，如果要確認的話，更多的實證、旁證，必不可少。

---

[1] 見《回憶錄第一部》第83頁。

《火山》創刊號作者只有三人

第三點，〈詩《火山》〉一文指出，《火山》是新詩園地，「有沈邁士、丁嘉樹、王大楨等朋友賦詩捧場」。不過，從《火山》目錄上，除了綠堡的木刻外，作者只有路易士（詩10首）、老邁（詩10首）、水域（詩4首）、丁辛（詩3首）、夜鶯（詩2首）和芄生（詩1首）6人，並不見「沈邁士、丁嘉樹、王大楨」的名字，不知道虎闈先生是如何將此三人與《火山》詩刊上的作者對上號的？

先說沈邁士，是知名的書畫家，工舊體詩詞。從現有資料來看，沈邁士並沒有過創作新詩的經歷（和他同族的沈尹默、沈兼士，倒是新詩最初的嘗試者）。最重要的是，也未曾發現他和路易士有過交集。如此，《火山》上署名「老邁」的新詩作者，應該另有其人。

再看丁嘉樹，又名丁淼，筆名丁丁等，現代作家和詩人，確實從事過新詩創作，上個世紀三、四十年代在淪陷區從事文學創作活動，都出席過「第三屆大東亞文學者大會」（1944年11月），和路易士應該有過交往。丁丁主編的《作家》季刊第3期（1944年11月出版）還刊登過路易士的詩作〈寫字間〉。但可以肯定的是，在《火山》創辦的1934年，兩人並沒有過往的證據，《火山》上詩作所署的「丁辛」這個名字，也未見丁嘉樹使用過。

▲《魚貝短篇小說集》封面書影（曹辛之設計）

至於王大楨，則是曾參加過同盟會的民國軍政、外交官員。從年齡看，比路易士年長很多（前者生於1893年，比後者大了整整20歲），從經歷看，和路易士更是南轅北轍。兩人好比沒有交點的兩條鐵軌，遑論朋友！或許是虎闈先生看到《火山》詩刊上有署名「芄生」的詩作〈贈易士〉，又聯想到王大楨的字型大小叫「芃生」，以為「芄」是「芃」字誤植，於是輕易地張冠李戴了……

　　其實，分析了這麼多，不如引用紀弦在《回憶錄第一部》中的記述來得清楚直接：《火山》「第一期的稿子，大部分是我一個人寫的，除路易士之外，還用了其他筆名，有詩，也有詩論；我弟路邁，用筆名路曼士，翻譯了一點東西；此外，還有老同學林家旅署名芄生的作品：一共只有三個作者。」此外，紀弦在《魚貝短篇小說集》[1]中的代序「我弟魚貝」裏也提及弟弟路邁（即魚貝）：「我於1929年開始寫詩，而成名於1934年。就在這一年的年底，我創辦了詩刊《火山》，出了兩期，每期都有他寫的東西發表。……現在手頭沒有《火山》，我也不記得在那兩期上，他寫或譯的究竟是什麼了。」

　　從上述回憶來看，《火山》第1期僅有三個作者，即路易士本人、路的弟弟路邁及路的同學林家旅[2]。只是紀弦所稱的林家旅署名「芄生」的作品，在《火山》詩刊上，無論目錄還是正文，都署名「芄生」。那麼，究竟是當年《火山》誤植，還是《回憶錄第一部》誤植呢？查路易士詩集《行過之生命》[3]之「後記」，有「在這裏，我記起了摯友芄生，從他底暗示，使我更其固執著這種為人所嘲笑的態度，而且認為是一種『至高

[1]　新大陸詩刊發行，1995年3月。
[2]　林家旅，1934年考入中央大學藝術科，曾參與「中央大學戰地寫生團」，後赴延安，改名夏林。1949年後在農業系統工作。
[3]　未名文苑第二種，1935年12月。

的理想』」之句，看來是《回憶錄第一部》誤植無疑。此外，翻遍《火山》第1期刊物，除了木刻外，均為詩歌，未能找到紀弦所稱的「詩論」及明確標明「翻譯」的作品，估計和他寫作回憶文章時手頭沒有《火山》詩刊而造成誤記有關。

其實，早在撰寫《回憶錄第一部》前的半個世紀，路易士手頭就沒有《火山》詩刊了。他在1945年出版的詩集《三十前集》[1]的「三十自述」中就說過：「現在這個詩刊，到處都找不到，連我自己手邊也沒有存的了。」好在當時距離《火山》創刊的時間只有10年多一點，路易士還清楚地記得作者的筆名情況：「《火山》發表我的作品最多，我弟田尾，其時開始寫詩，使用筆名老邁，亦有不少作品發表。」如此，可以確定老邁是路邁除了路曼士、魚貝和田尾之外的另一個筆名。

至於其他作品，應該都是出自路易士了，因此，他的筆名錄裏起碼要多了「水域」、「丁辛」和「夜鶯」這三個。

如此，最新出版的《二十世紀中國現代詩學手冊》[2]，稱《火山》主要撰稿人有「路易士、老邁、水域、丁辛、夜鶯、芄生等」，再版時也需要加以修改了。

《火山》第2期作者有所增加

《火山》第2期出版時，已經是1935年1月。和創刊號上6個名字、實為3個作者相比，增加了錫金、鄭康伯、劉宛萍等文壇新秀，也有侯承志、綠珠、陳白鷗、蔡毓華等幾個新鮮面孔。除了詩作者外，路易士的大舅子胡金人也發表有繪畫作品《老人》和《殘紅》[3]。

---

[1] 上海：詩領土社。
[2] 呂進、梁笑梅主編，成都：四川出版集團巴蜀書社，2010年4月，第182頁。
[3] 關於胡金人的生平情況可見拙文〈胡金人其人其事——從胡蘭成和張愛玲筆下走出的畫家兼作家三二事〉，載《萬象》2012年第10期）。

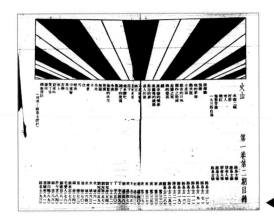

▲《火山》第2期目錄

對於新增加的作者情況，《紀弦回憶錄》第9章有所記述：

> （《火山》）創刊號問世不久，就紛紛收到各地投稿，於是第二期的作者多起來了，篇幅也隨之而增厚。劉宛萍和蔣錫金，就是在這個時候，因投稿而和我相識的。他們兩個都在武漢做事：劉教書，蔣當公務員。1935年2月，春節前幾天，我還留在上海。從武漢趕回來過年的蔣錫金，常到我的亭子間裏來聊天。他也曾請我到他家去吃過飯，他太太做的菜很不壞。不過劉蔣二人，都深受「新月派」的影響，帶有濃厚的浪漫主義色彩，這一點，我不大喜歡。後來錫金也寫自由詩了，那當然是我把他帶上路的。可是宛萍卻死抱著「韻腳」不肯放，我也拿他沒辦法。

劉宛萍，後來曾在路易士主編的《菜花》和《詩誌》上發表過詩歌，抗戰期間在《青年月刊》上發表文論[1]。《中華民國史檔案資料彙編第5輯第2編文化（1）》[2]中「中華全國文藝界

---

[1] 見〈文藝和文藝寫作〉，載《青年月刊》1942年第13卷第6期。
[2] 中國第二歷史檔案館編，南京：江蘇古籍出版社，1998年4月。

抗敵協會名冊」有如下記載：「劉宛萍，男，湖北」（第199頁）。惜其歸宿不詳。

　　蔣錫金（1915～2003），則不但在路易士主編的《詩誌》上發表過作品，也曾在自己主編的《中國新詩》上發表路易士的作品。不過，抗戰爆發後，兩人因意識形態的分歧而趨於疏遠。《蔣錫金與中國現代文藝運動》[1]一書「蟄居上海」一章之「淪陷後的文藝界交往」一節如此敘說：

> 　　有時，蔣錫金會遇到一些立場不堅定的分子，如路易士，他見到錫金，也問問近況，但錫金只是點點頭，也就走開了。路易士卻說：「錫金，你真怪，真做到了『小亂居鄉下，大亂居城市了』。」錫金說：「這也沒有什麼好奇怪的，沒有可居的地方，因而就這樣居下來了。」

◀ 《火山》創刊號封面

　　至於鄭康伯（1918～2011），這位江蘇南通籍的現代作家，20世紀30年代曾發表過大量新詩作品，錫金等主編的《當代詩刊》（如創刊號〈冥思〉）、吳奔星主編的《小雅》（如第5、6期合刊〈寒宵〉）以及路易士主編的《詩誌》（如第2期〈十月〉），都是他曾經駐足的園地。1937年4月，他還曾在南通主編過一本

---

[1]　吳景明，長春：東北師範大學出版社，2006年9月。

名為《詩品》的詩刊，惜只見過文字介紹[1]。不過，鄭康伯從30年代後期起，「為環境和生活所迫，漸漸脫離了文學寫作」，1949年後則「長期從事教學行政工作，基本處於擱筆狀態」[2]。

並非題外的話

本文寫作契機，來源於2010年孔夫子舊書網上拍賣《火山》詩刊創刊號，其封面上寫有「一九三四，十二月底，作者贈我。露珠。」字樣。由於拍賣者不知「露珠」是誰，並未把此刊列為「簽名本」拍賣，而筆者也沒有查到和路易士有過交往的人叫這個名字，於是聯想到路易士目前住在南京的胞妹路珠女士，猜測簽名是否與她有關。2010年10月31日，筆者專程帶著《火山》創刊號封面的複印件去拜訪高齡88歲的路珠老人，老人耳聰目明，記憶力也相當之強。路珠老人看了《火山》創刊號上的簽名，說時年她年僅11歲，簽名肯定與她無關，也不是她成年後所補。問及創刊號上的詩作者「老邁」，老人脫口而出老邁是其二哥路邁，因為兄弟姐妹都這麼稱呼他。路珠女士透露，其二兄路邁1949年也跟隨大哥路逾去了台灣，終生未婚，晚年曾有回南京依靠妹妹生活的打算，可惜尚未成行，就被病魔奪去生命，但留下遺言，把骨灰送回大陸。在妹妹路珠安排下，曾以筆名「路曼士」寫新詩、以筆名「魚貝」寫短篇小說馳名上個世紀三四十年代文壇的路邁老人，1992年冬至安眠於南京近郊，用他自己的話說，「這也算是一種落葉歸根」……

2010年10月10日～2012年6月5日

---

[1] 見〈幾種詩刊：文藝史料之一〉，載《作家》（南京）1941年1卷2期。
[2] 見欽鴻《文壇話舊續》之〈現代派作家鄭康伯〉，上海：上海遠東出版社，2009年2月。

第二十一章
張冠李戴的詩人路易士著作

　　2005年11月，廣陵書社推出張耘田、陳巍主編的《蘇州民國藝文志》（以下簡稱《藝文志》）。作為蘇州圖書館參與編寫的一部工具書，內容頗為豐富、翔實。的確，按照該書的說法，其書目著錄，突破業內的傳統著錄格式，以大眾熟識的「圖書文獻名＋出版項＋館藏狀況」的模式，一目了然，方便了讀者。

　　該書在介紹詩人「紀弦」（上冊，P165～166）時，詩人書目中收錄有《銀價與中國物價水準之關係》（以下簡稱《銀價》）一書。然而，筆者讀過皇皇三卷本的《紀弦回憶錄》[1]，並未看到詩人提過曾出版有《銀價》一書，而且筆者印象中紀弦學的是美術（1933年畢業於蘇州美術專科學校），當時的職業也和經濟無關，如何會寫出來探討白銀和中國物價之間關係的經濟學著作《銀價》呢？

▲《銀價與中國物價水　　　▲《銀價與中國物價水準之關係》
　準之關係》封面書影　　　　正文書影

の右側にある正文書影の図

---
[1]　台灣聯合文學出版社，2001年。

然而，《藝文志》標明《銀價》一書「1934年版」，還存於「上海圖書館存」。言之鑿鑿，不能不讓人相信。於是，登陸上海圖書館圖書查詢系統，果然查到《銀價》一書，係南京金陵大學農學院1934年3月印行，作者確實赫然署著紀弦在1946年以前使用的另一個筆名「路易士」[1]，只不過，此書還有一名合著者「張履鸞」，《藝文志》中未曾提及。

　　經過一番查詢，得知張履鸞是一名經濟學者，除《銀價》一書外，還曾出版過《加拿大一瞥》[2]、《江蘇武進物價之研究》[3]、《中國農家經濟》[4]等著譯，以及《金本位國家物價水準跌落之原因與將來之趨勢》[5]、《緊縮聲中農貸應取之途徑》[6]等經濟學論文。

　　本以為通過《藝文志》一書，發現了詩人路易士的一部談經濟的佚著，可以按圖索驥，就此大書特書一番。然而，經過一番聯繫，有朋友告訴筆者，1934年《銀行週報》第1期發表有署名「喬啟明」的《銀價與中國物價水準之關係》一文，並承蒙他幫助，從「圖書館文獻傳遞中心」找到該文原文，此時才發現該文原來是一篇譯文，原著者是「Ardron B. Lewis and Chang Lu-luan」！該文的「編者按」寫道：

　　　　金陵大學農業經濟系路易士博士及張履鸞氏最近合著英文論文一篇，題為「銀價與中國物價水準之關係」，曾載上海《字林西報》，該文旋有該校喬啟明教授譯成中文，在天津《大公報》登載，編者以其意見足資參考，故特專載於此，以餉讀者。

---

[1]　《藝文志》說1948年路易士易名「紀弦」，時間上有誤。
[2]　商務印書館，1927年。
[3]　金陵大學農學院，1933年。
[4]　商務印書館，1936年8月。
[5]　《實業統計》，1933年第1期。
[6]　《中農月刊》，1942年第3期。

原來如此！《銀價》一書和詩人路易士風馬牛不相及，完全是張冠李戴了。但為了確保萬一，筆者還是請友人到上海圖書館親自查閱了《銀價》一書。友人告訴我，該書正文第1頁就對兩名作者做了介紹：「路易士係金陵大學農業經濟系統計專家，張履鸞係該系講師。」看來，雖然《藝文志》在凡例「9」中標榜：「本志堅持『地近則易核，時近則跡真』的理念，觀其源，察其流，忠於史，務求實。」但事實上，並沒有做到。

　　雖然查實《銀價》一書並非詩人路易士所著，但筆者同時卻發現，該書對中國民國時代的經濟還是頗有一些影響的。《人民日報》在1951年1月16日的「文化生活簡訊」欄目裏，曾刊出一篇題為〈南京金大教職員揭露美帝侵略〉的新聞。內容如下：

　　　　據南京新華日報一月十二日消息：南京私立金陵大學職員戴龍孫及農業經濟系教授崔毓俊揭露該校第一任校長福開生（美籍）披著「促進文化」的外衣，曾向清廷密告捉拿革命黨人鄒容、章炳麟等六人；「中國通」路易士，以農經系教授名義，利用學生做銀價調查，給後來美帝對我國進行經濟掠奪的「中美白銀協定」創造有利條件。先後兩次攫取我國白銀一億零四萬兩。

　　同年1月31日《人民日報》刊出的〈南京金陵大學對美帝的控訴〉一文，對此更有詳細的敘述：

　　　　戈福鼎教授指出首任農經系主任卜凱（美籍）及農經系教授路易士（美籍）是美帝派到中國的間諜。……另一個和葛凱同樣有「偉功」的路易士，也以農經系教

授之名，與國民黨反動政府勾結，要學生做銀價調查，把中國各地白銀價格和物價的關係做了全面的瞭解。曹國卿教授控訴說：那時是一九三三年至一九三四年，因銀子在世界市場價格低落，美帝為了照顧擁有墨西哥銀礦的大資本家的利益，就把白銀價格提高，收購白銀。路易士的報告幫助美帝掀起白銀的暴烈漲風，將中國財富吸盡，造成一九三六年美帝為了對我國大舉進行經濟掠奪而簽訂的《中美白銀協定》的有利條件。美帝由於路易士的銀價調查的幫助，先後兩次公開無恥的攫取中國白銀共約一萬四千萬兩！

　　一個是「攫取我國白銀一億零四萬兩」，另一個是「一萬四千萬兩」，似乎有些微的差別，但無論如何，都不是個小數目！而路易士在其中的作用，被剛剛建立新中國的人民定為「間諜」，罪名著實不小！不過，筆者倒是希望聽聽如今研究民國經濟的學者，在21世紀的今天，在摒除政治因素後，如何客觀地評價路易士及張履鸞合著的《銀價與中國物價水準之關係》，當時究竟對民國經濟產生了何許影響。

第二十二章
嚴辰沒有和路易士組織「菜花詩社」

1993年5月北京大學出版社出版的《中國當代新詩史》在談及嚴辰的詩歌時，曾如此寫道：

> 三十年代在《現代》、《文學》等雜誌上發表詩作時，用的是厂民的名字，其間一度和後來到台灣的詩人紀弦（當時用筆名路易士）在蘇州組織「菜花詩社」，出版《菜花詩刊》。（第109頁）

該書在其後論及路易士時，同樣寫有：

> 「八‧一三」事變後，回蘇州與嚴辰等組織「菜花詩社」、出版《菜花詩刊》和《詩誌》。（第481頁）

2005年4月，北京大學出版《中國當代新詩史（修訂版）》（以下簡稱《修訂版》）。「修訂版序」中指出：

> 根據我們目前的認識，調整、壓縮、修訂原來不當、冗贅的地方，改正資料上的錯訛。

確實，《修訂版》在論述來自解放區的詩人時，把初版中原來排列在蔡其矯之後的嚴辰「壓縮」了，沒有了嚴辰和路易士組織「菜花詩社」的敘述。不過，《修訂版》在「下卷

台灣、香港和澳門的當代新詩」部分論及「路易士」時，同樣有他在「八‧一三」事變後，回蘇州與嚴辰等組織「菜花詩社」、出版《菜花詩刊》和《詩誌》的字樣（《修訂版》P315），說明書作者對這一事實的認可。

然而，對20世紀30年代詩壇有所瞭解的人都知道，「菜花詩社」以及《菜花詩刊》、《詩誌》是路易士在蘇州和韓北屏等組織的，其成員主要是來自鎮江、揚州的幾名文藝青年，如沈洛和常白，即路易士本人所稱的「鎮揚四賢」。紀弦在《紀弦回憶錄》[1]第一卷中曾敘述創辦「菜花詩社」的經過——

> 我邀約韓北屏、常白、沈洛三位，和我組成「菜花社」，出《菜花詩刊》。菜花四瓣，屬於十字花科，藉以象徵我們「鎮揚四賢」之合作。於是到了9月，《菜花詩刊》的創刊號問世了。23開本，厚52面。作者除四賢外，還有錫金、劉宛萍、吳奔星、李章伯、趙景深、李長之、鷗外鷗、甘運衡和我二弟路漫士等。

對「菜花詩社」的組成及人員、《菜花詩刊》創刊號的作者狀況，說得相當清楚，壓根沒有提到廠民或嚴辰的名字。而筆者查閱了手頭的3期《詩誌》雜誌，作者中也無廠民或嚴辰。

1987年第2期《新文學史料》雜誌發表的〈嚴辰的詩歌道路〉一文中指出：

> 1933年夏，他邁進上海正風文學院之後，他的文學活動才算真正奠定了基礎。他開始向上海一些報刊投稿，像《申報》「自由談」、《詩歌月報》、《現代》、《人間世》、《文學》、《中流》等都發表過他的詩作。另和蔣錫金等創辦了《當代詩刊》，出了6期。

---

[1] 台北：聯合文學出版社，2001年12月。

中 | 251

文章的作者是嚴辰在《詩刊》擔任主編工作時的同事朱先樹和劉湛秋，材料的可信性比較高，基本上把他1930年代的詩歌活動概括齊全了。如果嚴辰曾組織過「菜花詩社」，焉有不提的道理？

　　當然，最有說服力的，還是嚴辰本人的自傳：

　　　　1934年起，試著向報刊投寄詩稿，偶或寫散文、小說，發表在《文學》、《現代》、《詩歌月報》、《小說半月刊》、《申報・自由談》等處。編同人刊物《當代詩刊》[1]。

　　無論是《嚴辰的詩歌道路》，還是嚴辰的自傳，都提到了《當代詩刊》。關於這本刊物，吳景明著《蔣錫金與中國現代文藝運動》[2]一書中有如下敘述：

　　　　在錫金快要離開正風文學院的時候，曾自編了一種題名為《聲音》的詩歌壁報。後來同學嚴辰邀請錫金參加，同辦一個詩刊，那刊物就是《當代詩刊》。參加刊物編輯的同學有嚴辰（嚴廠民）、王煥倩（羅伽）、朱徵驊（振華，他是錫金的表弟，也在上海正風文學院肄業）等人。

　　看來，嚴辰30年代只主編過《當代詩刊》，不知道《中國當代新詩史》有什麼根據說他和路易士組織「菜花詩社」並出版《菜花詩刊》和《詩誌》？《修訂版》為什麼在出版10多年後仍不改正這一「資料上的錯訛」？

---

[1]　《中國現代作家傳略・上》，成都：四川人民出版社，1981年5月。
[2]　長春：東北師範大學出版社出版，2006年。

第二十三章
《詩之葉》創刊地：福州乎？
重慶乎？

　　最近聽說，上海人民出版社推出皇皇三卷本《中國現代文學期刊目錄新編》[1]，不由雀躍。對於現代文學研究者來說，這不啻為一大福音！據中國高校人文社會科學資訊網上的介紹，《新編》「是國家『985工程』二期『漢語言文學與民族認同』專案以及國家『211』工程『中國語言文學與民族復興』項目資助的成果，逾700萬字，收入中國現代文學（相關）期刊657種。它是迄今規模最大、收錄數量最多、編制也最全的一部中國現代文學期刊目錄索引工具書。本書在《中國近代期刊篇目匯錄》和《中國現代文學期刊目錄彙編》的基礎上，收入自1919年至1949年期間出版、且為這兩部大型工具書未能輯錄的中文文學期刊及與文藝有關的綜合性期刊篇目目錄。同時，本書以原刊目錄為基礎，參照原刊正文，進行必要的校勘、補正和整理，編制館藏索引和註釋。在篇目、館藏資料整理的基礎上，對原刊進行基本描述和概括的基礎研究，扼要說明期刊的一般傾向、主要特色、作者構成、重要作品或文學活動以及沿革、流變等情況。本書是南京大學中國現代文學研究中心的重要研究成果，將為學界相關研究提供很大幫助。」誠如該書序言中所說：「集中系統編撰大型而完整的中國現代文學期刊目錄，對於摸清中國現代文學的『家底』和資源，包括現代文學

---

[1]　吳俊、李今、劉曉麗、王彬彬主編，2010年2月出版，以下簡稱《新編》。

的歷史原生態，作家群體的構成和活動，以及佚文發掘、流變考析等等，都有著顯著的價值。這既是一項專業資料的整理與基礎研究工程，也是一項文學和文化歷史遺產的搶救工程。」

不過，當我捧讀《新編》上卷，翻看目錄時，雀躍的心不禁沉了下去。這麼一部巨編，不但沒有收錄文學研究會創辦的中國現代文學史上的第一個詩刊《詩》（1922年2月到1923年5月，葉聖陶、朱自清、劉延陵主編），甚至連上個世紀30年代中國現代文學史上的重要刊物《現代》月刊（1932年5月到1935年5月，施蟄存等主編）也沒有收錄，倒是收錄了《時代電影》等與中國現代文學關係並不密切的一些刊物。至於辭條排列，雖然凡例中表示「所收期刊以刊名漢語拼音順序排列，同名期刊以創刊時間先後為序排列」，但該書在收錄《詩懇地》和《詩前哨》之間，卻插入了《師亮隨刊》及《詩亮週刊》（前二者出版於上個世紀40年代，後二者出刊於上個世紀20到30年代），十分讓人費解。此外，該書還出現了很不應該的文字上的錯訛，如《新詩》第4期（1937年1月）發表有「宮草」的〈讀《行過之生命》〉，是吳奔星先生閱讀了詩人路易士新出版詩集後寫的評論，但《新編》上的目錄竟然錯成了〈讀《行過之聲明》〉！

最令人瞠目的，是《新編》在收錄詩歌刊物《詩之葉》目錄前的「簡介」，其中如此說道：

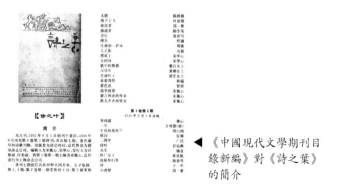

▲《中國現代文學期刊目錄新編》對《詩之葉》的簡介

雙月刊，1935年6月1日創刊於重慶，1936年8月出至第3卷第1冊停刊，共出版七期。重慶最早的詩歌刊物。出版者為詩之葉社，總待售處為群眾雜誌公司，編輯人為宋衡心、宋琴心，發行人為許曼麗、許美麗。

行文至此，先引用香港書話家許定銘先生2009年8月26日發表在《大公報》上的〈福州的《詩之葉》〉一文。全文如下：

我珍藏的一冊《詩之葉》（16.5乘12.5鳌米）也是「橫式豎排」本。此刊非常罕見，資料僅見於徐瑞嶽的《中國現代文學辭典》（徐州中國礦業大學出版社，1988），說：

雙月刊。1935年6月創刊於福州。福州詩之葉社編輯出版。……今僅見第二期一種，另有《詩之葉》第三期目錄，該刊終刊年月不詳。（頁1087）

我的這冊《詩之葉》剛好是他所提的第三期，1935年10月出版，僅26頁。若以雙月刊計算，是如期出版。不過，當年的詩刊經常因財力不繼而隨時夭折，說不定也可能是終刊號。福州詩之葉社亦未見有人提及，只知道社址在福州東大路，代售此刊的是上海的群眾雜誌公司。全書刊甘運衡、方瑋德、周白鴻、宋琴心、陳揖旗、陳學英……等人詩創作十八首，最值得一記的是方瑋德的〈十四行〉，其時方已故，註明為「遺作」。譯日本的詩兩首，還有宋衡心的〈未來派詩人鷗外鷗〉。

1935年鷗外鷗出道未幾，宋衡心即已注意到他，〈未來派詩人鷗外鷗〉文跨五頁，分上下篇，上篇〈隨便談談〉，談的是1933年的中國詩壇，裒「意像（象）

派」詩人徐遲、莪伽；下篇〈言歸正傳〉，說鷗外鷗的
詩「都以科學為歸。是暴動與機械力的讚美者。……未
來派詩的表現方式，恰如立體派」。

　　上文的說法大體是不錯的，只不過，許先生說《詩之葉》
「非常罕見，資料僅見於徐瑞嶽的《中國現代文學辭典》（徐
州中國礦業大學出版社，1988）」，並不十分準確。
　　就筆者所見，《全國中文期刊聯合目錄1833～1949》[1]就收
錄過《詩之葉》的條目，並註明出版者是「福州詩之葉社」；
《中國現代文學詞典第四卷・詩歌卷》[2]收錄的《詩之葉》辭條
明確標明該刊「1935年6月1日創刊於福州」；《福州市志・第7
冊》[3]也如此介紹過《詩之葉》：「民國24年6月創刊，福州《詩
之葉》社的社刊，負責人宋衡心，它是福州最早的詩刊。該刊
出版至民國25年底。」
　　至於《福州新聞史略1858～1949》[4]，在「福州新文藝活動的
陣地」一章中則對《詩之葉》做過較為詳細的介紹，其中指出：

▶ 《福州新聞史略1858-
1949》中對《詩之葉》的
介紹文字

---

[1] 北京圖書館，1961年12月。
[2] 南寧：廣西人民出版社，1990年6月。
[3] 福州市地方誌編纂委員會編，北京：方志出版社，1999年。
[4] 潘群主編，福州：福建人民出版社，2004年5月。

《詩之葉》於民國24年（1935年）6月創刊，是福州「詩之葉社」的社刊。負責人宋衡心，莆田人，協大畢業，善寫詩，風格似現代派。以詩刊形式在福州出現的刊物，《詩之葉》是最早。該刊在福州出了兩卷計6期，雙月刊，半年3期為一卷。第三卷起遷往上海出版發行，至1936年底又出了兩期。社址在福州東大路135號[1]。陳學英自第二卷起參加編務。曾在該刊發表詩作或譯作的有：戴望舒、姚蘇鳳、陳子展、趙景深、林微音、邵洵美、陳福熙、許曼麗、許美麗、柳無忌、于賡虞、朱維琪、錢君匋、徐遲、鷗外鷗、厂民、錫金、吳奔星、路易士、陳雨門、邵冠華等。

　　該刊專載詩作、詩歌譯作、詩歌評論、詩壇消息等，當時號稱福州「最權威的」詩刊。

◀ 《詩之葉》1卷2期版權頁

　　而筆者所看到的《詩之葉》第2期，雖然版權頁破損，但出版者「詩之葉社（福建福州東大13[2]號）」與「徵稿規約」中「來稿請逕寄福州東大路卅五號」是完全一致的。然而，《詩

---

[1]　《詩之葉》第2期版權頁為35號。
[2]　破損，原缺一字。

之葉》這麼一本曾經號稱福州「最權威的」詩刊，無論編者、創刊地還是發行地，甚至是主要作者，都和重慶無關，為什麼會在《新編》中成為「創刊於重慶」、「重慶最早的詩歌刊物」，恐怕只有《新編》的編者才能給予一個合理的解釋吧。

2010年6月26～28日

第二十四章
因「七七」事變而夭折的京報副刊《詩與文》

北師大文學院學生為主要作者群

▲《詩與文》副刊
第10期刊頭及吳
奔星發表的詩作
〈無題〉

　　《詩與文》是北平老牌報紙《京報》抗戰前夕出版的一個文學副刊，從1937年3月31日創刊，到1937年7月14日出版第16期[1]。第16期上尚有劉振典的小說〈衛生〉尚待續完，但因「七七」事變《京報》停刊而戛然中斷。這種因戰火而突然停刊的情況，出現在當時《京報》的多個副刊上。

　　《詩與文》第1期出版於1937年3月31日，刊發有何善懋的詩論〈譚詩〉、樹德的散文〈紫〉、天行的散文〈車聲〉，其餘為新詩作品，計有孝蔚的〈走〉、書蕉的〈記憶〉、張友建

---

[1]　其中1937年5月12日出版的應為第7期，誤標為第6期，導致5月19日出版的第8期誤為第7期，5月26日出版的恢復為正確的第9期。

的〈詩兩章〉（「誓言」與「雪」）及何滋九的〈春野〉。
〈詩與文〉由時任北平師範大學文學院院長的黎錦熙以注音符
號及漢字題寫刊名，但和京報其他副刊不同，沒有刊首語或發
刊詞之類的東西。

　　同年4月7日，《詩與文》第2期出版，刊頭處增加了「通訊
址師大文學院張友建」字樣，目次旁也有「每星期三出版」提
示。這一期上，作者只有3人，張友建刊發了兩首署名均為〈無
題〉的新詩，王水發表了小說〈寂寞地人〉，佩玉則翻譯了
〈一個印度村民的日記〉（連載未完）。

　　在其後的幾期《詩與文》副刊上，作者開始略有增加，主
要有陳紹鵬、卞鎬田、金粟、何一風、孔繁信、蕭珊、曉荷、
王成、王國棟、吳奔星、劉振典等。

　　1937年6月23日出版的《詩與文》第13期，刊登了一則署名
「編者」的聲明：「茲因暑假南歸本刊編輯部事務暫請陳紹鵬
君代理特此聲明」。6月30日出版的《詩與文》第14期刊頭旁，
即出現了「通訊處：師大文學院陳紹鵬」字樣。

　　《詩與文》副刊刊頭題詞者和通訊位址，即編輯人地
址，皆和北平師範大學有關。再從主要作者看，如黃孝蔚（孝
蔚）、何善戀、張友建、陳紹鵬、吳奔星、王國棟等，都是當
時北平師範大學文學院的學生。此外，如卞鎬田、佩玉、孔繁
信等，雖然就筆者目前掌握的資料尚不能確認是北平師範大學
文學院的成員，但他們都曾在北平《文化與教育》旬刊上發表
過作品，而該刊的作者多半是北師大文學院的師生。如果說，
《詩與文》是一個以當年北師大文學院學生為主要作者群的文
學副刊，大體是沒錯的。

兩名主要編者：張友建與陳紹鵬

張友建是《詩與文》主要編者之一，1914年3月26日出生於日本東京，其父張孝准畢業於日本陸軍士官學校，和蔣百里、蔡鍔享有「中國士官三傑」之稱，為同盟會會員。張友建編輯《詩與文》副刊時，就讀北京師範大學文學院國文系。他1949年後在湖南師範大學中文系工作，從事語言學研究，1992年去世。張友建的次子張已寧（1945年生）告訴筆者，他父親1949年後就不再搞文學創作，只從事語言學研究，50年代初還曾保留過一本三、四十年代發表的創作剪報，惜1955年之後就不見蹤跡了。

在16期《詩與文》副刊上，張友建共發表10篇作品，均為新詩。

◀ 吳奔星（中）1980年5月率研究生徐瑞岳（左三）訪問湖南師範大學時與張友建（右三）、葉雪芬（右一）等合影

除了新詩外，張友建20世紀30年代的文學創作，還有散文及文論。如發表於1936年《青年界》10卷1期上的詩作〈寄滬上一人〉、1936年12月10日《文化與教育》旬刊110期上的文論〈文藝與模仿〉、1937年3月15日《中央日報》副刊「貢獻」上的散文〈旅途的心〉、同年6月18日《貢獻》上的散文〈丁

香〉，以及1940年發表於《戰時記者》2卷第6、7、8期合刊上的文論〈再談寫通訊〉等。1949年後，筆者所知道的張友建唯一發表的文章，是刊登在《中國語文》1957年第6期上的語言學論文〈「連」字是助詞〉。

至於接替張友建編輯《詩與文》副刊的陳紹鵬，1937年畢業於北平師範大學文學院外國文學系，和《小雅》詩刊的共同主編李章伯為同班同學。陳紹鵬發表在《詩與文》副刊上的文章為7篇，其中4篇為新詩，2篇為連載的詩論〈詩底本質〉（停刊時尚未刊完），1篇為文論隨筆。

陳紹鵬大學時代的新詩作品，還見於1936年的《文學導報》1卷1期和2期，題目分別為「歸來」和「記憶」。

據封世輝「三十年代前中期北平左翼文學刊物鉤沉（之二）」[1]記載，陳紹鵬1936年5月左右還和馮文俠一起主編過中型刊物《現代文藝》，當時張露薇主編的北平《文學導報》第2期有過該刊的廣告。

陳紹鵬是專攻英語的，後來在台灣成為有名的詩論家、翻譯家和教授。陳紹鵬1945年底就去了台灣，擔任警務處翻譯，在《台灣員警》發表過不少翻譯作品，並寫有〈南北之行──隨胡處長出行記〉[2]，詳細描述了他1945年11月26日至12月7日出巡台灣的經歷和見聞。

陳紹鵬
1914年生
浙江吳興人
北平師範大學學士
現任教鳳山陸軍軍官學校

◀ 香港文藝書屋1969年9月出版的「文星叢刊6」《詩的欣賞》封底上對陳紹鵬的介紹

[1] 載《中國現代文學研究叢刊》1992年第2期。
[2] 載《台灣員警》1946年元月創刊號。

陳紹鵬日後離開警界，前往教育界的具體時間和緣由，筆者不得而知。他執教中學時的學生、台灣作家李敖對他評價很高，稱「每念英文時我就想到陳紹鵬先生，想到他安坐椅中，悠閒而專心讀書的情形，他真是一個大名士，也真是一個能做學問的人」。李敖曾回憶道：

　　　　在台中一中，跟我關係最深的是嚴僑老師；離一中後，跟我有後緣的老師，則首推教我英文的陳紹鵬老師。他大我二十一歲，浙江吳興人，畢業北京師範大學，沒出過國，卻講了一口又純又好的英文，常被老外誤以為他在外國住過多年。我在高二戊班時，他教我英文。此公為人高傲嚴峻，自己英文雖然呱呱，教起別人卻欠循循，大家都不喜歡他。他在課堂上罵熊廷武、程國強同學的神情，我至今記憶猶新。後來他生了重病，我和張光錦、黃顯昌等同學發動全校同學，為他捐款，他出院後，對我心存感激。自此我成了他家常客，兩人甚談得來。我送有關英國詩人的傳記，勸他譯作後寄給《文星》（那時我和《文星》尚無關係），他接受我的意見，從此轉成作家。後來我進《文星》，為他出版《詩的欣賞》，達成教授資格的銓敘[1]。

　　李敖把陳紹鵬轉變成為作家歸功於自身，未免有點誇張。至少陳紹鵬後來成為詩論家，從他大學時代的詩歌和詩論創作看，是由來有自的。
　　筆者曾向台灣現代文學研究專家蔡登山及清華大學副教授劉正忠打聽陳紹鵬晚年的情況，惜無結果。如果老人健在，當壽享期頤矣。

---

[1] 見《李敖大全集3——李敖快意恩仇錄》，中國友誼出版公司，2010年7月，第47頁。

以新詩和詩論為主的《詩與文》

據筆者粗略統計，《詩與文》副刊16期總共發表新詩56首、散文詩1首、詩論4篇、文論9篇、散文3篇、小說7篇、翻譯作品6篇，其中翻譯作品中2篇為譯詩。顯而易見，在《詩與文》副刊中，新詩和詩論的篇幅佔據了壓倒性的位置。

值得指出的是，1937年5月19日出版的《詩與文》副刊第8期（誤為第7期）為「詩的專號」，刊登有蕭珊、黃孝蔚、王成、曉荷、非為、張友建的詩歌8首，其中曉荷發表詩作2首〈無題〉和〈有增〉。此外，曉荷還在第11期發表詩作〈夏〉。聯想到吳奔星主編的《小雅》詩刊第5、6期合刊上，也有一個發表了〈題畫詩四章〉的作者「曉荷」，由於《詩與文》副刊和《小雅》詩刊都有北平師範大學文學院的背景，兩個「曉荷」理應為同一個人，惜不知此為何人的筆名。

《詩與文》副刊詩論方面，除了第1期發表何善戀的〈譚詩〉，第10期、第11期連載陳紹鵬的〈詩底本質〉外，還在第16日刊登何滋九的〈讀詩隨筆〉。

《詩與文》副刊第13期（1937年6月23日出版）刊登有曾今可的詩作〈別曲〉。曾今可，江西人，1901年出生，1971年在台灣去世。他學生時代曾因參加「五四」運動而被開除學籍。1957年在台灣與于右任創設中國文藝界聯誼會，任秘書長、副會長。顯然，曾今可是不屬於北平師大文學院作者群的。〈別曲〉之後有一則編者按，云：「這首詩是因《小雅》停刊後，然後由該刊編者編輯吳君處轉過來的。為免作者和閱者的誤會，特此聲明。」文中的吳君，就是《小雅》的編者吳奔星。這則聲明，為我們提供了《小雅》詩刊停刊後部分沒有來得及刊登的稿件的流向情況。

在《詩與文》副刊上發表有小說〈衛生〉的劉振典，不知道是否就是後來以4首詩作入選人民文學出版社1986年出版的《現代派詩選》的同名詩人。現代詩人劉振典的生平，世人所知甚少。《郭沫若舊體詩詞賞析》[1]一書中收錄有〈贈劉振典〉七絕一首。詩云：

傳聞有馬號烏騅，負箭滿身猶疾馳。
慷慨項王施首後，不知遺革裹誰屍？

詩後的賞析文字為：

這是抗日戰爭時期，郭沫若在重慶為劉振典先生題寫的一首七絕。

劉振典，河南沁縣人，愛好新詩，也發表過新詩。三十年代開始與郭沫若有文字交往。抗戰時期從事教育工作，向郭索題，郭應索書寫了上面這首七絕。詩無題，也無年月。

兩個劉振典，進行文學創作的時間大體相同。二者是否同一個人，在沒有充分證據的情況下，尚不能下斷言。筆者留下懸念在此，希望有心人能夠解密。

2012年4月10日～12月28日

---

[1] 王錦厚、伍加倫編著，巴蜀書社，1988年3月。

第二十五章
稀見的梁實秋早年英文簽名書

　　2011年5月4日，我在孔夫子舊書網拍到一本題為 *Sidney's Defense of Poesy* 的英文書。這本書的得來，可以說既是意外，又有緣分，因為該書此前已經上拍過一次，但不知什麼緣故，競拍獲勝的買家沒有付款，賣家只好重新上拍，而且還在「物品詳細資訊」中加了一句聲明：「這本是有個叫×××的書友拍完不成交，在這裡我們蔑視那些不守信用的拍友」。

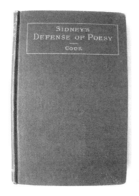

◀《詩的辯護》封面

　　由於這本書拍賣時的描述只是「一本精裝老英文書（具體看圖，1890年）」，所附的圖也不過是一幅不是很清楚的封面，甚至連舊書買賣中至關重要的版權頁都沒有，筆者參拍的原因也不過有四：一是和詩有關，二是出版於1890年，已經超過百年歷史，三是看封面品相還不錯，四是價格低廉（最後拍得價格加上傭金和郵費尚不足40元人民幣）。

幾天後，書由賣家從北京城鄉結合部的一處地方寄來。打開翻看之後，我發現此書有不少賣家沒有敘述的細節：簽名、藏書者的印鑑以及館藏書的標誌。

先看簽名，不像外國人的名字，類似於中文拼音，但又有區別。看了半天，和內子共同辨認出「Shih Chiu Liang」字樣，心中不禁浮現莫名的驚喜：不會是梁實秋的簽名吧？立即上網，Google了一番，果然是梁實秋拼音簽名，不過，這種拼音不是現在中國大陸流行的中文拼音，而是1949年前的中國通行、現在台灣地區仍在使用的威妥瑪拼音（Wade-Giles System）！

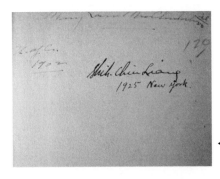

◀《詩的辯護》扉頁上
梁實秋的英文簽名

那麼，這個簽名是否梁實秋先生的真跡呢？查了很多地方，沒有找到梁的拼音或英文簽名圖片可供對比，中文簽名倒有很多。不過，從筆跡的陳舊程度，以及簽名下方「1925，New York」的時間地點字樣看，和梁先生在美國留學的時間和地點完全吻合。

關於梁實秋在美國的讀書經歷，《文匯報》2011年3月1日曾發表署名「楊楊」的〈哈佛所見梁實秋學籍檔案〉一文，有如下介紹：

> 梁實秋1923年清華學校畢業後，負笈美國，先在珂泉的科羅拉多大學（Colorado College）學習，1924年6月獲得文學學士學位（B.A.），與此同時，他申請哈佛

大學研究生院。從哈佛保留的申請記錄看，梁實秋填表日期是1924年4月30日，獲得批准日期是5月29日。梁實秋於同年9月進入哈佛大學研究生院攻讀碩士學位。按照梁實秋的學位申請計畫，他要在哈佛學習兩年，如果順利的話，1926年6月可以獲得文學碩士學位。但1925年秋，梁實秋便離開哈佛，轉學到紐約的哥倫比亞大學。在哥大，他也只待了一年，然後結束在美的學業，於1926年7月，乘「麥金萊總統號」客輪匆匆回國。

為了進一步查證此書上簽名是否為梁先生的真跡，我把相關書影通過電子郵件傳給台灣《文訊》雜誌的專案助理黃崖婷小姐，請她幫助聯繫梁實秋先生的後人。很快收到黃小姐轉發的梁實秋先生女兒的電子郵件：

崖婷女士，

您好。

我看了您寄來的簽名。我認為90%是父親的真跡。

首先我比較了一下我手上有的1934，1935年他在書上的英文簽字，無論字跡，年代的寫法都極相似。而且1925年他的確是在紐約哥倫比亞大學讀書。雖然差了十年，字跡沒有變。而且這本書是他的本行。我也不能想像會有人假冒他的簽字騙錢。

不過大陸的確有人假冒他的墨蹟（書法）騙錢的。

我不是辨認字跡專家，所以只能說90%可能是真跡。

梁文薔

收到這封郵件後，終於可以確認，我偶然得到的這本英文舊書，竟然是梁實秋先生在紐約留學時期的見證！這一類的見證，經過了近90年的風雨滄桑，存世恐怕相當稀少了吧。

▲ 梁文薔女士提供的梁實秋
1934年的英文簽名

◀ 梁實秋1922年赴美前贈送給
程季淑的照片，上有英文
簽名（梁文薔女士提供）

《Sidney's Defense of Poesy》（《詩的辯護》）的作者是英國作家、政治家及軍人菲力浦・錫德尼爵士（1554～1586年），這是一本中古英語詩學的經典著作，被譽為「開創了近代英國的文學批評」。梁實秋現在以散文、翻譯馳名，但他早期創作過不少詩歌，也寫過不少詩論，估計這就是梁文薔女士稱「這本書是他的本行」的原因。

事實上，梁實秋在所著的《英國文學史・第1卷》[1]，第7章第三節第一部分敘述菲力浦・錫德尼其人其事，在專門介紹的三本著作中，《詩的辯護》占了相當的篇幅，並稱其為「英國早期文學批評作品中之最傑出的一部」。梁實秋在介紹《詩的辯護》一文裡最後指出：

> 在這篇批評文字的末尾，西德尼表示了他的幽默感，他說如果一個人生來不能懂詩，並且還對詩人尖刻的挑剔，他要對他這樣的詛咒：「你們有生之年，你們總會戀愛的，永遠得不到對方的歡心，因為你不會寫

---

[1] 台灣協志工業叢書出版股份有限公司，1985年8月。

十四行詩；你們死的時候，世人也不會紀念你們，因為你們沒有墓誌銘。

　　值得注意的是，上述文字所對應的英文位於筆者所買《詩的辯護》第58頁的末尾，被淡淡的鉛筆痕跡勾畫出來，不知是否出自梁實秋先生當年的手筆？

　　從封二頂部的一張簡陋的藏書票看，這本《詩的辯護》原本屬於美國波士頓一家圖書館的藏書。這家圖書館名叫「The Library of Mary Law McClintock」（瑪麗‧勞‧邁克克林托克圖書館），其主人瑪麗‧勞‧邁克克林托克1896年到1901年間曾任佛羅里達大學英文系主任，1910年在波士頓開立「邁克克林托克女校」，1925年1月去世後該校很快就停辦了。而1925年梁實秋正在位於波士頓的哈佛大學讀書，《詩的辯護》一書是否「邁克克林托克女校」停辦後售出，恐怕將是一個不解之謎。

◀《詩的辯護》封二上「瑪麗‧勞‧邁克克林托克圖書館」的藏書票

　　梁實秋是什麼時候「遺棄」此書，現在不得而知，從書上的「處」和「1.20」的紅色記號看，此書應該進出過舊書店。在此次被拍賣之前，應該是翻譯家、魯迅研究專家孫用先生眾多藏書中的一本。這點有「孫用之書」的印章為證。2011年7月初，我在南京學者周正章先生的引薦下，拜訪了現居南京的

孫用先生的女兒孫亦芬女士。她一看到《詩的辯護》上「孫用之書」的印章，就認出這是孫用先生常用兩枚藏書章中的一枚。據她透露，孫用先生去世後，家人遵照他的遺囑，把藏書捐獻給了他工作多年的人民文學出版社，除了百餘本和魯迅有關的書籍外，還有他的大量英文藏書。樓適夷1984年4月17日致黃源的信中談及捐書之事時這樣說道：

▲ 《詩的辯護》第143頁上孫用先生的藏書章

　　　孫用藏書已捐給出版社，送了家屬六千元作獎金。其實是應該給圖書館，但家屬已這樣辦。我只得向社裡建議，千萬別拆散，須有專人（懂行的）管理，別讓借散借沒了。我知道他有不少好書。現在聽說叫陳早春管，專闢紀念室，那就好了[1]。

　　從我買到的梁實秋先生的這本簽名書和其他孫用先生的英文藏書看，樓適夷先生20多年前的擔心不無道理。雖然現在無法確證這幾本孫用先生藏書是從人民文學出版社流出，但是我一周內從「孔網」同一個賣家處買到的10多本外文書裡就有5本是孫用藏書，而該賣家更多的英文書籍被其他人買走，儘管其中是否還有孫用藏書不得而知，但其來源頗可懷疑。不過，孫亦芬女士對我買到並收藏到孫用先生的藏書，感到很欣慰，她說：「書到了愛書人的手裡，總是好事」。

[1] 　見《黃源與樓適夷通信集‧下》，杭州：浙江人民出版社，2006年4月，第273頁。

第二十六章
失之交臂的王實味佚著

　　前不久，在孔夫子舊書網閒逛，發現一本名為《英語寫讀指出謬》的書籍在拍賣。因為書的編者是在中國現代革命史及現代文學史上頗為引人注目的王實味，這本起拍價格僅為20元的1933年出版的小冊子在維持了兩天的平靜之後，於第3天拍賣結束前風雲突變：經過反覆競價較量，最終以200元高價落幕，遠遠超過同時期的同類英文著述。

◀ 《英語寫讀指謬》
　封面書影

　　我前前後後讀過多本介紹王實味的著作，比如《王實味冤案平反紀實》[1]、《光州文史資料　王實味專輯》[2]、《野百合

---

[1]　溫濟澤等著，北京：群眾出版社，1993年10月第1版。
[2]　中國人民政治協商會議河南省潢川縣委員會文史資料委員會編，1995年12月。

下的冤魂 王實味全傳》[1]、《王實味傳》[2]，知道他上個世紀
30年代除了創作過書信體中篇小說《休息》（中華書局，1930
年），還曾出版過《珊拿的邪教徒》（中華書局，1930年）、
《薩芙》（商務印書館，1933年）《資產家》（中華書局，1936
年）、《奇異的插曲》（中華書局，1936年）、《還鄉》（中
華書局，1937）等譯著。

倪墨炎先生在「王實味到延安前的文學活動」一文中指出：

> 王實味1929年到上海後，1933年曾到東北去教書
> 一學期，後又回到上海；1934年患病到杭州去休養一
> 段時期；1935年回河南重操教書舊業。他真正在上海
> 的時間不過四年多。在這四年中，他卻譯了五部世界文
> 學名著，計近百萬字。他還為中華書局《英漢對照文學
> 叢書》譯註了英國作家金斯萊的長篇小說《水孩子》的
> 縮寫本，為商務印書館英漢對照讀物譯註了《非非小姐
> 傳》。他的工作量是驚人的[3]。

不過，從沒有人提到過王實味曾編寫過《英語寫讀指謬》
一書，即便是他的遺孀劉瑩，也只是說：「實味在上海時筆耕
甚勤，然而時隔多年，寫過哪些作品我已記得不太清楚了。當
時生活緊張，我也不太關心。」[4]因此，我覺得或許《英語寫讀
指出謬》一書的編者只是和王實味同名同姓，甚至還有可能是
假託者，因為王當時搞翻譯頗有影響，假託的可能未必不存
在。於是在孔網拍賣《英語寫讀指謬》一書的最後關頭，因

[1]　張鈞著，長春：吉林文史出版社，2000年1月第1版。
[2]　黃昌勇著，鄭州：河南人民出版社，2000年5月第1版。
[3]　《倪墨炎書話》，北京：北京出版社，1998年1月第1版，第158頁。
[4]　《王實味文存》，朱鴻召編，上海：上海三聯書店，1998年，第368頁。

疑惑而放棄，結果，與一本後來被證實為王實味的佚著失之交臂。

《英語寫讀指謬》一書1933年11月由上海南京書店（此書店發行者在上海河南路，發行所在南京太平路）出版，英文名為「Common Errors in Writing and Speaking English」，封面除了註明「王實味編」外，還有「S. W. Wang」字樣，是一本僅87面的小冊子，沒有前言和後記，很難從書籍本身確認就是王實味本人的著作，而不是同名同姓者或託名者的著作。王實味「托派」冤案經過近半個世紀的時間，尚能獲得平反，難道這麼一本小冊子的作者身份的確認，會走進死胡同，成為永遠的「歷史懸案」？

有道是山重水複疑無路、柳暗花明又一村。有朋友從網上傳來《浙江圖書館館刊》1934年第1期相關內容，其中「捐贈圖書報告」開篇表示：「獻歲之始本館承各團體及各界人士惠贈圖書，感胡可言。除將所贈各書登記編目，妥為保藏，藉供眾覽，以副諸先生捐書利濟之摯意外謹再列登臺銜及圖書名稱冊數於此，聊布謝悃。」該報告第3頁赫然並列印有「英語寫讀指謬捐贈者王實味先生一（冊數——筆者按，下同）；薩芙‧都德王實味譯捐贈者王實味先生一（冊數）」字樣。

王實味翻譯的法國作家都德的小說《薩芙》1933年由商務印書館出版，和1933年11月出版的《英語寫讀指謬》基本屬於同一個時間段。王實味把這兩本書一併捐贈給浙江圖書館是順理成章的，也證實了翻譯前者和編寫後者的王實味，的確是同屬一個人。

至於身為翻譯家的王實味為什麼會編寫《英語寫讀指謬》這樣一本英語學習的普及讀物呢？從現有材料分析推斷，應該是和他當時經濟窘迫有關。王的遺孀劉瑩在《沉痛的訴說無限的思念》一文中回憶：

1932年冬，實味去中華書局交譯稿並準備續訂合同時，發現前一篇譯稿的一小段中，文字有了改動。實味認為改稿的人把原意改錯了，這豈不讓行家笑話？同時也認為擅改文字是不尊重人的行為，他生氣了，於是和一個姓錢的爭吵起來，結果不歡而散，續訂譯書合同的計畫也就告吹了。回家後，實味想到今後的經濟來源成了問題，參加救亡運動的計畫勢必受挫，他是急性人，憂憤交加，兩天後就大口地吐起血來。

　　實味患了肺病，孩子又缺奶，生活很艱難，為了每月省10元房租我們又搬到菜市路的一個客堂間。約在1933年初，丁玲在上海教書，為了生活，實味曾為丁玲批改作文本，以獲取閱卷費。但改了幾次，終因體力不支作罷。

　　我於1933年初帶著女兒回到長沙，而實味則去杭州養病。我和父親商量後，父親每月寄30元給實味治病。約一年後實味病情好轉……

《王實味文存》，同上

▲ 至今保存在浙江圖書館的《英語寫讀指謬》扉頁上有3個題贈

　　根據上述文字，王實味當時身體不好且經濟窘迫是顯而易見的。從《英語寫讀指謬》在1933年11月出版的時間來看，王實味應該是在養病期間編寫這本書的，目的和「為丁玲批改作文本」一樣，是「為了生活」。

　　因為一時疑惑，而與王實味的一本佚著擦肩而過，不免有點遺憾。但因為「遺憾」卻最終弄清楚了此書的一些鮮為

人知的情況，並為王氏的著述之林又增加了一條書目，倒也算一次意外的收穫。只是現在的浙江圖書館館藏之中，近80年前王實味親贈的《英語寫讀指謬》一書上卻有數種題贈字樣，不知道究竟哪個是王實味的墨寶？

2010年7月

下

第二十七章

吳奔星與湖南「修業農校」

投稿胡適，《獨立評論》長文介紹修業

　　1933年11月30日，正在北平師範大學國文系讀一年級的吳奔星，讀到《獨立評論》第78期[1]上一篇有關湖南教育問題的文章，聯想到自己北上之前，寄籍長沙讀書、生活多年，給他留下深刻印象的湖南修業農業學校[2]，次日即忍不住寫下一篇介紹

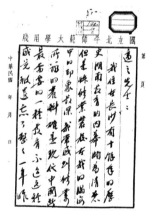

▲ 吳奔星致胡適信書影2　　▲ 吳奔星致胡適信書影1

---

[1] 1933年11月26日出版。
[2] 修業學校1903年創辦，1923年增設農科，1929年正式命名為「湖南私立修業農業學校」。簡稱有修業、修業學校、修農等多種。

「修業農校」的文章，並寫了一封信給《獨立評論》的主編胡適寄去。這是「初生牛犢」吳奔星和當時中國文化界、思想界聲名顯赫的領軍人物胡適的首次文字交往。在這裡，不得不感謝耿雲志主編的多達42冊的《胡適遺稿及秘藏書信》[1]，使得我們在吳奔星致信胡適76年之後能夠首次窺得其信的全貌如下——

> 適之先生：
>
> 　　我住在長沙有十餘年的歷史，湖南教育的內幕頗為清悉。但是惟修業農校在我的腦海中的印象最深。我常感到修業所辦的農科確是現代中國所最需要的一種教育。不過，這種感覺被遺忘了整整一年。昨天讀了貴刊傅君[2]《湖南教育一瞥》後，此種感覺又在腦中飄忽，故在匆忙中寫成此文寄給貴刊。
>
> 　　先生明達，提倡教育，素不後人，能借我一席刊載嗎？乞覆。敬請
> 撰安。
>
> 吳奔星謹啟
11[3]月1日
>
> 　　附寄郵票貳分，如不能刊載，請將原稿退還；如能刊載，亦請用此寄貴誌四本，至鄙處為荷[4]。又及
> 通訊處：和平門師範大學

---

[1]　合肥：黃山書社，1995年。
[2]　指傅任敢（1905～1982），湖南湘鄉縣人，少年時曾就讀於私塾、湘鄉婁底壁小學、長沙明德中學。1925年考入清華大學教育心理系。大學畢業後曾任長沙明德中學教導主任。
[3]　應為12。
[4]　此5字不清，努力辨認，未必準確。

12月10日，《獨立評論》第80號出版，署名吳奔星的〈介紹農民化的湖南修業學校〉一文赫然在目。全文長達3000字。

文章第一部分，介紹「修業農校」史略，指出「修業農校」是12名「富於革命思想之青年」於清光緒29年（1903年）「孕育」，迄今「已有整個的30年了」；「修業農校」1923年在離長沙城十里的新開鋪正式「加辦農科」，1927年「馬日政變」曾導致學校一度停辦，「僅設立一棉稻試驗場」；1928年停辦中學部，僅辦農科，另有供學生「研究農村教育之用」的附屬小學設在城內馬王街。

文章第二部分，介紹「修業農校」學則上的施教方針為「本校教學，採教學做合一之原則。而目標有二：（1）使學生獲得有用之知能；（2）使學生自動研究，獲得經濟的學習方法」。針對「修業農校」地處偏僻的長沙郊區，文章表示如此「城市奢華氣習，很少侵入進去；因此學生可以潛心地從事農學的研求。」

◀ 吳奔星在《獨立評論》發表〈介紹農民化的湖南修業學校〉書影

文章第三部分，吳奔星介紹「修業農校」的重點，主要涉及「修業農校」師生的學習和生活，堪稱濃墨重彩，可圈點之

處甚多。吳奔星寫道：無論教職員和學生所穿的衣服，「全是用土布製的農人衣服」，「一年四季除了下雪及傾盆大雨外，你總看見他們的頭上戴著蓑笠，身上穿著漢裝捲起衣袖，兩條腿比夏季各大城市的女郎的摩登，來得徹底，連鞋也沒有。皮膚蘊藏著無限的泥土氣。」至於伙食，師生和所雇農夫同等待遇，「一日三餐，每餐的菜，全是素的」；60歲的老校長彭國鈞[1]「恐怕一班教員及學生不能吃苦，便親自與農夫吃飯」。在這一部分中，吳奔星還提到「修業農校」師生改良稻作的工作，「這種工作，他們從民國17年來起到今年止，沒有停止過。在水稻方面，已得到了許多成績，如『小南粘』、『谷兒子』、『七十早』等10餘種稻子，經過實驗，定為優良品種。並由該校師生將這10幾種稻子，分發到長沙附近；聞最近的將來，亦推廣到全省各縣」，並斷言「我敢說湖南稻作之改良，實修業開其先河」。此外，從他的文章中，我們還得知，「修業農校」為每位學生分配四分之一畝耕地，有學生耕種，所得利潤校方得三分之一以維持校務，學生本人得三分之二，可作三個月的伙食費，如此「不特養成學生的勞作精神，而且養成學生『自食其力』的本能。」

吳奔星在介紹完「修業農校」之後呼籲：今後中國開辦農業學校，應以修業為榜樣，把學校辦到農村，到田間從事實際研究，那才是中國所需要的農業教育。

---

[1] 彭國鈞（1877～1952），教育家。湖南安化人。岳麓書院、長沙明德學堂畢業。1907年後，任長沙修業學堂堂長，長郡聯立中學校長，武昌旅鄂湖南學校校長。1921年籌建修業農校，1923年修業學校農業部成立，1927年創辦農學實科。1929年後任湖南私立修業農業學校、湖南修業高級農業職業學校校長至1949年。1949年參加湖南自救會，與唐生智等聯名通電擁護和平解放。

《獨立評論》介紹修業文章創造兩個「第一」

湖南長沙修業農校創辦於1903年，至〈介紹農民化的湖南修業學校〉一文發表，剛好30周年。這篇文章，創造了兩個「第一」——從個人而言，它使當時吳奔星這麼一個名不見經傳的青年作者，第一次現身中國知識界的思想論壇；對於創辦30年的「修業農校」來說，則是第一次登上全國性的權威刊物在國人面前亮相。吳奔星文章對當時的「修業農校」介紹之詳、篇幅之長、影響之大，可以說是「前無古人」，甚至「後無來者」。

私立金陵大學圖書館1933年編輯出版的《農業論文索引》（1858～1931）及1935年編輯出版的《農業論文索引續編》（1932年1月到1934年底），被稱為「民國時期農業文獻索引的典範」，收錄了從清咸豐8年（1858年）到民國23年（1934年）底之間76年來的中國境內出版的中西文雜誌叢刊上的相關農學文章，中文索引多達43,800餘條，而介紹「修業農校」的僅吳奔星此文。在吳文發表2年之後，1935年《中學生》雜誌第3期才在「各地學生生活通信」欄目中發表〈介紹一個勤儉勞苦的學校：長沙修業農村師範〉一文，僅1000字出頭，篇幅不過吳文的三分之一。至於1941年《湖南教育》月刊第23期上發表的〈私立修業高級農校概況〉，不過是時任修業校長彭國鈞1940年6月9日呈報教育當局的一份報告，以該校歷史沿革及資料為主，發表在地方專業雜誌，又恰逢抗戰軍興的混亂時代，影響力相對有限。

1949年後的相當一段時期，國內報刊對「修業農校」的介紹，基本集中在宣傳毛澤東、徐特立在修業從事革命活動的範圍內，而「修業農校」的歷史則被淡化、作用被低估，其主政

者受到不公平待遇，甚至在肉體上被「消滅」。「文革」結束之後，撥亂反正，「修業農校」逐漸恢復了歷史本來面目，對「修業農校」發展做出貢獻的主政者彭國鈞、彭先澤等均被平反昭雪，他們對湖南教育和農業所做的非凡歷史貢獻也得到應有的承認。至此，吳奔星當年所寫的〈介紹農民化的湖南修業學校〉一文，也如同文物「出土」，不時為人提及。比如，政協長沙市郊區委員會文史資料研究委員會1986年編輯出版的《長沙郊區文史第3輯》，彭國鈞哲嗣彭先河在〈修業農校與彭國鈞〉一文中寫道，「當時在國內有一定影響的雜誌《獨立評論》第八十期上，有專文介紹，說『湖南水稻改良，修業開先河』」。《長沙文史資料第5輯》[1]所收錄的朱茂怡的〈彭國鈞辦學事略〉一文，也記載有「當時有影響的北京《獨立評論》曾稱，『湖南水稻改良，修業開先河』，贏得了社會重視。先後獲得農礦部、建設廳及中英庚子賠款補助，學校得以增添圖書、儀器，增闢農場」。至於《中國歷史文化名城長沙》[2]一書，在介紹《修業學校》時，則沿襲了上述說法：「當時北京《獨立評論》稱：『湖南水稻改良，修業開先河』」[3]。仇文農在《益陽師專學報》1995年第1期撰寫的〈彭國鈞辦學簡述〉一文中，同樣記載有修業學校「在教學實踐中又培育出水稻良種『小南粘』等並加以推廣。北京出版的《獨立評論》譽為『湖南水稻改良，修業開先河。』」

---

[1] 政協長沙市委員會文史資料研究委員會1987年主編出版。

[2] 中國建築工業出版社，1989年。

[3] 關於「湖南稻作之改良，實修業開其先河」，查有實據。其一，「國立中央大學概況」（東南大學檔案）中「國立中央大學（1928～1937）與校外之合作事業」部分記載，該校1933年3月（民國廿二年三月）開始和湖南修業棉稻試驗場共同進行改良稻作試驗；其二，1934年《農報》第24期發表〈湖南修業棉稻試驗的一線——小南粘之簡單性狀及產量比較〉，對修業培養的「小南粘」進行介紹，結論是「小南粘」成熟早、抗倒伏、抗病蟲害能力優，產量也高於本地的品種「利穀早」；其三，1936年，國民政府《實業部公報》第290期發表部長吳鼎昌當年7月20日簽發、農字5717號「實業部指令」，也稱「私立修業棉稻試驗場近年對於稻作育種及推廣，頗著成績」。

文學和教育之路的起跑線

吳奔星介紹「修業農校」的文章，不僅面面俱到，甚至不乏細節，而且充滿感情；他在致胡適信中也說：「我住在長沙有十餘年的歷史，湖南教育的內幕頗為清悉。但是惟修業農校在我的腦海中的印象最深。」這些或多或少都在暗示，對於修業，吳奔星並非只是一個知曉內幕的旁觀者，而是一個深浸其間的親歷者。如果閱讀該文更仔細點，從此段文字中可看出端倪——

> 記得在民國18年的夏天，該校主事彭先澤[1]赤著腳在田間工作，馬路上進來了幾個參觀的人，走前的一個便向他喊道：「喂！請你找彭先澤先生帶我們看看學校！」那人說完後，拿出一張名片，遞給他，他接了後，便說：「是我！」接著便邀著他們往辦公室走去。

一個「記得」，讓事實的本來面目如水落石出——這分明是作者對當年現場目擊的回憶！

至於吳奔星當年為什麼只是對胡適誇張地表示自己「住在長沙有十餘年的歷史……惟修業農校在我的腦海中的印象最深」，而沒有透露自己北上求學之前和修業的真實關係呢？他的初衷自然無法確證，但我們大抵可以推測：這裡以一個「局外人」的身份來介紹並推介自己的母校，無論是從作者行文還

---

[1] 彭先澤（1902～1951），湖南安化人。民國8年入日本九州帝國大學農科學習，從事水稻研究。留日期間，曾赴朝鮮考察水稻生產。民國16年回國，先後主持長沙「修業農校」農科，任湖南省建設廳農業技正、江蘇淮陰農校教務主任。率學生培育水稻「修農」、「修農二號」、「粒穀早」、「淮農」等良種，以早熟、高產、抗逆性強而受歡迎。後潛心研究茶苗育種、茶樹栽培、茶葉採製、茶農之組織及國際茶葉市場之出路等，著有《安化黑茶磚》、《茶葉概論》、《鄂南茶業》、《西北萬里行》等書。被譽為「中國黑茶理論之父」。1951年被錯誤處決。

是從讀者閱讀來說，都會顯得更為客觀一些吧。

　　根據吳奔星後來的回憶，他在長沙寄籍的時間只有5年，而在此期間均在「修業農校」求學和教書。

　　1928年，吳奔星跟隨在北平師大讀書的大哥吳蘭階，從故鄉安化來到省會長沙。他起初想投考一所當地知名的中學，但因為家境貧寒，無力負擔高昂的學雜費用，只好託同鄉關係進入安化人彭國鈞執掌的「修業農校」，不但學費可以緩交，還採取半工半讀的形式。吳奔星進入修業，原本只想學到一技之長，未來生活可以溫飽，孰料「修業農校」一名從湖南第一師範畢業的語文老師，講授古典文學十分生動活潑，一名英語老師，則善於把教英語和學習古典詩文結合起來，這下啟動了吳奔星體內蟄伏的文學細胞，誘發了他的創作慾。1929年，吳奔星開始向長沙的《通俗日報》、《大公報》等報紙副刊投稿，幾年下來，詩文累計有20多篇。而修業的歲月，竟成為吳奔星從事文學創作的起跑線。

◀ 長沙《大公報》1929年12月
4日、5日發表吳奔星小說
〈回憶〉書影

　　長沙《大公報》1929年12月4日、5日兩天，在第9版連載吳奔星署名「立華」的小說〈回憶〉，講述一段令人唏噓的愛情往事（一對產生朦朧愛情的青年男女，無法衝破舊禮教的牢籠），雖然文字現在看起來比較稚嫩，不過卻有著鮮明的時代特徵，也有期待婚姻自由、男女平權的意義。

再看《春日雜詩》5首，自然清新，鮮活可感，是吳奔星1932年4月寫於長沙的，同年5月12日發表在長沙《通俗日報》第4版──

> 平地起風波，崎嶇蜀道多；鷓鴣憐旅客，滿口叫哥哥。／涓涓窗外雨，切切室中情；兩者同融化，終宵夢不成。／春意闌珊矣，花飛傍水流；嬌蜂不解意，苦苦戀枝頭。／東風吹花開，復把花吹落；開落任私意，矛盾竟奚若。／花開令人喜，花謝令人哀；一開復一謝，多少鬢毛摧。

◀ 吳奔星1937年北平師範大學畢業照

1931年，因肺病吐血半盆而休學半年的吳奔星，從安化再次返回長沙，繼續在修業的學業。學校瞭解到吳奔星在休學期間曾在家鄉小學代課，就讓他在附小代一個班的語文課，免除其田間勞作，這樣一來有助他大病之後的恢復，二來可以補貼他的一些生活費。於是，成績本來不錯的吳奔星，向老教師學習了教學法，凡是短篇詩文，都要學生背誦、默寫，自己也帶頭背誦並默寫於黑板上，學生及家長認為這個青年老師講課不錯，使學生的手腦有了較多的活動，反應良好。結果，到了

1931年底畢業時，「修業農校」就把吳奔星留作附小老師了。吳奔星留校前後，連續在「修業農校」主辦的雜誌《修農》發表了兩篇有關教育的文章，分別是〈今後中國教育之趨向〉[1]和〈由中國教育現狀談到農業教育之重要〉[2]，尤其是後者所總結出的當時中國教育存在的不良傾向，即「商業化」、「貴族化」、「空虛化」和「腐化」，頗有真知灼見，時至今日，並不過時。因此可以這麼說，吳奔星後來畢生從事教育事業，修業也可以說是肇端。

一生濃得化不開的修業情結

吳奔星留任修業附小，既當語文教師又從事文學創作，如魚得水，本以為這種快活的日子可以持續很久。孰料，幾個月後，三哥吳立湘要去北平考大學，鼓動他同行，頗出乎他的意料。當然，他心裡也泛起漣漪。作為湖南人，吳奔星清楚地懂得，「出湖」[3]即意味著志向高遠，海闊天空，前途無量，這和他1928年跟著大哥從家鄉安化到省會長沙來相比，誘惑更大了。當他終於下定決心，向學校辭職時，小學生不但集會挽留他，還派代表求見校長，至於校方也竭力挽留，使他一時進退兩難，只好把三哥請到學校，與學生和校方見面，三哥承諾，弟弟此去北平考大學，如果考不上，立即回來認真教書；如果考上了，畢業後再回母校服務，能夠做出更大的貢獻。如此反復訴說，情真意切，終於和學校達成四年後回母校服務的口頭協定。吳奔星在60年後寫的一篇文章中回憶說，他臨行之前，「學生們送我禮物，有的甚至送錢，我因急於北上，一律婉謝。這是

---

[1]　載1931年8月出版《修農》第1期。署名吳立華。
[2]　載1932年5月出版《修農》第2期。署名吳立華。
[3]　湖，指洞庭湖；「出湖」就是走出湖南。

我生平第一次領受孩子們的真心誠意。在他們面前，有流不乾的眼淚。大一些的學生，還要我在語文課本上簽名留念。」

1932年11月，吳奔星和三哥吳立湘抵達北平後，三哥吳立湘準備報考北京大學英語系，而吳奔星想報考清華大學英語系。然而，已經從北師大英語系畢業並在太原作中學英語老師的大哥吳蘭階說：我們三兄弟都學外語，將來家鄉有人死了，連作祭文、寫輓聯的都沒有。大哥勸吳奔星考北師大國文學系，北師大文學院的國文學系師資力量雄厚，院長黎錦熙先生是湖南湘潭人，便於向他請教。吳奔星同意了，由於距離高考時間還有半年多時間，他先去北平南長街華北高級中學上了半年課，著重補習英語。高考揭榜，吳家兩兄弟均如願考上心儀的學校。當然，開心之餘，也有犯愁的事情：家境貧窮，父親無力支持，大哥也才工作，一時交不清兩個弟弟的學雜費。後來吳立湘靠借貸交費上了大學；吳奔星上的是師範大學，學費雖免，但20塊大洋的雜費是不能免除的，必須交了才能註冊入學，結果由文學院長黎錦熙先生擔保，暫緩交費，得以先報導上學。對此，吳奔星終生難以忘懷，半個世紀之後在北師大校慶100周年之際，還專門寫文章回憶此事。

◀「民國政府實業部公報」書影

吳奔星和三哥吳立湘在北平讀大學，經濟上主要由大哥吳蘭階支持，生活尚能夠勉強維持。不料，1934年初，大哥吳蘭階在一次回家鄉的路上感染風寒，又遭遇庸醫，不治身亡，這對於吳家兄弟二人來說，真好比大廈傾頹，頓時少了頂樑柱、主心骨，更少了經濟來源，瀕臨失學的危險。不過天無絕人之路，恰巧在此之前，吳奔星發表在《獨立評論》上的〈介紹農民化的湖南修業學校〉的文章，在全國產生一定影響，在湖南教育界更是一石激起千層浪，頗有人人誇說修業之勢，讓「修業農校」的負責人非常高興。由於吳奔星原本和「修業農校」有過大學畢業後回校教書的口頭協議，修業校董決定墊付他大學4年的生活費，共計大洋200塊，而條件很簡單，就是畢業後回母校服務一個時期，以工資歸還母校墊款。與此同時，三哥吳立湘則與遠房舅父張自立聯繫，也得到了支援。這樣一來，兄弟倆解決了後顧之憂，順利度過了大學時代。

　　吳奔星1937年7月從北師大畢業時，正逢盧溝橋事變，日本軍隊開始全面入侵中國。吳奔星在北師大文學院的學長周懷球（周小舟）邀請他去山西抗日大學，但他因為要回長沙踐約，為母校服務以償還借款，只有婉言謝絕。當年7月18日，吳奔星離開北平，7月21日從南京轉乘輪船南下，24日抵達武昌，去見正好在當地的「修業農校」校長彭國鈞。彭校長看到學生能夠遵守承諾，很高興，派人為他買了去長沙的車票，並給他10塊零用錢。吳奔星終於回到闊別近5年的母校，9月一開學，就開始教兩個班的國文，以古文為主。但由於日寇日益南逼，長沙危在旦夕。1937年年底，吳奔星不得不離開「修業農校」，應時任浙贛鐵路聯合公司理事會主任秘書張自立之邀，赴醴陵擔任浙贛鐵路巡迴教育隊隊長，在鐵路沿線宣傳抗日救國，並解決鐵路員工子弟的教育問題。未能在修業服務期滿並歸還母校墊付的費用，成為他一生中莫大的遺憾。不過，對於吳奔星而

言，「修業農校」不僅培養他走上文學和教育的道路，而且在經濟上資助他完成了北師大的學業，可以說是恩重如山。他內心的修業情結，一輩子都濃得無法化開，正如他在北平讀大學期間，所創作的詩作〈我所思兮〉[1]中所吟誦的：

> 我所思兮在城南，／這兒我離開了童稚的搖籃。／厭棄海味慕山珍，／金桂飄香時節：盟白首，結永歡。
> 我所思兮在湘江，／江水指示了我的路向。／「天覆吾，地載吾，……」／要我乘風破浪！
> 我所思兮在麓山，／山裡楓葉滿山：／伊囑我莫學它的凋殘，／該學它的鮮紅燦爛。
> 我所思兮在天心，／閣中翹首暢胸襟；／上帝頻頻指點：／要我把大自然來歌吟。[2]

　　1903年創辦的湖南長沙「修業農校」迄今已近110周年，它不但是湖南省最早的綜合性學校之一，而且具有光榮的傳統。學校創立之初，就是革命黨人聚會的場所。關於徐特立老人斷指血書的故事，版本較多，湖南日報2007年的一篇文章的記載，算是一說：1909年12月8日，身為長沙修業學校校董兼教師的徐特立在學校操場給學生講演時事，痛斥帝國主義對中國的侵略，講到悲憤激昂處，他跑到廚房拿來一把菜刀，當場砍掉自己左手的一節手指，血書「驅逐韃虜，恢復中華」八個

---

[1] 刊載於柳亞子先生哲嗣柳無忌主編的《人生與文學》雜誌1935年第5期。
[2] 此段為吳奔星詩作〈我所思兮〉的「中篇」，正是詩人回憶在長沙修業農校讀書的生活。詩人自註說：「城南，指長沙城南一小村鎮新開鋪。修業農校開設於此；我曾就讀其間。此地結識一鄉村姑娘，余嘗戲稱之曰Beatrice。」按，Beatrice是但丁暗戀的女孩，因「神曲」而流芳百世，後成為「為他人祈福或使他人快樂的女孩」的代名詞。據伊傑在《近代史研究》1989年第1期所撰〈徐特立「斷指血書」考證〉，徐特立所書應該還是「請開國會，斷指送行」，這不僅符合當年的政治背景，也和徐特立革命歷程中思想發展的軌跡合拍，無損徐的形象。

大字。因流血不止，他當場暈倒。校長彭國鈞怕傳出去得罪清廷，便用徐特立的血，在一張白紙上另寫了八個大字：「請開國會，斷指送行」。事後，省內外許多報紙都在顯著位置報導了這一消息，極大地激發了人們的愛國熱情。毛澤東後來回憶說：「這給了我對革命的第一次感性認識」。

至於毛澤東，也曾在修業學校教書和從事革命活動。1919年4月，從北京回到長沙的毛澤東，接受彭國鈞校長的聘請，任教修業三個班的歷史課，並在此工作了8個月，主編《湘江評論》，為修業學校留下令人矚目的一頁。當然，這是題外話了。

2009年3月23日初稿於南京
2012年8月16日改訂

第二十八章
哀悼「瘦詩人」的「胖文藝」
——吳奔星主編《半月文藝》談屑

北大教授曹先擢在1992年第3期《語文學習》發表的一篇談漢字誤讀的文章提到：

> 也有字本來不誤，而故意將二字合為一字或一字析為二字，而作戲謔之舉的。1936年當代學者吳奔星在北平辦《半月文藝》，當時字橫寫時也右起左行，故半月文藝作：
> 藝文月半
> 好事者戲稱其為「胖文藝」，成為儒林雅事。
> 　　　　　　　　見《黎錦熙先生誕生百年紀念文集》

查《黎錦熙先生誕生百年紀念文集》[1]吳奔星所作〈在向邵西師請教的日子裏〉一文，確有如下記載：

> 1936年6月我主編的北平《小雅》詩刊創刊，正逢方瑋德逝世一周年，來不及刊出弔念他的詩文，遂在我主編的《半月文藝》（《北平新報》副刊之一）上刊發「悼念詩人方瑋德專輯」。《半月文藝》的報頭是我題的。因為從右向左直行書寫，「半月」二字看起來，像

---

[1] 北京：北京師範大學出版社，1990年4月，第156頁。

個「胖」字，於是，文藝界的朋友便戲稱《半月文藝》為「胖文藝」，認為是「胖文藝」哀悼「瘦詩人」！

吳奔星的這篇文章寫於1988年12月，距離回憶中所談及的往事已經超過半個世紀。不過，未經查證的回憶，往往靠不住。據筆者所知，吳此處的回憶正屬此列，把主編《半月文藝》的時間推遲了整整一年！正因為如此，他生前數次托朋友和學生去查找自己半個世紀前主編的《半月文藝》，均一無所得，留下永遠的遺憾！

2010年，筆者在搜集吳奔星1949年前發表的新詩及詩論的時候，無意間發現他1937年3月20日以筆名「吳立華」發表在北平《文化與教育》旬刊第120期的〈詩論匡謬〉一文，其中提到「我曾經寫過一篇〈偉大意義的曲解與正詁〉」，註明該文「見24年5月4日北平新報之《半月文藝》第1期」。經過和首都圖書館聯繫，複製到他們現存的《北平新報》副刊《半月文藝》計5期，終於弄清楚這一副刊創刊於1935年5月4日，到當年7月6日共出版5期。因為《半月文藝》第5期中有連載未完的文章，這個副刊究竟辦了幾期，到什麼時候停刊，還有待進一步查證。

不過，從僅有5期《半月文藝》副刊上，我們還是得到很多珍貴的資訊——

「胖文藝」誓滅三種不良現象

首先，我們得以一睹吳奔星所謂「胖文藝」的真容。原來，《北平新報》副刊由當時還在北平師範大學國文系讀書的吳奔星題寫刊頭的《半月文藝》，並非曹先擢所謂「當時字橫寫時也右起左行，故半月文藝作：藝文月半」，而只是「半月」兩個字橫寫時「右起左行」，有點擁擠，和豎寫的「文

藝」兩字配搭在一起，容易導致誤讀成「胖文藝」。

吳奔星在5月4日《半月文藝》第1期的「創刊獻辭」中提出，誕生了16年的新文學運動要警惕「3種反動傾向（或不良現象）」，並列舉如下：一是舊文學餘孽之蠢蠢思動，以「章回小說」和「舊體詩詞」氾濫為標誌；二是「文畫合壁」刊物之流行，「發行及編輯這種刊物的人，穿著新文學的外衣，以肉麻的文字配合著影星或所謂名媛閨秀的半裸全裸的照片，迎合有閒階級的低級趣味，博他人金錢，飽自己口福」；三是幽默之流毒。「幽默之在泰西，係一種諷刺文學，它的本身無可非議之處，孰料一經移植中國，便全盤變卦，『我、你、他』都來『幽默』，結果，日趨下流，《笑林廣記》一類的書也成取材的絕好泉源，真是淺薄到無以復加。這種流毒不徹底洗刷，中國決無好的文學創作出現。」

「獻辭」最後說：

> 這三種不良現象不消滅，新文學難有健美的一天。所以我們的工作除了「槍決」為新文學「開倒車」的「司機生」外，所有一切在文壇上「掛羊頭賣狗肉」的人，也要全力施以攻擊。這是關於破壞一方面的，至於建設方面，我們也打算稍盡綿薄，介紹給讀者以文學各部門，精心的創作或翻譯，當時在這多難的年頭，任何事業都難免阻滯，所以我們竭誠地期待著文學界同人及讀者不時予以實際的贊助及指教。

「胖文藝」哀悼「瘦詩人」

其次，上述吳奔星回憶中除了時間有誤外，《半月文藝》上也並沒有刊發過〈悼念詩人方瑋德專輯〉。不過，在6月15日

的《半月文藝》第4期「詩的創作專號」上，卻刊登有吳奔星的詩作〈紀念詩人方瑋德〉：

> 不效老師高飛（註1），／不慕同好泅水（註2），／掠一掠鬢邊長髮，飄然而去，／留下無邊愁緒！
>
> 縱忍心讓詩園荒廢，／讓同好含悲；／怎忍令伊人（註3）忽作孤身客，／暗吟那「守著窗兒，獨自怎生得黑？」
>
> 詩人逝矣，／不忍看一泓流水；／逝矣詩人，／凝望西山一片雲！
>
> （註1）指徐志摩先生。
> （註2）指朱子泗先生。
> （註3）指方先生未婚妻黎憲初小姐。

> 　　　　　　二十四年（一九三五）年六月，北平。

　　方瑋德當年5月9日在北平去世後，《北平晨報》和《中央日報》都曾推出紀念他的專刊或專號，而當年6月1日出版的南京《文藝月刊》7卷6期則刊發有「紀念詩人方瑋德特輯」。沈甯的〈讀方瑋德致常任俠書札〉[1]一文第三部分「補充幾種有關悼念方瑋德的相關史料」，沒有提及吳奔星的〈紀念詩人方瑋德〉一詩。不過，作為紀念這位早夭的新月派才子的最早的悼詩之一，還是值得一記的。

　　發表於南京《文藝月刊》7卷6期的方瑋德未婚妻黎憲初的散文〈哭瑋德〉[2]，被該刊編者王平陵稱為「情文並貌的好文章」。從文中看，方瑋德本來是「圓圓臉帶點福氣」，但在結

---

[1] 見《新文學史料》2007年第2期。
[2] 初載《北平晨報》「紀念瑋德專刊」。

核病的折磨下，卻「消瘦得如此清瞿」。這就坐實了吳奔星「胖文藝」哀悼「瘦詩人」的回憶。

「筱舟」：周小舟的筆名

第三，7月6日的《半月文藝》第5期[1]，以頭條位置發表了「筱舟」翻譯的「A. Vesyolg」原著的《俄羅斯浸在血泊裏》！此文文末顯示「未完」，而該期副刊「下期內容示要」中也明確標明有「筱舟：俄羅斯浸在血泊裏（續完）」字樣，表明下一期《半月文藝》還有連載，儘管筆者目前尚未看到該期副刊。這個「筱舟」是吳奔星在北師大的同學兼同鄉周懷求。他後來成為毛澤東的秘書，並改名周小舟，擔任過中共湖南省委第一書記，在1959年「廬山會議」上和彭德懷一起蒙難！關於他的筆名和早年文學創作情況，筆者另撰專文〈周小舟早年文學活動管窺〉[2]，此處不贅。

盧南喬：日後的史學教授

第四，《半月文藝》上有一個作者「南喬」，是個多面手，既有詩歌作品（「詩的創作專號」上的〈摧折〉、〈憶〉），也有文藝評論（第1期和第2期上的〈論小品文〉）。經過一番查找，發現顧學頡在〈記沈從文先生的一件小事〉[3]中提及一個叫「盧南喬」的同學：

> 約在1935年暑期，那時我在北師大念書。放暑假回南方。當時坐火車是一件極苦的事，雖不像現在那樣擠

[1] 刊頭誤為第4期。
[2] 詳見《名作欣賞》雜誌2011年第11期。
[3] 見〈說古道今〉，北京：中共中央黨校出版社，1997年，第86頁。

著、站著，但在車上的時間之長而慢，磨蹭得令人難受難熬。從北京到武漢要坐兩天兩夜，搖搖晃晃，全身的骨頭就要搖散。因此，到車站送行的同學盧南喬兄（是我的兩度同學，後任山東大學教授，已去世）特意買了一本裝印精美的袖珍本《邊城》送我，讓我在車上打發時間。

顧學頡是比吳奔星低一級的學弟。那麼，南喬是不是上述的盧南喬呢？《山東現代著名社會科學家傳·第1集》[1]給出了明確答案：

> 盧振華教授，字南喬。因他發表文章時多以「盧南喬」署名，學界對其字更熟悉，故本篇小傳也以「南喬先生」稱呼傳主。南喬先生1911年1月8日出生於湖北黃安縣（後改名為紅安縣）。1937年，他畢業於北平師範大學國文系。其後近10年間，他先後在湖北隨縣列山中學、恩施高中教學，在重慶北碚編譯館工作。日本人投降後的1946年，南喬先生北上青島，到山東大學執教，此後凡33年未再遷移。學銜由講師而進副教授、教授，曾任歷史系亞洲史教研室主任和中國古代史教研室主任。南喬先生是研究中國古代史的著名學者，綜觀其治學生涯，當以研究《史記》用意最深，以點校《南史》，《梁書》用力最勤，以考論扁鵲等山東古代科技人物用功最精。

---

[1] 濟南：山東教育出版社，1991年12月，第305頁。

從畢業時間看，盧南喬和吳奔星應是同班同學。盧南喬大四時曾在1936年10月《師大月刊》30期上以「盧振華」本名發表論文〈李杜卒於水食辨〉，同一期上吳奔星也發表有〈袁中郎之文章及文學批評〉。這兩篇文章，在半個世紀後的今天，還時常為論者提及，可見不是泛泛之論。由此看來，當時國文系的大學生無論是創作還是學術研究，都值得現代的大學生學習。

李金髮的集外詩作〈有題〉

第五，《半月文藝》的作者除了後來和吳奔星一起創辦北平《小雅》詩刊的李章伯外，還有同學周懷求、盧南喬、王延傑、林慰君（北師大英文系畢業，報人林白水的女兒）等。引人注目的是，大名鼎鼎的象徵派詩歌旗手李金髮，在《半月文藝》第4期「詩的創作專號」上發表了題為「有題」的詩作，洋溢著濃厚的象徵之風：

◀ 1935年6月15日《北平新報》吳奔星主編的副刊《半月文藝》「詩的創作專號」上李金髮發表的詩作〈有題〉書影。

歡愛的美味：／無主的秋葉，／隨風消逝於人所忽略的窪地。／剩下的悲憤：／十字架上的金屬，／永釘

在你的掌心，／有已乾的黑血膠著。

　　吞嚙吧，不稀罕這盛年，／希望衰老的陰險之潮，／沖洗聰明自誤的心頭石塊，／無稽的永遠未淘的知識之金沙，／化成頹暗的灰燼。

　　詩料等候詩人動筆，／車兒不來，馬兒酸了腿，／一枝多年相伴的手杖，／打著清晨送（疑為「道」之誤——筆者按）旁的凝露，／那時將有人歌頌這不幸。

　　　　　　　　　　　　二十三，六，金沙井舊作。

　　這首詩作，不見坊間幾本李金髮的詩集。因為沒有出版過《李金髮全集》，因此該詩不能稱作佚詩，但無疑是一首值得詩歌研究者重視的集外詩歌。值得指出的是，此詩署有「金沙井舊作」字樣。金沙井是南京城南的一個地名，李金髮上個世紀30年代在中央大學任教時曾借住在附近，他在1934年第13期的《人間世》發表的散文〈在玄武湖畔〉中，在提到朋友願意把別墅分一部分給他住時，有「我於是遂從不脫南京舊日本色的金沙井逃出來，好像舒了一口喘息似的」的句子，可以想見當年金沙井附近老房子環境的惡劣。他寫於金沙井的詩作，除此之外，尚未見過其他。

　　吳奔星一年後在北平創辦《小雅》詩刊，李金髮也是主要作者之一。從《半月文藝》「詩的創作專號」來看，吳李之間早就有交往。看來，對於作為詩壇的一個後起之秀的吳奔星，已是名家的李金髮是不吝伸出扶持之手的。

　　　　　　　　　　　　　　　　2011年5月28日～7月12日

第二十九章

詩人吳奔星抗戰時期在廣西的文教活動

　　詩人吳奔星1937年7月從北平師範大學國文系畢業時,適逢日本侵略者發動「盧溝橋事變」。因為和母校——湖南長沙修業學校有約,他婉拒了同學周懷球(即1949年後任中共湖南省委第一書記的周小舟)去陝西參加抗日活動的邀請,返回湖南長沙當了一名教師[1]。

　　隨著日寇日益南侵,吳奔星不得不離開危如累卵的長沙,於1938年春首次踏上廣西的土地,擔任廣西南寧中學國文教師。不過,他這次在南寧待的時間不長,就應時任浙贛鐵路理事會主任秘書的堂舅張自立的邀請,返回湖南瀏陽擔任浙贛鐵路職工巡迴教育隊隊長,在鐵路沿線宣傳抗日救國。吳奔星這次在南寧的情況,留下的正式文字記錄僅有一條,但十分權威:1938年7月30日,廣西省政府公報發表「人字第328號」「人事委任狀」,有「委任吳奔星為廣西省立南寧初級中學教員」之字樣。

詩歌創作的豐收期

　　待吳奔星再度回到廣西,已是1939年。按照吳奔星在〈緬懷老友孫望教授〉一文[2]中敘述,他當年是從湖南衡陽乘汽車前

---

[1]　可參閱全國政協主管雜誌《縱橫》2009年第7期拙文〈吳奔星與長沙修業學校〉。
[2]　《溫故》17期,桂林:廣西師範大學出版社,2010年1月。

往桂林的，同行者有當地詩人呂亮耕及其母親和2個孩子。到了桂林，他和呂亮耕看望了在《廣西日報》編輯「南方」副刊的詩人艾青，並一起吃了早茶。這是吳奔星和艾青的初會。這次到桂林，是由詩人呂亮耕陪伴，又見到詩人艾青，吳奔星難免詩興勃發，他的新詩選集《都市是死海》[1]中，〈過桂中〉、〈答客問〉、〈潤之歌〉和〈沿海〉等幾首詩作，正是這個時期的作品。其中〈過桂中〉一詩1939年6月2日寫於桂林環湖大酒店，還曾以〈過桂林〉為題發表在1939年9月3日戴望舒主編的香港《星島日報》「星座」副刊上。不過，由於抗戰期間郵路不暢，吳奔星生前並不知道此詩曾在《星島日報》發表過，筆者也是2009年在香港文學資料庫中搜尋相關資料時無意中發現的。刊登在《星島日報》上的〈過桂林〉除了和收入〈都市是死海〉中的詩歌題目不同，文字也略有不同，因資料珍貴，為便於研究者對照，茲照錄如下：

> 兩旁的山，／兩旁的鳥音，／雖則是離奇的，／我並不感覺陌生！
> 車行愈遠，／鳥語是愈加親切了，／（迎我呢？送我呢？）／我雖不懂鳥語，／可是，我愛這鳥音，／眉睫交織悲歡之網！
> 在我的記憶裡，／湧現／北方，中州，江南，……／的山，的鳥音，／它們於我是熟悉的，親昵的
> 車子拉我更遠了，／一座混合的山，／一種混合的鳥音／釘住著我的記憶，／離奇而親切的！
> 我願各地的山永在，／親切的鳥音永在；／最怕聽到熟悉的鳥音，／應和流亡的步子。
>
> 　　　　　　　　　　　　廿八年六月二日於桂林

---

[1] 桂林：灕江出版社，1988年。

這是目前所知的吳奔星發表的第一首和廣西有關的詩作，抒發了一個流亡青年對大自然的熱愛，和希望祖國「山永在」、「鳥音永在」的愛國情懷。靜聽自然界的鳥音，追求的是人與自然的親近，突出的卻是詩人輾轉於北方、中州與江南各地引發的內心深處的孤獨。最後一節詩人的思緒由桂林拓展到祖國遼闊的土地，畫龍點睛，昇華了主題，既突出了對親切的鳥兒的祝福和對祖國自然風光的熱愛，顯示出一份特有的詩人氣質與人文關懷，也彰顯出詩人「眉睫交織悲歡」的神往自然而又惆悵漂泊的複雜情愫。不免讓人油然想起杜甫的詩句「國破山河在，城春草木深。感時花濺淚，恨別鳥驚心」。從時間跨度來說，兩位詩人相差了1200多年，但從愛國情懷來說，兩人堪稱近在咫尺！

　　這次吳奔星在桂林短暫逗留後即前往貴陽，由詩人孫望的父親孫逸園介紹到貴州圖雲關聯合國救濟總署設立的紅十字會運輸隊工作，擔任英國華人林可勝少將和運輸股長胡威廉的中英文秘書。由於貴陽當時地處偏僻，生活單調，很少知識界的朋友，能夠談詩的朋友更是鳳毛麟角，吳奔星只待了幾個月時間，又返回桂林，旋去湖南新寧，擔任湖南省立衡山師範學校國文教師。到了1940年下半年，才折返廣西，先後擔任桂林醫學院國文講師、廣西省立桂林師範語文教師、廣西教育研究所研究員、桂林師範學院副教授兼桂林師範學院附屬中學語文教師，直到1943年9月再次告別廣西[1]。吳奔星自1937年「七七事變」後到1945年抗戰勝利的這段流亡生活，在廣西桂林逗留時間最長，也相對安定，教書之餘，能夠靜下心來從事詩歌創作以及語文教學研究，並取得相當的成績。1940年9月，吳奔星發

---

[1]　吳奔星辭去廣西工作，是應謝六逸先生之聘擔任貴陽師範學院中文系副教授，主講《杜詩選講》和《古代文選》。可參閱吳奔星〈緬懷謝六逸先生〉一文，見1994年《山花》第10期。

表在桂林出版的《詩》月刊2卷1期的〈流浪人的日子〉，可謂
這段生活的寫照：

> 風之手推開流浪人的窗，／飛蛾遂魚貫而入：／
> 一隻，兩隻，三隻，……／迴環於植物油燈的周遭：
> ／一個圈，兩個圈，三個圈，……／一夜，兩夜，三
> 夜，……／寂寞的圈子，／日月的圈子，／交織起來，
> ／重疊起來。
>
> 記憶插上翅膀，／共飛蛾而起舞，／（在寂寞的圈
> 子內，／在日月的圈子外。）／一個圈，兩個圈，三個
> 圈，／一夜，兩夜，三夜，……／矯健的翅膀疲憊了，
> ／折落於夢之陰影下。／而飛蛾加速度的凱旋舞，／乃
> 共燈花而暗笑！／無數的圈子，／無數的夜，／交織起
> 來，／重疊起來。
>
> 流浪人的寂寞，／流浪人的悲哀，／是交織著的，
> ／是重疊著的。
>
> 二十九年六月八日於融縣

　　流浪對詩人的生活而言是麻煩和困頓，對於詩歌而言卻是
火花與靈感。本詩即景生情，以細數飛蛾的數量，玩味飛蛾的
「凱旋舞」來凸顯詩人的寂寞與善感。飛蛾「迴環於植物油燈
的周遭」雖有幾分盲目，然而目標與方向卻是明確的；而詩人
卻只能感慨於日子在流浪中不經意間的流逝：「一夜，兩夜，
三夜，……」那份寂寞、那份悲哀對於有才有志的青年而言無
疑是種精神的折磨。
　　吳奔星抗戰時期寫於廣西的詩歌發表過很多，半個多世
紀過去，散佚不少，殘留下來的一些剪報多半也沒有標明發表
的報刊和日期。筆者近幾年來多方搜尋、核對，弄清了一些出

處，但還有為數不少仍待查明。除上述幾首詩歌外，吳奔星抗戰期間在廣西寫作並發表的重要詩作尚有以下：

1.〈風之歌〉：

> 風，歌頌朝霧，／歌頌晚霞，／歌頌陰晦的秋，／歌頌嚴寒的冬，／尤喜歌頌漆黑的子夜，／暨雷暴雨降臨前的一剎那。／總之，它喜歡歌頌／一切多變化的活潑的時節／而厭棄平凡的日子。
>
> 它的歌聲，／如虎吼，如狼嚎，／像波浪掀天，／像雷霆動地，／似杜鵑啼血，／似猿猴哀鳴。／憤怒，悲壯，／瀟灑，飄逸，／流暢，嘹亮，／清脆，淒涼，／多變的，活潑的，／配合一切多變的活潑的時節，／打擊了所不堅強的，／動搖的，庸弱的人們，／而讚美那些／已經／正在／將要／簽名於史頁上的風雲兒。

　　詩人筆下的風是摧毀舊世界、追求新生活的的象徵，作者以多重意象的疊加展現了風的正義、風的勇敢與風的堅韌，殷切呼喚與期盼那些「已經／正在／將要／簽名於史頁上的風雲兒」的出現。

　　此詩1940年5月6日寫於桂林，同年9月11日發表於香港《國民日報》副刊，其時吳奔星的詩友路易士在該報編輯副刊。此詩和收入《都市是死海》中的同題詩〈風之歌〉文字上也有區別。

2.〈答客問〉：

> 我麼？／來自那燃燒起第一把烽火的／常年籠罩著黃沙網的／地下長眠著祖先的木乃伊的／古城的行客。

／雖說初踏入南國的瘴癘地／但我們是不用驚訝的。／不是嗎？／我們的頭髮，的皮膚，的耳目口鼻、的顏色和形態，／不是同一的嗎！我們，惟有我們，／是歐羅巴人所曾懾服的「黃禍」！

你我的口音隔膜麼？／我不是鴂舌／你也並非鳥言，／那都是山河的表像。／你無須問祖國的廣大，／祖國的地圖，／如今繪在各式各樣的語音中。／你珍惜我的語音吧，／你是河山的愛護者！

猗歟！你我的視線是如此親切的，／雖含孕著幾分癡憨，／卻具有無上的凝聚之力呀！／我們該以同一的眼色，／掠過各色各樣的音區！／堆積起來眼色來吧，／這才是蝦夷種所不能突破的長城！

此詩發表於1940年9月桂林《詩》月刊2卷1期，總題目為〈民國詩兩首〉，另外一首即前面提到的〈流浪人的日子〉。〈答客問〉原詩末標註「二十八年六月寫於經桂赴黔途中」，表現了一個從北國流亡南國的愛國青年的心聲，他希望操著不同鄉音卻擁有同樣髮色、膚色的同胞團結起來，築起日寇所「不能突破的長城」！

3.〈汗之頌歌〉：

七月——／是汗之季節，／三萬六千個毛孔／汗在爭流：／額角，耳根，／鼻尖，下巴，／背脊，胸膛，／以至大腿腳掌，／洶湧著，橫行著，／織成一個無邊的網，／有活力在交流。

（不在月下流！／不在花間流！）／它是成串的珍珠，／一顆要換一粒穀子，／它是連編的炮彈，／一顆

要拼掉一個敵人！

　　我們披著汗之網，／走向廣大的田間，／踏上腥臊的火線，／網羅豐穰的收成，／打盡無恥的仇敵！

　　汗之網密佈在高原，／汗之網密佈在平地，／它有蒸騰的熱力，／它有藥性的鹹味，／使祖國的英雄跋山涉水，出死入生，／為祖國的江山消毒，防腐，滅菌，殺蟲，／它是奔騰澎湃的！／它是根深蒂固的！

　　儘管強暴者以秋風殘忍的姿態／掃蕩它如落葉蕭蕭而下，／它必然用春潮陡漲的面貌／回答牠以怒潮滾滾而來！

　　它是祖國無窮的資源，／它是祖國活潑的脈搏，／誰能根絕我們的熱汗？／誰才能毀滅我們的國家？

　　聽呀，／祖國的英雄，／挺直脊樑，／在當空的烈日下，／以驕傲而沉著的旋律，／高唱汗之頌歌！

　　　　　　　　　　　　　　　　卅，五，八，寄自桂林

　　此詩發表在《中國詩藝》1941年第3卷第7期（復刊第2期）上。以汗入詩，古而有之，如唐代李紳的〈憫農〉之一曰：「鋤禾日當午，汗滴禾下土；誰知盤中餐，粒粒皆辛苦。」至於現代新詩中，和「汗」有關的詩作也有一些，但多半像〈憫農〉一樣，多和勞作有關，只限於正常的人體新陳代謝，如臧克家的〈三代〉：「孩子，在土裡洗澡；／爸爸在土裡流汗；／爺爺，在土裡埋葬」，劉半農〈敲冰〉中「頭上的汗，／涔涔的向冰冷的冰上滴，／背上的汗，／被冷風被袖管中鑽進去，／吹得快要結成冰冷的冰」，洛夫〈邊界望鄉〉中「霧正升起，我們在茫然中勒馬四顧／手掌開始出汗」，等等。像吳奔星這首以汗作為意象，雄渾奇崛，汗是炮彈，汗是怒潮，汗是活潑的脈搏，汗，奔騰澎湃，無窮無盡，捍衛著祖國，可以說是別出機杼，

未必後無來者，但確實是前無古人，具有獨特的藝術魅力！

4.〈懷兩江〉：

> 當春天快要來的時候／我悄然地離開了兩江，／——帶著親愛的書、孩子，／當然，還有老婆！／我雖然投入了更大的春天，／但也不能忘懷於那一塊小小的土地！
>
> 第一：我懷念那兒一個古老的村子，／名字怪奇特的，／叫什麼「樹頭村」。／奇特的村子，／產生了一個奇特的人：／那便是打救同胞的／××戰區司令長官／李宗仁將軍！／我從未懾於他的威名，／我只敬慕他的面孔，／滿鋪著誠懇，／還有幾條英勇的皺紋！
>
> 第二：我懷念那兒的一座橋，／名字怪順耳的，／叫鳳凰的鳳橋／橋下流過一條水，／叫鳳凰的鳳水：／那個／印有我壯年的足跡的／投有我豪放的眼色的／流著我愛與恨的／小小的／地方！／橋上遺留著／我那送別黃昏的足印／橋下翻騰著／我那迎接老年的頹影；／還有我那一股股對人類的憎恨／噴射在／橋上！／水上！
>
> 第三：我懷念一群年青的人，／他們常跑樹頭村，／他們常走鳳橋，／他們常在鳳水裡游泳。／他們學會了如何安排自己：／他們像鳳橋一般美麗，／他們像鳳水一般活躍，／他們並默契著樹頭村的精神傳統！／更值得懷念的是／他們都知道自己還年青得可愛，／他們不屑去假裝「少年老成」。
>
> 第四：我懷念那兒一些猙獰的面貌，
>
> 第五：我懷念那兒一些陰險的心肝，／為了它們／使我在春天快要來的時候，／我便離開了兩江，／慶倖

我沒有為它們所同化、所損傷，／我還是我，／一顆赤子之心，／投向另一個充滿春意的地方！／總而言之，／我懷念灕江。／那個／印有我壯年的足跡的／投有我豪放的眼色的／流著我的愛與憎的／小小的／地方！

　　這首詩歌發表於1942年6月15日《廣西日報・桂林版》第4版「灕水」副刊。十分奇怪，詩得第四段僅一行文字，不知道是當年排版時候的失誤還是新聞檢查時被刪削！詩人所出的幾部詩集裡也沒有此詩，無從對照，留下遺憾。

5.〈山居雜詩〉1組3首：

一、水之頌
　　水呵——／水呵——／跳躍於帶傷的土地上，／誰不熱愛著水呢？
　　從黎明到黃昏，／太陽躺在水的懷抱裡：／水呵——／跳躍於帶傷的土地上，／是「無限的光明」的搖籃呀！

二、農夫
　　農夫凝視著／春風上的水田的波紋／他想到——／南風下的碧綠的秧紋／秋風下的金黃的稻紋／倉庫旁的地主的笑紋／冷灶旁的妻兒的淚紋／他木然了／怕開始他那慢性自殺的工作。

三、記所見
　　肥肚皮，雙下巴的人，／是不慣於山居的！／他怕一泓清泉詛咒他那污穢的腳，／他怕一輪明月映入他那黑色的心，／他怕數聲村雞嘲罵他那麻木的耳，／他怕幾片綠葉幌入他那罪惡的眼，／總之，他怕一切，／清

白的，警惕的，新生的，／事物和性態，／尤其怕那些
無量數的粗黑的／臉部、臂部、腿部……／所鼓出來的
青色而忿怒的筋！／所以在一場大轟炸之後，／那些肥
肚皮、雙下巴的人，／仍然回到了城市……／那是他們
的「長生」呢！

　　詩人以愛恨分明的強烈情感表達了對下層人民群眾的同情
和對尸位素餐者的抨擊。此組詩發表於1942年6月22日《廣西日
報・桂林版》第4版「漓水」副刊。

6.〈樓〉：

　　　　太陽也常來散步／月亮也常來散步／我的光明的樓
呀／現在，裸露著胸脯／只等待你的腳步
　　　　風是嫌惡樓之冷清麼／路過一下／掉頭便走了／它
為我低唱召喚之歌／悠遠……悠遠
　　　　樓內什麼都還年青／桌子紅紅的／椅子紅紅的／鏡
子睜大磁性的眼／屋樑也還魁梧得可觀
　　　　但為了你的腳步／桌椅鏡子等得皺了額／屋樑也快
長滿灰白的鬍／老了──我的年青的樓呀
　　　　我曾數度／趕走了太陽／趕走了月亮／硬把一座美
麗的樓／裝璜得格外幽深／而且秘密／因為我的夢告訴
我呀／你的圓溜的眼／比太陽還亮／比月亮還光
　　　　可是／據說你的那雙眼呀／像翻？的蝴蝶／正飛舞
於另一個廣場／我枉然於／開罪了太陽月亮
　　　　而我的年青的樓呀／格外幽深／而且秘密喲／黑色
的四壁／鎖住一顆紅色的心／風，路過一下／掉頭便走了

此詩發表於1942年7月6日《廣西日報‧桂林版》第4版「漓水」副刊。倒數第二節中「翻」後缺了一字，估計是「飛」字。本詩以象徵主義的寫法刻畫出對愛情與理想的追求，將詩人等待的執著與堅守、失望卻不失意的豁達從容表現得含蓄空靈，靈動而活潑。

7.〈近作3首〉。

　　其一：？
　　　　什麼是季節的製造者？
　　　　它使人們陷落於秋之深坑，／人們的臉／是潰裂的黃葉！
　　　　它使城市浸潤於春之樂土，／城市的屋宇／是雨後的春筍！
　　　　春天吞噬了秋天，／滿城一片春色，／繁榮──再繁榮，／從這個城到那個城！
　　　　祖傳：死屍被殮於堅美的棺槨，／出殯要伴奏悲壯的音樂。／今天的城鎮呵／秋天被包裹於春天！
　　　　什麼是季節的製造者？
　　　　　　　　　　　　　　　　三十二，十二，二十九

　　其二：生活
　　　　壁虎，蜘蛛，／是生活的註解者。
　　　　徘徊地面的兩隻腳，／一如春耕的犁耕。
　　　　將所有的「寂寞」犁轉來，／任它們在房間裡開花。
　　　　把「花朵」插滿周身，／我是一幅古老的油畫。
　　　　壁虎，蜘蛛，／是欣賞古畫的行家。

其三：聲音

響在窗外的，／是或人的腳步聲，／或人是不知名的，／而他的腳步聲，／卻是耳覺的朋友。

或人的後面，／追隨陣陣鳥聲，／不知動物學者給的什麼名字，／而她們的鳴聲，／卻是耳覺的朋友。

不知暌違了幾多寒暑，／那些親切的聲音，／他們往何處去？／是否惦念曾經耳熟的歌聲？

天這麼闊，／山這麼高，／水這麼長，／這麼偉大的家，／走吧，飛，／那兒都洋溢著貼肉的招呼！

這組詩發表於1943年1月30日《掃蕩報》第4版，注重自然的人化，在對自然事物的審美移情中融入了詩人對自然、人生、社會的感悟，有對虛假繁榮的反思，有對眾生平等、萬物有靈的禮贊，也有對滾滾紅塵中的緣起緣落的情分追憶。

8. 〈小鳥辭〉。此詩曾選入《中國新文學大系1937～1949・詩卷》[1]、《中國新文藝大系1937～1949詩集》[2]，以及《古今中外朦朧詩鑒賞辭典》[3]、《20世紀漢語詩選第2卷1900-1949》[4]、《現代詩歌在作文中的應用》[5]、《中國悲情詩選》[6]等，比較常見，全文不贅。不過，要指出的是，〈小鳥辭〉並非如《中國新文學大系1937～1949・詩卷》所說的原載於「1943年3月20日《廣西日報》」，而是與〈芭蕉葉〉一起以〈詩兩章〉為總題刊載於1943年3月20日《掃蕩報》。

---

[1] 上海：上海文藝出版社，1994年。
[2] 公木主編，北京：中國文聯出版公司，1996年。
[3] 徐榮街、徐瑞岳主編，鄭州：中州古籍出版社，1990年。
[4] 姜耕玉選編，上海：上海教育出版社，1999年。
[5] 趙國惠著，瀋陽：遼寧人民出版社，2002年。
[6] 高洪波主編，廈門：鷺江出版社，2004年。

對於〈小鳥辭〉，黃修已曾如此評論說：

〈小鳥辭〉一詩，其思想和藝術上的個性，也是比較鮮明的。詩人自喻小鳥，這實可視為他的自畫像。至於他為何選擇小鳥，這裡就有個性的問題了。郭沫若寫過〈天狗〉，那形象是狂暴的，但卻敢於宣告要吞食日月以至全宇宙。吳奔星的小鳥，自然沒有這樣的非凡氣勢，或者說缺少一點陽剛之氣。臧克家寫過〈老馬〉，那形象略為柔弱。但老馬忍辱負重，逆來順受，卻也有一股堅韌的勁頭。只有受舊式農民性格較深浸染的知識份子，才可能具有這樣的品格。這與吳奔星的小鳥，也大為異趣。從吳奔星的小鳥身上，更多地表現出來的；還是歷來中國知識份子的灑脫、超然、孤傲之氣[1]。

至於和〈小鳥辭〉同時發表的〈芭蕉葉〉，作者則「幻化」為一尾魚，享受芭蕉葉帶來的綠色，其表現的「綠色」意識，至今仍屬先進：

海濤樣翻騰的芭蕉葉，／使得屋子變成了暗礁，／我——一尾破浪的魚喲，／竟雌伏於陰涼的海底！
芭蕉葉是令人豔羨的：／它長而且闊，／誘致特多的陽光的愛撫，／搖落驕矜的春色！／它會利用醜惡的雨點，／敲彈它那不倦的琴鍵；／——南風中的催眠曲，／能不夢幻生命的綠葉長而且闊麼？
假如不幸而短命以死，／我的遺囑：必須葬身芭蕉根畔，／聽它播送綠色的挽歌：／——在春天，竟倒下一條綠色的生命！

---

[1] 《古今中外朦朧詩鑒賞辭典》，第288頁。

因此，我愛芭蕉葉，／愛它是「葉中之王」，／我雌伏於暗礁之下，／做一個綠色的夢。

9. 〈都市是死海〉、〈灕江夜色〉。這兩首詩以〈詩兩篇〉總題發表於1943年8月30日《掃蕩報》第4版。〈都市是死海〉一詩，選入1988年灕江出版社出版的同名詩集以及同年江蘇文藝出版社出版的《中國新詩鑒賞大辭典》，同樣毋庸贅錄。不過，由於意識形態的對立，包括《掃蕩報》在內的諸多國民黨黨營報刊在1949年後的半個多世紀基本處於被雪藏的禁區狀態，副刊目錄迄今鮮見坊間工具書[1]，而〈灕江夜色〉未見結集或選本，有必要全文照錄如下：

中正橋在夢著，／船隻，在夢著。
舟尾有船娘還在洗著衣──／嘩啦啦地響！
橋上有流浪人還在望著天，／哼哼唧唧──「舉頭望明月，……」
那是灕水的鼾聲、囈語麼？／那是中正橋的鼾聲、囈語麼？

卅二，四，十二

本詩從不同視角描寫了夜色下灕江的人文活動，以動寫靜，讚美了生活艱辛的勞動人民，抒寫了鄉愁──這一穿越時空的人類共同的情感體驗，將民歌式的直白酣暢和文人的纏綿詠歎融為一體，襯托出一位獨立蒼茫的無眠詩人形象，頗有文化內涵。

對於〈都市是死海〉一詩，胡良桂這樣評論：

---

[1] 可參閱劉增傑在《抗戰文化研究》（桂林：廣西師範大學出版社，2010年3月）第3輯〈論抗戰文藝報刊研究的發展路向及其理論缺失〉一文。

創作於1943年的《都市是死海》是吳奔星已經出版的詩歌創作中較長的一篇。在這首自由體詩中，作者採用了意象疊加的方式，將都市所存在的各種各樣的醜惡的社會現象，以一組組的意象和象徵的手法展示出來，在對醜惡社會現象的揭示中表現作者的審美理想。然而，仔細品讀全詩，則又會發現在這首詩人的藝術想像力得以自由馳騁的自由體詩中，有著內在的節奏和旋律，不但段與段的排列有著內在的規律性，而且句與句之間的排列也整飭自然，而且不同意象所展示出的是一種韻律的美[1]。

錢志富則認為這是一首「現實主義的詩歌傑作」：

　　吳奔星的〈都市是死海〉是一首寫得非常奔放的、壯烈的、悲愴的而又慷慨激昂的現實主義的詩歌傑作，讓人讀後有透不過氣來的感覺，這首詩在《掃蕩報》刊發後引起巨大反響是理所當然的，我們今天讀來都還迴腸盪氣。這首詩的確是吳奔星詩中不可多得的珍品。這首詩雖然寫於1943年的桂林，然而結合中國當前的現實，覺得在某些方面（比如腐敗、欺瞞、構陷、壓迫等等）它又仿佛是為當前的現實而寫，可見詩歌雖然有其時代性，然而它對時代的穿透性卻也是很強的。這也可見出真正的現實主義詩歌作品的藝術魅力和魔力。這首詩在詩歌藝術上有不凡的表現，他使用了象徵、比喻、誇張、諷刺和排比等加強詩歌的藝術效果的修辭手法，並且運用得十分純熟和成功，單說大量的排比句的使用

---

[1] 《新湖南文學史稿》，長沙：湖南人民出版社，2008年。

就讓人覺得這是迫擊炮似地射出了昂揚的悲憤和詛咒。此外，該詩在音調上十分激越鏗鏘，既是長歌當哭，又是與假醜惡抗爭取勝的凱歌。當然，此詩的主要價值在於詩人無以復加地寫出了現實的真實和歷史的真相。應該說，詩人在這首詩上的成就是不亞於當時成績斐然的七月詩派和後來出現的九葉詩派的成就的[1]。

除了上述詩作以外，吳奔星尚有〈宣傳〉、〈湘桂車中〉、〈訴〉，〈題最新抗敵形勢圖〉、〈威脅〉、〈春思〉、〈澗之歌〉、〈三月之街〉等多首抗戰期間寫作並發表的詩作尚難確定出處。希望拙文發表後，有關研究者和知情人能夠提供有益的線索。

陸耀東為宋劍華的《文學的覺醒與選擇》[2]一書作序時說：

> 本書第四輯中的文字，〈論吳奔星早期的現代派詩歌創作〉是前人極少涉足的一個研究課題。吳先生解放前的詩散見各報刊，雖曾自編兩本詩集，但其中一本由於戰爭波及詩稿散失而未面世，另一本似也未發行，因此搜集不易，影響人們對它的研究（1988年灘江出版社出版了吳先生的詩選集《都市是死海》，收入了《暮靄》、《春焰》兩個詩集中的部分作品）。作為中國為數不多的現代派詩人之一，吳先生早期詩作還是不應被人們忘記的[3]。

---

[1]　《中外詩歌研究》，北京：人民文學出版社，2007年。
[2]　香港：中華文化出版社，1992年。
[3]　《八十初度》，北京：文化藝術出版社，2009年。

陸耀東稱前人極少涉足吳奔星早期的現代派詩歌創作研究，大體不錯，但畢竟還有宋劍華等人的研究文章，而吳奔星抗戰期間詩歌創作的整體研究，則迄今仍是空白，應該是很有開發價值的處女地。

提出並大力鼓吹「民國詩」概念

吳奔星1940年9月在桂林《詩》月刊2卷1期發表的〈答客問〉和〈流浪人的日子〉，總題目為〈民國詩兩首〉。在兩首詩之後，《詩》「編者按」說：「關於這篇詩題的〈民國詩〉一詞，作者附言將於最近有一文詳為論述之」。

吳奔星抗戰期間談及「民國詩」的詩論，目前知曉的有3篇，最早的是〈新詩略論〉[1]。儘管此文刊發時間早於1940年9月刊發其〈民國詩兩首〉的《詩》月刊2卷1期，但從文章內容看，再考慮到投稿到刊發的週期，似可認定《詩》「編者按」中提到的文章就是〈新詩略論〉。

〈新詩略論〉共分三部分，分別是：一，正名；二，民國詩源流演變圖說；三、「民國詩」之寫作與欣賞。

在「正名」一節中，文章提出：

> 愚意時代有古今，藝術無新舊。必視今之詩為新，古之詩為舊，則後之視今，亦若今之視昔，新新舊舊，無有已時。……孔子曰，必也正名乎，名不正，則言不順，言不順，則事不成。吾今謹以此語呼號於同好，願自今日始打破新詩舊詩對立三十年謬妄之局，而易名曰「民國詩」或「當代詩」。

---

[1] 1940年2月〈逸史〉半月刊第9期，文後標明「於桂林」。

在第二部分，文章分析了「民國詩」的起源、發展和演變，並繪製一圖加以詳細說明。

至於第三部分，作者提出作詩的「三忌」（一曰忌整吞不化、二曰忌硬湊腳韻、三曰忌束縛性靈）和欣賞詩的「三貴」（一曰境界貴靜、二曰詩意貴蘊、三曰語句貴和）。

至於另一篇吳奔星的詩歌雜論〈寫詩餘論〉[1]，其開篇第一節即表示「新詩」一詞欠妥——

> 「新詩」一詞，最是欠妥。民國以前時代更迭，亦復不少，未聞有新舊之分。蓋時代有古今，文學無新舊，苟此念不辨，則後之視昔，皆謂之舊。今之新詩，亦復為後人曰為舊「新詩」矣。而後人之詩則將稱為新「新詩」也。後人之後，復有後人，新新舊舊，將無已時，豈不大可笑哉。吾意概稱之為「詩」，或冠以時代謂之「民國詩」。即「民國」之名有時而改，而今之詩體仍因襲以去，亦復無妨，因其主流乃起自民國時代也。質之高明，以為如何？

此文涉及「民國詩」的部分還有若干段落，一併引用如下：

十六
> 五七言律絕與民國詩正如象棋與圍棋，象棋難學而易精，圍棋易學而難精！當然，這是就比較而言，嚴格說來，世上就無易事，初學寫詩的人，應記住：大膽地學習，小心地創作，謹慎地發表。

---

[1] 出處尚待查詢。從原始剪報看，應為報紙，文末標明寫於1941年2月。

十七

　　民國詩的形式，現在尚無一定，將來也不必求其一定。在天才者自由地發洩天才，自由地規定形式。基於此意，詩人不應該模擬人家的形式，尤不應該因襲別人的陳言。在初學寫詩的人，更不應開始便自投羅網！要知道人人都有天才，人人皆可以寫出不朽的傑作！

二十一

　　「民國詩」不可停滯在改組以前詩詞及模仿外國流派的時代，而是要更進一步創造出一種新的風格來。固然，好的遺產——不論中西——仍不妨有條件有限度的吸收，但總宜時時記住要創造新的表現方式，以攝取新時代的「代表性」，以免改組派之譏及應聲蟲之誚。

二十三

　　胡適是民國詩的「產婆」，也是民國詩的「病菌」。他的《嘗試集》，在民國詩史上是有地位的。他主張寫明白如話的詩，原則上是對的，但對於後來詩人的影響太壞了，由他拉開了粗製濫造的序幕，使詩人如牛毛，或者如麟角，後來一般人以為改組一下五氣言律絕，或將散文分行押上幾個韻，便成為詩，都是他這種「病菌」繁殖所致。影響所及，使人懷疑民國詩的存在甚至退化到五七言的窠臼裡去，質疑民國詩的發展。

〈詩的認識與寫作——給初學寫詩的朋友〉[1]，和上述兩篇詩論一樣，繼續為「新詩」正名。文章指出：

> 文學之為物，只有好壞之分，沒有新舊之別。所以新詩與舊體詩二詞對立三十年謬妄之局，我們必須加以糾正，如為稱呼方便計，可以叫今日之詩為「當代詩」或者「民國詩」，都比新詩來得好。

在〈詩的認識與寫作——給初學寫詩的朋友〉一文中，吳奔星還對「民國詩」的演變進行了流派分類，即1.嘗試派，2.英美詩風派（分為小詩組和格律組，前者以冰心為中心，後者以徐志摩為中心），3.德日詩風派（以郭沫若為中心），4.法國詩風派（以李金髮為中心），5.改組派，6.保守派、7.土風派。

吳奔星提出並大力鼓吹「民國詩」的概念，以及「民國詩的形式，現在尚無一定，將來也不必求其一定。在天才者自由地發洩天才，自由地規定形式」的提法，是有其先見之明的。新詩自誕生近一個世紀以來，其概念和形式一直飽受爭議。這些年來，有人提出華文詩歌、現代漢詩等概念，形式也多有創造，不一而足，但無論概念和形式都迄無定論或統一。

吳奔星抗戰期間重要的詩學論文還包括〈略論詩的「民族形式」〉[2]。此文是吳奔星讀了1940年6月《救亡日報》連載的郭沫若的〈民族形式商兌〉後有感而發，並對民族形式的詩下了如下一個定義：「凡利用各種可以稱為詩的形式，歌頌或表現中華民族縱的橫的發展過程中的特徵或事蹟而又能免除『論說文的色彩』的作品，都可叫做民族形式的詩」。

---

[1] 此文剪報未註明出處，沒有結尾。從文章內容看，應該發表於抗戰期間。
[2] 1940年9月桂林《詩》第2卷第1期。署名「宮草」。

或許是此文開頭有「郭氏的文藝創作，尤其是詩，我不敢恭維，但他這種理論，我覺得非常高明」的字樣，吳奔星發表時使用了「宮草」[1]這個筆名。遺憾的，楊益群等編選《文藝期刊索引》[2]，由於刊物「年久退色變質，字跡模糊不清……頗難勘校」（見該書前言）的緣故，竟然把該文作者標為「□華」（見該書166頁）。

　　不過，即便是不知道作者的真實身份，還是有一些論者認識到了該文的重要性。如《桂林文化城詩歌研究》這本專著[3]在第一章就提到「宮草」的文章：

　　　　1940年2月11日，中華全國文藝界抗敵協會桂林分會研究部在李子園舉行詩人普希金逝世103周年紀念會。會上，林林、楊晦報告了普希金的生平事蹟與著作，與會者對詩歌的新形式和發展方向進行了探討，具體提綱是：（1）中國詩之傳統的研究；（2）「五四」以來的中國詩歌運動；（3）目前的中國詩壇；（4）新詩歌的主要傾向。這類詩歌理論文章幾乎天天見於刊頭報端，如黎央的〈抗戰詩之諸問題〉，林林的〈詩的夢與現實〉，雷石榆的〈論詩歌的民族形式〉，林山的〈研究民歌與大眾詩歌的創造〉，艾青的〈詩的散文美〉、〈詩的形式〉、〈詩與時代〉、〈詩論掇拾〉，茅盾的〈「詩論」管窺〉，胡風的〈涉及詩學的若干問題〉、〈四年讀詩小記〉、〈關於「詩的形象化」〉，黃藥眠的〈論詩底美，詩底形象〉，臧克家的〈生活——詩的

---

[1]　吳奔星使用「宮草」這一筆名始於1936年創辦《小雅》詩刊期間，曾在1937年以此筆名發表詩論〈讀《行過之生命》〉於《新詩》第4期。
[2]　南寧：廣西人民出版社，1986年。
[3]　雷銳、黃紹清主編，北京：中國社會科學出版社，2008年。

土壤〉，周鋼鳴的〈詩人與群眾〉、〈詩論簡商〉、伍辛的〈詩和生活〉、〈詩底感情〉、〈形式的囚籠〉、力揚的〈我們底收穫和耕耘〉、〈抗戰以來的詩歌〉，黃寧嬰的〈詩，大眾化〉、陳殘雲的〈反對標奇立異和朦朧〉、陳蘆荻的〈詩與現實〉、胡明樹的〈詩與自然〉、方然的〈論貧乏與摹仿〉、宮草的〈略論詩的民族形式〉等。這些詩歌理論文章從各個方面闡述了詩歌學的有關問題，強調詩歌創作要與現實生活緊密結合，要「合為時而作」，積極反映民族解放戰爭的嚴酷性與神聖性，要走民族化、大眾化的道路，同時批評了詩歌創作中出現的粗製濫造的現象，指出必須努力提煉藝術技巧，遵循詩歌本身的藝術規律，才能不斷提高詩歌創作水準。這些理論，對桂林文化城的詩歌運動，無疑起到了積極促進的作用，也是桂林文化城詩壇空前繁榮的重要內容和標誌。

國文教學研究出碩果

1938年到1943年，吳奔星在廣西從事中等和高等教育工作斷斷續續，長達6個年頭。相比詩歌創作來說，做教師是他的主業。不過，與他客居廣西階段留下大量詩作相比較而言，吳奔星談及抗戰期間廣西教書生涯的文字寥寥可數。或許，對廣西的感情和記憶，都已經鐫刻到大量的詩句裡去了吧。

不過，從廣西出版的一些文史類的書刊中，還是可以找到吳奔星的點點滴滴。如土文在〈桂北革命幹部的搖籃──桂師〉[1]一文中談及桂林師範創辦人、首任校長唐現之時說：

---

[1] 《桂海春秋》1989年第1期。

他趁大批進步學者、文化人雲集桂林的大好時機，
先後聘請了不少知名學者、從淪陷區撤退到桂林的中共
地下黨員來校任教。如楊晦、豐子愷、傅彬然、王星
賢、賈祖璋、林礪岱、陳潤泉、朱蔭龍、何思賢、戴自
俺、吳奔星、張畢來、吳幼之等等，都是曾在國內各大
學任過教的教授或和有著述的學者，……

莫柏秀在一篇談及桂林師範的文章[1]中，提到來桂師任教的
多位文化名流，其中包括吳奔星在內：

這個學校是在抗日戰爭初期辦起來的，距離桂林市
區約三十公里，校旁松林濃蔭蔽天，風景宜人，沒有受到
敵機空襲的騷擾，所以由京滬撤退到桂林的文化名流大都
樂意應聘來校任教。如豐子愷、傅彬然、賈祖璋、葉蒼
芩、林礪岱、吳奔星、戴自俺等，都先後到過桂師任教。

韋劍輝在〈我們曾在這裡學習和戰鬥——國立桂林師範學院
附中建校育人簡述〉[2]一文中，則敘述附中的師資品質很高：

由於院校的重視和妥善安排，附中師資隊伍水準很高，
還請師院教授和社會名流來兼課。如由師院化學教授靳為藩
兼任化學課，請知名作家孟超、安娥、吳奔星等上語文課。

杜金濟在〈桂師的回憶〉[3]一文中，具體寫到了對老師吳奔
星的印象：

[1]　《桂林文史資料》第13輯，桂林：灕江出版社，1988年。
[2]　《國立桂林師範學院實錄》，桂林：灕江出版社，1997年。
[3]　政協廣西臨桂縣委員會辦公室編《臨桂文史‧第6輯》，1993年。

在文學修養方面，還有幾位老師也值得一提。吳奔星老師，詩文並茂，瀟灑飄逸。他是湖南安化縣人，30年代在北京創辦過《小雅》詩刊，抗戰時到桂師教語文。他對魯迅文學很有研究，在桂師很有名氣。1941年李宗仁母歿，廣西省政府指定學校要列隊前往李府弔唁，校長當場要吳奔星撰一聯，吳老師不假思索，片刻聯成。

遺憾的是，杜金濟並未在文中寫出吳奔星所撰的對聯。筆者2004年曾和杜金濟聯繫，他回信表示年老體衰，記憶力也差，僅記得有「八桂雲山皆失色，兩江風木已含悲」的殘句。

1942年3月，吳奔星撰寫的〈中學國文教學的「分工合作制」〉發表於國立西南聯合大學師範學院國文月刊社編、開明書店印行的《國文月刊》第11期。文末「作者介紹」一欄說：吳奔星「富有國文教學懂得經驗」，「曾在中學及大學任教15年，現卜居桂林，從事著述。」

▲ 1943年9月12日桂林師範學院附中高三班歡送吳導師攝影紀念

這是吳奔星抗戰期間撰寫的一篇有分量的關於中學國文教學的論文，半個世紀之後，還被收入權威的《二十世紀前期中國語文教育論集》[1]，可見其影響力。

王柏勳在〈二十世紀前期先進教育家語文素質教育觀簡論〉[2]一文中，認為〈中學國文教學的「分工合作制」〉「富有發展眼光的見解」——

> 身處戰火紛飛的1942年，吳奔星在《國文月刊》上發表文章，呼籲要重視學生的未來發展，他說「中學和師範學校的青年，正是試探天才發展的路線的時候，各種知識都應平均瞭解：或為將來深入的門徑，或為他日應世的南針，故不宜拘於一門，限於一隅……」，這是多麼富有發展眼光的見解。

陸哨林在〈抗戰時期大後方的三種語文刊物〉[3]一文中談到《國文月刊》時，把吳奔星的文章和朱自清、浦江清、葉聖陶等人的文章並列在一起，予以高度評價——

> 從刊物發表的文章看，它與一般中學語文雜誌相比較，內容要深一些，層次要高一些，它在重視語文教學實踐性的同時也兼顧一定的學術性。如朱自清的〈中學生的國文程度〉（第1、2期連載）和〈論教本與寫作〉（第10期）、浦江清的〈論中學國文〉（第3期）、吳有容的〈中學國文教科書革新芻議〉（第8期）、吳奔星的〈中學國文教學的「分工合作制」〉（第11期）、葉聖

[1] 顧黃初、李杏保編，成都：四川教育出版社，1991年。
[2] 《首都師範大學學報》1998年第3期。
[3] 《出版史料》2005年第3期。

陶的〈論中學國文程度的改訂〉（第15期）、羅莘田的〈我的中學國文教學經驗〉（第20期）。這些文章對中學語文教育理論的研究與教學實踐具有深刻的建設意義和鮮明的指導作用。

至於〈中學國文教學法的出路〉一文[1]，則是吳奔星抗戰期間發表的有關國文教學的第2篇重要論文，也被選入《二十世紀前期中國語文教育論集》。

◀《國文月刊》23期〈中學國文教學法的出路〉書影

潘新和在《中國現代寫作教育史》[2]第三章「國統區寫作學研究概要」中，談到吳奔星的〈中學國文教學法的出路〉時指出：

　　吳奔星在這方面的研究則別開蹊徑，採用「打油詩」對學生進行誘導和鞭策。他誘導「習作」的詩是：自動作文是人才，／被動作文是奴才，／愈作愈通，／

---

[1] 該文1943年3月5日、6日、9日分別以一個整版和2個四分之一版的篇幅連載於《掃蕩報》第四版，首發時配有「編者按」。後於當年8月刊載於《國文月刊》第23期。

[2] 第406至407頁，福州：福建人民出版社，1997年。

不作不通！他說「學生看了，自然警惕自己，平日喜歡寫作的將更加起勁，即不大寫作的，也不甘作奴才，會自動地提起筆來。比你千言萬語苦口婆心的勸告，來的一定有效！」他還作了「作文三部曲」：

1. 學生作，／先生批，／批我好，／不得意，／批我壞，／不洩氣，／鈍鐵磨成繡花針，哪怕文章是狗屁！

2. 用自己的筆，／寫自己的話，／偉大的作品，／產生在自己的筆下，／他人的文章，／貴食而能化，／「抄襲」是靈魂的強姦者，／丟那媽！

3. 不貴長，／只要通，／通者一字值千金，／否則寒窗白用功。／君不見黃河不通常混濁，／清泉滾滾暢無窮，／中學青年宜勉勵，／慎勿當作耳旁風！

　　用「打油詩」幫助學生樹立正確的寫作觀念和寫作態度，這種方式較易為學生接受並留下深刻的印象，這在教改上的獨創性，是值得教師們借鑒的。

　　至於語言學家張世祿，當時讀到此文後，很快寫成〈讀了《中學國文教學法的出路》以後〉一文，發表於《國文月刊》第24期，對文章觀點表示認同之餘，又補充了自己的意見。張世祿在文章最後，還對吳奔星在國文教學方面的成績表示了更大的期待：

　　　　吳先生對中國語言文學有很深刻的研究，原文所謂「頭腦有條理，談吐很曉暢，又能百學不厭的」理想中的國文教師，他本人自己就是一個完全的榜樣；他現在正從事教育的研究，同時又注意其他國家社會的問題；我想吳先生在國文教學的許多方面，必定還有很寶貴的指示。

的確，吳奔星後來在語文教學方面有所成就，在1949年後出版了中國大陸第一本研究語文教學的專著《語文教學新論》以及《閱讀與寫作的基本問題》[1]，因不在本文範疇之內，不再贅述。

　　需要指出的，上述兩篇有關國文教學的重要論文均為吳奔星客居桂林，在桂林師範、桂林師範學院及附中教書期間撰寫的，可謂其教書經驗的結晶。

和文化名人的交往

　　吳奔星卜居廣西期間，和不少詩人、作家、教授有過交往。除文中曾提到的呂亮耕、艾青外，交往較多的還有張世祿、吳世昌、汪銘竹、張大旗、黎錦明、李白鳳、柳無忌等文化名人。比如黎錦明抗戰期間曾赴南寧中學任教，就是吳奔星介紹的[2]。至於李白鳳，30年代寫詩時就和吳奔星有過書信往來，他1940年從廣東前往廣西的旅費，也是後者提供的[3]。

　　作為詩人，吳奔星很重視友情，但他青年時代甚少贈詩給友朋。與他形成鮮明對照的是，李白鳳寫過很多此類詩歌，如〈贈英誕〉[4]、〈寄任俠〉[5]、〈五月東路易士〉[6]等。

　　抗戰期間，李白鳳寫給吳奔星的詩作有案可查的為兩首，一為新詩，一為舊詩。其中新詩〈寄奔星〉發表於1940年桂林

---

[1] 《語文教學新論》1950年10月由察哈爾文教社出版，《閱讀和寫作的基本問題》1954年3月由上海東方書店出版。

[2] 《黎錦明小說選》，北京：人民文學出版社，1983年。第298頁「黎錦明年表」1939年部分記載：九月，受友人吳奔星之託，代為前往桂林師範任教。

[3] 見周良沛著《中國現代新詩序集・下》，第845頁，深圳：海天出版社，2006年。

[4] 1940年4月1日出版〈中國文藝〉2卷2期。

[5] 〈南行小草〉，重慶：獨立出版社，1939年。

[6] 出處同上。

《詩》月刊1卷1期，可惜目前只能查到目錄[1]，包括廣西、重慶在內的多家圖書館都找不到這本刊物的蹤跡[2]。至於寫給吳奔星的舊詩，則是刊載於《大千》[3]雜誌1944年5、6期合刊〈擬古十七首（並序）〉中的一首，題為〈安化吳奔星〉[4]，詩云：

> 結交將十載，中懷應未知。飛文傷朋侶，流言術更奇。
> 落日厭邁岫，明月憶南池。颯颯葉驚心，冥冥鳥墜時。
> 叢山眺襟帶，遠水發遙枝。巉巖猶極目，誰能窺鼎食？

從字面意思分析，李白鳳和吳奔星結交近10年，卻因流言蜚語導致誤會，使得後者認為他汲汲於功名，不是同輩中人，所以說對方並不瞭解自己。李白鳳在黃昏時候遠望山川，思念吳奔星，並表明心跡。

不過，河南大學張如法教授曾告訴筆者：

> 我與培基[5]交換了意見，誤會之事似不是李、吳二老之間的事，而與抗戰後期國統區文藝界的意見分歧有關。培基說，他聽李老說過，還牽涉到柳亞子等人，不過他不熟悉現代文學，當時沒聽懂。

究竟其中有什麼玄機，只有寄希望有心者來弄清楚了。

至於看到李白鳳的兩首贈詩後，吳奔星有無回贈，眼下也是一個懸念。不過，在李白鳳先生1978年去世後，吳奔星接到

---

[1] 楊益群等編選《文藝期刊索引》，第166頁，南寧：廣西人民出版社，1986年。
[2] 筆者曾聯繫桂林圖書館、廣西圖書館、重慶圖書館，《詩》月刊均沒有完整的館藏，新一卷二期前的刊物無從尋覓。
[3] 陳邇冬主編。
[4] 吳奔星為湖南安化人。
[5] 指佟培基，河南大學古典文學教授，青年時代曾和晚年的李白鳳過從甚密。

訃聞後即做詩一首，以示哀悼：

白也詩無敵，鳳兮命可哀。丹心照明月，浩氣沒塵埃。
幾度驚風雨，一生付劫灰。雙眉從未展，能不賦歸來？

2011年3月1日～15日於南京

作者註：本文寫作過程中，得到淮陰師範學院中文系苗珍虎老師的幫
助和指教，特此致謝。

第三十章

鼓吹抗戰的一段文壇雙簧佳話

　　提起文學史上的雙簧戲，以1918年錢玄同和劉半農的雙簧戲最為著名，當時，《新青年》雜誌上刊發了一篇署名「王敬軒」的〈文學革命之反響〉的文章，對新文化運動大肆攻擊。爾後，北大教授劉半農撰文批駁。不過，攻擊新文化運動的王敬軒並無其人，其實是北大教授錢玄同的化名。現代文學史家吳奔星教授，曾稱錢劉之舉為「引蛇出洞」。近些年來，有學者對這段雙簧發表了不同的看法，見仁見智，不過，言之成理即可。

　　本文所要談的是另一段雙簧，發生在抗戰期間，當時頗有一些影響，但大半個世紀後的今天，卻早已鮮為人知。筆者機緣巧合，掌握和搜尋到一些材料，並經一番梳理，發而出之，以示同好。

妻唱夫隨鼓吹抗戰

　　話說1945年1月5日，重慶《中央日報》副刊發表了署名「吳冰心劉一心」的舊體詩〈唱隨集〉四首，詩云：

　　　翠袖殷勤捧玉杯，芳心欲語又遲回。
　　　當今骨肉多成夢，從此相思應化灰！
　　　古道西風悲戰馬，小橋流水哭琴台。
　　　何時痛飲黃龍酒，妾為高歌歸去來。
　　　（吳冰心〈送夫〉）

拔劍狂歌閣杯酒，樓蘭不斬不生回。
忍看祖國淪胡騎，願把相思付劫灰。
我既自甘征戰苦，卿當休上望夫台。
秦淮山水西湖月，正待男兒血換來。
（劉一心〈答內〉）

美酒葡萄又一杯，卿卿必唱凱歌回。
千秋大義傳佳話，一縷癡情等死灰。
漢將自圖麟鳳閣，倭酋定上斷頭臺。
青年十萬知何似？不盡長江袞袞來！
（吳冰心〈又贈〉）

醉不成歡不住杯，但求馬革裹屍回。
堪誇漢將如雲雨，敢許胡兒盡炮灰。
烈女芳心同烈士，天涯何處是天臺。
春情莫怨春歸去，幸福還隨勝利來！
（劉一心〈再答〉）

▲中央日報副刊署名
「吳冰心 劉一心」
〈唱隨集〉書影

　　從詩歌看來，作者是一對夫妻——丈夫從軍出征殺敵，
妻子寫詩為丈夫壯行，既鼓勵丈夫以民族、國家大義為重，
努力誅殺倭寇，又期盼丈夫平安，能夠得勝歸來，纏綿悱惻，

動人心弦；丈夫則安慰留守的妻子，誓言不惜一腔熱血，努力殺敵保國，只有如此，幸福才會隨勝利而來，豪情壯志，躍然紙上！

唱和之作紛至遝來

〈唱隨集〉發表後，在讀者中產生不少影響，唱和之作紛至遝來。其中有陸長昕的〈和唱隨集原韻〉：

依依頻注合歡杯，揉碎雙心只此回。
琴劍輕離緣許國，琵琶濯足志容灰。

隨時眉筆草軍檄，收拾柔情上將台。
記取元兇授首日，先飛白羽慰「歸來」。

最是淒然馬上杯，征人一去幾時回？
巴山巴水留吟詠，春草春花隨意灰。

風雨晨昏悲關塞，雲煙戍角憶妝台。
紫金西子山湖白，酬唱重逢勝利來！

1945年1月13日《中央日報》副刊

以及孫淳然的〈和唱隨集〉：

報載吳冰心劉一心伉儷送夫答內七律四首，柔情壯志，躍然紙上，謹步元韻，率成二章，聊志景慕，且壯行色。

伉儷如賓勸晉杯，燈花預卜凱歌回。
　　英雄壯志輸國家，兒女柔情付劫灰。
　　好達奇功誅醜虜，頻傳捷報慰妝台。
　　旌旗到處紓民困，萬眾歡騰夾道來。

　　互相珍重且停杯，戰鼓頻催頭不回。
　　肝膽應為祖國獻，心腸寧以美人灰？

　　揚威躍馬誅仇寇，乘勝驅車入緬台。
　　美酒香花勞壯士，凱歌聲裡迓郎來！

　　　　　　　　　　1945年1月13日《中央日報》副刊

　　此外，次月3日《中央日報》還發表有漢僧的〈唱隨集外〉
七律二首及〈次韻和吳冰心女士寄從軍外子十首〉，有「讀
〈唱隨集〉，藉識吳劉伉儷之賢。英雄兒女，韻事足傳！」云
云。因筆者掌握的當天《中央日報》副刊字跡模糊，全詩無法
抄錄，只能有待有心人去完成這項工作了。當然，筆者囿於材
料，是否還有其他唱歌之作，也未可知。

再贈再答淋漓盡致

　　1月17日，《中央日報》副刊再度發表署名「吳冰心　劉
一心」的舊體詩〈唱隨續集〉，夫妻倆繼續你贈我答，愛國之
情、殺敵之心、夫妻之愛，發揮得淋漓盡致：

　　一次辛酸一舉杯，儂懷非為爾遲回；
　　暗傷城郭經常變，誰痛人心漸作灰！

正氣君當存宇宙，清操我自勉妝台。
戰場應共家鄉月，照得征夫鬢影來！
（吳冰心〈三贈〉）

底事潸然獨注杯？軍中雖樂肯忘回！
西降納粹東降日，咱似旋風敵似灰。
指顧可期收白下，功成不忘畫雲台。
河山光復應非遠，拭目卿看捷報來！
（劉一心〈三答〉）

壯志豪情更進杯，疆場烽火足低回。
欣聞漢卒血成碧，痛剿胡兒屍化灰。
塞外草衰齊授首，天涯望斷獨登臺。
有朝捷報傳雲雁，淡掃娥眉接爾來。
（吳冰心〈四贈〉）

記取黃龍三百杯，留為他日慶生回。
旌旗滿濺男兒血，塞外空餘倭骨灰。
共坐樓船辭白帝，同歌勝利到蘇台。
錢唐山水應相識，前度鴛鴦今又來。
（劉一心〈四答〉）

　　讀到這裡，有必要瞭解一下當時的時代背景。1943年夏季，中國遠征軍、駐印軍厲兵秣馬反攻滇緬，急需大量懂英語的知識青年入伍。當時國民政府提出「一寸山河一寸血，十萬青年十萬軍」的號召，大後方的千萬青年皆被感動，短短數月就有近10萬大中學生投筆從戎、捨家為國（吳冰心〈又贈〉詩中「青年十萬知何似？不盡長江袞袞來」及劉一心〈答內〉詩中「我既自甘征戰苦，卿當休上望夫台」等等就是寫照）。由

知識青年為主體的中國遠征軍1943年冬反攻入緬，展開第二次緬戰。1944年5月，由衛立煌將軍指揮的中國遠征軍強渡怒江，發起滇西反攻，先後攻克日軍堅固防守的松山、騰沖、龍陵，收復西南失地，將日軍逐出國門。而由史迪威和鄭洞國指揮的中國駐印軍也在緬甸北部發起了反攻。中國駐印軍先後在胡康河谷，孟拱河谷和密支那取得大捷，全殲日軍名震東南亞的第18師團，戰果輝煌。因此，當時的《中央日報》副刊上，除了發表〈唱隨集〉及〈唱隨續集〉這類反映青年出征抗日的詩歌外，還刊載了大量反映遠征軍事蹟的詩歌與散文等，如詩歌〈滇緬戰場紀事詩〉（1945年1月17日）、散文〈新軍新生活〉（1945年2月3日，作者為青年遠征軍士兵侯冰辰）、紀實散文〈我們在虎峰——青年遠征軍生活素描〉（1945年2月5日）、詩歌〈青年從軍行〉（1945年2月5日）等等。

寄夫報內　高潮迭起

1月24日，《中央日報》副刊又發表吳冰心〈寄夫十絕〉，把夫妻唱隨之作推向高潮：

▲《中央日報》副刊署名吳冰心〈寄夫十絕〉書影

為君祖道戍漁陽，猶有豪情繞棟樑。
休念畫眉深淺日，營房溫暖似閨房！

兒女三人話璧山；「阿爺是否覺衣單？」
低頭吻遍孩兒面：「熱血英雄應未寒！」

依稀燈下話前賢：祖逖當年猛著鞭。
千古男兒如一轍，不成功處便成仙。

十萬青年是國魂，保邦即為保家門。
流亡載道皆殷鑒，昔日笑容盡淚痕。

柴門深閉首如蓬，相賴靈犀一點通。
海外忽傳登呂宋，喜教夫婿覓英雄！

行裝甫卸又行行，湘桂川黔盡哭聲。
深悔未能同殺敵，長教月在異鄉明！

身在巴中心在吳，可堪羈旅送征夫！
匈奴未滅家何在，但問河山克復無？

昂藏豈願為情癡？大廈將傾賴汝持！
痛掃千年文弱質，揚鞭把轡立多時。

長亭塵接短亭塵，祖國今朝氣象新。
莫唱陽關三疊曲，沙場多是故鄉人！

雙足流離久代車，天涯何處不為家！
神州遍播中興種，鮮血澆開獨立花。

〈寄夫十絕〉中不乏「兒女情長」，如「休念畫眉深淺日，營房溫暖似閨房」以及「柴門深閉首如蓬，相賴靈犀一

點通」。但對於丈夫離家出征，妻子沒有囿於個人和小家觀念，表現出了國之不存、家之安在的大局意識，如「海外忽傳登呂宋，喜教夫婿覓英雄」和「昂藏豈願為情癡？大廈將傾賴汝持！」，甚至還有「深悔未能同殺敵，長教月在異鄉明」之句，表明女方如果不是為了一雙兒女，豈肯兀自「柴門深閉首如蓬」，勢必要做現代「軍中花木蘭」了！畢竟是「匈奴未滅家何在」、「保邦即為保家門」！〈寄夫十絕〉第八首「痛掃千年文弱質，揚鞭把彎立多時」和最後一首「神州遍播中興種，鮮血澆開獨立花」之句，立意頗高，至今讀之仍令讀者動容！

〈寄夫十絕〉中用典也很精妙，比如「依稀燈下話前賢」一首，以東晉初有志於恢復中原而致力北伐的大將祖逖為例，說明「千古男兒如一轍，不成功處便成仙」。

此外，〈寄夫十絕〉中「兒女三人話璧山」一詩中提到的「璧山」，乃抗戰時期的陪都遷建區，在8年抗戰裡，和重慶僅一山之隔的璧山接納了包括國民政府中央機關、軍隊及學校等70餘個單位，人數達到6萬多人。這些「下江人」的故鄉多數在江蘇蘇南一帶，屬於「吳地」，因此吳冰心詩中才有「身在巴中心在吳，可堪羈旅送征夫」之說，而劉一心〈答內〉一詩之中也有「秦淮山水西湖月，正待男兒血換來」之句！

既然有了吳冰心的〈寄夫十絕〉，那麼順理成章，1945年2月5日《中央日報》副刊又登載了劉一心的〈報內十絕〉——

◀ 中央日報副刊署名
劉一心〈報內十絕〉
書影

一路輕車上壁山，萬民歡送盡歡顏。
於今益信從軍樂，遠勝埋頭筆硯間。

卸去文裝著武裝，書房辭出入營房。
操場最是宜遊戲，演習攻防喜欲狂。

十萬青年似一家，同舟共濟樂無涯，
軍人不解飄流苦，每話征倭到日斜。

北風臘月不知寒，為有胸頭熱血翻。
但願伊人知自攝，莫教霜雪襲朱顏。

中美聯軍氣勢雄，滇西緬北敵旗空。
只今血路聯中印，輸入軍需助反攻。

休因惜別淚滂沱！兒女情長奈敵何？
救國匡時惟一策，拼將熱血洗山河。

昔時酒綠映燈紅，今盡流離道路中，
若不從軍齊殺敵，眼看他日作哀鴻。

班超投筆獲封侯，祖逖劉琨盡上流。
追步前賢吾豈敢，此心只在碎讎仇。

自來賢母勝良師，歐孟文章擅一時。
兒女賴卿多獲訓，繼承忠義慰相思。

卿守蓬茅我出征，黔婁家世賴支撐！
登樓莫怨陌頭柳，把卷當看老將行！

把〈寄夫十絕〉和〈報內十絕〉聯繫起來看，夫妻雙方可謂心有靈犀，相互關懷。比如，〈寄夫十絕〉中有「阿爺是否覺衣單」之問，而〈報內十絕〉「北風臘月不知寒，為有胸頭熱血翻」之答，恰和前者的「熱血英雄應未寒」的揣測不謀而合！甚而，〈報內十絕〉又更進一步，把夫妻之間的相互關心推進一層：「但願伊人知自攝，莫教霜雪襲朱顏」！至於〈報內十絕〉中「中美聯軍氣勢雄」一首，則反映了抗日戰爭最新戰況的史實：1945年1月23日，中國遠征軍和中國駐印軍在緬甸芒友會師。中國軍隊收復滇西失地，打通中印公路，取得滇西緬北反攻的勝利。

〈報內十絕〉中也有不少精當的用典。比如第8首中的「班超投筆獲封侯」，用的是東漢時班超投筆從戎，出征匈奴，立了戰功，後又出使西域，獲封定遠侯的典故，與當時眾多青年學子放棄學業，加入保家衛國、抵禦外辱的抗日戰爭，頗可類比。至於第9首，則是用了歐陽修母親劃荻訓子的典故，稱讚留守的太太承擔起教子重任，也十分貼切。

1945年2月21日，《中央日報》副刊再次發表吳冰心〈春節示外子銅梁五絕十章效唐人體〉：

> 處處炮聲至，今宵一歲除。
> 家家忙餉客，我獨作情書。
>
> 正有還鄉夢，驚聞小女啼。
> 天河魚肚白，又夢壁山西。
>
> 開窗迎曙色，松柏著冰花；
> 共勵「後凋」意，「心花」也不差！

聞道寒流至，雪花倍可親；
冰霜砥氣節，寄語隴頭人。
昨夜團年飯，行觴少一人；
家家能少一，千萬可相親。

膝下問阿母，言「爺殺敵去，
只在守家鄉，兵多不知處」。

接得營中信，纏綿字字安；
撫膺歌一曲，猶作合歡彈。

傷心復慘目，最是流民圖；
空室又空野，寧無幾丈夫？

嫁得征夫婿，白頭自有期；
青春寧可誤，切莫為胡兒！

萬戶桃符換，爭歌日日新；
相思憐草色，心上一團春！

其中「膝下問阿母」一首，是模仿賈島〈尋隱者不遇〉一詩而成，結尾「兵多不知處」，真切地反映了當時投身抗戰洪流之中的青年為數眾多。

吳劉「伉儷」皆為鬚眉

吳冰心、劉一心〈唱和集〉及後續詩歌在《中央日報》上發表迄今已經64年了。由於1949年後大陸的政治氣候等原因，

這組理應在抗戰文學史上佔有一席之地的舊體詩佳作，半個多世紀以來幾乎無人提起，作者的真實身份更是不為人所知，如果不是最近和現代文學史料專家欽鴻先生取得聯繫，承蒙他提起修訂《中國現代文學作者筆名錄》[1]、要筆者核實吳奔星的筆名問題，也許會永遠湮沒下去。

欽鴻先生9月2日告訴我，吳奔星有個筆名叫吳冰心——「見於詩作〈豐山〉，載1943年重慶《民族文學》1卷3期」。眼下正在收集整理吳奔星民國時期佚作的筆者聽了這個消息後很高興，立即著手查閱，卻失望地發現〈豐山〉並非一首詩作，而是一篇小說，並不符合吳奔星慣有的創作體裁和風格。不過，因為欽鴻先生提供的「吳冰心」的這個線索，筆者在「全國報刊索引」裡查到署名「吳冰心　劉一心」、發表在《時代精神》雜誌1945年11卷5、6期合刊上的詩詞作品〈唱隨集〉，爾後又幾經曲折輾轉，通過重慶圖書館文獻部查到《中央日報》上同一署名的〈唱隨集〉系列詩詞作品。

不過，只憑上述資料，是無法證明這個寫作舊體詩詞〈唱隨集〉的吳冰心就是當時以新詩人著稱的吳奔星的。好在吳奔星生前刊行的著作裡，留有「蛛絲馬跡」——2000年由天津古籍出版社出版的《吳奔星新舊詩選》「下卷」舊體詩部分，有〈和新化劉一心君〉五律一首：

> 揚鞭游薄宦，最患為人師。
> 我拾榛蕪句，君應錦繡詞。
> 交親如手足，病久念妻兒。
> 漂泊吾尤甚，愁顏強和詩。

1946年9月20日～10月1日

---

[1] 湖南文藝出版社1988年版。

從中可知，吳奔星和劉一心是小同鄉（吳奔星是湖南安化人），關係達到稱兄道弟的程度，彼此喜歡詩詞唱和，劉一心的職業可能和吳奔星一樣，也是教師。

　　當然，僅僅如此，還是無法斷定吳奔星就是寫作〈唱隨集〉系列作品的吳冰心。好在《吳奔星新舊詩選》中還有一組詩可為佐證，即總題目〈除夕〉的五絕十首，恰恰和吳冰心1945年2月21日發表在《中央日報》副刊的〈春節示外子銅梁五絕十章效唐人體〉基本一致，只是第2首、第9首和第10首有些微的文字差別，即第2首中「驚聞小女啼」（《中央日報》副刊）在《吳奔星新舊詩選》作「驚聞一女啼」；第9首中「切莫為胡兒」（《中央日報》副刊）在《吳奔星新舊詩選》作「相約滅胡兒」；第10首中「爭歌日日新」（《中央日報》副刊）在《吳奔星新舊詩選》作「爭歌日月新」。

　　行文至此，〈唱隨集〉系列詩詞的作者之謎，終於大白於天下了。當然，除此之外，還有更有力的證據，即吳奔星本人保存的剪報封皮——這本從故紙堆中翻出、塵封半個世紀以上的剪報封面上以毛筆清清楚楚地寫著：「唱隨集——與新化劉一心君合作；唱隨續集——與新化劉一心君合作……」顯而易見，字是出自吳奔星的手筆。

▲ 吳奔星本人保存《唱隨集》等剪報封面手跡

　　綜上所述，「吳冰心劉一心」伉儷事實上並不存在，〈唱隨集〉系列作品不過是詩人吳奔星和同鄉好友劉一心為鼓舞抗戰士氣，假託夫妻口吻寫出，在當時當地引起了一定的反響，是文壇上一段值得書寫的雙簧佳話。

2009年11月

第三十一章

關於黎錦熙吳奔星等唱和詩作
的補正

有朋友告訴我，方繼孝先生新近出版了《碎錦零箋》[1]一書，其中提到黎錦熙先生和吳奔星等人的唱和詩。經過一番輾轉周折，託朋友複印了相關章節[2]，其中有方先生認為是黎錦熙「手錄於《京滬週刊》第二卷第九期」的三首詩，原文照抄如下：

◀ 方繼孝《碎錦零箋》中刊登的載有黎錦熙吳奔星賀澹江三首唱和詩作手跡的《京滬週刊》第二卷第九期封面

〈自湘漢過京赴蘇州車中口占〉下署名黎邵西，時在民國三十七年。詩云：

乍暖還寒候，吳頭楚尾間。居然嬰中極，且復騁清談。

朔氣森如許，南金漲未闌。半年驚廿倍，空向「霸王」歎！

---

[1]　濟南：山東畫報出版社，2009年4月。
[2]　〈黎錦熙和他在旅途中的詩〉，第218頁到第219頁。

江南春意鬧，特快騁其間。夫子何為者，姑蘇擬座談。原田舒錦繡，國運成殘闃。箕豆相煎急，憑軒付一歎。

　　春色江南好，能忘幽薊間。北歸良不易，同坐且閒談。關塞日相逼，干戈與未闌。人生感聚散，空向白雲歎！

對此三首詩，方文作出如下解釋：

　　黎先生和夫人賀澹江及友人吳奔星在他們唱和的詩中記錄了1948年的國內物價不斷上漲「南金漲未闌」、「箕豆相煎急」、「干戈與未闌」內戰不停、國運未卜的形勢，同時也流露出他們對國家前途命運的擔憂和焦慮。

　　對照詩作來看，大體是不錯的。

　　然而，仔細辨識一下方先生書上所附的載有黎先生「墨寶」的《京滬週刊》第二卷第九期，卻發現兩大問題：

　　問題一：方先生所錄的詩作內容和手跡內容有所不同。

　　先看第一首中的「居然嬰中極」，經過辨認，手跡上應是「居然嬰小極」。清吳善述《說文廣義校訂》中云：「極，又因窮極之義引為困也，病也，疲也。」《漢書・王褒傳》中說：「胸喘膚汗，人極馬倦。」

▲ 吳奔星1948年3月14日手書的與黎錦熙唱和詩

《世說新語·言語》也有「丞相小極，對之疲睡」之語。在此處，「嬰小極」應該是略感疲乏，有點小小的不舒服的意思。如果是「嬰中極」，就是病得不輕，如何「且復騁清談」呢！

再說第二首中「國運成殘闃」這句，從手跡上看，應該是「國運感殘闌」。不消說，「感」和「成」在書寫上有明顯差別，沒有理由出現此種「魯魚亥豕」之誤；至於作為唱和之作，步原韻十分正常，「殘闌」誤成「殘闃」則是說不過去了。此外，方文中的「箕豆相煎急」，從手跡上，也應該是「萁豆相煎急」。

問題二：從手跡上看，方先生認為《京滬週刊》第二卷第九期的三首題詩是由黎錦熙一人手錄，但仔細觀察之後，可以發現明顯不是同一個人的筆跡。從《碎錦零箋》中同一文章所附的另幾幅黎錦熙的手跡看，三首詩中的第一首可以斷定是黎錦熙先生所書。至於第二首，則是和詩作者吳奔星的手跡，而第三首則是黎先生夫人賀澹江的手筆。如此來看，方先生所持的，是一件見證1948年現代中國政治、經濟和輿情的不可多得的「三璧合一」的文物史料！

這麼說，並非信口開河。除了筆者見過黎錦熙、賀澹江及吳奔星之間多封往來書信，對他們的筆跡比較熟悉外，筆者手頭還有吳奔星先生所記錄的與黎錦熙先生這次唱和的手跡以及附志。附志全文如下：

> 卅七年三月十二日上午十一時，扈從邵西師自京乘特快來蘇出席「大眾傳播」委員會討論會。時雖天雨，而沿線薺麥青青，春意甚濃；複聆邵西師娓娓清談，益感春風時雨之化[1]。車中閱報，北局不寧，金鈔上漲。邵西師原擬乘「霸王」號機逕飛北平，而機票適調整：每

---

[1]　此行最後四字原文遭蠹蝕，勉強識別，未必精準。

票非二千萬元莫辦！相與計議，改乘海輪者久之。感喟之情，溢於眉睫。抵蘇後，承示口占一律，因亦勉和一章，聊志此行於不忘耳。

三月十四日晨起附志
奔星

看了吳奔星先生的「附志」，方繼孝先生在〈黎錦熙和他在旅途中的詩〉一文中疏忽或難以解答的一些問題，得以迎刃而解。如黎錦熙先生詩中「半年驚廿倍，空向『霸王』歎」，是指他前往北平時曾打算乘坐「空中霸王」號飛機，但機票價格半年內已經漲了20倍，達到驚人的2000萬法幣（由此可以推測機票半年前為100萬法幣），只好仰天長歎了！至於吳奔星詩中的「姑蘇擬座談」，則是指黎錦熙到蘇州參加「大眾傳播」委員會討論會。筆者上個世紀80年代初在上海讀新聞專業時，尚覺得「大眾傳播」是新鮮事物，待日後讀到相關書籍後才得知，當時的國民政府為了推行國語運動，1947年8月28日甫一成立聯合國教科文組織中國委員會即設有大眾傳播委員會，由顧毓秀、黎錦熙、顧頡剛等5人任委員時，不禁汗顏。

至於吳奔星在「附志」中說「屆從邵西師自京乘特快來蘇出席」云云，這裡的特快應是南京到蘇州的特快。這裡需要交代一個背景，當時吳奔星除了擔任設在蘇州的國立社會教育學院教授外，還在國民政府交通部任編審，每週都要在南京和蘇州之間奔波。由於在交通部任職，乘坐火車有一定優惠待遇，這也是他能夠陪同黎先生去蘇州的原因之一吧。

初讀吳奔星先生的「附志」，曾有一個疑惑：既然機票漲價，乘海輪赴北平時間又長又不方便（所以才相與計議……久之），那麼，為什麼乘火車去北平呢？後來仔細推敲了3首詩，尤其是第三首，即賀澹江和詩中「北歸良不易，同坐且閒談。

關塞日相逼,干戈興未闌」之句,才恍然大悟,當時是因為戰事導致北平至南京之間的鐵路運輸不通,所以,才「北歸良不易」了。當然,這只是從詩的字面及當時的形勢推測得出的結論,如果要確證,還需有心人去查實有關歷史資料。

人們感到好奇的是,在如此風雨飄搖的當兒,黎錦熙先生要去北平做什麼呢?原來,黎先生1947年被借聘為湖南大學文學院院長兼教授,為期一學期,此時聘期已到,他要返回北平擔任師範學院(抗戰勝利後國民政府教育部一度不准恢復師範大學校名)國文系主任。據白吉庵撰寫的《黎錦熙傳略》[1]稱,黎錦熙於1948年4月返回北平,繼任北平師範學院國文系主任,後來師大校名恢復,被聘為文學院院長。上述黎先生的詩題為〈自湘漢過京赴蘇州車中口占〉,就是反映了他離開湖南返回北平的這段歷史。詩題的一個「過」字,表明南京,或者蘇州,都不過是他返回北平時的中轉站而已。

最後要指出的,方先生稱吳奔星為黎錦熙先生的友人,並不確切。吳奔星1933年從湖南到北平考入師範大學文學院國文系時,因家境貧窮,無力支付20元註冊費,面臨考上大學又失學的危險,時任文學院院長的湖南同鄉黎錦熙先生為吳奔星擔保,以自己的薪水抵扣註冊費,幫助其及時入學。此後近半個世紀,吳奔星一直師事、追隨黎錦熙。1950年代初,吳奔星應聘離開北京到江蘇工作,後來雖遭受不白之冤,甚至在黑白顛倒的「文革」期間,他向黎先生的請益也一直沒有中斷過。1978年,黎先生在北京逝世,吳奔星還從當時的貶謫地徐州赴京奔喪,執最後的弟子禮。

2010年3月30日

第三十二章

吳奔星為郭沫若改詩
——從圍繞〈「六一」頌〉修改的通信說起

　　〈「六一」頌〉是郭沫若1950年6月2日發表於《人民日報》第一版的一首詩，分為4節32行——

　　　小朋友們，親愛的小朋友們，
　　　今天是你們的節日，太陽照耀得這樣輝煌，
　　　這六月一日和正月一日的元旦一樣。
　　　我誠懇地祝你們健康，健康，健康，
　　　祝你們自由自在地在自由的天地中成長，
　　　祝你們一個個都長成為人民中國的棟樑，
　　　祝你們一個個都長成為人類社會的棟樑。

　　　小朋友們，親愛的小朋友們，
　　　我們有無數的勤勞勇敢的生產者，
　　　在為你們製造著豐富的物質的食糧，
　　　來保證你們的健康，保證你們的成長；
　　　我們還要發動所有進步的文藝家，科學家，
　　　為你們製造豐富的精神上的食糧，
　　　使你們不但身體健康，精神也要健康；
　　　使你們不但身體成長，精神也要成長。
　　　我們要為新社會建設打好基礎，

好讓你們來添花錦上，光大發揚，
再隔三二十年到了你們的時代，
新中國已長成得就和蘇聯一樣，
全世界也都長成得就和蘇聯一樣。

小朋友們，親愛的小朋友們，
正是為了保衛你們的健康，成長，光榮，
世界保衛和平正在風起雲湧，
我們反對帝國主義的戰爭販子，
我們反對原子武器的使用。
成千成萬的白鴿子向全世界送出和平的信號：
未來的世界是屬於今天的兒童；
對於兒童要保重，保重，第三個保重；
要使新時代的兒童人人都成為史達林，毛澤東。

史達林大元帥萬歲！
毛澤東主席萬歲！
未來的史達林，毛澤東萬歲！

　　不過，到了1957年3月，該詩收入人民文學出版社出版的
《沫若文集》第2卷的時候，就只有3節26行了——

小朋友們，親愛的小朋友們，
今天是你們的節日，太陽照耀得這樣輝煌，
這六月一日和正月一日的元旦一樣。
我誠懇地祝你們健康，健康，健康，
祝你們自由自在地在自由的天地中成長，

祝你們一個個都長成為人民中國的棟樑，
祝你們一個個都長成為人類社會的棟樑。

小朋友們，親愛的小朋友們，
我們有無數的勤勞勇敢的生產者，
在為你們製造著豐富的物質的食糧，
來保證你們的健康，保證你們的成長；
我們還要發動所有進步的文藝家，科學家，
為你們製造豐富的精神上的食糧，
使你們不但身體健康，精神也要健康；
使你們不但身體成長，精神也要成長。
我們要為新社會建設打好基礎，
好讓你們來錦上添花，光大發揚，
再隔二三十年到了你們的時代，
新中國已長成得就和蘇聯一樣。

小朋友們，親愛的小朋友們，
正是為了保衛你們的健康，成長，光榮，
保衛世界和平的運動正在風起雲湧，
我們反對帝國主義的戰爭販子，
我們反對大量殺人的武器的使用。
成千成萬的白鴿子向全世界送出和平的信號：
未來的世界是屬於今天的兒童！

　　詩人再版著作時，對自己的詩作加以修改，是再正常不過的事情了。不過，郭沫若對〈「六一」頌〉的修改幅度較大，甚至刪除了整整一節（第四節），是頗不尋常的。當然，他所做的修改，有些並非出自本意，因為此詩發表的當天，身

為教師、「沒有成績的文藝工作者」的吳奔星就以「吳宮草」的筆名致信郭沫若，提出不同意見，直言「這首詩卻似乎失敗了」，認為郭能夠「樂於考慮」這些意見，並加以「負責」。

吳奔星的信鄭重其事，專門加了〈為「六一」頌一詩給郭沫若先生的一封信〉的標題；從內容上看，他也是準備就此和郭沫若做一番文字上的討論的，是想拋「磚」引「玉」。全信如下——

> 郭先生：
>
> 您送登6月2日《人民日報》上的詩——「六一」頌，想必千萬個兒童已讀過了。我因一向愛讀您的作品，雖說到了壯年，也已讀過了；恐怕還有與我情形相同的千萬個壯年也已讀過了。您的詩讀者是很多的，影響是很大的，但我對於您的這首詩，卻有一些意見，想本「責備賢者」之意，嚴肅地向您提出。對您個人說，也許可以作一個參考；對千萬個兒童及其教師們說，也許更給他們一些啟發，即使對整個的文藝界說，這樣的意見也許也不無意義吧。您是全國文聯的領導人，又受人民付託之重，真是眾望所歸，我想您——也只有您——一定樂於考慮我的意見，我等待著您的指示並希望仍假《人民日報》連同我這封信一塊兒發表出來，為了對人民表示負責的態度，我想您是樂意這樣做的[1]。
>
> 我覺得寫給兒童看的詩歌，第一，句子要簡明，通俗，並盡可能與口語接近，最好是一致。——至少也得合乎習慣一些。第二，內容要表現得具體一些，不可把一些隻表示概念的、抽象的標語口號似的詞句連

---

[1] 郭沫若在此段前旁批：當天足下似乎沒有去參加大會，假如參加了，或者看法兩樣一點。最好是徵求當天參加的教師和小朋友們的意見。——心海注。

綴成篇。第三，文法上邏輯上（側重在思想條理的紊亂與否）要保證沒有問題。我拿這個標準來衡量您的「六一」頌，有下面這許多意見：

▶ 吳奔星以吳宮草名義
致郭沫若信書影

一、先從標題上看，為了醒目並求意義較通俗，音素較響亮，「頌」不如「贊」。如果要引起兒童更為注意的話，倒不如乾脆用〈兒童節頌歌〉或〈歌頌兒童節〉為題。

二、其次從邏輯上，或思想條理上看：

1. 第一節第三行：「這六月一日和正月一日的元旦一樣」是有問題的。我們習慣上只說慶祝某某年元旦，並不說慶祝某某年正月一日的元旦。本來「元旦」就是正月一日的意思。如果兒童們學習您的說法，就可能產生「二月一日元旦，三月一日的元旦……」等說法，顯然是不妥的，是有壞影響的。由此看來，可知「正月一日的」這一形容詞短語是多餘的「蛇足」。廣大的工農兵群眾說「正月初一」多半是「大年初一」，我看這一行不如改為「這六月一日正如大年初一一樣」來得既通俗又親切。

2.第二節第五行「我們還要發動所有進步的文藝家、科學家」中的「發動」也有些語病。既然是「進步的文藝家、科學家」就不必別人「發動」他們也會自動去做。若真要發動的話，那就是「被動」，似乎還需要經過一個時期的思想改造，不能算是「進步的」了。我想這一行不如比照同節第二行「我們有無數的勤勞勇敢的生產者」的組成方法，改給「我們還有無數的進步的文藝家、科學家」來得文字比較勻稱，意義比較妥帖。

3.第二節第八行「使你們不但身體成長，精神上也要成長」也違背了語言的習慣法。您為求詞句勻稱，這樣寫作，從的技巧上說也許是對的；但從事實上看，卻有問題。咱們中國人只說或只聽說精神「飽滿」，「充足」、「健旺」或「消沉」、「頹唐」、「萎靡」……等等，似乎很少（或絕對不）說或聽說精神「成長」的。雖然您上文有「也要」二字，將就可以說通，但究竟是不太妥的。

4.第三節最末一行「要使新時代的兒童人人都成為史達林、毛澤東」中的「成為」也是有語病的。史達林、毛澤東是蘇中人民革命事業的最偉大的領導人物，鼓勵兒童「人人都成為」他們，然則誰「成為」幹部？當然，您的原意決不會是這樣，不過，使那些向兒童講解這行詩的人可就費事啦！能不能把「成為」改為「學習」或「像」字？

三、再次從文法修辭上看：第三節第三行「世界保衛和平正在風起雲湧」是有問題的。「世界保衛和平」與「風起雲湧」似乎配搭不上，如果在「和平」一詞下加上「運動」一詞似乎比較妥貼些。

四、更從語言的習慣上看：

  1.第二節第十行「好讓你們來添花錦上，光大發揚」中的「添花錦上，光大發揚」是非常生硬。您為了協韻竟忍心把兒童們及成人們聽慣了說慣了的「錦上添花」、「發揚光大」兩個最通俗的詞兒頭尾顛倒，弄得生刺刺的，這種修辭的方法，在今天文藝界「普及第一」的口號之下，似乎是不足為範——不值得下一代學習的。

  2.第三節第六行「成千上萬的白鴿子向全世界送出和平的信號」及第八行「對於兒童要作保重，保重，第三個保重」，過於冗長、洋化，不合乎咱們中國人說話的習慣。尤其是「白鴿送和平信號」對於兒童是陌生而不親切的，因為不是土生土長的，在他們的想像中「白鴿」與「和平」如果不加解說是粘不在一起的。「第三個保重」也不像中國人說的。不如比照第一節第四行一連來三個「健康」，勾去洋化的字眼兒「第三個」，一連來三個「保重」。如果非把「保重」一詞的意義加重不可，那就不如用咱們土生土長的「千萬保重」來得自然一些。

五、最後從全詩的結構及風格上看：您這首詩共分四節，中心意旨表現在前三節。而第四節竟以三句口號作結束。這就全篇的氣氛說，是不太統一的，失去了和諧的美。第三句口號也有第二項第（4）條所說的語句存在。其實您不必添這三句口號，因這三行的意思早就融化在全篇了。

郭先生：您從發表〈女神〉的時候起到現在所寫的詩為止，近三十年，內容儘管有些不同，而風格卻似乎沒有大的變動。「夫子之道，一以貫之」，究竟是進步？退步？抑停滯？我手邊資料不夠，不敢瞎作論斷[1]。不過，像「六一」頌這樣的內容似乎不一定以詩的形式來表達。因為讀的時候，似乎在跟著您喊口號，得不到具體、生動的形象，只有些類似教條般的零碎的概念而已。您以往的詩多半是成功的，但這首詩卻似乎失敗了。

　　郭先生：以上這些意見，也是乘一時的興致並未多加斟酌寫出來的。表面上看去，似乎我在班門弄斧，自不量力，拿一根筷子吃藕，挑您的眼兒。其實我是您的作品的忠實的欣賞者，您的詩文我曾不斷地選給專科以上的同學們精讀呢！與其說我在找您作品上的錯兒，不如說對您的作品表示用心精讀。「六一」頌這樣的詩，本來是應酬詩中的應景詩，是您逗小孩子玩兒的——使他們高興高興的[2]，原算不了什麼一回事兒。試問古今中外有哪一位文學家是以寫應酬詩而成名的？試問古往今來有哪一首應酬詩足與「天地長春」？況且，您是一個忙人兒，負有人民所託付的重任，哪兒有許多工夫去推敲應景詩？還不是一揮而就麼？本來嘛！六月一日才過的兒童節，六月二日您的詩就出現在報紙上了。急急忙忙的自然免不了一星半點兒的疏忽。——對於您，不正如日月之蝕麼？並無損於您原有的光輝的。何況這中間也許還存在著我的理解未明，認識不夠的可能性呢？我是一個教師，也是一個沒有成績的文藝工作者，我所提的意見未必是完全正確的。這封信算是對您「拋」的

---

[1] 郭沫若旁批：希望搜集材料，進一步批評。——心海註。

[2] 郭沫若旁批：能使他們高興，就是大成功了！——心海註。

一塊表示敬意的「磚」，看能不能「引」出您的最可寶
貴的「玉」來，算您在「六六」教師節賞賜我的「禮
物」？

　　此致
敬禮

　　　　　　　　　　　　　　　　　吳宮草
　　　　　　　　　　　　　　　　　六月二日晚
　　　　　　　通訊處：北京宣外爛縵胡同四十一號湖南會館轉
　　　　　　　　　　　電話：三局二四八四轉

　　信中通訊處為「北京宣外爛縵胡同四十一號湖南會館」，
這是吳奔星1949年離開蘇州國立社會教育學院教授的教職，8月
應老師黎錦熙之召到北京後一段時期的臨時居住地。當時黎錦
熙和齊白石應北京市民政局之請，組成「湖南會館財產管理委
員會」，黎因工作頭緒較多，囑託吳奔星以管委會「委員」身
份，代行「主委」之職[1]。吳奔星除了在北京從事文藝創作外，
有作品發表於《光明日報》、《人民日報》，還兼任北京師範
大學附中、重工業部國立高工國文教員；1950年7月後，吳奔星
任北京市人民政府文教局編審，從事中級語文課本編輯工作，
同年10月出版《語文教學新論》（察哈爾文教社）。直到1951
年8月接到武漢大學校務委員會主任委員鄔保良聘書，吳奔星才
離開北京，赴任武漢大學文學院教授。這是題外話。
　　吳奔星致郭沫若的信寫於6月2日晚，郭沫若6月4日即做了
回覆——

---

[1]　參見〈爛縵胡同之戀〉，見韓小蕙主編《永久的悔》，華藝出版社，1995年。

宮草先生：

你的來信接到了。「六一」頌的確是在到會之前二三十分鐘內趕寫出來的。那天九點鐘，高教會開幕，非去參加不可，但兒童節籌備處卻打來電話也要我非去不可。我因此趕寫了那麼一首詩。在我的意思，在兒童面前去演說，倒不如用韻文去朗誦，會更有效些。照當天會場上的反映看來，小朋友們似乎很能接受。同樣的詩，我在師大二附小也去朗誦了一遍，我有四個孩子在那兒念書，他們回來，我問了問，也說能懂。因此，足下所提出的通俗與否的問題似乎並不那麼嚴重。今天的兒童是有些驚人的表現的，單是兒童節大會上有幾位小朋友講的話，有好些大人恐怕都講不出來。

「正月一日的元旦」，我是因為有了「六月一日」，故加一個「正月一日」。我們說「正月一日的元旦」，也就如說六月一日的兒童節，五月一日的勞動節，八月一日的建軍節，十月一日的國慶日一樣，並不是「蛇足」。假如我把它說成「二月一日的元旦」，那才是「蛇足」了。

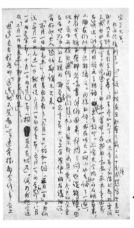

◀ 郭沫若回覆吳宮草
信書影

「進步」是有程度的，「進步」了就不「發動」吧？連電機都會停。事實上中國已有不少「進步」的文藝家和科學家了，但有多少人在替兒童寫作呢？還不應該「發動」麼？

　　「人人都成為史達林，毛澤東」是「七十二行行行出狀元」的意思，並沒有什麼不妥。「學習」是「成為」的初步歷程，你是說其因，我是說其果。但我是側重在果上而歌頌的，不便改。改為「像」字，只是皮毛而已，更不妥。

　　「世界保衛和平」下，我的原稿上本來有「運動」兩個字的，大抵是抄稿的人寫掉了。當天參加大會的有五六千人，可以替我做見證。師大二附小的先生和小朋友們也可以做見證。這一條謝謝你的指點。

　　「添花錦上，光大發揚」，我的確為了協韻，把次序顛倒了一下，你竟下出那麼「忍心」的譴辭，我倒吃驚不小。

　　「白鴿子」與「和平」的聯繫，在今天的兒童們心中並不那麼生澀了。各地好些和平大會上便由小朋友們放過白鴿子。「第三個保重」雖然新得一點，但為什麼就不懂了？

　　最後的三句口號，我倒感覺著特別有力。和諧固然是一種美，但在平板上增加一點破格，便會增加效果。這是近代美學的一個公例。俗語也說的好：「要得甜，放點鹽。」

　　承你那麼周密地探討，是應該感謝的。我寫出那首詩，只是想表示我對兒童的愛護，並促進世間對於兒童的愛護，倒根本沒有當成文藝作品來看。我沒有到場去隨便敷衍幾句演說，而畢竟費了一番心思寫出了那麼一首東西出來，至少是可以看出我在鄭重其事。至於口號

不口號或者能否與「天地長春」，我根本沒有考慮過。

足下很認真，但把問題也看得嚴重了一點。思想上有些地方成問題。你要求在《人民日報》上發表，恐怕《人民日報》沒有這樣多的篇幅吧？我把原件奉還，請足下自行斟酌處理。

敬禮！

郭沫若

六、四

吳奔星在信中提出了不少意見，簡言之，主要有：一、邏輯上的問題—如「這六月一日和正月一日的元旦一樣」，吳奔星認為「元旦」就是「正月一日」，如此並列，就是「蛇足」，不如改為「這六月一日正如大年初一一樣」，既通俗又親切；「要使新時代的兒童人人都成為史達林、毛澤東」這樣的句子，令人費解。二、文法修辭問題—如「世界保衛和平正在風起雲湧」，主謂搭配不當。三、語言習慣問題—既有為了協韻把「錦上添花，發揚光大」寫作「添花錦上，光大發揚」的問題，也有「不合乎咱們中國人說話的習慣」的「對於兒童要保重，保重，第三個保重」的毛病。四、指出郭詩第四節三句以口號結束，失去了和諧的美，認為「不必添這三句口號，因這三行的意思早就融化在全篇了」。

吳奔星在信中提出，「〈『六一』頌〉這樣的內容似乎不一定以詩的形式來表達。因為讀的時候，似乎在跟著您喊口號，得不到具體、生動的形象，只有些類似教條般的零碎的概念而已。」吳奔星一貫反對標語口號入詩，這和他1986年提出的「詩學是情學」的理論是一致的。

值得注意的是，吳奔星雖然在信中寫道：「您從發表〈女神〉的時候起到現在所寫的詩為止，近三十年，內容儘管有

些不同，而風格卻似乎沒有大的變動。『夫子之道，一以貫之』，究竟是進步？退步？抑停滯？我手邊資料不夠，不敢瞎作論斷」，但仍委婉地提出郭沫若「是一個忙人兒，負有人民所託付的重任，哪兒有許多工夫去推敲應景詩？」「試問古今中外有哪一位文學家是以寫應酬詩而成名的？試問古往今來有哪一首應酬詩足與「天地長春？」

郭沫若先生的回信，對照來信一一為自己做了辯白。首先，他承認〈「六一」頌〉是在「二三十分鐘內趕寫出來的」。不過，對於「正月一日的元旦」和「人人都成為史達林，毛澤東」的提法，他不認為有什麼問題；至於「世界保衛和平正在風起雲湧」，他承認「『世界保衛和平』下，我的原稿上本來有『運動』兩個字的，大抵是抄稿的人寫掉了。」這是他覆信中兩處「謝謝」吳奔星「指點」的地方之一。不過，在感謝之前，為了證明自己的正確，他還是說「當天參加大會的有五六千人，可以替我做見證。師大二附小的先生和小朋友們也可以做見證」，頗令人忍俊不禁。

對於「錦上添花，發揚光大」，郭沫若承認是為了協韻；但對於「第三個保重」，他避免直接回答「不合乎咱們中國人說話的習慣」的問題，而是自辯說「雖然新得一點，但為什麼就不懂了？」

吳奔星最後提出的郭詩第四節以「三句口號」（「史達林大元帥萬歲！／毛澤東主席萬歲！／未來的史達林，毛澤東萬歲！」）結束的問題，其實是此信關鍵所在，也是敏感問題，因此吳奔星無法深入闡述，只是說「不必添這三句口號，因這三行的意思早就融化在全篇了」。然而，郭沫若並不認同，反而說「最後的三句口號，我倒感覺著特別有力」。因為在他看來，「和諧固然是一種美，但在平板上增加一點破格，便會增加效果。這是近代美學的一個公例」。他甚至還以俗語來佐證：「要得甜，放點鹽。」

值得玩味的是，郭沫若並不覺得自己是在寫「應酬詩」，反而認為「沒有到場去隨便敷衍幾句演說，而畢竟費了一番心思寫出了那麼一首東西出來，至少是可以看出我在鄭重其事」。

　　近些年來，現代文學界提出了一個概念「何其芳現象」：即作家們在1949年後出現的「思想進步、藝術退步」現象，包括郭沫若、曹禺、茅盾、巴金都在其列。這一現象產生的原因十分複雜，自有專家學者去研究探討，我不必在此贅言。不過，我從郭沫若給吳奔星這封回信裡的一句話，多少看到了些端倪：「至於口號不口號或者能否與『天地長春』，我根本沒有考慮過」。

　　出乎意料的是，郭沫若雖然信中如此答覆，但到了1957年3月人民文學出版社推出《沫若文集》時，第2卷中所錄〈「六一」頌〉卻進行了較多的修改。其中涉及吳奔星信中所提問題的修改部分有：

1.第二節中「添花錦上，光大發揚」，改成「錦上添花，光大發揚」，前面作了修改，後面仍維持不動，看來郭先生也認識到，除了協韻之外，通俗用詞的習慣性還是不能隨意更改的。

2.第三節裡「世界保衛和平正在風起雲湧」，改為「保衛世界和平的運動正在風起雲湧」，算是彌補了當初「抄稿的人」的錯誤。

3.第三節最後兩行「對於兒童要保重，保重，第三個保重；／要使新時代的兒童人人都成為史達林，毛澤東」，一併刪除，前者應該是郭先生的確不只是覺得「新得一點」了，而後者，按照郭先生原信中是「不便改」的，好在可以刪除⋯⋯

4.第四節，即最後的「三句口號」，在1957年3月版的《沫若文集》第2卷中已經不見蹤跡。究竟是什麼原因讓郭沫若先生捨得把當年「感覺著特別有力」的「最後的三句口號」盡情刪削呢？其實，身為詩人的郭沫若，是不會不考慮「口號不口號或

者能否與『天地長春』」的。在1920年初寫給宗白華的一封信中，郭沫若就曾明確地指出過：「詩的本職專在抒情。」[1]到19世紀30年代中期，他又說：「詩歌的形式當用以抒情。」[2]無庸置疑，不用吳奔星在信中點明「不必添這三句口號，因這三行的意思早就融化在全篇了」，郭沫若也清楚這三行口號是「蛇足」，只不過當時以山呼「史達林大元帥萬歲」為政治時髦，他不「感覺著特別有力」又能如何呢？當然，到了1957年《沫若文集》出版的時候，赫魯雪夫一年前已經在蘇共二十大上作了秘密報告批判史達林，中蘇關係起了微妙的變化，身處政治上層的郭沫若自然心如明鏡，三句口號再不刪除，就真正成為「蛇足」了！

　　當然，郭沫若自己也對〈「六一」頌〉做了其它一些方面的修改，比較引人注目的是「我們反對原子武器的使用」一句，變成「我們反對大量殺人的武器的使用」，這和中國當時已經開始原子武器的研製不無關係。當然，中國自第一顆原子彈爆炸後，一直「堅定奉行在任何時候、任何情況下都不首先使用核武器的政策」罷了。

　　吳奔星和郭沫若就〈「六一」頌〉一詩的通信，在湮沒於故紙堆半個多世紀後，終於第一次曝光亮相了。吳奔星以點到面，從〈「六一」頌〉引出對郭沫若近30年來的詩歌「究竟是進步？退步？抑停滯？」的疑問，頗有「超前意識」，非常值得現代文學史家深入研究。從郭沫若回信末尾的句子「足下很認真，但把問題也看得嚴重了一點。思想上有些地方成問題」看，吳奔星「拿一根筷子吃藕，挑您的眼兒」的舉動，無疑是讓當時如日中天的郭先生臉面掛不住了。不過，好在郭沫若還算是有雅量，不但認真地在原信上做了批註並回覆，還把吳奔

---

[1] 〈論詩三札〉。
[2] 〈郭沫若詩作談・關於《前矛》《瓶》《恢復》〉，1936年《現世界》創刊號。

星的信「原件奉還」，這才使我們能夠有幸在58年後，重新檢視歲月和文字的碎片，去盡量接近、還原事實的真相。甚至可以穿透文字的表像，去一窺詩歌背後的「文章」。當然，這些工作都將在未來交付有心人去做。

最後要補充的是，宮草是吳奔星1936年在北平創辦《小雅》詩刊時啟用的筆名。1940年9月，吳奔星發表於桂林出版的《詩》第2卷第1期的詩論〈略論詩的「民族形式」〉，同樣署名「宮草」，文中即有「郭氏的文藝創作，尤其是詩，我不敢恭維」的字樣，但不在本文範圍之內，有待於今後找機會再談了。

2008年11月18日

第三十三章
〈新湖南山歌〉與〈想起毛主席〉

　　近日，在網路上看到一篇題為〈臨潼60萬為已故農民詩人出詩集〉的新聞，稱——

　　　　農民詩人王老九在其去世38年後，記者從西安市臨潼區文化廣播電視局獲悉，該局將籌集資金60萬元整理出版一套《王老九詩集》。……臨潼區文化廣播電視局局長姚華山講，王老九的詩歌創作，不僅僅是他個人的創作問題，而是一個時代的標誌。……出版《王老九詩集》是該區落實保護非物質文化遺產的具體措施。」

◀ 1959年東風文藝出版社
《王老九詩選》封面

　　王老九（1894～1969），現代農民詩人。原名王建祿，因排行第九人稱老九。陝西省臨潼縣人，1894年2月23日出生於貧苦農民家庭。16歲時讀過一年私塾，因家貧輟學。當過學徒，18歲起做農活。曾逃荒要飯。他自

幼愛聽戲、看唱本、能背誦不少唱詞，常將舊社會的不平之事編成順口溜。32歲起開始編寫快板詩。

◀ 王老九素描像

　　中華人民共和國成立後，王老九創作熱情高漲。他的詩陸續在報刊上發表。1951年參加陝西省文藝創作者代表會議，1953年參加中國文學藝術工作者第二次代表大會。1958年參加中國民間文學工作者會議，被選為理事。1960年先後出席全國文教群英會和中國文學藝術工作者第三次代表大會，並當選為中國作家協會理事。有「農民詩人」之稱。

　　看到這條消息，我的心情是「亦喜亦憂」。喜的是，一個曾在中國「新民歌運動」中有過廣泛影響的農民詩人，在去世38年之後，當地文化主管部門能夠從「保護非物質文化遺產」的角度出發，籌資為詩人出詩集，保留「一個時代的標誌」，真是善莫大焉；憂的是，這位曾被譽為「我們新時代的卓越的民間詩人」[1]的「代表作」〈想起毛主席〉，和一首湖南民歌極

---

[1]　見陶陽〈詩的語言與功夫〉，《人民日報》1961年5月10日第7版。

其「相似」，模仿痕跡嚴重，不知道會不會作為「代表作」再次出現在詩人新出的詩集中？由於消息出自2007年3月30日的《三秦都市報》，迄今已經一年半有餘，不知道新的《王老九詩集》是否已經問世？如果尚未問世，希望通過拙文的考證與分析，能夠幫助有關人員糾正一個歷史性的錯誤。

◀ 1959年東風文藝出版社
《王老九詩選》內所選
〈想起毛主席〉原文

　　王老九的〈想起毛主席〉一詩不長，只有16行。關於此詩的創作，1953年12月26日《人民日報》第3版發表的署名「山川」的〈農民詩人王老九〉一文，有這麼一段文字——

　　　　一九五一年春天，我到臨潼縣去，第一次看到了王老九。……天麻麻亮，忽然聽見一陣咳嗽聲音，睜開眼，見老王背靠著牆緊縮在被窩裡，把旱煙鍋抽得「呼呼」響。我吃了一驚，忙問：「身子不舒服嗎？」

　　　　「不是。嘿！睡不著，夢裡也在笑。自從解放後，咱們人民真算當家作主啦，村長、鄉長都由自己選，連我那老婆也當了婦女代表，圪撐撐地常去開會哩。惡霸、地主鬥倒了，窮人分到土地，再不愁吃喝了，我的快板也能上報了……這些稀罕事情，過去連作夢都沒有想到啊！沒有毛主

席，哪有如今這麼好的世事。」他抬起頭，望著牆上掛的毛主席像又說：「遲早我要給你老人家獻一段快板詩的。」

半年以後，老詩人的心願達到了，他編出了有名的「歌頌毛主席」。

> 夢中想起毛主席，半夜三更太陽起。
> 作活想起毛主席，周身上下增力氣。
> 走路想起毛主席，手推小車不知累，
> 吃飯想起毛主席，蒸饃拌湯添香味。
> 開會歡呼毛主席，千萬拳頭齊舉起，
> 牆上掛著毛主席，一片紅光照屋裡，
> 中國有了毛主席，山南海北飄紅旗，
> 中國有了毛主席，老牛要換拖拉機。

在1959年8月東風文藝出版社出版的《王老九詩選》中，〈想起毛主席〉一詩和上述山川的文章引用的「歌頌毛主席」的詩句基本一致，除了把「作活」改為「種地」，「手推小車」改為「千斤擔子」，以及九、十兩行和十一、十二行次序顛倒了一下外，題目也只有「想起」和「歌頌」之別。《王老九詩選》中〈想起毛主席〉的寫作時間註明為「1951年7月1日」，和山川文章中記述的寫作時間基本一致。然而，就是這個寫作時間，使人們有理由對〈想起毛主席〉一詩的「獨創性」產生疑問，因為在王老九自稱創作〈想起毛主席〉的一年前，即

▲ 1950年7月10日人民日報社出版的《人民文藝》第57期目錄

1950年7月10日，人民日報社出版的《人民文藝》第57期第2版就發表了一首署名「吳奔星錄」的〈新湖南山歌〉，而且《人民日報》7月16日第5版又再次全文發表。照錄如下：

　　湖南鄉間來信：解放後展開減租、減息、退押、反霸運動，人民幣下鄉，農民勞動熱情高漲，生活由穩定而逐漸提高。信中附有農民自己編唱的山歌一首，現在我轉錄在下面，介紹給讀者。其中稍有幾個錯別字，已經改正。

◀ 人民日報社出版的《人民文藝》第57期第2版〈新湖南山歌〉原文

　　心中想著毛澤東，三更半夜太陽紅。
　　眼中有了毛澤東，漆黑山路路路通。
　　口中說起毛澤東，忘了疲勞不停工。
　　路上談起毛澤東，千斤擔子也輕鬆。
　　吃飯提到毛澤東，白菜蘿蔔味兒濃。
　　開會歡呼毛澤東，減租減息樂融融。
　　惡霸聽說毛澤東，晴天打雷震耳聾。
　　特務聽說毛澤東，狗夾尾巴逃無蹤。
　　牆上掛著毛澤東，好比當中點紅燈。
　　人人學習毛澤東，人人勞動爭英雄。

◀ 1951年10月人民文學出版社
出版中國民間文藝研究會
所編的《中國出了個毛澤
東（歌謠集）》封面

　　1951年10月，人民文學出版社出版中國民間文藝研究會所編的《中國出了個毛澤東（歌謠集）》，收入這首〈新湖南山歌〉時，題目改為〈毛澤東（湖南）〉，刪除了前言，正文「眼中有了毛澤東，漆黑山路路路通。／口中說起毛澤東，忘了疲勞不停工」兩句，改為「眼裡有了毛澤東，漆黑山路路路通。／口裡說起毛澤東，忘了疲勞不停工」；「牆上掛著毛澤東，好比當中點紅燈」一句，改為「牆上掛像毛澤東，好比當中點紅燈」。詩後註明：「吳奔星收集，選自《人民日報》」。按照該書的「編後記」，我們得知，編選者是「從500多首歌謠中，再三挑選」，最後才選定的50首，入選標準可見十分嚴格，也顯示出〈毛澤東〉（〈新湖南山歌〉）的分量。

　　拿王老九的〈想起毛主席〉16行，和吳奔星錄的〈新湖南山歌〉20行相比較，相似雷同之處竟然多達12行！不妨一一看之：

　　　　心中想著毛澤東，三更半夜太陽紅。（吳奔星錄〈新湖南山歌〉，下簡稱吳詩）
　　　　夢中想起毛主席，半夜三更太陽起。（王老九〈想起毛主席〉，下簡稱王詩）

此為兩詩的一、二行，可以說相似度為90%以上，所不同的，只不過為了韻腳變動文字而已。以下大體，亦復如此。

　　　口裡說起毛澤東，忘了疲勞不停工。（吳詩）
　　　種地想起毛主席，周身上下增力氣。（王詩）

　　此為吳詩的五、六行，王詩的三、四行，說神似，估計沒有人反對。

　　　路上談起毛澤東，千斤擔子也輕鬆。（吳詩）
　　　走路想起毛主席，千斤擔子不知累，（王詩）

　　此為吳詩的七、八行，王詩的五、六行。王詩中「千斤擔子」原作「手推小車」，一個挑擔，一個推車，倒是各有濃郁的地方色彩，因為湖南山區適合挑擔，而陝北高原推車更合鄉俗，但後來王詩修改成「千斤擔子」，卻是弄巧成拙，構思的雷同更是顯而易見。

　　　吃飯提到毛澤東，白菜蘿蔔味兒濃。（吳詩）
　　　吃飯想起毛主席，蒸饃拌湯添香味。（王詩）

　　吳詩的九、十行，和王詩的第七、八行相比，區別在於飲食上的地方色彩以及韻腳的不同。

　　　開會歡呼毛澤東，減租減息樂融融。（吳詩）
　　　開會歡呼毛主席，千萬拳頭齊舉起，（王詩）

吳詩的十一、十二行和王詩十一行、十二行相比，相對的前兩行只有「毛澤東」和「毛主席」的區別，而相對的後兩行行文完全不同，吳詩反映了當時湖南農村「減租減息」的實況，歷史感較強，而王詩的「千萬拳頭齊舉起」，也是歷史的寫照，但形象更為具體，是王詩中的亮點。

> 牆上掛像毛澤東，好比當中點紅燈。（吳詩）
> 牆上掛著毛主席，一片紅光照屋裡。（王詩）

　　至於吳詩的十七、十八行，和王詩的九行、十行相比，相似度又是很高，相對的前兩行也僅是韻腳的不同，後兩行的構思和意思基本沒有區別。

　　通過兩首詩發表、創作時間的先後對比，以及詩中多達12行相似或相近的句子的對比，我們有充分理由懷疑，王老九〈想起毛主席〉一詩是對吳奔星錄〈新湖南山歌〉的「模仿」和「改編」。

　　對於〈想起毛主席〉的創作經過，王老九自己如是說——

> 　　我寫〈想起毛主席〉，才16句詩，可是想了一天都開不了頭。心裡反復想著毛主席熱愛農民，他領導人民與蔣介石作了30多年鬥爭，受了千辛萬苦，是為了解放全國人民。現在，農民的幸福一步更比一步好了，哪一個不熱愛毛主席哩。想得夜晚也睡不著覺，想到要天亮時，迷迷糊糊地也不知道是在做夢哩，還是在想哩？看見太陽紅得很，毛主席來了。我一驚，醒了，心想：以前做夢常是黑洞洞的，現在做夢咋這樣紅哩，是想起毛主席了。一下我就寫開了頭：
> 　　夢中想起毛主席，半夜三更太陽起。

這時，天也亮了，我就到地裡做活，不曉得心裡咋那樣高興，幹活有勁得很，快晌午了，我又想起：

種地想起毛主席，周身上下增力氣。

這下走路也輕快了，吃飯也香了，回家看見毛主席的像，也覺得滿屋紅光……。這樣邊忙活邊想，寫了三天，初稿寫成四十句。再兩遍三遍地修改，最後只有16句快板[1]。

看到王老九自述的寫作經過，我覺得是可信的。但是，與此同時，我也想到了前些年鬧得沸沸揚揚的「劉心武夢中得句」事件，毛天哲先生曾對此評論說：

作家劉心武，有一回稱自己做夢時想到一句詩「江湖夜雨十年燈」，頗為自得，並拿到報紙[2]上發表了。豈不料900多年前的黃庭堅就寫過「桃李春風一杯酒，江湖夜雨十年燈」。面對譏諷指責，劉作家要坦然承認自己在這一小塊的知識缺陷，旁人也就不好意思再窮追猛打了，偏偏作家還要為自己著文申明，「確係夢中所浮現」云云。於是，和太白夢見「生花之筆」一樣的「夢中得句」，原本也算是文史佳話，到了劉心武這，倒成了一椿流播甚廣的笑談。

既然知名作家劉心武，都會「夢中得句」，把古人的句子當作自己的靈感，那麼，對於一個「58歲那年」「才下決心學

---

[1] 見王老九談、黃桂華整理〈談談我的創作和生活〉，延河文學月刊編輯部編《王老九詩選》，東風文藝出版社，1959年8月第一版。
[2] 《新民晚報》。

文化」[1]的農民詩人王老九而言，一年前聽人讀過或轉述過《人民日報》的〈新湖南山歌〉，經過一年的潛移默化之後，突然「夢中得句」，「創作」或「改編」出來〈想起毛主席〉，也不是沒有可能的事情。至於，是否有秀才從中捉刀，那就不得而知了。

不過，令人費解的是，既然〈新湖南山歌〉1950年7月發表於《人民日報》後，又被中國民間文藝研究會選入所編的《中國出了個毛澤東（歌謠集）》，由人民文學出版社出版，並多次再版，在民間文藝界的影響非同一般，那麼，在「我們新時代的卓越的民間詩人」王老九的〈想起毛主席〉一詩問世後的近60年裡，為什麼竟沒有人質疑過這兩首詩高度的「相似」呢？

其實，〈新湖南山歌〉的輯錄者吳奔星早就發現了〈想起毛主席〉一詩的模仿問題，不過當時是20世紀50年代末，那個時候，他本人被劃為「右派」分子，以「待罪」之身被「發配」到蘇北接受改造，而王老九此時卻是炙手可熱的聞名全國的民間詩人，並寫過題為〈右派分子野心狼〉的詩歌[2]，如果此時提出異議，無疑是「以卵擊石」。更令人深思的是，王老九還在1958年參加中國民間文學工作者會議，當選中國民間文藝

▶ 1960年王老九（前左）
　在頤和園和郭沫若
　（前右）對詩

---

[1] 見王老九〈我永遠不覺得「夠」〉一文，《人民日報》1959年10月19日第8版。
[2] 見《王老九詩選》，東風文藝出版社，1959年8月第1版。

研究會第二屆理事。「文革」結束後，吳奔星的「右派」冤案獲得平反，為了彌補因「反右」和「文革」而蹉跎的30年歲月，他把主要精力投入到高校現代文學教學、詩學研究和詩歌創作中，成果豐碩，無暇顧及；雖也曾想過搜集材料，以事實還原〈新湖南山歌〉和〈想起毛主席〉的歷史真相，但生前終未得機緣付諸實踐，留下遺憾。

在1958年「新民歌運動」興起之前，王老九雖也有一定的名氣，但還是屬於區域性的民間詩人，所創作的詩歌流播範圍也比較有限。但在1958年「新民歌運動」發端之後，王老九迅速走紅，成為全國知名的民歌作者，1960年還當選為全國作協理事。「新民歌運動」曾提出一個口號——「鄉鄉要出一個王老九，縣縣要出一個郭沫若」，足可見他在當時的影響。1960年，新聞電影製片廠的紀錄片還錄下如此片段：頤和園昆明湖畔風和日麗，來自陝西的農民詩人王老九，握著郭沫若的手，詩興大發：「我日日夜夜想見面，我鬍子盼白也見不著。今日得見老兄面，我心裡喜得好像蛤蟆跳，希望兄長手托我，共同往共產主義跑……」中央電視臺本世紀初製作的《百年中國》大型系列片，《農民詩人王老九用詩歌頌祖國》中還再現了這一場景。

◀ 老舍和王老九交談

王老九登上全國文壇，《人民日報》可以說是「晴雨錶」。1958年前，《人民日報》有過對王老九的報導，但王本人從來沒有在《人民日報》上發表過作品。不過，1958年「新民歌運動」濫觴，王老九的作品就開始在《人民日報》上亮相，從1958年7月到1961年4月，共發表民歌〈搬起泰山砸雞蛋〉、〈紙老虎難過火焰山〉、〈憤怒變成快板詩〉、〈延安作風放霞光〉、〈新年頌歌〉、〈時代弓弦任你張〉、〈唱支歌兒朋友聽〉7首，短文〈看稿雜談〉、〈我永遠不覺得「夠」〉2篇，頻率很高，對於民間詩人而言，是一種待遇的象徵，堪稱「至高榮譽」了。相對而言，和「農民詩人」王老九同稱「中國工農二詩人」的「工人詩人」孫友田，上個世紀50年代和60年代，只在《人民日報》上發表過2篇詩歌（1959年11月27日第8版的〈隊長回來了〉和1961年3月24日第8版的〈煤城春早〉）。

到了「新民歌運動」開始後，王老九的「代表作」〈想起了毛主席〉風頭更勁，入選多種選本，受到很多評論家的讚譽，甚至被著名文藝理論家鄭伯奇稱作「膾炙人口的」、「廣泛流傳的傑作」（〈農民詩人王老九和他的詩〉，《讀書》1959年第17期）。

當然，王詩顯著的「相似性」，並非沒有專家學者注意到這個問題。1979年，由上海教育出版社出版的《中國新詩選》（三冊）[1]，是《中國現代文學史參考資料》5種之一，初稿完成後曾由教育部委託編選組召集全國部分高等學校和有關研究機構的專家學者審稿，是當時一部比較權威的現代文學史參考書，審稿專家均是一時之選。在這套《中國新詩選》中，王老九入選〈無題〉、〈七一歌頌毛主席、共產黨〉、〈秦頌丞的畫像〉等3首，〈想起毛主席〉不在其中。尤為耐人尋味的是，〈毛澤東〉（即《新湖南山歌》）卻收錄在此書第三冊的「民

---

[1]　北京大學、北京師範大學、北京師範學院中文系現代文學教研室主編。

歌」部分中，雖然沒有了輯錄者吳奔星的名字，但註明「選自《中國出了個毛澤東》人民文學出版社1951年版」，顯然，編選者和審稿人注意到了〈毛澤東〉和〈想起毛主席〉之間的驚人相似度及時間差，以「取捨」的方式，無言地表明瞭他們的態度。

　　走筆自此，才想到「新民歌運動」至今已經整整50周年了。「新民歌運動」的得失及其經驗教訓，自有文學史家去褒貶評論。本文只是把我所掌握的材料羅列出來略作如上考證與分析，以期幫助今天的讀者對〈想起毛主席〉和〈新湖南山歌〉兩者之間的關係做出自己應有的判斷，並不涉及對王老九其人其詩的評價，更遑稱結論了。

2008年11月26日於南京

第三十四章

〈新湖南山歌〉和〈想起毛主席〉史料新探

筆者曾在2009年第1期《博覽群書》發表〈《新湖南山歌》與《想起毛主席》〉，以第一手的資料證明王老九發表於1951年7月的〈想起毛主席〉，不但時間上大大晚於吳奔星搜集整理的〈新湖南山歌〉[1]，而且構思和文字上有明顯模仿〈新湖南山歌〉的痕跡。

拙文發表後，得到一些專家、學者及讀者的好評，並承他們提供線索，經過一番求證，發現拙文寫作之時沒有掌握的大量寶貴史料，這些史料進一步證明了〈新湖南山歌〉確實曾在全國範圍產生廣泛影響。故不揣鄙陋再次成文，儘量還原當時的歷史真實，並揭示模仿痕跡明顯的〈想起毛主席〉雖發表在後，卻「後來者居上」的歷史環境。

兩次被譜寫成歌曲傳唱

筆者在〈《新湖南山歌》與《想起毛主席》〉中，曾提及〈新湖南山歌〉發表後，最早曾為中國民間文藝研究會編、人民文學出版社1951年10月出版的民歌集《中國出了個毛澤東》選入。其實，早在此之前1年，即1950年10月，就以歌曲的形式

---

[1] 《人民日報》，1950年7月16日。

被選入《創作歌選‧第一集》[1]，題目為〈想著毛澤東〉，署名為「新湖南山歌許友濱曲」。該書「編前小記」中指出：

> 9月，上海開始了有組織的開展音樂創作運動，第一個創作任務就是迎接國慶日與歌唱一年來在各方面的勝利，我們開了一個音樂、詩歌工作者座談會，決定了創作主題，並有組織的進行推動創作。在歌詞與群眾歌曲上我們收到上海詩歌聯誼會、中央音樂學院上海分院、人民電臺廣播樂團、青年文工團、新安旅行團、上海市歌詠團體聯誼會，及市內各單位創作工作同志以及華東地區的一部分工作同志的作品，共七十餘件。我們舉行了一次200餘人出席的試唱會。選出有：國慶日的創作12首，在本市各報發表，同時選出較優秀的作品26件用歌集的形式發表，就是這本創作歌選第一集，……

◀ 1950年10月，許友濱譜曲的
《新湖南山歌》書影

---

[1] 中華全國音樂工作者協會上海分會編：《創作歌選‧第一集》，上海：新華書店華東總分店，1950年10月版，第12頁。

由此可見，在《創作歌選‧第一集》列第9首的〈想著毛澤東〉，是從70餘件作品中精選而出的。其作曲者許友濱（1923～1992），河北安新人。1938年參加革命。1942年8月，加入中國共產黨。上個世紀50年代除，先後任安徽軍區文工團副團長、團長、江蘇軍區文工團團長、中國人民志願軍九兵團文工隊隊長，後到東北工作，生前任中國音樂家協會吉林分會秘書長等職。

◀ 1951年1月，董源譜曲的
〈心中想起毛澤東〉書影

　　無獨有偶，為〈新湖南山歌〉譜曲的並非許友濱一人。1951年1月，董源譜曲的《心中想起毛澤東》一書由上海教育書店出版的，其中收有同名歌曲，署名為「湖南農民詞句吳奔星錄」。《心中想起毛澤東》一書出版時間雖然晚於《創作歌選‧第一集》，但〈想著毛澤東〉這首歌曲卻未必早於歌曲〈心中想起毛澤東〉。在〈大力開展新音樂創作運動——1950年10月新創作研究座談會記錄〉[1]一文中，海政文工團胡士平

---

[1] 中華全國音樂工作者協會上海分會輯：《把上海音樂運動提高一步》，上海：教育書店，1951年10月版。

在發言時說：「聲樂創作上，獨唱曲中〈心中想起毛澤東〉、〈在高山那邊〉都是較好的作品（第81頁）」，而賈芳也同時指出：「獨唱歌曲〈心中想起毛澤東〉，可說是比較有中國味道的特點，……（第84-85頁）」。可見董源譜曲的〈心中想起毛澤東〉至少在1950年10月就開始演唱了。

不過，到了1960年4月，董源譜曲的〈心中想起毛澤東〉被收入《上海十年歌曲選1949～1959》[1]時，卻和上海教育書店1951年出版的〈心中想起毛澤東〉有了不同，「湖南農民詞句吳奔星錄」的字樣變成「湖南農民詞、沙金改詞」。其中奧秘，應和吳奔星被打成「右派」有關。至於歌詞的改動，則微不足道。有興趣的讀者不妨自行查閱。

山東作家郭澄清在反映大躍進時代的中篇小說《社迷傳》[2]第二章裏，曾以隊長週四成的口引用一段歌聲「……夜裏想起毛澤東，半夜三更太陽紅；走路想起毛澤東，千斤擔子也輕鬆」（第17頁），明顯來源於〈新湖南山歌〉。如果從作家虛構角度來說，說明郭澄清對〈新湖南山歌〉的印象深刻，如果是深入生活的見聞，那麼則說明〈新湖南山歌〉譜成歌曲後在農村的影響廣泛。

鍾敬文、賈芝等民間文學大家的關注

〈新湖南山歌〉發表後，除了被音樂家譜成歌曲傳唱外，也曾引起著名民間文藝研究家賈芝、鍾敬文、黎風、天鷹（姜彬）、李岳南等的注目，他們或著文論及，或收錄進編著的書籍中，均予以高度評價。

---

[1] 中國音樂家協會上海分會編：《上海十年歌曲選1949～1959》，上海：上海文藝出版社，1960年版，第16-17頁。
[2] 郭澄清：《社迷傳》，北京：中國青年出版社，1965年版。

比如，早在1951年5月，「民間歌謠畫集第三冊」《中國人民的勝利》[1]中，就收錄有〈新湖南山歌〉，並在註釋中這樣指出：

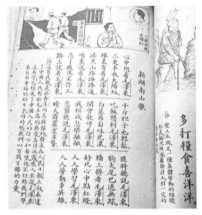

◀ 歌謠畫集《中國人民的勝利》一
書收錄的〈新湖南山歌〉書影

> 這首民歌，是吳奔星同志採錄的，發表在《人民日
> 報》上面，表達了中國人民對於毛主席的熱愛，真情流
> 露，感人至深，「毛澤東」這名字，已經成了中國人民
> 的信心和希望，他不但給我們帶來自由幸福的好日子，
> 同時給我們以百戰百勝的力量。

同年9月，《民間文藝集刊‧第一冊》[2]出版，其中賈芝輯
「民歌選」32首中就包括〈新湖南山歌〉，文後註明：「吳奔星
錄，選自《人民日報》」。

到了1952年，黎風在《新觀察》第17期「書和作家」欄目
發表題為〈中國出了個毛澤東〉的書評文章，全文引用已由
〈新湖南山歌〉更名為〈毛澤東〉的詩，評價說：「這首民歌的

---

[1] 李卉編選、陳煙橋繪圖：《中國人民的勝利》，上海：元昌印書館，1951年5月版，第9頁。
[2] 中國民間文藝研究會編：《民間文藝集刊‧第一冊》，北京：新華書店，1951年版，第80頁。

特點是：它雖然沒有正面歌頌毛主席，但是它用生活中的具體形象深刻而親切動人地描寫出了毛主席的偉大。讀了它，使人感到人民的心裏時時刻刻都記著自己的領袖；他叫我們勇敢，叫我們快樂，叫我們滿懷信心地向前邁進！」

　　1954年，《文藝報》第2期則發表中國民間文藝研究會副理事長、北京師範大學教授鍾敬文的〈各族人民歌唱毛主席〉，在引用〈新湖南山歌〉之前，鍾文如此寫道：

◀《文藝報》1954年第2期
　發表的鍾敬文〈各族人
　民歌唱毛主席〉書影

　　在廣大人民的眼底心頭，毛主席不單是一個非常可感激，崇敬和親近的人，是領導著大家前進的引路人，同時還是一種鼓舞大家奮發努力的神奇力量。解放以後，各族人民，在生產戰線上，在文化戰線上，在其他一切工作上，都勇氣百倍地活動著。他們在毛主席正確思想的啟發下，在毛主席偉大人格的感召和盛大功業的鼓勵下，都願意為建設未來的理想社會而竭盡自己的力量。他們不論在什麼地方，什麼時候，只要一想起了偉

大的毛主席，困難就變成容易，險阻就變成平夷，愁苦
就變成快樂。人民的創作裏顯著地表現這一點。

　　同年3月，李岳南的《民間戲曲歌謠散論》由上海出版公司
出版。在〈民歌的戰鬥性〉一文中，李岳南全文引用〈新湖南
山歌〉前，對其的定義是「在湖南，產生了這樣一首歌頌毛主
席的優秀民歌」。該文1957年收入李岳南在新文藝出版社出版
的《神話故事、歌謠、戲曲散論》一書中，題目改為〈論民間
歌謠及其戰鬥性的傳統〉，依舊全文引述了〈新湖南山歌〉，
並如此表示：「而尤以50年7月16日在人民日報所登的新湖南民
歌、更充分表理出翻身後的農民對毛主席的熱愛來」。
　　同在1954年，天鷹（姜彬）著《論歌謠的手法及其體例》
由文化生活出版社出版。天鷹在〈關於歌頌毛主席的歌謠〉一
文中指出：

　　　　人民用無比的喜悅和熱情歌頌著毛主席，歌頌著共
　　產黨，歌頌著翻天覆地的偉大的人民革命的勝利。新時代
　　到來了，幾千年的願望實現了，在全國人民的眼中，毛主
　　席就是勝利，毛主席就是幸福，毛主席就是力量。湖南有
　　首民歌〈毛澤東〉，最充分的表達了人民的情緒……

　　天鷹此書1956年由上海文化出版社再版，1959年由上海文
藝出版社出版。2007年6月上海社會科學出版社出版的《姜彬文
集・第1卷》也收入了這篇文章。
　　到了1959年12月，〈新湖南山歌〉以〈毛澤東〉為題入選中
國科學院文學研究所民間文學組主編、中國青年出版社出版的
《頌歌》[1]。儘管編者在「後記」中表示「全書共選了322首。每

---

[1]　賈芝、孫劍冰編：《頌歌》，北京：中國青年出版社，1959年版，第32頁。

首盡可能註明所屬民族、流傳地區、作者或採錄者的姓名」以及「解放初期，在蕭三同有的發端下，我們曾編了一本『中國出了個毛澤東』，以中國民間文藝研究會的名義出版。現在把其中的一部分作品選進了這本『頌歌』。」這是應當加以說明的，但詩歌只標明「湖南」字樣，原先《中國出了個毛澤東》一書中詩後「吳奔星收集」字樣，在此書中不翼而飛，顯然，這和吳奔星被打成「右派」有關。

無獨有偶，也在1959年，署名「民間文學小組集體討論，梁仲華執筆」的論文〈各族人民歌唱毛主席〉[1]，題目和前述鍾敬文的論文完全一樣，吳奔星的〈新湖南山歌〉卻不再在其中，取而代之的是王老九的〈想起毛主席〉。吊詭的是，其在引用〈想起毛主席〉之前的那一段文字，和鍾敬文引用〈新湖南山歌〉前的一段文字，本質上並沒有區別，只是詮釋上的差別而已：

> 在民歌裏，毛主席不僅是力量的源泉，而且是智慧的化身。有毛主席的教導，我們就會生活得更堅強；有毛主席的教舞，就會像是枯渴的心靈得到天降的甘霖，頭腦格外聰明起來；有毛主席的指引，理想就會加快實現。生活已經做了無數這樣的證明。正因為是這樣，人民沒有一刻不想念毛主席。想見到毛主席，這是各族人民共同的心願。漢族農民詩人王老九在自己的藝術構思中表達了這種情感，唱出了人民對毛主席虔誠的信賴：
> （王老九〈想起毛主席〉引文略）

---

[1] 民間文學小組集體討論，梁仲華執筆：〈各族人民歌唱毛主席〉，《北京師範大學學報》，1959年第5期。相似的還有「北京師範大學民歌研究小組：〈各族人民歌唱毛主席〉，《前線》，1959年第18期」。

王老九〈想起毛主席〉的「異軍突起」

　　就筆者掌握的材料，王老九〈想起毛主席〉最初版本發表於1951年7月1日《陝西日報》[1]，題目叫〈歌唱毛主席〉，署名為「農民王老九編」。同月8日，陝西《群眾日報》轉載了這篇作品，題目和署名未變，詩前編者按云：「這是陝西農民王老九編的歌頌毛主席的詩歌，原詩登在7月1日的陝西日報上，我們轉載的，個別地方略有刪改」字樣。此兩份報紙現在難得一見，王老九所編〈歌唱毛主席〉最初發表版本更是鮮為人知，值得如實記錄如下：

◀ 1951年7月1日《陝西日報》發表的〈歌唱毛主席〉書影

　　夢中想起毛主席，半夜三更太陽起。

　　種地想起毛主席，周身上下增力氣。

　　走路想起毛主席，千斤擔子不知累。

　　吃飯想起毛主席，蒸饃拌湯添香味。

---

[1]　這個《陝西日報》是1951年7月1日創刊的以農民群眾為物件的通俗小報，四開四版，初為3日刊，後為2日刊，後併入《群眾日報》，不同於後來的陝西省委機關報《陝西日報》。

牆上掛著毛主席，一片紅光照屋裏。
開會歡呼毛主席，千萬個拳頭齊舉起。
美帝提起毛主席，震得耳聾眼發黑。
特務提起毛主席，尾巴夾到尻渠裏。
中國有了毛主席，山南海北飄紅旗，
中國有了毛主席，老牛要換洋機器。
（1951年7月1日《陝西日報》）

夢中想起毛主席，半夜三更太陽起。
種地想起毛主席，周身上下增力氣。
走路想起毛主席，手推小車不知累。
吃飯想起毛主席，蒸饃拌湯添香味。
牆上掛著毛主席，一片紅光照屋裏。
開會歡呼毛主席，歡呼中國有了你。
中國有了毛主席，山南海北飄紅旗。
中國有了毛主席，老牛要換洋機器。
（1951年7月8日《群眾日報》）

　　對照了兩本版本後，可以發現後一個版本主要是刪除了
「美帝提起毛主席，震得耳聾眼發黑。／特務提起毛主席，尾
巴夾到尻渠裏」4句，而耐人深思的是，吳奔星的〈新湖南山
歌〉恰恰有相對應的4句：「惡霸聽說毛澤東，晴天打雷震耳
聾。／特務聽說毛澤東，狗夾尾巴逃無蹤」！
　　王老九〈歌唱毛主席〉發表之初，影響僅限於當地。1951
年《西北文藝》第6期上，發表有〈關於歌頌毛主席的幾首詩
──西北文聯創作之家第一屆文藝月會座談會〉[1]一文，由署名
「本社記者」的「沙陵、田奇」記錄並整理。參加該座談會的

---

[1] 座談會舉行於1951年7月。

有戈壁舟、王老九、王繼洲[1]、王耀武、田奇、胡采、高敏夫、高平[2]、鄭伯奇等。討論的作品包括王老九當年7月8日在《群眾日報》上發表的〈歌唱毛主席〉、戈壁舟在《西北文藝》第2卷第4期發表的〈咱毛主席偉大無比〉、同年7月10日在《群眾日報》發表的〈毛主席〉，柯仲平同年6月29日在《群眾日報》發表的〈永遠跟著毛主席〉以及袁水拍在《人民文學》第4卷第3期發表的〈毛澤東頌歌〉等作品。

其中胡采在發言中表示：「王老九的〈歌唱毛主席〉雖有套用湖南某首民歌形式的地方，但它表現了農民在解放後新的生活實感和樸素的情感。」這一「質疑」雖然輕描淡寫說是「套用」，而且只是「形式」，本質上是為王老九開脫，但畢竟是〈歌唱毛主席〉發表之初的首次質疑，也是此後半個世紀的唯一一次有文字可查的質疑[3]。令人困惑的是，這篇文章中沒有參加會議的王老九及王繼洲的發言記錄，他們也沒有對有人提出〈歌唱毛主席〉有「套用某首湖南民歌形式的地方」做辯白。是確實沒有發言，還是發了言未被記錄，在當事人凋零殆盡、原始記錄是否還保存在人世的今天，恐怕將是永遠不解之謎了。

王老九的〈想起毛主席〉一詩聲名鵲起在1953年。當年《解放軍文藝》第11期發表了王老九詩作〈歌頌毛主席〉（即〈想起毛主席〉），詩後「作者介紹」中寫道：「在中國文學藝術工作者第二次代表大會第二日的大會上，陝西農民詩人王老九朗誦了這一首歌頌毛主席的民歌，受到代表們的熱烈歡迎。這首民歌不但反映了農民對毛主席的無限熱愛，而且也表現了農民對國家工業化的希望。」

---

[1] 王繼洲，王老九之子，小學教師，經報刊編輯指定，專為王老九的創作進行潤色。

[2] 高平，筆名山川，時任《群眾日報》（後改名《陝西日報》）編輯。

[3] 拙文〈《新湖南山歌》與《想起毛主席》〉寫作時，尚未看到這一資料。

至於《說說唱唱》第11期，則發表艾克恩的〈民間詩人王老九〉一文，並附錄了王老九的〈歌頌毛主席〉。這一版本和上述《解放軍文藝》版本相同，最後一句還不是後來的「老牛要換拖拉機」，而是「老牛要換新機器」。值得特別指出的是，1952年《說說唱唱》第7期曾刊登署名「嚴農記」的歌曲〈心中想起毛澤東〉。經過對比，應該是嚴農所記錄的許友濱根據吳奔星〈新湖南山歌〉譜曲的歌曲〈想著毛澤東〉。說明當時歌曲〈想著毛澤東〉已經通過廣播等形式流傳。遺憾的是，嚴農記譜的〈心中想起毛澤東〉沒有標明詞的作者或輯錄者，這為該刊一年後刊登王老九模仿〈新湖南山歌〉寫出的〈歌頌毛主席〉留下空子。

　　1953年12月26日，《人民日報》第3版發表署名「山川」的〈農民詩人王老九〉的文章，以記者的採訪親歷，詳細敘述了〈歌頌毛主席〉一詩醞釀和寫作的全過程，明確說明此詩創作於1951年春天的「半年之後」。在此文透露的〈歌頌毛主席〉最新版本裏，最後一句已經改為「老牛要換拖拉機」。

　　無疑，王老九在全國文代會上公開朗誦〈歌唱毛主席〉，是這首詩歌得以在全國性刊物首次公開發表的契機，從而「異軍突起」，其真正影響也應該從此開始。王老九不但連續出版《王老九詩選》[1]、《帶組入社》[2]、《王保京》[3]等多部詩選，到了1958年新民歌運動的高潮，更是大紅大紫，出版了《東方飛起一巨龍》[4]、新版《王老九詩選》[5]、《王老九談怎樣寫詩歌》[6]、

---

[1]　王老九：《王老九詩選》，北京：通俗讀物出版社，1954年版。
[2]　王老九：《帶組入社》，西安：陝西人民出版社，1954年版。
[3]　王老九：《王保京》，西安：陝西人民出版社，1956年版。
[4]　王老九：《東方飛起一巨龍》，西安：東風文藝出版社，1958年版。
[5]　王老九：《王老九詩選》，西安：東風文藝出版社，1959年版。
[6]　王老九：《王老九談怎樣寫詩歌》，北京：文字改革出版社，1959年版。

《毛主席指出總路線》[1]等多本專著,其作品入選的版本更是不計其數,而他的〈想起毛主席〉,則成為家喻戶曉的紅歌!

王老九背後的兩個推手

香港作家李立明在《中國現代六百作家小傳》[2]「王老九」辭條中指出:

> 他之所以成為一個民間詩人,是因為1950年他發表了第一首快板詩〈除了肚裏大疙瘩〉,《陝西日報》編輯以為尚有些新意,便吸收他為農民通訊員。可是他是不識字的,於是《陝西日報》編輯山川約好了他任小學教員的兒子王繼洲作為他的助手,在寫作方面指導他,並告訴他新作品的好處與不好處、應該怎樣修改等等問題。

這種說法,並非空穴來風。西北文聯的機關刊物《西北文藝》1951年第2期發表〈農民歌手王老九快板選集〉的同時,還刊登了署名「山川」的文章〈王老九和他的快板〉,透露王老九編寫快板有個大困難,就是不識字:

> 他很早就想編個抗美援朝的快板,因為不瞭解時事至今還沒弄成。為了解決這個困難,他準備參加讀報組,他說:「人上四十心自敗,我卻越活越年輕了,我

---

[1] 柯仲平、王老九等:《毛主席指出總路線》,西安:東風文藝出版社,1959年版。本書為延河文學月刊編輯部編輯的多人詩歌合集,作者有傅仇、蔡其矯、顧工、魏鋼焰等多位名家,但封面署名只有「柯仲平、王老九等」。

[2] 李立明:《中國現代六百作家小傳》,香港:波文書局,1977年10月版,第22~23頁。

要增見識，好更多編幾套……。」並叫他的二兒（小學教員）每禮拜回家幫他記錄作品。

在1952年1月西北人民出版社出版的《寫作研究・第二輯》上，王老九發表一篇題為〈編《張玉嬋》的經過〉的文章，其中敘述陝西日報的山川「走了120里路」來看他，為他出主意（「多多聽談報紙，瞭解政策」）、修改稿子的情況[1]，並透露「二兒王繼洲經常給我念書讀報」，使他「懂得了很多道理」，才編出「六、七篇比較好的快板」。同一本書，還刊登有署名「山川洛河曉山」的文章〈我們這樣同王老九同志合作〉，明確指出：

> 王老九的詩為什麼能得到廣大群眾的喜愛呢？這固然因為他熟悉農村生活，有樸實健康的情感和豐富的語言，另外，也是由於知識份子和民間藝人相合作的成果。

這種合作，就包括文中所敘述的為了解決「王老九小時候只念過一年私塾，幾十年沒有搖過筆頭」的難題，「約好他的當小學教員的兒子——王繼洲作為他的助手，經常給他讀報念報和記錄作品」。此外，文中還寫道：

> 我們知道，要使王老九的詩能為政治服務，即是說能及時的配合生產，配合政府號召來宣傳，必須提高他的政治、思想認識。於是，我們除了叫他參加讀報組，多多聽報，按月寄發寫稿要點和一些通俗讀物外，並經常有計劃的寫信去啟發他。

---

[1] 〈張玉嬋〉在《西北文藝》1951年第2期發表時即註明「山川記」。

從上述材料不難看出，王老九身後關鍵的人物有兩個人，一個是他作為小學教員的兒子王繼洲，另一個就是《群眾日報》（後改為《陝西日報》）的記者山川。不過，這兩位為王老九成名立下汗馬功勞的文人，在1957年的「反右」風暴時均遭遇到不公正待遇，雙雙被打成右派。

　　王繼洲本來是小學教員，被打成右派的時候是陝西一家出版社的詩歌編輯[1]。由小學教員而出版社編輯，是否和幫助父親王老九寫作有關，目前沒有確切的資料，不應妄自揣度。至於本身也是詩人、原名高平[2]的山川在1957年的遭遇，《榆林人物誌》有如下記載：

> 　　50年代作為黨報記者和編輯的高平發現了「王老九」。他發表了介紹「王老九」的專篇文章，還幫助「王老九」創作了不少膾炙人口的順口溜及詩作，並協助出版了《王老九選集》[3]。可以說這位農民詩人的出現和成就是受益於高平的得力支持和幫助的。高平為推出這位農民詩人付出了大量心血和勞動。1956年高平作為陝西文藝界代表出席了全國青年文藝工作者座談會。高平生性耿直，為人坦蕩。1957年由於給黨組織提了一條意見，被打成「右派」，開除黨籍，連降四級工資[4]。

---

[1]　參見劉榮慶、黃建軍：《民間詩人王老九評傳》，中國民間文藝研究會研究部編：《民間文學論叢》，北京：中國民間文藝出版社，1981年6月版。

[2]　屈超耘：〈文滴識編（二）——我和報刊編輯的交往〉，《報刊之友》，1998年第2期。

[3]　應為《王老九詩選》。

[4]　《榆林人物誌》編纂委員會編，《榆林人物誌》，西安市：陝西人民出版社，2007年版，第984頁。

王老九曾在「反右」運動中寫過詩歌〈右派分子野心狼〉[1]和〈保衛黨〉[2]，其中後者有「借黨整風使鬼計，想叫父子兩分離」的句子，如今讀來，實在令人唏噓不已。

　　筆者曾在〈《新湖南山歌》與《想起毛主席》〉一文中，談及王老九創作〈想起毛主席〉一詩之前可能聽過或讀過〈新湖南山歌〉，畢竟〈新湖南山歌〉1950年7月份就發表於《人民日報》，又很快兩次被譜寫成歌曲，影響面頗廣。但因為沒有確鑿的證據，沒有對王老九的「套用」或「模仿」作出結論。本文再次披露上述新發現的一些珍貴資料，也只是希望還原歷史真實，同樣不執著於去做任何結論。不過，文章最後還是有兩點值得提上一提：

第一：《延河》1959年2月號發表王老九（黃桂華整理）的〈談談我的創作和生活〉[3]開頭說：「我小時，愛看戲，記下唱詞在肚裏，一次聽了記不完全，聽過二次三次就能把它全部記在肚裏。」可見王老九的記憶力相當驚人。

第二：同樣在這篇文章中，王老九說：「50年我寫歌頌毛主席的詩，就有『老牛要換拖拉機』」。事實是，無論是山川1953年12月26日在《人民日報》第3版發表的〈農民詩人王老九〉，還是1954年10月通俗文藝出版社出版的《王老九詩選》，〈想起毛主席〉一詩都標明作於1951年7月[4]。此外，這首詩1951年7月1日和8日分別在《陝西日報》、《群眾日報》以〈歌唱毛主席〉為題發表時，最後一句均為「老牛要換洋機器」，1953年11月號《解放軍文藝》再次發表時，改為「老牛要換新機器」，直到1953年12月26

[1] 王老九：〈東方飛起一巨龍〉，第41頁。
[2] 王老九：〈東方飛起一巨龍〉，第42頁。
[3] 《人民文學》1953年第3期轉載。
[4] 1954年版《王老九詩選》中題為〈想起了毛主席〉，文後註明「1951年7月1日作」，這一時間直到1979年5月陝西人民出版社出版的《王老九詩選》依然如此。

日《人民日報》上發表的〈農民詩人王老九〉，才最終改為「老牛要換拖拉機」這個流行的版本。如此看來，王老九的記憶力似乎又沒有他自己說的那麼好。

王老九在1951年7月西北文聯創作之家第一屆文藝月會座談會上，對胡采提出〈歌唱毛主席〉有「套用湖南某首民歌形式的地方」未作辯駁（或許辯駁未被刊登），但在過了8年之後的文章裏卻把寫作〈歌唱毛主席〉的時間從事實上的1951年提前到1950年，頗可令人玩味。

後記

感謝秀威蔡登山先生的信任和美意,這本近5年來撰寫、發表的有關中國現代文壇人物、社團、報刊及事件的30餘篇文字,終於可以結集出版了。

筆者大學所讀的專業是新聞學和國際新聞學,大學畢業後的20多年來也一直從事新聞工作。筆者雖然從少年時代起就愛好文學,但僅限於閱讀詩歌與小說,對於現代文壇史料比較陌生,甚至在相當一段時間是有隔膜的。先父吳奔星2004年去世後,筆者為他編選民國時代的詩文,在接觸、閱讀了一些原始材料後,或驚覺現代文壇上的有些人、有些事和眼下坊間出版物上的描述頗有出入、訛誤很多,或洞察現代文壇上的有些人、有些事毫無理由地湮沒多年,促使筆者以上網、泡圖書館、混讀書論壇、寫書信、打電話、發郵件等多種形式去搜索更多更廣的資料,並在這個基礎之上拿起筆來,以經年累月訓練有素的新聞工作者的筆觸形諸文字,去努力還原歷史真相。

比如,抗戰時期在淪陷區頗為活躍的畫家兼作家的胡金人,1949年後在中國大陸默默無聞,直到1980年代張愛玲被發掘出來之後,因為張在散文〈忘不了的畫〉提及其繪畫,胡金人的名字才隨著張愛玲的文字出現在數十本書籍裏。但胡金人究竟是什麼樣的人,他的生平如何,卻始終沒有人去探究。筆者從網路上尋找到蛛絲馬跡,原來他是詩人紀弦的大舅子,在浩如煙海的史料中剝絲抽繭,基本掌握了他1949年前生活和創作的脈絡,並通過電子郵件請教胡蘭成(與胡金人有深交)的

哲嗣胡紀元，意外取得紀弦公子紀學詢在美國的聯繫方式，又經過一番轉輾曲折，最終和胡金人遠在法國巴黎的三女婿顧公度、近在上海的大女婿顧訓源取得聯繫，前後歷時3個月時間，終於釐清胡金人1949年後的下落，寫成並發表〈胡金人其人其事—從胡蘭成和張愛玲筆下走出的畫家兼作家〉一文。

本書中所涉及李春潮、林丁、常白、沈聖時等人的文字寫作過程，類似新聞工作者的「採訪」過程，頗多獨家披露。至於〈褒貶之間的清華英籍教授吳可讀〉，寫作契機則來源於筆者在舊書網上買到他1930年代初在清華大學教書時出版的一本簽名英文書，由此出發，深入探究，竟然發現季羨林先生在《清華園日記》中對吳可讀的評價多不符合歷史事實⋯⋯

網路時代，資源分享度高，信息量前所未有的豐富的同時，又不免泥沙俱下，使人難以取捨。筆者為文，不囿於成見和「定論」，本著去粗存菁、去偽存真的原則，無論是鉤沉史實，還是挖掘真相，在力求獨家披露、獨家見解的同時，也努力達到辯冤白謗、還原歷史的目的。如果讀者閱讀之後能夠有所收穫或者耳目一新，則幸甚幸甚！

在這裏，有必要說一下書名中的「待漏軒」。先父晚年寫作時偶爾在文末署「待漏軒」，寓意是與時間賽跑。2008年，我把先父的住處重新裝修，保留了原有書房的格局，本書中大部分篇章也完成於這間書房。先父誕辰百年在即，此書取名「待漏軒雜說」，聊作紀念爾。

最後，要感謝在寫作過程中不吝賜教的專家學者和師友，他們是：陳品高、陳子善、董寧文、郭娟、黃惲、賈曉明、李建平、李潤霞、李遇春、劉正忠（唐捐）、苗珍虎、欽鴻、潘潮、孫玉石、王洪波、王瑞智、韋泱、吳道弘、續小強、臧杰、趙國忠、周正章、朱自奮、祝德順等等。寧文兄主持的《開卷》，是我探索文壇史料文字最先發表的園地，周正章先生是

我多篇文章的第一個讀者，提出很多建設性的意見，對我的鞭策良多，要特別感謝。當然，要感謝的師友還有不少，即便他們的名字沒有出現在後記裏，但我感恩的心是完全相同的。

2013年1月18日於南京

史地傳記類　讀歷史24　PC0327

文壇遺蹤尋訪錄
——待漏軒文集

作　　者／吳心海
主　　編／蔡登山
責任編輯／廖妘甄
圖文排版／賴英珍、詹凱倫
封面設計／秦禎翊

發 行 人／宋政坤
法律顧問／毛國樑　律師
出版發行／秀威資訊科技股份有限公司
　　　　　114台北市內湖區瑞光路76巷65號1樓
　　　　　電話：+886-2-2796-3638　傳真：+886-2-2796-1377
　　　　　http://www.showwe.com.tw
劃撥帳號／19563868　戶名：秀威資訊科技股份有限公司
　　　　　讀者服務信箱：service@showwe.com.tw
展售門市／國家書店（松江門市）
　　　　　104台北市中山區松江路209號1樓
　　　　　電話：+886-2-2518-0207　傳真：+886-2-2518-0778
網路訂購／秀威網路書店：http://www.bodbooks.com.tw
　　　　　國家網路書店：http://www.govbooks.com.tw

2013年7月　BOD一版
定價：480元
版權所有　翻印必究
本書如有缺頁、破損或裝訂錯誤，請寄回更換

Copyright©2013 by Showwe Information Co., Ltd.
Printed in Taiwan
All Rights Reserved

國家圖書館出版品預行編目

文壇遺蹤尋訪錄：待漏軒文集 / 吳心海著. -- 一版. -- 臺
北市：秀威資訊科技, 2013. 07
　　面；　公分. -- (史地傳記類；PC0327)(讀歷史；24)
BOD版
ISBN 978-986-326-130-8 (平裝)

1. 中國當代文學　2. 中國文學史　3. 文學評論

820.908　　　　　　　　　　　　　　　102010683

讀 者 回 函 卡

感謝您購買本書，為提升服務品質，請填妥以下資料，將讀者回函卡直接寄
回或傳真本公司，收到您的寶貴意見後，我們會收藏記錄及檢討，謝謝！
如您需要了解本公司最新出版書目、購書優惠或企劃活動，歡迎您上網查詢
或下載相關資料：http:// www.showwe.com.tw

您購買的書名：＿＿＿＿＿＿＿＿＿＿＿＿＿＿＿＿＿＿＿＿＿

出生日期：＿＿＿＿＿年＿＿＿＿＿月＿＿＿＿＿日

學歷：□高中 (含) 以下　　□大專　　□研究所 (含) 以上

職業：□製造業　□金融業　□資訊業　□軍警　□傳播業　□自由業
　　　□服務業　□公務員　□教職　　□學生　□家管　　□其它＿＿＿

購書地點：□網路書店　□實體書店　□書展　□郵購　□贈閱　□其他

您從何得知本書的消息？

　　□網路書店　　□實體書店　□網路搜尋　□電子報　□書訊　□雜誌

　　□傳播媒體　　□親友推薦　□網站推薦　□部落格　□其他＿＿＿＿＿

您對本書的評價：（請填代號　1.非常滿意　2.滿意　3.尚可　4.再改進）

　　封面設計＿＿＿　版面編排＿＿＿　內容＿＿＿　文／譯筆＿＿＿　價格＿＿＿

讀完書後您覺得：

　　□很有收穫　□有收穫　□收穫不多　□沒收穫

對我們的建議：＿＿＿＿＿＿＿＿＿＿＿＿＿＿＿＿＿＿＿＿＿

＿＿＿＿＿＿＿＿＿＿＿＿＿＿＿＿＿＿＿＿＿＿＿＿＿＿＿＿＿＿＿

＿＿＿＿＿＿＿＿＿＿＿＿＿＿＿＿＿＿＿＿＿＿＿＿＿＿＿＿＿＿＿

＿＿＿＿＿＿＿＿＿＿＿＿＿＿＿＿＿＿＿＿＿＿＿＿＿＿＿＿＿＿＿

請貼
郵票

11466
台北市內湖區瑞光路 76 巷 65 號 1 樓
秀威資訊科技股份有限公司　　　收
　　　　　　　BOD 數位出版事業部

....

（請沿線對折寄回，謝謝！）

姓　　名：_____　年齡：_____　性別：□女　□男

郵遞區號：□□□□□

地　　址：_____

聯絡電話：(日) _____ (夜) _____

E-mail：_____